한국 근대문학과
동아시아 2

중국

| 엮은이 |

김재용(金在湧, Kim Jaeyong) 원광대학교 국어국문학과 교수
장문석(張紋碩, Jang Moon-seok) 경희대학교 국어국문학과 조교수

| 글쓴이 | (수록순)

김재용(金在湧, Kim Jaeyong) 원광대학교 국어국문학과 교수
최학송(崔鶴松, Cui Hesong) 중국 중앙민족대학교 조선언어문학학부 부교수
이은지(李銀池, Lee Eunji) 한국기술교육대학교 교양학부 강사
이경재(李京在, Lee Kyungjae) 숭실대학교 국어국문학과 부교수
장문석(張紋碩, Jang Moon-seok) 경희대학교 국어국문학과 조교수
정주아(鄭珠娥, Joung Ju A) 강원대학교 국어국문학과 조교수
이양숙(李良淑, Lee Yangsook) 서울시립대학교 도시인문학연구소 부교수
하상일(河相一, Ha Sang Il) 동의대학교 한국어문학과 교수
이상경(李相瓊, Lee Sang-kyung) 한국과학기술원 인문사회과학부 교수
김장선(金長善, Jin Changshan) 중국 천진사범대학교 한국어학과 교수
이해영(李海英, Li Haiying) 중국 중국해양대학교 한국어과 교수

한국 근대문학과 동아시아 2－중국

초판1쇄발행 2018년 11월 16일
초판2쇄발행 2019년 11월 30일
엮은이 김재용·장문석 펴낸이 박성모 펴낸곳 소명출판 출판등록 제13-522호
주소 06643 서울시 서초구 서초중앙로6길 15, 1층
전화 02-585-7840 팩스 02-585-7848 전자우편 somyungbooks@daum.net 홈페이지 www.somyong.co.kr

값 23,000원
ISBN 979-11-5905-329-0 93810

한국 근대문학과 동아시아 2

MODERN KOREAN LITERATURE AND EAST ASIA : JAPAN

김재용 · 장문석 엮음

중국

책머리에

'한국 근대문학과 동아시아'의 기획은 한국 근대문학을 한국이란 국민국가의 틀에 가두지 않고 동아시아적 층위에서 살펴보려는 의도에서 마련된 것이다. 아편전쟁 이후 한국 사회가 격심한 재편을 겪기 전에도 한국문학은 동아시아와 밀접한 관련을 가졌다. 하지만 중국의 범선들이 영국의 기선에 일방적으로 제압당하면서 공업화의 물결이 널리 퍼진 이후의 동아시아는 그 이전과는 전혀 달랐다. 한국과 동아시아는 지역적 차원에서 독자적으로 움직일 수 없었고 지구적 차원에서 연동되기 시작하였다. 기존의 동아시아에서 유행하였던 문학적 관습은 연기처럼 사라지고 19세기 이후 틀을 갖춘 유럽의 낯선 문학적 관행과의 상호작용 속에서 전개될 수밖에 없었다. 더 이상 지역적 동아시아가 아니고 지구적 동아시아일 수밖에 없었다. '한국 근대문학과 동아시아'의 기획은 바로 이러한 지구적 동아시아를 그 배경으로 한다.

지구적 동아시아의 맥락에서 볼 때 일본은 한국과 한국 근대문학의 형성에 큰 역할을 하였다. 구미의 문명과 문화는 명치유신 이후의 일본의 각색을 거쳐 동아시아 각국에 전해졌기 때문이다. 물론 일본을 거치지 않고 직접 구미와 연계를 갖는 일이 없지는 않았지만 대세를 거르지는 못하였다. 한국을 비롯한 동아시아의 각국의 문인이나 지식인들이 일본을 직간접적 통로로 삼는 것은 너무나 자연스러웠기에 한국 근대문학과 동아시아의 기획을 할 때 일본을 첫 권으로 삼았다. 이제 두 번째 권으로 중국과의 관련성을 다룬 책을 내게 되었다. 중화제국의 해체를 경험한 근대 중국은 일본의 길과 다른 길을 걸었기에 근대 한국의 문인들에게는 또 다른 참조항이 될 수밖에 없었다. 특히 일제가 조선을 강점하고 이어서 중국을 자신의 영향력하에 두려고 하면서부터 근대 중국은 한국에 각별한 의미를 가지지 않을 수 없었다. 많은 한국의 문인들이 중국을 방문하거나 이주한 경험을 바탕으로 글을 썼던 것은 그런 점에서 너무나 당연한 것이었다. 따라서 한국 근대문학과 동아시아의 두 번째 권은 중국과의 관련성을 다룬 글을 모았다. 이 두 권을 함께 읽으면 한국 근대문학 속의 동아시아를 한층 입체적으로 상상할 수 있을 것이다.

이 책은 공동 편자인 장문석 교수가 원광대학교에서 박사후과정을 시작할 때 함께 기획한 것이다. 책을 만드는 과정에서 경희대학교 교수가 되어 바쁜 나날을 보내야 함에도 불구하고 헌신적으로 일해주었기에 책이 빛을 볼 수 있었다. 학문의 길에 본격적으로 나선 장 교수의 학운을 충심으로 빈다. 좋은 글을 주신 국내외 집필자들에게 진심으로 감사드린다. 연구자들의 빛나는 논문들이 향후 이 방면의 길잡이가 될 것으로 믿는다.

김재용

차례

상해 및 화동

2부_만주

서장

한국 근대문학과 중국
일제 말 최후기를 중심으로

김재용

한국 근대문학과 중국

일제 말 최후기를 중심으로

김재용

1. 중국 관내와 만주

한국 근대문학과 동아시아를 탐구할 때 동아시아는 항상 일본이었다. 한국 근현대문학에서 중국이 차지하는 역할과 비중이 적지 않음에도 불구하고 오로지 일본만을 떠올리는 이러한 외눈의 시각은 단순히 냉전 탓만은 아니었다. 한국 근대문학이 일본을 통해 구미와 교섭했던 역사적 사실이 강하게 작용하고 있었기 때문이다. 하지만 일본의 강점 이후 많은 조선인들이 만주를 비롯한 중국의 여러 지역으로 건너가거나 혹은 방문하고 이를 바탕으로 중국을 재현했던 것을 고려하면 이런 연구 태도의 지속은 대단히 불구적이다. 그런 점에서 한국 근대문학에서의 중국을 성찰하는 것은 한국 근대문학에서의 동아시아적 상상력의 해명에 있어 매우 긴요한 문제이다. 일본을 통한 동아시아와 중국을 통한 동아시아 두 경로가 합쳐지고 그 위를 자유자재로 횡단할 수 있을 때 비로소 한국 근대문학과 동아시아의 과제가 밝혀질 수 있을 것이다. 그런 점에서 현재 현저하게 결락되어 있는 중국을 통한 동아시아의 경로를 밝히는 것은 급선무이다.

한국 근대문학에서의 중국을 연구할 때 일본 경로에서는 드러나지 않는 예민한 지역적 문제가 존재한다. 1932년 '만주국'이 성립한 이후 중국은 중국 관내 지역과 일본 제국이 내면통치했던 '만주국' 지역이 분리되어 존재했기 때문에 조선 문인들의 상상에 있어서도 일정한 제약이 따를 수밖에 없었다. 과거에는 하나였던 중국 관내 지역과 동북 지역을 차츰 분리하여 인식하기 시작하면서 통합적으로 인식하는 경향이 옅어져 갔다. 일제하 조선문학이 그러하였기 때문에 오늘날 이를 연구하는 이들이 중국 관내 지역과 '만주국' 지역을 분리시켜 한국 근대문학과의 관련상을 밝히는 일은 그 자체로 충분한 타당성을 갖는다. 하지만 두 지역을 통합적으로 바라보지 않게 될 때 한국 근대문학에서 중국이 갖는 의미를 제대로 밝히기는 어렵다. 필자는 1943년 중반 일본 제국이 '결전기'에 들어섰을 때 조선의 문인들 중 협력하였던 이들이 '만주국'을 방문하고 저항하였던 이들이 중국 관내 지역으로 이동한 사례를 중심으로 한국 근대문학에서의 중국의 의미를 통합적으로 살피려고 한다. 중국 관내 지역과 '만주국'의 지역적 차이를 존중하면서도 이를 함께 봄으로써 한국 근대문학에서의 중국이 갖는 의미를 새롭게 드러내고자 한다.

2. 일제 말기의 양분화와 최후기의 양극화

일본 제국에 대한 입장 차이에서 비롯되는 조선문학계의 양분화는 1938년 10월 무한 삼진 함락 이후부터 시작되었다. 무한 삼진의 함락을 계기로 조선문학계 내에서는 독립이 물 건너 간 마당에 더 이상 여기에 매달리는 것은 소모라고 판단한 이들에 의한 적극적인 협력이 나오는가 하면, 일각에서는 일본에의 협력을 거부하고 조선어와 조선문화를 지키는 일에 매진하는 저항이 등장하였다. 이 양분화는 이전에는 볼 수 없었던 현상으로 전적으로 무한 삼진 함락 이후에 벌어진 일이었다. 하지만 협력과 저항이라는 대립에도 불구하고 이 둘 사이에는 동상이몽이 가능했다. 조선어와 조선문화의 특성을 이야기하는 것이 일본 제국의 식민주의에 저항하는 것으로 해석될 수도 있지만, 다른 한편에서는 일본 제국 내에서의 문화적 다양성으로 해석될 수도 있는 것이기 때문에 동상이몽이 가능할 수 있었다. 협력과 저항의 문인들의 동상이몽을 가장 명료하게 보여준 경우가 단편소설 「물오리섬」에 대한 해석이다. 김사량은 일본에 직접적으로 저항할 수 없는 마당에 우회적으로 조선적인 풍토를 드러내는 작품을 쓰려고 하였다. 대동강 하류에 살고 있는 조선 어민들의 삶을 통하여 관서 지방의 조선적 풍토를 그린 이 작품은 일본적인 것을 강요하고 있는 현실에서 조선적인 것을 고취하기 위한 것이었다. 『국민문학』 잡지를 주재하던 최재서는 다른 각도에서 해석하고 자신의 잡지에 게재하였다. 일본 제국 내의 한 지방의 특성을 드러내었기에 일본 제국의 풍부화와 다양화에 기여하는 작품이라고 생각하였다. 최재서는 동화형의 친일 협력을 부정하면서 혼재형의 친일 협력을 주장하였던 이였기에 이러한 해석이 가능한 것이었다. 동화형의 친일 협력[1]을 주장하였던 이들은 조선적인 풍토를 재현하는 것이 일본적인 것을 부정하는 민족주의적인 것이라고 본 반면, 최재서와 같은 혼재형의 친일 협력은 조선의 풍토를 그리는 것이 일본 제국의 다양성을 높이는 것이라고 본 것이다. 동상이몽의 상징적인 장면이다.

하지만 1943년 중반 이후 최후기에 들어서면서부터는 조선문학계 내에서는 동상이몽과 같은 것은 원천적으로 불가능하게 되었다. 일본이 하와이를 폭격하고 연이어 동남아 전선에서 싱가폴을 점령하였을 무렵만 해도 일본 제국은 막강한 정신력으로 전쟁에서 승리할 것 같은 착각을 가졌다. 하지만 과다카날 전투 이후 미군의 막강한 화력 앞에서 속수무책으로 패하고 1943년 5월 아투에서는 옥쇄가 벌어지면서 일본 제국은 급속하게 무너지기 시작하였다. 다급해진 일본 제국은 이 시기부터 '결전기'라고 이름 붙이면서 전쟁 동원에 사력을 다하였다. 이 '결전기' 전쟁 동원을 가장 상징적으로 보여주는 예가 학병동원이다. 그동안 일본 제국은 훗날을 대비하여 대학생들의 징집을 유예하였다. 그러나 '결전기'에 들어서면서 더 이상 여유가 없어지자 대학생들의 징집 유예를 철회하고 학병이란 이름으로 전쟁에 동원하였다. 이러한 상황의 전개에 따라 조선의 문학계는 극단적인 양극화로 치달았다. 동상이몽마저 허락하지 않는 이 시기의 모습을 아주 잘 보여주는 예로 김사량과 최재서를 들 수 있다.

김사량은 무한 삼진 함락 이후에도 지속적으로 일본 제국을 비판하였다. 단지 이전과 달라진 것은 우회적인 방법으로 비판하였다는 점이

1 이 시기 친일 협력의 두 유형 즉 동화형과 혼재형의 특성과 의미에 대해서는 김재용, 『풍화와 기억』, 소명출판, 2015를 참고.

다. 이 시기에 그는 일본어와 조선어 두 언어로 창작을 하면서 일본 제국에의 편입을 거부하였다. 이러한 태도는 태평양전쟁이 일어나기 직전 예비 검속으로 체포되어 조선으로 추방된 이후에도 변함없이 지속되었다. 김사량은 1943년 9월에 평양 대동공업전문학교의 교수로 취임한다. 이효석이 작고한 후에 비어 있는 자리를 메운 김사량은 차분하게 학생들을 가르치면서 우회적인 방법으로 글을 쓰려고 작정하였다. 평양을 비롯한 조선의 향토적인 것을 그리게 되면 대동아공영권을 주장하던 일본 제국이 노골적으로 억압할 수 없기 때문에 간신히 자신을 지켜나갈 수 있다고 판단하였다. 이 무렵에 장편소설 『태백산맥』을 『국민문학』 잡지에 연재(1943.2~10)할 수 있었던 것도 바로 이러한 정황에서 나온 것으로 볼 수 있다. 당대의 현실을 직접 다룰 수 없는 상황에서 구한 말을 배경으로 조선의 민중들의 삶이 건강성과 지속성을 다루었던 것이다. 하지만 김사량도 '결전기'에 이르면 더 이상 이러한 우회적인 방법도 사용할 수 없었다. 모든 것을 전쟁 동원에로 맞춘 일본 제국은 문학인들을 전쟁에 활용하였고 김사량도 예외가 아니었다. '결전기'에 들어서면서 조선총독부는 조선의 작가들을 적극적으로 동원하였고 그나마 조선적 특수성을 활용하면서 글쓰기를 지속적으로 했던 김사량에게 사세보 등 일본의 해군기지를 방문하고 글을 쓰라는 강요를 하였다. 이를 거부할 수 없었기에 해군기지를 방문하고 그 답사기를 신문에 게재하면서 김사량은 심각한 고민에 빠져들었다. 이러다가는 자신의 뜻과 무관하게 일본 제국의 편에 서서 글을 써야 한다는 위기감이었다. '결전기' 이전에는 생각할 수 없는 상황이 벌어진 것이다. 결국 1945년 5월 북경을 거쳐 태항산 팔로군 조선의용군 지역으로 탈출하였다.

최재서는 동화형의 친일 협력보다는 혼재형의 친일 협력을 택하였고 혼재 내에서도 속지주의적 입장을 택하였다. 최재서가 속한 이 속지주의적 혼재형의 친일 협력은 조선적인 것을 모두 부정하고 일본에 동화되는 것에 결코 찬성하지 않는다. 조선 반도의 풍토에서 생성된 것은 그 자체로 그 특수성을 갖기 때문에 결코 부정되어서 안 된다는 것이다. 단지 그것이 일본 제국의 신민 그리고 황민으로서의 자격만을 부정하지 않는 한 모든 지방적인 특성은 보존되어야 한다고 믿었다. 그렇기 때문에 장혁주나 이광수 식의 동화형에 대단히 비판적이었다. 그가 보기에 일본 제국은 오히려 이러한 지역적 다양성을 모두 포괄할 수 있을 때 진정한 제국이 된다고 믿었다. 하지만 이러한 최재서도 '결전기'에 이르면 현저하게 달라진다. 일본 제국이 사라질 수도 있는 이 위기 상황에서는 이제 모든 것을 전쟁의 승리에 맞추어야 한다고 믿게 되면서 이전과는 사뭇 다른 분위기를 보여주었다. 조선적인 것의 존속이나 지방성의 강화보다는 전쟁 동원을 우선하였다. 그 상징적인 사건이 자신의 이름을 창씨개명한 것이다. 대부분의 동화형 친일 협력가들이 무한 삼진 함락 이후 1940년부터 창씨개명을 할 때에도 혼재형의 친일 협력가인 최재서는 조선의 지역성을 지킨다는 의미에서 창씨개명을 하지 않았다. 그런데 이러한 최재서마저도 1944년 이후 창씨개명을 하였다. 황민화에 적극적으로 호응하기 위해서는 더 이상 조선적인 것 지역적인 것에 매달려서는 안 된다고 생각했기 때문이다. 이후 그는 시종일관 전쟁 승리를 고무하는 글만을 발표하였다.

3. 일제 최후기 조선 협력 문인들의 만주국 방문

1938년 10월 무한 삼진을 함락시킨 일본 제국은 큰 자신감을 갖고 만주국을 새롭게 지배하려고 하였다. 이전에는 바깥으로 만주국이 독립국이라고 표방하였고 내부적으로 오족협화를 내걸었기 때문에 일본 제국의 통제는 제한적이었다. 그렇지만 무한 삼진 함락 이후 자신감을 가진 일본 제국은 '신만주'의 기치하에 새롭게 만주국을 만들어 나가려고 하였다. 일본 제국에의 급속한 편입을 염두에 두었기에 한편으로는 독립국으로서의 만주국을 내세우고 오족협화를 강조하면서도 다른 한편으로는 일본 제국에의 편입을 강제하였다. 바로 이런 어정쩡한 상태를 '신만주'라는 이름으로 포장하였다. '신만주'의 이런 상태를 극적으로 보여주는 사례 중의 하나가 국어 문제였다. 만주국의 국어가 과연 무엇인가를 둘러싼 내부적 긴장은 당시의 곤혹스러운 상황을 극적으로 보여준다. 처음에는 일본어와 만주어를 모두 국어로 인정하려고 하였다. 실제로 『만주국어』 잡지를 일본어와 만주어 두 판본으로 발행할 정도로 이 두 언어를 국어로 인정하는 듯하였다. 하지만 무한 삼진 이후 일본 제국과 관동군은 만주국의 독자성보다는 일본 제국에 적극적으로 통합시키려고 하였기에 오로지 일본어만을 국어로 인정하고 만주어는 지역어로 격하시켰다. 만주국의 언어 문제를 다루었던 『만주국어』 잡지가 불과 일 년 만에 만주어 판이 없어진 것은 그 단적인 표현이다. 통제는 비단 언어에 국한되지 않았다. 1941년 3월에는 예문지도요강을 만들어 만주국 중국 작가들을 통제하기 시작하였다. 작가들이 다룰 수 없는 것을 조목조목 적시한 이 요강은 이후 만주국의 중국인 작가들에게 큰 억압으로 작용하였다. 이러한 전반적인 통제로의 전환에도 불구하고 만주국의 중국 작가들은 우회적으로 저항하면서 자신들의 이야기를 해나갔다. 가능한 모든 잡지와 신문의 문학란을 통하여 만주국의 중국인 작가들은 일본 제국에의 편입을 거부하였다.

그런데 1943년 '결전기'에 들어서면서부터는 상황이 매우 달라지기 시작하였다. '결전기'가 시작된 이후 관동군은 더 강한 통제를 위하여 기존의 잡지와 신문을 통폐합하였다. 문학계에서도 중국어로 된 월간 문예지 『예문지』와 일본어로 된 월간 문예지 『예문』 두 잡지로 일원화하면서 직접적으로 통제하였다. 그동안 강화된 억압 속에서도 상대적으로 자율성을 갖고 활동하던 작가들은 이러한 상황을 쉽게 받아들이기 어려웠다. 무한 삼진 이후 일본 제국은 만주국을 통제하려고 하였지만 결코 만만치 않았다. 오족협화를 내세웠던 탓에 갑작스럽게 일본의 직접적인 통제가 결코 쉽지 않았던 것이다. 특히 중국을 침략하는 전쟁을 하고 있는 까닭에 더욱 그러하였다. 하지만 태평양전쟁 이후 미국과 싸우게 되면서부터는 일본 제국이 서양으로부터 만주국을 비롯한 아시아를 지킨다는 명분을 활용하여 만주국을 더욱 강하게 통제하려고 하였던 것이다. 특히 미국의 화력에 밀려 패전을 거듭하게 되면서부터는 북방공영권을 수호한다는 차원에서 더 이상 머뭇거리지 않고 만주국을 직접적으로 통제하려고 하였다. 실제로 일본 제국의 이러한 논리에 포섭된 이들도 적지 않다. 이 과정에서 조선문학과 관련하여 큰 의미를 갖는 것이 바로 만주국 결전예문회의이다.

1943년 12월 4일과 5일 양일 걸쳐 만주국 수도인 신경에서 '결전예문전국대회'를 개최하였다. 과거에 만주예문연맹이 이러한 모임을 가진 바가 없는데 이 시기에 이르러 이러한 대회를 가진 것은 바로 '결전기'의 위기의식에서 나온 것으로 북방공영권의 핵심인 만주국을 통제하려는 의도와 맞물려 있다. 흥미로운 것은 만주예문연맹이 조선문인보국회 소속 3명의 문인을 초대하였다는 점이다. 주요한 유치진 그리고 국민총력조선연맹 문화과의 일본인 테라모토 기이치寺本喜一가 이 대회에 참가하였다. 기존에 조선 문인이 만주국에 개인적으로 가는 경우 혹은 만주국 내에서 일본인 문인과 중국인 문인과 재만 조선인 문인이 만나는 경우는 적지 않았지만 만주국의 공식 조직인 만주예문연맹에서 한반도의 조선 문인을 공식적으로 초청하여 참가한 것은 이것이 처음이다. 이 대회에 참가한 후 참관기를 발표한 주요한은 이 대회의 전체 일정을 자세하게 소개하는 글 「결전하 만주의 예문태세」를 발표하였다.[2] 일본어로 주로 진행된 이 회의는 재만 일본인들이 주도하였다. 만주예문연맹의 위원장인 야마타 세이사부로山田清三郎가 회의를 주도하였고 심지어 관동군 보도부장 하세가와長谷川가 '전쟁과 예문'이란 강연을 할 정도였다. 만주국의 중국인 작가들 중 예문지파의 작가인 꾸띵古丁과 쥐에칭爵青은 부차적인 역할만을 하였다.

1944년 12월 만주예문협회는 다시 결전예문대회를 개최하였다. 1944년 11월 만주예문연맹을 해소하고 사단법인 만주예문협회를 조직하였는데 이 단체의 이름으로 이 대회를 개최하였다. 이 단체의 회장으로 만주예문연맹 위원장이었던 세이사부로 대신에 관동군 헌병대에서 오랫동안 일하였던 아마카스 마사히코甘粕正彦를 임명하였다. 1941년 3월에 발표된 예문지도요강을 수정한 결전예문지도요강도 발표할 정도로 통제가 이전과는 비교가 되지 않을 정도로 강하였다.[3] 일본 제국이 더욱 노골적으로 만주국 문학예술장에 개입하는 것을 의미한다. 흥미로운 것은

2 『신시대』, 1944.1.
3 劉春英 外, 『爲滿洲國文藝大事記』, 北方文藝出版社, 2017, p.409.

이 대회에서도 조선문인보국회의 작가들을 초청하였는데 최재서는 참석 후 자신이 주재하던 『국민문학』 잡지에 참관기 「古丁씨에게」를 발표하였다.[4] 그런데 흥미로운 것은 1943년 12월의 대회에 참석한 주요한이 주로 전반적인 회의를 묘사한 반면, 최재서는 꾸띵에서 보내는 편지 형식으로 자신의 의견을 개진하였다. 주요한의 글에서는 중국 작가들이 극히 부차적으로 그려진 반면, 최재서의 글에서는 꾸띵을 비롯한 중국인 문인에 대한 관심이 주였다. 주요한은 동화형의 친일 협력을 주장하였기에 만주국의 중국 작가들의 존재는 별로 중요하지 않았지만, 혼재형의 친일 협력을 주장하였던 최재서는 대동아공영권의 한 축을 담당하고 있는 만주국에서 만주국의 중국 작가들이 어떻게 자신의 특성을 지켜나가면서 일본 제국의 풍요로움에 이바지하고 있는가 하는 점이 큰 관심이었을 것이다. 그렇기 때문에 최재서는 일본인 관료나 문인들이 하는 이야기에는 별로 관심이 없고 중국인 작가들의 발언과 태도에 관심을 가졌던 것으로 보인다.

이 두 번의 결전예문회의에서 확인할 수 있는 것은 만주국 내 일본인 작가와 중국인 작가의 괴리이다. '결전기'에 들어서면서 일본 제국은 만주국을 일본 제국의 직접적 통제하에 두려고 하였고 일본인 작가들은 적극적으로 호응하였다. 당시 일본인 작가들의 문학잡지인 『예문』 1944년 1월호와 2월호는 이 결전예문회의의 내용을 아주 자세하고 소개하고 있으며 발표문 중 일본의 관료와 문인들이 행한 연설은 그 전문을 실었다. 하지만 만주국 중국인 문인들이 발행하던 『예문지』에서는 아주 소략하게 소개하였다. 이런 점들을 감안할 때 당시 일본 제국

---

4 『국민문학』, 1945.1.

이 '결전기'를 표방하면서 만주국을 통제하는 것에 대해 만주국의 일본인 작가와 중국인 작가 사이에는 온도차가 있었음을 알 수 있다.

이 두 번의 결전예문회의에서 확인할 수 있는 또 다른 점은 조선인 작가들의 대만주국과의 관계 변화이다. '결전기' 이전에는 많은 조선인들이 만주국을 내선일체의 조선을 벗어나 상대적으로 자율성을 확보할 수 있는 공간으로 인식하였다. 김장선 교수가 지적한 것처럼,[5] 이기영은 『만선일보』에 장편소설 『처녀지』를 발표할 정도였으니 그 사정을 짐작할 수 있다. 그런데 '결전기' 이후 결전예문회의가 열리는 분위기에서 조선인 문학인들은 더 이상 만주국을 내선일체를 피해 숨을 쉴 수 있는 공간으로 인식하지 않게 되었다. 조선이나 만주국이나 별반 다른 것이 없는 것으로 보았다. 이 시기 이후에는 조선의 친일 협력문학인들이 만주국의 작가들과 교류하는 새로운 현상이 벌어졌다. 주요한이나 최재서 등의 조선 친일 문학가들이 결전예문회의에 참석한 것이 그 단적인 사건이다.

4. 일제 최후기 조선 저항 문인들의 중국 관내 망명

일본 제국이 최후의 일전을 위하여 '결전기'를 선포하였을 때 그것의 영향을 가장 강하게 받은 피식민지 지역이 만주국이었다. 조선은 이미 내선일체를 통하여 장악한 바 있기에 '결전'이 어느 정도의 영향을 주었

5　이 책에 실린 김장선 교수의 「『만선일보』 연재소설 이기영 『처녀지』 소고」를 참고.

으나 현저하지는 않았다. 하지만 만주국의 경우 그동안 일본 제국이 비공식적 식민지를 표방하였기에 조선과는 비교가 되지 않을 정도로 내적 자율성을 가지고 있었기에 이러한 조치는 매우 강한 충격을 주었다. 그 직접적인 반응은 많은 중국인 작가들의 관내 지역으로의 탈출이었다. 산띵山丁을 비롯한 많은 작가들이 만주국을 떠나 북경이나 화북 등의 지역으로 탈출하였다. 1943년 말을 전후하여 만주국을 탈출한 작가들의 내면을 읽을 수 있는 것은 이들이 화북 지역으로 가서 참여하였던 잡지와 거기에 실린 좌담 등의 글이다. 이들 작가들이 북경에서 펴낸 『중국문학』 잡지에는 당시 중국을 방문한 일본 작가 고바야시 히데오小林秀雄 등 일본 작가와 중국 작가들 사이의 좌담이 실려 있다. 고바야시 히데오 등은 중국 남경에서 열릴 예정인 제3차 대동아문학자대회에 참가할 중국인 작가의 단일 조직을 내올 생각으로 이 좌담회에 임했는데 중국 작가들이 보인 반응이 대단히 소극적이라는 점이다. 중국 작가들은 대동아문학자대회를 내세우는 일본 작가들의 주장에 대해 매우 냉담한 반응을 보인다. 그리고 일본 작가들이 내세우는 대동아문학자대회의 취지에 대해서도 그렇게 동의하지 않는 반응이다.

'결전기'의 작가들 이탈 현상은 비단 만주국에서만 일어난 것은 아니다. 식민지 조선에서도 작가들의 이탈현상이 일어났다. 김사량과 김태준은 그 대표적인 경우이다. 1944년 11월에 김태준이 연안 지역으로 탈출하고, 1945년 5월에 김사량이 태항산 지역으로 가서 조선의용군과 합류한 것은 이 시기가 조선문학에서 어떤 의미를 주는가를 단적으로 보여주는 일들이다. 이들의 탈출을 이해하기 위해서는 1943년 말의 조선 내 정황에 대한 관찰이 선행되어야 한다. 일본 제국의 최후기가 조선 내에서 감지된 결정적 계기는 학병동원이다. 1943년 10월 일본 제국은 징병에서 대학생들을 유예하던 것을 철회하고 대학생들에게도 군대에 갈 것을 독려하였다. 많은 조선인 대학생들을 일본 제국의 전쟁에 조선인들이 나가서 싸우는 것을 반대하였기 때문에 학병을 거부하여 탈출하거나 혹은 전장을 이탈하여 조선 독립군 진영으로 탈출하기 등으로 저항하였다. 이러한 사태의 전개를 보면서 많은 조선의 혁명가들은 일본이 막바지에 왔음을 감지하였다. 당시 이러한 자각은 개인적인 차원을 넘어 조직적인 차원으로 확대되었다. 여운형의 조선해방연맹과 건국동맹은 그 대표적인 사례이다. 여운형은 일본이 막바지에 왔음을 여러 차원에서 확인하고 독립은 준비하는 단체를 만들었다. 1943년 말에 조선해방연맹을 조직하고 1944년에는 이를 확대하여 건국동맹을 만들었다. 실제로 김사량과 김태준이 연안과 태항산을 갈 때이 조선해방연맹과 건국동맹의 역할은 압도적이었다.

김사량 역시 태평양전쟁의 개전과 1942년 중반 이후 일본의 패전을 들으면서 조선의 독립이 멀지 않았다는 것을 직감하였다. 동경제국대학의 독문과를 다니면서 세계의 전반적인 상황을 볼 수 있었던 그였기에 더욱 그러하였다. 특히 1944년 여름에 중국을 여행하면서 더욱 더 세계의 정세를 잘 볼 수 있었다. 하지만 김사량은 망명보다는 국내에서 글을 통하여 최후까지 버텨야 한다는 신념을 강하게 가지고 있었던 터라 망명의 기회가 왔을 때도 실행하지 않는다. 김사량은 해방 직후 『민성』 잡지에 게재한 「연안망명기」에서 다음과 같이 적고 있다.

> 내게는 조그만 신념이 있었다. 그것은 조선의 독립이 조선을 떠나서 있을 수 없으며 조선 민중의 해방이 그 국토를 떠나서 있을 수 없느니만치 국내에 있어 조국을 위하여 민족을 위하여 피를 흘릴 수 있는 사람이 일부러

망명한다는 것은 하나의 도피요 안이의 길이라고 규정하는 데서였다.[6]

하지만 1944년 여름 중국 체류시 조선의 학병들이 도망치는 것을 방조했다는 협의를 받고 경찰과 헌병으로부터 집중적인 감시를 받게 되자 더 이상 버틸 수 없었던 것이다. 게다가 끝없이 일본 제국의 전쟁 동원을 찬양하는 글을 요구받게 되자 학병 위문을 빙자하여 바로 태항산으로 탈출하였다. 북경에서 태항산으로 탈출할 때 결정적 도움을 받은 것은 여운형 건국동맹의 맹원이었던 이영선이었다. 이영선은 여운형이 사장으로 있던 『조선중앙일보』의 북경 특파원을 지냈던 이로 국내의 건국동맹과 태항산의 조선의용군을 연계시키는 활동을 하였다.

이런 부질없는 이야기를 주고받는데 이번은 회색 헬멧을 쓰고 셔츠 바람으로 Y 씨가 곰처럼 기린처럼 크고 긴 몸뚱이를 사방에 굽어보며 우리 있는 쪽으로 성큼성큼 들어온다. 모름지기 북경의 거인들과 한 자리에 만나게 된 것이다. 이 Y 거인은 학생 시절 국내에서 명 스포츠맨으로 이름을 날리다가 신문사 생활을 거쳐 북경에 들어온 이였다.[7]

당시 여운형의 건국동맹의 힘이 국외에까지도 강하게 미치고 있었음을 확인할 수 있다. 또한 1943년 중반 이후 조선의 저항적인 지식인들 사이에는 곧 일본 제국이 패망할 것이라는 인식이 매우 강하게 지배하고 있었음도 알 수 있다.

김태준의 망명 동기는 김사량과 사뭇 달랐다. 김사량이 가급적 국

6 김재용 · 곽형덕, 『김사량 작품과 연구』 5, 역락, 2016, 657쪽.
7 위의 책, 669쪽.

내에서 버텨보려고 했던 것과 달리 김태준은 해외로 탈출해서 국내에서는 할 수 없는 적극적인 운동을 하려고 하였다. 1943년 병보석으로 풀려난 김태준은 전세가 완전히 미국과 소련 쪽으로 기울어져 일본은 곧 패망하리라는 것을 직감하였다.

> 세계에 두 개의 파시스트 — 서양에선 독일 동양에 일본 — 이 멸망단계에 들어서 최후의 발악으로 세계에 최대최강의 두 민주주의국가 소련과 미국의 존엄을 무시하고 '하루강아지가 범 무서운 것 모른다'는 셈으로, '까부는 아이가 누워있는 어른의 빰을 때리듯' 싸움을 걸었다. 어른은 맨 처음에 어린아이가 농담으로 생각하다가 요것이 점점 악독하게 덤비니까니 분노가 폭발되었다. 日美戰과 蘇獨戰이 두 파스칼 원리 같은 비중의 연관성을 갖고 있기 때문에 독일의 스탈린그라드 패전 이후 우크라이나 파란 루마니아에서의 계속적 패퇴와 이 상세한 내용을 전해주는 적 신문의 특파원(守山 기자)의 보도와 함께, 카달카날이 사이판의 일제 패전과 山本 古賀 등의 사(死)…… 등등의 보도가 전달될 때마다 조선의 양심적인 지식분자들을 광희케 하였다. 왜놈 강아지들을 어쩌다 만나서 시국담을 시험삼아 끄집어 내어 보아도 근심걱정하는 놈이 있고 놈들의 보도진도 모두 정세 낙관할 수 없으니 전도가 우려되는니 하고 비명하기 시작하였다. 일제가 결정적으로 패망한다고 보는 계층의 범위가 점점 많아졌다. 징용 징병의 소집령을 받고 도망했다는 이야기가 여기저기 들려왔다.[8]

김태준 역시 김사량과 마찬가지로 학병동원을 전후하여 일본이 기

8 『문학』 1, 아문각, 1946, 190～191쪽.

울기 시작했다는 것을 인지하였다.[9] 하지만 대응방식은 매우 달랐다. 국내에서 끝까지 버텨야 한다고 생각하면서 해외로의 탈출은 도피라고 생각했던 김사량과 달리 김태준은 해외로 나가 더욱 적극적으로 운동을 해야 한다는 쪽이었다. 그가 병보석으로 풀려 나왔을 때 그와의 접촉을 시도한 쪽은 여운형 조선해방연맹 쪽이었다. 여운형 쪽에서 병보석으로 풀려난 김태준을 맹원으로 만들기 위하여 적극적으로 노력하였다. 김태준은 당시의 상황을 다음과 같이 적고 있다.

K동 여 선생은 현준혁, 최, 이K, 이T, 김T 등을 찾고 조선해방연맹이거나 조선인민위원회를 만들자고 제의한 일이 있다. 여선생 집에 출입하는 그룹 김, 최, 구, 이, 조 제씨의 소조직이 있었다. 나는 최군을 통해서 그 소식을 듣고 있었다. 최의 벗에 변군이 있었다. 이들은 1925년의 조공행동강령, 12월테제, 9월테제, 10월 서신 등을 비판하고 당면과제로서 징용 징병 공출 배급에 대해서 어떻게 싸울 것인가고 구체적 시안을 작성하라고 제의하여 왔다. 나는 변군이 기관지를 발행한다고 하기로 선언문을 기고했다.[10]

김태준이 여운형 중심의 건국동맹의 전신인 조선해방연맹을 이렇게 강조하는 것은 매우 이채롭다. 자신이 깊은 관계를 맺었던 던 콤그룹보다 건국동맹을 먼저 내세워 강조하는 것은 1943년 중반 이후의 조선 지식인들의 분위기를 드러내고자 하는 의도에서이다. 김태준은 국내에서 버틸 수 없어서 망명한 것이 아니고 국내와 국외의 혁명세력을

9 김태준 연안행에 대한 일반적인 의미에 대해서는 이 책에 실린 장문석의 「김태준과 연안행」을 참고.
10 위의 책, 191쪽.

연결시킬 목적으로 연안으로 망명하였다. 혁명운동의 지평을 확장하는 차원의 김태준의 연안행과 궁지를 벗어나는 차원에서의 김사량의 연안행은 분명히 다르다.

김사량과 김태준이 만주를 선택하지 않고 관내 지역을 선택한 것은 이미 만주 지역에는 일본 제국이 만주국을 완전 장악하여 더 이상 예전의 만주국이 아니라는 점이 크게 작용하였다. 과거에는 만주 지역이 혁명세력의 중요한 근거지였지만 이 최후기에 들어서면 만주국은 조선과 별 차이가 없는 지역이 되어 버렸기 때문이다. 그렇기 때문에 만주가 아니고 관내 지역을 선택한 것이다. 관내 지역 중에서도 조선의용군이 활동하던 태항산 지역이나 연안을 선택하였다. 그곳을 거점으로 항일운동을 펼치고 나아가 조선으로 진군하여 독립된 나라를 만들겠다는 기대를 잔뜩 안고 살았던 것이다.

한국 근대문학에서의 중국의 의미에 대한 탐구는 이제 막 시작된 셈이다. 그동안 한국 근대문학에서의 일본이 차지하고 있는 것에 대한 연구가 다각도로 진행되었던 것을 감안하면 참으로 만시지탄의 감이 강하게 든다. 한국 근대문학에서의 중국의 비중이 결코 작아서가 아니라 연구자들의 무지 때문이었다. 향후 이 방면의 연구는 한층 심화되고 확대되어야 할 것이다.

1부

관내

한국 근대문학과 베이징

최 학 송

1. 서론

베이징北京은 해방 전 재중 한인문학의 또 하나의 중심이다. 해방 전, 한국의 많은 문인들은 독립운동이나 학업 또는 생계 때문에 중국에서 생활하였으며 그 과정에서 혹은 그 경험을 바탕으로 적지 않은 문학 작품을 남겼다. 이런 작품들은 흔히 '재만 한인문학' 또는 '상하이 한인 문학'이라는 이름으로 논의되고 있다. 만주滿洲와 상하이上海가 해방 전 재중 한인문학의 중심인 것은 확실하나 결코 전부는 아니다. 당시 중국에는 만주와 상하이 외에도 한국인의 창작활동이 활발한 곳들이 있었다. 베이징이 대표적인 곳이다.

근대 이전, 조공을 통해서만 가능하던 한인의 베이징 진출은 청말 서구 열강의 침략으로 여건이 달라졌다. 1858년 톈진天津조약과 1860년 베이징조약의 체결을 통해 톈진이 개항되었고, 베이징에는 공사관이 설치되자 한인은 톈진을 통해 비공식적으로 베이징에 들어갈 수 있었다. 이렇게 시작된 한인의 베이징 진출은 3·1운동 직전의 80여 명에서 1920년대 중반에는 1,000여 명[1]으로 늘어났으며 1940년에는 17,000여 명이나 되었다.[2]

이처럼 베이징에 체류하는 한인이 늘어나면서 자연스럽게 한인 사회가 형성되었으며 이 속에는 문인들도 포함되었다. 이들은 자신의 체험에 근거하여 다양한 장르의 문학작품을 남겼다. 그리고 1930년대 후반부터는 한국 국내의 문인들도 여러 가지 이유로 베이징에 다녀와서는 자신이 보아온 베이징을 작품화하였다. 그러나 지금까지 베이징 한인문학에 관한 연구는 한설야, 신채호, 이육사, 김사량, 주요섭 등 몇몇 작가의 베이징 행적을 추적하고 베이징 인식을 살펴보는데 그치고 있다.[3] 이런 연구는 베이징 한인문학 연구의 초석이 되지만 개별 작가의 베이징 체험을 다루는데 그침으로서 이 시기 한국 문인들의 눈에 비친 베이징을 전체적으로 조망하지는 못하였다.

이에 이 글에서는 우선 한국 문인들의 베이징 인식을 직설적으로 표출한 실기류의 작품들을 살펴보고 나아가 베이징을 배경으로 하는 소설을 면밀하게 검토하는 것을 통하여 한국 근대 문인들의 눈에 비친 베이징과 그 속에서 살아가는 한인의 삶을 살펴보고자 한다.

---

1 손염홍, 『근대 북경의 한인 사회와 민족운동』, 역사공간, 2010, 71쪽.

2 위의 책, 283쪽.

3 서경석, 「한설야의 『열풍』과 북경 체험의 의미」, 『국어국문학』 131, 국어국문학회, 2002; 최옥산, 「칭포우 입은 조선 선비-베이징의 단재」, 『민족문학사연구』 25, 민족문학사학회, 2004; 홍석표, 「이육사의 중국 유학과 북경중국대학」, 『중국어문학지』 29, 중국어문학회, 2009; 박남용·임혜순, 「김사량 문학 속에 나타난 북경 체험과 북경 기억」, 『중국연구』 45, 한국외대 중국연구소, 2009; 최학송, 「주요섭의 베이징 생활과 문학」, 『국어교육』 142, 한국어교육학회, 2013.

2. 한국 근대 문인의 베이징 체험

한국 근대 문인의 베이징 체험은 크게 두 시기로 나누어 볼 수 있다. 하나는 1920년대이고 또 하나는 1930년대 후반에서 1940년대 전반까지이다.[4]

1920년대, 한국의 근대 문인은 흔히 독립운동가나 유학생이라는 신분으로 베이징에서 생활하였다. 신채호가 전자에 속한다면 이육사, 정래동과 같은 사람이 후자에 속한다. 1919년, 한국에서 3·1운동이 발발하자 일제의 탄압을 피하여 많은 독립운동가와 청년학생들이 해외로 망명하였는데 이중 일부가 베이징으로 들어왔다. 독립운동가들이 베이징에 몰려든 것은 우선 지리적으로 베이징이 중국 북쪽의 둥베이東北·네이멍구內蒙古와 남쪽의 상하이·광저우廣州 지역뿐만 아니라 중국과 소비에트 러시아를 오갈 때 반드시 통과해야 하는 유리한 지점에 위치해 있었기 때문이었다. 그리고 베이징은 상하이나 톈진처럼 조계지가 없어서 활동에 제약이 따를 수 있었지만, 개방 도시가 아니었기 때문에 갖는 장점이 있었다. 베이징에는 영사관을 설치할 수 없음으로 하여 일본의 경찰권 행사가 허용되지 않았다. 때문에 독립운동가들의 활동이 비교적 자유로울 수 있었다. 이런 이유로 하여 1920년대에 이르러 베이징은 해외 독립운동의 중요한 근거지의 하나가 되었으며 독

---

4 1930년대 전반기에 하나의 저조기가 나타난 것은 이 시기 일제가 조작하고 일으킨 '만보산 사건(1931)', '만주사변(1931)', '만주국 건국(1932)' 등의 사건으로 하여 중국 내 반일 정서가 확산되면서 한국인에 대한 배척이 심해졌기 때문이다. 1930년대 전반기에는 베이징에 거주하는 한인의 수도 줄어들었으며 따라서 베이징에 오는 문인도 적어졌다. 그러다 1930년대 중엽, 일제의 화베이침략이 개시되면서 한인의 수가 다시 늘어났으며 중일전쟁(1937) 이후에는 급격히 증가되었다.

립운동을 구심점으로 하여 한인 사회가 형성되었다.

유학생들이 베이징에 모여든 것은 베이징은 중국의 신문화운동新文化運動의 중심지로서 사상이 다양하고 언론이 비교적 자유로웠기 때문이다. 그리고 물가가 저렴하여 생활이 비교적 용이하였으며 학비도 한국이나 일본보다 낮았다. 특히 1923년 9월 일본 관동대지진으로 하여 일본 유학이 어려워지자 많은 젊은이들이 베이징으로 몰려들었다. 당시 매일 베이징에 유학 온 한인 유학생은 수십 명에 달했다.[5]

1920년대에 베이징 체험을 갖고 있는 문인들은 이처럼 독립운동이나 유학를 하면서 일정 기간 베이징에 거주하였다. 그러나 1930년대 후반에서 1940년대 전반에 베이징 체험을 갖고 있는 문인들은 관광이나 시찰이란 이름으로 잠깐 다녀간 경우가 많았다.

1937년 7월 7일 중일전쟁을 일으킨 일제는 7월 29일 베이징을 점령했으며 12월에는 친일자 왕커민王克敏을 부식하여 베이징을 망라한 화베이[6] 지역에 '중화민국임시정부中華民國臨時政府'라는 이름으로 괴뢰 정부를 수립하였다. 그리고는 '반도 출신 학병 위문(김사량, 노천명 등)',[7] '황군 위문(김동인, 박영희, 임학수)'[8] 등 다양한 명의로 한국 문인들을 화베이 지역에 불러들여 전쟁 선전에 이용하였다. 이외에도 한인의 화베이 진출이 많아지면서 '북지 교학 기관 시찰(문장욱)',[9] '베이징 고대문화의 시찰(김사량)',[10] '북지 시찰(조용만)'[11] 등 여러 명목으로 많은 문인들이 화베이

---

5 손염홍, 앞의 책, 39~69쪽 참조.

6 중국의 북부 지방, 베이징과 허베이성[河北省], 산시성[山西省], 톈진[天津], 네이멍구자치구[內蒙古自治區] 등으로 이루어졌다.

7 조성환 편, 『북경과의 대화－한국 근대 지식인의 북경 체험』, 학고방, 2008, 140쪽.

8 전봉관, 「황군 위문 작가단의 북중국 전선 시찰과 임학수의 『전선시집』」, 『어문론총』 42, 한국문학언어학회, 2005.

9 문장욱, 「연경 유기」(『조광』, 1939.11), 조성환 편, 앞의 책, 245쪽.

에 다녀갔는데 이들이 가장 관심을 가진 것이 베이징이었다.

1930년대 후반, 화베이를 점령한 일제는 『매일신보』, 『삼천리』 등 친일적인 신문·잡지를 통하여 화베이 지역을 '낙토樂土'로 대대적으로 선전하였으며 일련의 이민 장려 정책을 실시하였다. 이 점에서 1930년대 후반 한인의 화베이 진출은 1930년대 중후반 한인의 만주 진출의 연장선상에 놓인 것이라고도 할 수 있다.

> 내가 지금 말하려는것은 水原郵便局員의 地理常識이 너무 貧弱함에 一警을 한일이다. 水原郵便局員은 皮封꼭대기에다가 '滿洲國' 三字를 커다랗게 朱書해놓았다. 北平을 滿洲國都市로 만들어놓은 地圖는 아마 새로만들기前에는 世上에 없는 물건이다. 地理에는 常識以上의 智識을 가지고 있으리라고 自他가 公認하는 郵便局員으로써 故意라면 모르거니와 놀라지 않을수 없는일이다. 유독 水原郵便局員뿐이 아니다. 나는 가끔 朝鮮 인테리층의靑年들에게서 '滿洲國北平' 이라고 쓴편지를 받는다. 받을때마다 나는 赤面한다. 年前에는 朝鮮某雜誌社 主筆로부터 原稿請託편지가 '滿洲國北平'으로 씨워온것을 받고는 意外도 有分數지 참으로 한참을 멍하니 앉었다가 失笑하고 말었다.[12]

1930년대 후반, 우체국 직원·인텔리 청년·잡지사 주필 등 한국 사회에서 가장 풍부한 지리地理 상식을 가져야 할 사람들마저 베이징이 어디에 위치한지를 잘 모르고 있었다. 이런 미지의 세계가 일제에 의하여 '낙토'로 묘사되었으며 한인들이 본격적으로 진출하기 시작한 것이다.

---

10 김시창, 「북경 왕래」(『박문』, 1939.8), 위의 책, 69쪽.
11 조용만, 「북경의 기억」(『문장』, 1940.1), 위의 책, 436쪽.
12 주요섭, 「北京雜感」, 『백민』, 1937.6, 33~34쪽.

1930년대 후반, 베이징을 대표로 하는 화베이 지역은 처음으로 한국인의 일상에 다가왔으며 호기심의 대상이 되었다. 이 시기 문인들의 단기적인 베이징 관광이나 시찰이 빈번해진 것은 이런 시대적 상황과 관련된다.

1930년대 후반 한국 문인의 베이징 관광이나 시찰을 부추긴 또 하나의 요인으로 교통의 획기적인 발전을 들 수 있다. 1930년대 전반까지만 하여도 서울에서 베이징에 가는 것은 한 주일 좌우의 시간이 걸렸다.[13] 때문에 특별한 모험이 있는 것은 아니나 그 과정이 복잡하고 힘든 것을 당시 『조선일보』 특파원이었던 이관용은 "北京이 현대적 교통기관망 밖에 떨어져 있는 한 고립된 벽지같다"[14]고도 말하였다. 그러나 1930년대 후반 한국과 베이징 사이에 직통열차가 개통됨으로써 한국에서 베이징까지의 이동 시간이 예전의 한 주일 좌우로부터 2일 이내로 단축되었다. 화베이 지역을 점령한 일제는 1938년 10월 1일부터 부산에서 베이징에 이르는 2,068km를 38시간 45분에 주파하는 직통 급행 여객열차 운행을 개시하였던 것이다.[15] 이런 교통의 편리를 체험한 많은 문인들은 베이징 체험을 다룬 작품의 첫머리에 우선 '열차 체험'을 쓰기도 하였다.[16]

물론 1930년대 후반에도 베이징에서 일정한 직업을 갖고 장기 거주한 문인들이 있었다. 예를 들면 주요섭은 푸런대학輔仁大學 교수로 재직하였으며 백철은 『매일신보』 베이징 지사 지사장 겸 특파원으로 나와 있었다.

---

13 이갑수, 「북평을 보고 와서」, 『조선일보』, 1930.10.2.
14 이관용, 「北京에 와서」, 『조선일보』, 1928.11.7.
15 서선덕 외, 『한국철도의 르네상스를 꿈꾸며』, 삼성경제연구소, 2001, 126쪽.
16 조용만, 「북경의 기억」(『문장』, 1940.1), 조성환 편, 앞의 책, 436쪽.

3. 한중 근대 문인의 교류

베이징은 예로부터 중국의 문화중심지였다. 특히 신문화운동의 발상지로서 베이징은 중국 근대문학의 요람으로 불렸으며 많은 근대 문인들이 활동하고 있었다. 격변의 시기를 함께 맞았기에 한국 근대 문인들은 베이징에 오면 당연히 중국 근대 문인들을 찾아 교류하고자 하였다. 그러나 대부분이 관광이나 시찰의 형식으로 잠깐 다녀갔으며 또 언어상의 제약으로 하여 직접 교류를 진행한 문인이 많지는 않았다.

1920년대 베이징에서 생활한 한국 문인들은 아나키스트 활동을 매개로 중국 문인들과 비교적 활발한 교류를 진행하였다. 베이징이 '중국 신사상의 요람'으로 불리었던 만큼 베이징에서 활동한 독립운동가나 유학생들은 비교적 쉽게 신사상을 접하고 수용할 수 있었다. 그중의 하나가 아나키즘이었다.

신해혁명(1911) 전후, 류시푸劉師復를 중심으로 한 아나키즘은 중국 사상계에서 하나의 흐름을 형성하였고 이는 당시 신해혁명에 참여했던 신규식 등 재중 한인들에게 커다란 영향을 미쳤다. 류시푸가 사망한 후 아나키즘의 중심은 광저우・상하이에서 베이징으로 옮겨졌으며 리쓰쩌엉李石曾과 베이징대학 교장인 차이위안페이蔡元培 등이 그 뒤를 이어 새로운 활동을 펼쳤다. 따라서 베이징에 있는 한인들도 중국인들과 교류하는 과정에 아나키즘 사상을 접하게 되었는데 그 선구자가 신채호였다.[17]

신채호는 중국 최초의 아나키스트이며 유명한 생물학자인 리쓰쩌

17 손염홍, 앞의 책, 108쪽.

영과의 지속적인 교류 과정에서 아나키즘 운동의 동태를 빠르게 관측할 수 있었다. 1922년 봄, 신채호는 에스페란토어를 배우기 시작하였으며 12월에는 중국의 저명한 문학가이며 계몽선구자인 루쉰魯迅, 저우쭤런周作人 형제와 러시아 시인이며 에스페란토어 학자 예로셴꼬, 대만 아나키스트 파안번랴앙範本梁 등과 긴밀한 접촉을 가졌다. 당시 베이징의 에스페란토어 학습 열풍을 몰아온 예로셴꼬는 루쉰 형제네 집에 머물고 있었고 통역은 주로 에스페란토어를 포함한 7, 8개 외국어에 능했던 저우쭤런이 맡았으므로 신채호는 같이 베이징대학 교수로 있으면서 저우쭤런과 친하게 지내던 리쓰쩌엉의 소개로 그들과 만날 수 있었을 것이다.[18]

당시 베이징의 대학교들에는 많은 아나키즘 단체가 결성되었으며 한인 유학생들은 이것을 통하여 아나키즘을 접하게 되었다. 대표적인 사람으로 정래동을 들 수 있다. 정래동이 다녔던 베이징 민국대학은 아나키즘 활동이 활발이 진행된 곳으로서 1924년에 민국대학 학생을 중심으로 한국인과 중국인 연합에 의한 '흑기연맹黑旗聯盟'이라는 아나키즘 단체가 생기기도 하였다. 당시 '흑기연맹'에는 극작가 샹페이량向培良, 한문학가 궈퉁쉬안郭桐軒, 소설가 바진巴金 등 중국 문인들도 참여하여 있었다. 정래동은 '흑기연맹'에 가입하여 활동함으로써 중국 문인들과 교류할 기회를 가졌다. 특히 샹페이량과 궈퉁쉬안으로부터는 직접 문학적 가르침을 받기도 하였다.[19]

한인 유학생들은 이처럼 아나키즘이라는 매개를 통하여 중국 문인

---

18 최옥산, 앞의 글, 346~347쪽.
19 방평, 「정래동 연구－중국 현대문학의 소개와 번역을 중심으로」, 서강대 석사논문, 2012, 18~19쪽 참조.

들과 교류하고 나아가서는 문학적 가르침을 받을 기회를 갖는 동시에 대학 내에서 루쉰・빙신冰心 등 중국의 대표적인 문인들의 강의나 특강을 듣기도 하였다.[20]

1920년대의 이런 활발한 교류에 비하면 1930년대 후반에 오면 교류가 비교적 단출하다. 1930년대 후반으로부터는 대부분의 문인들이 관광이나 시찰 등 단기적인 방식으로 베이징에 체류한 것도 한 원인이 되겠지만 이때는 중국 문인들이 대부분 남방南方으로 이동하여 한국 문인들이 동경하거나 흥미를 갖는 사람이 베이징에 별로 없었기 때문이었다. 그러나 한 예외가 있으니 그가 바로 대표적인 중국 근대 문인의 한 사람인 저우쭤런이다. 일제 통치하의 베이징에 남은 저우쭤런은 당시 괴뢰 베이징정부의 교육대신에 취임하여 있었다. 중국 문인들과의 교류를 갈망하는 한국 문인들에게 저우쭤런은 베이징에서 반드시 만나고 싶은 사람이었다.

당시 총독부 기관지 『매일신보』 베이징 지사 지사장 겸 특파원으로 있던 백철은 '한국의 저명한 문학자'라는 신분으로 지인의 소개를 통하여 1945년 가을 저우쭤런을 만났다. 백철과 저우쭤런은 '한국의 신문학운동', '한국에서의 루쉰 소개 현황', '베이징대학 학생들의 동향', '문학자로서의 周作人의 현재 작업상황' 등의 문제를 갖고 가벼운 담화를 주고받았다.[21] 1930년대 말 '베이징 고대문화의 시찰'이란 이름으로 베이징에 잠간 들린 김사량도 지인의 소개를 통하여 저우쭤런을 만나고자 북지문화협의회北支文化協議會에 들렀었다.[22]

---

20 위의 글, 15쪽.

21 김윤식, 『백철 연구』, 소명출판, 2008, 359~361쪽 참조.

22 김시창, 「북경 왕래」(『박문』, 1939.8), 조성환 편, 앞의 책, 70쪽.

4. 한국 근대문학에 나타난 베이징과 중국인

한국 근대 문인들에게 베이징은 다양한 모습으로 다가왔다. 홍종인에게 있어 베이징은 "역사의 북평,[23] 명승의 북평, 궁궐의 북평"이었으며[24] 문장욱에게 있어 베이징은 "성城의 도시, 수樹의 도시, 문門의 도시, 궁宮의 도시, 명승지의 도시, 인력거의 도시"였으며[25] 주요섭에게 있어 베이징은 '도시'이기에 앞서 하나의 '궁宮' 또는 '공원公園'이였으며[26] 한설야에게 있어 베이징은 '수해樹海'로서 "천하에 드문 납량지요, 피서지"였으며[27] 정래동에게 있어 베이징은 "녹음에 싸인 도시"였다.[28]

이처럼 다양성을 내포한 베이징이 한국 문인들에게 준 가장 큰 인상은 무엇보다 '웅장함'이었다. 베이징역北京驛에 내리면 가장 먼저 눈에 안겨오는 정양먼正陽門으로부터 발산되는 이런 웅장함은 쯔진청紫金城, 톈탄天壇 등 베이징의 상징적 유물에서마다 느낄 수 있었다. "正陽門과 같은 건물은 인공이 아니라고까지 생각되도록 굉장하고 위대한 느낌을 주는 것이었다",[29] "상상도 못하던 웅대한 규모와 옛 문화의 정수의 어마어마한 유물, 유적에 마침내는 형용의 말을 찾기를 단념하였다",[30] "어심於心에 동경하든 고궁전에 다달아 보니 실로 휘황찬란하며

---

23 '베이핑[北平]'은 특정한 역사 시기에 사용하였던 베이징의 또 다른 이름이다. 베이징은 역사적으로 여러 차례 베이핑이라 불렀다. 최근의 것으로 보면 1928년 중화민국정부가 난징[南京]으로 천도하며 베이핑으로 한동안 불리다 1937년 일제가 베이징을 점령하면서 다시 베이징으로 고쳤다. 1945년 일제가 망하면서 또 한동안 베이핑으로 불리다 1949년 중국인민해방군이 진주하면서 다시 베이징으로 고쳐 오늘에 이르고 있다.

24 홍종인, 「북평에서 본 중국 여학생」(『여성』, 1937.8), 조성환 편, 앞의 책, 64쪽.

25 문장욱, 「연경 유기」(『조광』, 1939.11), 위의 책, 249쪽.

26 주요섭, 「북평잡신」, 『동아일보』, 1934.11.11~21.

27 한설야, 「연경의 여름—시내의 납량 명소 기타」(『조광』, 1940.8), 조성환 편, 앞의 책, 155쪽.

28 정래동, 「녹음의 북평」(『북경시대』, 평문사, 1949), 위의 책, 172쪽.

29 정래동, 「북경의 인상」(『사해공론』, 1936.9), 위의 책, 42~43쪽.

굉대장엄宏大莊嚴한 위관偉觀이야말로 형언치 못하겠고"[31] 등 표현은 동경의 대상으로만 여겨오던 제국의 상징적 유물을 직접 대면하고 받은 깊은 인상을 잘 보여준다.

베이징의 이런 대표적 유물에 대한 감탄은 중국의 미래에 대한 낙관적 기대로도 이어진다.

> 우리가 서양인에게 일종 외경을 가지는 것이 사실이오. 또 저들은 이 큰 땅덩이 위에 검은 야심을 가지고 아편이다 종교다 또 무엇 무엇이다 하는 것으로 이 땅 도처에 자기네 표본을 박아도 놓았지만, 그러나 이 대륙인들이 만들어놓은 인공의 큼을 볼 때 우리는 열 번 백 번 왼 고개를 흔들지 않을 수 없소. 절대로 이 위대함을 낳은 이 성격을 지구상에서 말살할 수 없으리라고……[32]

한설야와 같은 문인은 중국이 현재는 비록 어려운 상황에 처해 있으나 이런 위대한 유물을 창조한 잠재력 있는 민족이기에 결코 소멸되지는 않을 것이라 지적한다.

지금까지 보아오던 유물들과 비교하여 너무나 차이나 나기에 많은 문인들은 이것을 인공人工이라 믿기 힘들다고 하며 그 특점을 한국이나 일본의 자연은 정원의 연장이나 베이징의 것은 자연과 인공의 합작이라 귀납한다.[33]

베이징의 찌진청이나 톈탄 등 유물을 보면서 문인들은 자연스럽게

---

30 홍종인, 「북평에서 본 중국 여학생」(『여성』, 1937.8), 위의 책, 65쪽.

31 이갑수, 「북평을 보고 와서」(『조선일보』, 1930.10.2~16), 위의 책, 191쪽.

32 한설야, 「연경의 여름—시내의 납량 명소 기타」(『조광』, 1940.8), 위의 책, 163쪽.

33 한설야, 「天壇—북경통신」(『인문평론』, 1940.10), 위의 책, 281~283쪽 참조.

경성京城의 창덕궁昌德宮이나 경복궁景福宮과 같은 유물을 떠올리기도 한다. 비교를 통하여 "자손심까지 상한"[34] 사람이 있는 반면 일부는 "과연 위대하기는 하나 역시 조선사람이 되어 그런지 우리의 고아高雅와 소담素淡이 없음이 슴슴하다"[35]는 느낌을 받기도 하였다.

한국 근대 문인의 베이징 체험기는 작가에 따라 일정한 차이가 있지만 대부분 정양먼, 찌진청, 톈탄, 베이하이, 중하이中海, 난하이南海, 징산景山, 완서우산萬壽山[36] 등 봉건 황권皇權과 관련되는 유물에 대한 소개와 감수를 적고 있다. 한국 문인의 작품 속 등장하는 이런 베이징은 황제가 생활한 장소로서의 베이징뿐만 아니라 시민市民들 삶의 터전으로서의 베이징이 서로 중첩되면서 입체적인 모습을 드러냈던 당시 중국 문인의 작품 속의 베이징과 대조된다.[37] 이것은 문인뿐만 아니라 한국의 독자들도 베이징에 대한 호기심과 궁금증이 제국의 수도로서의 베이징, 즉 동경의 대상이었던 베이징의 지난날에 머물러 있음을 보여준다.

한국 문인의 작품에서 시민들의 삶의 장소로서의 베이징이라든가 시민들의 구체적인 삶의 모습에 대한 기술은 아주 적은 분량을 차지한다. 주목을 요하는 것은 이 적은 분량도 대부분이 부정적 시각으로 그려진 것이다.

"유연留燕 20일에 간절히 느낀 것은 불결과 호화의 양극이었다. 궁성의 호화와 궁성 이외의 불결이 곧 그것이다"[38]는 말에서도 나타나다시피 한국 문인들은 우선 베이징 거리의 혼잡과 흩날리는 먼지에 놀란다. 그

34 배호, 「留燕 20일」(『인문평론』, 19393.10), 위의 책, 238쪽.
35 김시창, 「북경 왕래」(『박문』, 1939.8), 위의 책, 71쪽.
36 이허위안[頤和園]의 별칭.
37 董玥, 「國家視角与本土文化－民國文學中的北京」, 陳平原・王德威 編, 『北京：都市想像与文化記憶』, 北京大學出版社, 2006 참조.
38 배호, 「留燕 20일」(『인문평론』, 19393.10), 조성환 편, 앞의 책, 239쪽.

리고 중국인들에 대해서는 보편적으로 '교양'이 부족함을 지적한다.

> 외부에 대한 북경의 인상은 대개 이렇지마는 그곳에서 거주하는 인간에 대하여는 여간한 불만을 느끼게 하는 것이 아니었다. 인력거를 끄는 사람, 하숙에서 심부름을 하는 사람은 본래 교양이 없는 사람이니까 말할 것도 없지마는 그러나 우리가 처음 가서 대할 기회가 많은 것은 역시 그 사람들이다. 그 사람들에게는 인간의 미점(美點)이란 발견할 수가 없었다.
>
> 물론 언어 소통의 불충분한 관계도 있겠으나, 그네들은 사기, 금욕(金慾)으로만 되어 있고 인정은 없는 것 같이 생각되도록 행동하는 것이었다.[39]

한국 문인들은 흔히 베이징역에 내리면 곧 인력거를 타고 목적지에 갔다. 그리고 그 과정에 귀찮게 달라붙는 인력거꾼과 거지를 만났었다. 때문에 작품 속에 등장하는 중국인은 이런 인력거꾼과 거지가 거의 전부이다. 따라서 중국인에 대한 이해가 깊을 수 없었으며 그들이 보아온 중국인도 '교양'이 부족할 수밖에 없었다. 이는 대부분의 문인들이 중국어를 모르며 또한 단기 체류한 것과 무관하지 않다.

비록 예외적이긴 하지만 주요섭처럼 중국어에 능통하며 또 장기간 베이징에 체류한 작가들의 작품 속에서 중국인은 또다른 모습으로 등장하기도 한다. 주요섭은 비록 경제적으로는 풍요롭지 못할지라도 새나 병아리를 기르거나 호궁胡弓을 타며 즐겁게 살아가는 베이징 시민들의 삶의 방식에 공감하며 이것을 "돈이 많어야 趣味生活이 되는줄로 생각하는 朝鮮人들에게 보여주고싶다"[40]고까지 한다.

---

39 정래동, 「북경의 인상」(『사해공론』, 1936.9), 위의 책, 44쪽

40 주요섭, 「중국인들의 생활을 존경한다」, 『조선문학』, 1937.6, 103쪽.

5. 베이징 한인의 삶과 문학적 형상화

베이징 체험을 반영한 실기류의 작품은 위에서 언급한 것처럼 베이징을 대표하는 유물에 대한 소개와 감수를 중심으로 기술되었다. 여기에는 베이징 시민의 삶이 구체적으로 논의되지 못했을 뿐만 아니라 베이징에서 생활하는 한인의 삶에 대한 묘사도 거의 찾아볼 수 없다. 베이징 시민의 삶이 반영되지 않은 것은 문인들이 이들과 접촉할 기회가 적었으며 또한 이들의 삶에 주목하지 않았기 때문일 수도 있지만 베이징을 찾은 한국 문인들이 베이징 한인의 삶을 주목하지 않았을 수는 없다. 실기류의 작품에서 거의 언급되지 않은 베이징 한인의 삶은 소설이라는 형식을 통하여 형상화되고 있다.

한국 근대 문인이 창작한 베이징을 배경으로 하는 소설은 대부분 1930년대 중반 이후에 창작되었다.[41] 주요섭[42]의 「죽마지우」(『여성』, 1938.6~7)는 베이징을 배경으로 하는 소설로는 초기에 창작된 작품이다.

주요섭의 자전적 소설인 이 작품은 베이하이北海공원을 배경으로 한다. 베이하이공원은 주요섭이 베이징에서 생활하면서 자주 들린 곳으로서 소설뿐만 아니라 시, 수필 등에도 등장하고 있다. 작품은 교사인 '나(C 군)'가 베이하이공원에서 한때는 꿈과 이상을 같이했던 죽마지우

---

41 이 글에서는 베이징이 주요 배경으로 등장하며 해방 전(1945)에 창작, 발표된 작품만을 논의의 대상으로 삼았다. 신채호의 「용과 용의 대격전」(1928)이나 김광주의 「북평서 온 영감」(1936)처럼 베이징이 잠깐 등장하는 작품이나 한설야의 『열풍』처럼 비록 해방 전(1944)에 창작하였다 할지라도 해방 이후에 발표(1958)한 작품은 논의의 대상에서 제외하였다.

42 1934년부터 1943년까지의 근 10년간을 베이징 푸런대학 교수로 재직한 주요섭은 한국 근대 문인들 중에서 베이징 체류기간이 제일 길고 또 창작한 작품도 가장 많은 작가 중 한 사람이다. 주요섭은 베이징에서 생활하면서 소설, 시, 수필, 평론 등 여러 장르에 거쳐 30편의 작품을 창작하였다.

K 군과 P 군을 만난 이야기를 다룬다. 오십만 원의 재산을 갖고 있는 자신을 '성공한 사람'이라 자평하는 K 군이 보건대 얼마 안되는 월급을 받으며 선생을 하고 있는 나는 '실패한 인생'을 살고 있다. 때문에 K 군은 나보고 "선생이라는 지위를 이용하여 유력자를 사귀"거나 "선생을 그만두고 이권운동"을 하라고 충동한다. 특히 요즈음 베이징은 '여행증명서'를 내기 힘들어 많은 한국인들이 오고 싶어도 못 오니 이런 시국을 이용하여 한몫 톡톡히 보아야 한다고 한다. K 군은 이런 방식을 통하여 '성공한 사람'이 되었으며 또 나에게 이것을 추천하고 있다. 문제는 1930년대 후반의 베이징에서 이런 방식은 친일의 방식으로밖에 해석할 수 없는 것이다.

「죽마지우」가 발표된 1938년, 베이징은 이미 일제에 점령되어 있었다. 일제가 베이징을 점령하자 베이징에 있던 민족운동 세력은 난징南京, 충칭重慶으로 떠났다. 이때로부터 의용군과 광복군을 비롯한 항일세력이 다시 베이징에서 활동하기 시작한 1940년 전후까지 베이징의 한인 사회, 특히는 한인 유력자층은 대부분 부일附日 한인으로 구성됐다고 해도 과언은 아니었으며 경제도 부일적인 성격을 띠었다. 한편 일제의 화베이 점령과 함께 이 지역으로 한국인의 이주가 급증하자 1937년 9월 20일 일제는 한국인들의 막연한 진출을 금지하기 위하여 출발지 경찰서장의 신분증명서를 받는 것을 이주의 필수 조건으로 규정하였다.[43] 「죽마지우」는 바로 이처럼 친일의 방식이 아니고는 재부를 축적할 수 없는 사회적 환경을 그 배경으로 한다. 그러나 K 군에게 이런 베이징은 '기회의 땅'이었으며 '가능성의 땅'이었다. K 군의 이런 현실 인식은 이 시기 일제가 화

43 손염홍, 앞의 책, 272～305 참조.

베이를 '낙토'로 선전하던 것과도 일맥상통한다.

K 군의 권고에 '나'는 베이하이의 석양을 보면서 조용히 선생을 하는 것이 더 좋다는 것으로 이런 '기회'와 '가능성'을 거절한다. 이는 K 군의 삶의 방식에 대한 부정이기도 하다. 주요섭은 「죽마지우」를 통하여 일제에 아부하여 사욕을 채우는 베이징의 '성공한 사람'들을 부정, 비판하고 있다. 작품은 특히 순수하고 열정적이던 지난날의 K 군과 돈을 모든 가치의 기준으로 생각하는 오늘날의 K 군을 대조시키는 것을 통하여 이런 부정과 비판을 더욱 강화하였다. 동시에 비록 가난할지라도 양심에 거리끼는 일을 하지 않으며 약자에 대한 동정심을 갖고 있는 P 군에 대한 공감과 긍정을 통하여 주요섭이 생각하는 바른 삶의 방식을 보여주었다.

주요섭의 「죽마지우」가 베이징의 한인 유력자를 다루었다면 조용만[44]의 「북경의 기억」(『문장』, 1940.1)은 베이징에서 살아가는 한인 서민의 삶을 다루고 있다.

「북경의 기억」은 신문사에 근무하는 '나'와 R화백이 이즈음 막 개통된 베이징-부산 간의 직통열차를 타고 다녀온 '북지 시찰'에서 나의 '옛 애인'을 만난 이야기를 다루고 있다. 당시 조용만이 『매일신보』 기자로 근무했던 점을 감안하면 이 작품도 자전적인 색채가 짙다.

최 군이 나의 '옛 애인'이라 부르는 안나는 한때 나와 '연인 사이'처럼 가까이 보낸 적이 있는 동향同鄕의 이성 친구이다. 안나는 서울에서 여자고등보통학교를 졸업하고 은행에 취직한 평범한 샐러리맨이었다. 같은 부서에 있는 남자와 결혼하여 그럭저럭 살아오던 안나는 남편이

44 조용만은 1931년부터 1945년까지 『매일신보』 기자로 근무하였다. 이 사이에 기자의 신분으로 베이징에 다녀간 것 같다.

실직되면서 생활이 어려워지자 만주 봉천으로 이주하여 약장사를 하였다. 그러나 그것도 여의치 않자 4년 전부터는 베이징에 와서 약장사와 요릿집을 함께 시작하였는데 얼마 못가서 남편을 여의고 현재는 홀로 요릿집만 경영하고 있다.

「북경의 기억」은 이처럼 안나의 과거와 현재를 그리는 것을 통하여 베이징 나아가서는 중국의 여러 도시에서 살아가는 한인 서민의 모습을 보여준다.

> 안나의 경영하는 고려관이란 그저께 갔을 때에 술이 취해서 똑똑히는 생각이 안 나지만, 이름이 요릿집이지 서울 잇는 우동 갈보집 같이 구저분한 다다미방이 늘어서있고 그 속에서 귀신같이 분바른 조선 옷 입은 계집애들이 우글거렸다. 이곳에 오래와 있어서 조선음식이 먹고 싶고 또 조선여자가 보고 싶으면 혹은 하루 저녁 회포를 풀기 위하여 올 수 있을는지도 모른다. 그러나 화려하고 장대한 북경의 풍경을 막 보고난 나의 눈에는 비록 다소 술이 취했을지언정 그 광경은 결코 유쾌한 광양이 아니었다.[45]

화려하고 장대한 베이징과 구저분한 요릿집에 대한 대조는 안나의 누추한 현실을 더욱 부각시킨다. 자신의 모습이 광채롭지 못하다고 생각하기에 안나도 '나'를 만나는 것을 망설이며 가령 만나도 자신이 경영하는 요릿집에서는 만나지 말자고 한다. 당시 중국에서 생활한 한인은 농촌 지역에서는 농업에 종사했지만 도시에서는 대부분이 마약 밀매나 요릿집을 경영하고 있었다. 안나도 이런 사람들 중의 하나인 것

45 조용만, 「북경의 기억」(『문장』, 1940.1), 조성환 편, 앞의 책, 455~456쪽.

이다. 이 점에서 안나는 베이징 한인 서민의 한 타입이라고도 볼 수 있다. '나'가 안나와의 만남을 거부하고 "잊지 못할 아름다운 인상"만을 갖고 베이징을 떠나겠다는 것은 안나로 대표되는 베이징 한인 서민의 삶에 대한 '나'의 부정과 안타까운 마음을 드러낸다.

정비석의 「이 분위기」(『조광』, 1939.1)는 위의 두 작품보다 좀 더 넓은 범위에서 베이징 한인의 삶을 그린다. 중일전쟁 직전을 시간적 배경으로 하는 「이 분위기」는 대학을 중퇴하고 한동안 사회운동에 몸 받쳤던 김지준이라는 지식인의 시선으로 베이징 한인 사회를 보여준다. "이 땅을 뒤흔드는 현실과 멀리 고향을 떠나온 그들의 동향이 알고 싶어" 베이징에 온 김지준은 조춘택이라는 한인이 운영하는 '고려여관'에 유숙하고 있다. 김지준은 이곳에서 베이징에 흘러든 많은 한인을 목격한다.

김지준이 베이징에서 본 한인은 "가즌 수단과 계획으로써 고향땅에서 살어보려고 애쓰다가 마침내 쫓겨나다시피된 사람"들로서 "고향을 잃어버린 종속 없는 집시"들이었다. 그러나 이들은 결코 동정의 대상은 될 수 없는 사람들이었다. 이들은 "서로 싸우고 시기하고 말어먹고 하는 것이 외국사람들보다 더 야착스러웠"는바 "만나는 사람마다 도적놈으로 알어야 할" 정도였다.

베이징 한인에 대한 김지준의 이런 회의와 부정은 단지 서민에 멈추는 것이 아니다. 지도층에 있는 한인도 이와 별로 다르지 않았다. 고려여관 주인 조춘택의 소개로 '민회民會' 서기를 맡은 김지준은 이곳에서 한인 지도층의 실상을 알게 되었다. 베이징 한인의 이익을 대표한다는 민회도 리사패와 민회장패로 나뉘어 매일 내부 싸움만 하고 있었다. 조춘택이 김지준을 민회에 소개한 것도 민회 내에서의 자신의 세력을 키우기 위함이었다.

김지준은 민회 서기를 맡으면서 또 베이징 한인 사회에 대한 보다 자세한 정보도 알게 되었다. 민회 장부에 기록된 베이징 한인의 수는 삼천 명가량 되는데 이 중 97% 즉 거의 대부분이 마약 밀매를 하고 있었으며 30%가 마약 중독자였다. 이는 당시 베이징 한인 사회의 실상을 여실히 보여주는 것으로서 다른 기록들과 비교하여도 거의 정확한 수치이다. 그리고 마약 밀매를 한다고 하여 이들의 생활이 유족한 것은 결코 아니었다. 대부분이 생계를 유지하는 수준이었다.

北支의 朝鮮人은 대단히 평판이 나쁘다. 물론 예외도 있지만, 개괄적으로는 원인이 둘로 나뉘는데, 1은 朝鮮人의 직업이 모히, 코카인의 禁制品을 밀매하는 것. 2는 선량한 中國人의게 사기, 공갈 등 불량한 행위를 하는 것. 北支在住 약 40,000명인데 대개는 滿洲에 있다가 들어온 사란들로 9할 5분은 표면 잡화점 등의 간판을 걸고 있으나, 실질적으로는 그 대반이 밀매자이다.[46]

마약 밀매의 실상은 주변 환경에 따라 차이가 있지만, 일반적으로 하루 평균 3원 내지 30원의 이익을 얻을 수 있었다. 일제의 조사를 통해 북경 한인 가운데 마약 밀매를 통해 모은 자산의 상황을 대략 알 수 있는데, 1만원 이상 4명, 5,000원 이상 4명, 1,000원 이상 7명이었다. 기타 222호는 100원에서 500~600원 정도의 자금을 갖고 있었다. 약 40호는 겨울철에 방한도구가 없었고, 심지어 옥수수・감자 등으로 겨우 생활을 유지할 정도로 생활이 극히 어려웠다.[47]

46 임학수, 「北京의 朝鮮人」, 『삼천리』, 1940.3, 278쪽.
47 손염홍, 앞의 책, 245쪽.

김지준을 사모하여 그에게 여러 도움을 주는 옥채가 바로 이런 생계형 마약 밀매자이다. 옥채는 본래 80세가 넘는 노인의 셋째 첩이었다. 어느날 병립을 만나 베이징으로 도망 온 옥채는 병립과 함께 마약 밀매를 하였으며 그 과정에 병립도 마약 중독자가 되었다. 병립이가 매일 5원어치도 부족하다 하고 마약을 피우니 감당할 방법이 없는 옥채는 병립을 버리고 김지준을 사모하게 되며 옥채의 버림을 받은 병립은 거지가 되어 베이징 거리에 나타난다. 옥채와 병립은 김지준이 보아온 베이징 한인 사회의 한 축도이다.

「이 분위기」는 당시 베이징 한인 사회의 혼탁한 분위기를 여실히 보여주고는 있으나 왜 이런 모습이 나타나게 되었는가에 대한 설명은 없다. 대신 이런 혼탁한 분위기를 일신시킬 대안은 제시하고 있다. 그 대안이 곧 '중일전쟁'이다. 김지준은 중일전쟁 발발의 신문기사를 보고 "우리 모두에게 새로운 운명이 닥쳐옴"을 느낀다. 그러나 중일전쟁이 베이징 한인 사회의 혼탁한 분위기를 정화할 것이라는 인식에는 문제가 있다. 베이징 한인 사회가 이처럼 혼탁해진 원인이 일제의 허위선전이나 조작과 무관하지 않기 때문이다.

김사랑[48]의 「향수」(『문예춘추』, 1940.7)도 베이징 한인의 삶을 다루었다는 점에서는 위의 작품들과 동일하나 등장인물의 신분이 독특하다. 「향수」는 3·1운동 이후 망명과 유랑의 길에 오른 누님 가야를 찾아 베이징에 온 이현의 눈을 통하여 베이징에서 생활하고 있는 옛 독립운동가들의 현황을 보여준다. 비록 어느 정도 예상은 하였지만 이들의 모습은 이현에게 절망을 안겨주기에 충분하다.

---

48 김사량은 1939년 3월 좌우에 베이징에 한 주일가량 체류하였으며 1945년 5월에도 한동안 체류하였다. 「향수」는 1939년도의 체험을 바탕으로 쓰였다.

한때는 한국에서 여성계몽운동에 종사하였으며 남편 윤장산을 따라 망명한 이후에는 "시베리아, 연해주, 북만주, 동만주 등으로 흘러 다니면서 이주 동포들을 지도, 조직"하였던 누님 가야는 현재 베이징의 한 구석진 자리에서 마약 밀매를 하고 있었으며 본인도 마약 중독자가 되어 있었다. 그리고 "한때 북지의 중심에서 동분서주 활약했던 유명한 망명 정객"인 매부 윤장산은 베이징의 어딘가에서 옛 제자의 아내와 함께 피난생활을 하고 있었으며 이들의 외아들 무수 군은 일본군에 통역을 지원해 나가 있었다.

> "그 아이는 그렇게 해서 아버지와 어머니를 구원하려는 거야." 그녀는 이제 두 번 다시는 어젯밤 같은 흐트러짐을 반복하지 않으려 노력하며 마음을 다스리고 있었다. "처음에 나는 무수에게 물어보았다. 너는 오직 우리를 위해서 가는 것이냐, 그렇지 않으면 벌써 네 안에 우리들의 사고방식과는 다른 사상이 싹트고 있는 것이냐 하고 그 애는 눈물을 흘리면서 둘 다라고 말하는 거야, 이미 어쩔 수 없는 일이었어. 시절이 서로 다르다고 해야 하나? 아— 우리는 무엇을 위해 고향을 떠났으며, 무엇을 위해 그 애를 안고 유랑의 여행을 계속했단 말이냐. 하지만 사람들의 행복을 위하는 생각에는 여러 가지 사고방식이 있겠지. 그 애가 전쟁에 나간 후, 나는 결국 이런 신세가 된 거야……"라고 히스테릭하게 말끝을 끌면서 새된 목소리로 울기 시작했다.[49]

민족을 위하여, 일제를 반대하여 동분서주하던 누님 부부가 이제는 외아들을 일제의 침략전쟁에 내보내는 것으로 자신들의 안전을 지키

---

49 김사량, 「향수」(『문예춘추』, 1940.7), 이경훈 편, 『한국 근대 일본어 소설선(1940~1944)』, 역락, 2007, 32쪽.

고 있다는 것은 하나의 역설이 아닐 수 없다. 외아들 무수가 부모님과 '다른 사상이 싹터' 일본군에 나갔다면 역설은 더욱 극대화된다. 가야가 마약 중독자가 된 것은 이런 현실을 받아들여야만 하는 내면의 갈등에서 오는 고통 때문이기도 하다.

변한 것은 단지 누님 부부만이 아니다. 매부 윤장산의 옛 부하로서 "한때는 반도인 사이에서 용감한 이름을 떨쳤던 직접 행동대장" 옥상렬은 전향하여 현재 일제의 특무기관에서 일하고 있다.

이처럼 이현이 베이징에서 만난 옛 독립운동가들은 전향을 하였거나 혹은 비록 전향은 하지 않았다고 할지라도 지난날의 진취적인 모습을 포기하고 타락의 길을 걷고 있었다.

「향수」는 베이징에서 생활하는 옛 독립운동가들의 변화를 보여주는 동시에 이들의 내면에 숨겨진 '향수'도 그리고 있다.

> "내 고향, 평남 강서에는 가족이 있습니다. 고향을 떠날 때 아직 말도 하지 못했던 내 아들이 이번에 결혼한다는 것을 풍편에 들었습니다. 당신께 전보가 왔다는 것을 듣고 나는 있는 돈을 몽땅 털어 싸구려 구두를 두 켤레 샀습니다. (…중략…) 가져가 달라고 부탁할 수 있겠습니까." (…중략…) "고마워요, 고마워, 사실 나도 맹렬한 향수를 가지고 있습니다. 어떻게 변했을까, 한번 고향에 돌아가 보고 싶습니다. 하지만 그건 평생 나에게는 불가능한 일입니다. (…중략…) 저 물건들은 당신이 그저께 쉬신 침대 위에 놓아두었습니다."[50]

옥상렬은 독립운동을 한 경력 때문에 고향에 돌아갈 수 없는 몸이

---

50 위의 책, 58쪽.

다. 때문에 고향에 있는 가족을 그리며 이역에서 "맹렬한 향수"를 달래며 살 수밖에 없다. 고향으로 돌아갈 수 없다는 점에서는 다른 남자를 만나 야반도주한 「이 분위기」의 옥채도 마찬가지이다. 때문에 김지준은 옥채가 자신을 사모하는 것은 일종의 '향수'라고 생각하기도 한다. 이처럼 당시 베이징에는 종종의 원인으로 하여 고향으로 돌아갈 수 없는 사람이 많았으며 이들의 '향수'는 베이징 한인의 삶을 형상화한 대부분의 소설에 나타난다.

한국 근대 문인의 베이징 체험을 형상화한 소설은 이처럼 사리사욕에 눈먼 부일 유력자나 향수에 젖어 누추한 삶을 살아가는 한인 서민의 삶을 소재로 하였으며 이들에 대한 저자의 부정과 비판 그리고 안타까운 심정을 드러냈다. 주목을 요하는 것은 실기류의 작품 뿐만 아니라 소설에서도 우리는 베이징 시민의 모습을 찾아볼 수 없음이다. 그것은 한인 문인들이 베이징 시민들과 접촉할 기회가 적은 동시에 베이징 시민의 삶이 이들의 주요한 관심의 대상이 아니었기 때문일 것이다.[51]

---

51 베이징 시민의 삶을 다룬 작품이 지금까지 확인되지는 않지만 전혀 없었던 것은 아닌 것 같다. 주요섭의 훗날 기록에 의하면 주요섭은 베이징에서 중국의 농민을 소재로 한 펄 벅의 『대지』를 읽은 후 중국의 도시인(주로 베이징) 생활을 다룬 영문 장편소설을 한 편 썼었다고 한다. 그러나 1943년 봄, 베이징 주재 일본 경찰서 특고계 형사에게 체포되는 날 압수당하고 후에 돌려받지 못했다고 한다. 주요섭, 「재미있는 이야깃꾼」, 『문학』, 1966.11, 199쪽.

6. 결론

한국 근대 문인의 베이징 체험은 크게 두 시기로 나누어 볼 수 있다. 하나는 1920년대이고 또 하나는 1930년대 후반에서 1940년대 전반까지이다. 1920년대, 한국 문인은 흔히 독립운동가나 유학생이라는 신분으로 베이징에서 생활하였다. 신채호가 전자에 속한다면 이육사, 정래동과 같은 사람이 후자에 속한다. 1930년대 후반에서 1940년대 전반에 베이징 체험을 갖고 있는 문인들은 흔히 관광이나 시찰이란 이름으로 잠간 다녀간 경우가 많았다. 김사량, 김동인 등이 여기에 속한다. 물론 1930년대 후반에도 베이징에서 일정한 직업을 갖고 장기 거주한 문인들이 있었다. 예하면 주요섭은 푸런대학 교수로 재직하였으며 백철은 『매일신보』 베이징 지사 지사장 겸 특파원으로 나와 있었다.

1920년대 베이징에서 생활한 신채호, 정래동 등 한국 문인들은 아나키스트 활동을 매개로 중국 문인들과 비교적 활발한 교류를 진행하였다. 그러나 1930년대 후반에 오면 교류가 비교적 단출하다. 당시 대표적인 중국 근대 문인들이 대부분 일제 통치하의 베이징을 탈출하여 남방으로 갔기에 베이징에서 한국 문인들이 동경하거나 흥미를 갖는 중국 문인들을 찾을 수 없었기 때문이다. 그러나 한 예외가 있으니 그가 바로 대표적인 중국 근대 문인의 한 사람인 저우쭤런이다. 당시 베이징에 다녀온 백철, 김사량 등 문인들은 지인의 소개를 통하여 저우쭤런을 만날 수 있었다.

한국 근대 문인의 베이징 체험기는 작가에 따라 일정한 차이가 있지만 대부분 정양먼, 찌진청, 톈탄, 베이하이, 중하이, 난하이, 징산, 완서우산 등 봉건 황권과 관련되는 유물에 대한 소개와 감수를 적고 있다. 한국 근대 문인들에게 베이징은 다양한 모습으로 다가왔으나 가장 큰 인상을 준 것은 '웅장함'이었다. 이런 웅장함은 쯔진청, 톈탄 등 베이징의 상징적 유물마다에서 느낄 수 있었다. 한국 문인의 작품에서 시민들의 삶의 장소로서의 베이징이라든가 시민들의 구체적인 삶의 모습에 대한 기술은 아주 적은 분량을 차지한다. 주목을 요하는 것은 이 적은 분량도 대부분이 부정적 시각으로 그려진 것이다. 한국 문인들은 우선 베이징 거리의 혼잡과 흩날리는 먼지에 놀란다. 그리고 중국인들에 대해서는 보편적으로 '교양'이 부족함을 지적한다.

한국 근대 문인의 베이징 체험을 형상화한 소설은 사리사욕에 눈먼 부일 유력자나 향수에 젖어 누추한 삶을 살아가는 한인 서민의 삶을 소재로 하였으며 이들에 대한 부정과 비판 그리고 안타까운 심정을 드러냈다. 주목을 요하는 것은 실기류의 작품뿐만 아니라 소설에서도 우리는 베이징 시민의 모습을 찾아볼 수 없음이다. 그것은 한인 문인들이 베이징 시민들과 접촉할 기회가 적은 동시에 베이징 시민의 삶이 이들의 주요한 관심의 대상이 아니었기 때문일 것이다.

1920년대 오상순의 예술론과 이상적 공동체상像

이은지

1. 들어가며

시인 오상순吳相淳(1894~1963)은 1920년부터 활동하기 시작했으며, '끽연', '허무'와 '방랑'이라는 키워드, 불교사상에의 심취, 뚜렷한 근거지가 없는 기이한 행적 등의 몇 가지 특징으로 기억되고 있다. 그는 도시샤대학 종교철학과를 졸업한 이래 창작활동에서 줄곧 철학적이고 관념적인 주제를 제시해 왔다. 남긴 작품 수가 매우 적고, 생전에 단행본 작품집을 묶어낸 적도 없으나, 동료 문인들과 두터운 교분을 쌓고 후배들로부터 존경받은 흔적이 역력히 남아 있다.

오상순이 작품에서 '허무'라는 표현을 자주 사용했고, 그의 실제 삶 또한 방랑에 가까웠다는 점은, 많은 연구자들로 하여금 그의 작품을 심원하면서도 한편으로는 다소 소극적이고 퇴영적인 것으로 해석하게 했다.[1] '허무'를 내세운 때가 식민지 시대였다는 점에서 그것이 일제에 대한 저항의식을 뜻한다고 보는 연구도 있고,[2] 불교사상을 작품 해석의 틀로 삼아 비교적 일관성 있게 작품세계를 설명한 연구도 있으나,[3] '저항의식'이나 '불교사상'으로 환원되지 않는 오상순만의 아이디어를 집중적으로 조명한 연구는 아직까지 부족한 실정이다. 최근 연구들은 오상순이 가담한 '폐허' 동인들이 비슷한 문제의식을 공유했다고 보고, 그들이 사용한 '폐허'의 수사가 파괴만이 아니라 생성과 재건을 의미한다고 강조하며, 해당 시기 오상순의 텍스트 또한 같은 맥락에서 분석해내고 있다.[4] 이렇듯 동인활동 중심으로 오상순의 글을 다룬 연구들은 그의 문제의식을 파악하는 근거들 중 하나를 확보했다는 점에서 의의가 있다.

최근의 오상순 연구 가운데 특히 박윤희의 논문은 오상순을 단독 연구 대상으로 삼아 면밀하게 탐구하면서도 특히 청년 시절 오상순의 행적을 밝히는 자료를 다수 확보하여 오상순 연구사에 큰 성과를 가져온 것으로 보인다.[5] 그는 1920년대 초 오상순과 일본 시라카바파白樺派의 교유 내역 및 1920년대 중반 이후 오상순의 중국과 만주 지역활동 내용을, 그가 남긴 편지나 주변인물들의 일기, 사진 자료 등을 통해 입증했다. 여

1 김윤식, 「虛無에서 해바라기」, 구상 편, 『공초 오상순 평전』, 자유문화사, 1991.

2 이수화, 「虛無魂의 世界와 氣의 詩精神」, 위의 책; 함동선, 「공초 오상순론」, 『한국시문학』 8, 한국시문학회, 1994.

3 김정휴, 「空超文學과 佛敎精神」, 구상 편, 앞의 책; 김광원, 「空超 吳相淳의 詩와 禪의 世界」, 『한국언어문학』 42, 한국언어문학회, 1999.

4 박승희, 「1920년대 데카당스와 동인지 시의 재발견」, 『한민족어문학』 47, 한민족어문학회, 2005; 이철호, 「1920년대 초기 동인지 문학에 나타난 生命 의식 – 田榮澤의 『生命의 봄』을 위한 서설」, 『한국문학연구』 31, 동국대 한국문학연구소, 2006; 조은주, 「1920년대 문학에 나타난 허무주의와 '폐허(廢墟)'의 수사학」, 『한국현대문학연구』 25, 한국현대문학회, 2008.

5 박윤희, 「吳相淳の文學と思想 – 1920年代, 東アジアの知識往還」, 京都造形藝術大 博士論文, 2008; 박윤희, 「오상순의 문학과 사상 – 1920년대, 동아시아의 지적 교류」, 『문학사상』, 문학사상사, 2009.8.

기서 눈에 띄는 부분은 오상순이 시라카바파 인사들의 '새로운 마을新しき村' 운동에 깊은 관심을 보였고, 나아가 1922년에는 북경에 머무르면서 이상촌 건설운동에 관여했다는 사실이다. 박윤희는 당대 지식인으로서 오상순이 짊어졌던 본분을 재고하는 한 지표로 에스페란토, 아나키즘, 바하이 신앙, 민예운동과 더불어 이 이상촌에 대한 관심을 조명하였다.[6]

이 글에서는 위와 같은 성과에 도움받아, 1920년대에 발표된 오상순의 글에서 예술가 및 예술가 공동체상을 도출해 보고자 한다. 새로이 발굴되었거나 서지가 확정된 작품들을 소개하고, 박윤희가 밝혔던 정황들을 다시 한번 확인하며, 오상순 초기 작품세계와 이상촌 건설운동 사이의 관계를 가늠해 본다. 특히 오상순과 일본 및 중국의 지식인들이 교유한 내역을 입증하는 데서 한 걸음 나아가, 이상적 공동체와 그 구성원의 자질에 관한 각국 인물들의 견해를 비교하고, 그로부터 드러나는 오상순의 독특한 관점을 부조하고자 한다. 이러한 작업은 오상순론의 영역을 조금 더 넓히는 일인 동시에, 당대 동아시아를 무대로 담론의 생산과 발전에 참여한 조선 문인의 한 사례를 살피는 일이 되리라 기대한다.

6　이승하, 「오상순에 대한 새로운 평가가 이루어지다」, 『문학사상』, 문학사상사, 2009.8, 41쪽.

2. '자연'의 힘을 획득하려는 예술가의 이념

1920년대 초기 오상순이 발표한 일련의 시편들은 특정 모티프를 중심으로 내적인 상호텍스트성을 형성한다. 이 시기 텍스트에서 반복되는 모티프로는 신체의 생장, 그것을 관찰하면서 화자가 느끼는 신기함과 궁금증, 여기에서 파생되는 '생명의 비밀'에 대한 욕망 등이 있다. 이러한 모티프들은 '생명의 비밀'을 간파하고 그로부터 새로운 작품을 탄생시켜 창조주로 거듭나는 예술가의 지위를 지향하는 것으로 보인다.

(가)

세 살때썰든나의신

나는울고십다

너를볼적마다

生의神秘에 —.

—「때때신」 전문[7]

(나)

幼兒의손

處女의맨발

靑年의팔뚝

初母의젓

老人의니마 —.

—「粹」 전문[8]

---

7 『폐허』 2, 1921.1.

(다)

無心中에頑强히發育된 피여가는 나의두팔쭉을만저보고 頑固하게벌어가는가슴통에손을대여凝視하고잇다가 어느틈에이러케되엿나? 疑訝속에잠겨가 면셔 幼年時代의일이하나싱각난다.

아마여섯일곱살적여름이엿다 나의아버지의적삼소매를위로미루어칙히며손아람이버는 (한두아람이아님은勿論) 그의팔을만지고쏘만지고 '아구—아구—' 驚嘆하여가며 손짝지를씨고그팔에매달니며그때 (生覺에는그의팔은아마한偉大한山기동토막처럼印象되엿든듯하다) (…중략…) 當時나의아바에對하던驚異와懷疑는只今은곳'나'自體에對한그것이다.

그런대나는여긔對하야

'그는自然法則의必然의結果이지'하고簡單히말해바리는常識的態度란것은決코나의取할수업는바이다.

나는實로그'自然自體' '法則其物'의 헬첸(心睦)을짤으고십흔 것이다.

그리하야소사오르는그赤血이보고십흔 것이다

—「放浪의 길에서 追憶」 일부[9]

(가)에서 어른인 화자는 자신이 세 살 때 신던 작은 신발을 볼 때마다 생의 신비를 느끼고 울고 싶어진다고 말한다. 여기서의 '생의 신비'는 어린 화자의 작았던 발과 현재 화자의 큰 발을 비교하는 가운데서 느껴지는 것으로, 동일한 인물인 '나'의 몸이 부지불식간에도 시시각각 변화하고 생장해 감을 깨닫는 데서 발생한다. 신체의 생장을 신비롭게 여기는 시각은 다른 여러 텍스트에도 반복적으로 등장한다. (나)의 경우 '유아의

8 위의 책.
9 『新民公論』, 1922.1.

손, 처녀의 맨발, 청년의 팔뚝, 초모의 젖, 노인의 이마'를 순서대로 나열하여, 인간이 자라나고 늙어가는 과정을 뚜렷하게 강조하고 있다. 이 작품의 제목인 '粹'는 이러한 생로병사 과정에 대한 화자의 시선을 압축적으로 표현한다. 화자는 조금씩 끊임없이 변해 가는 인간의 몸, 보다 정확하게는 인간의 몸을 변화시키는 원동력을 가장 순수한 어떤 것으로 파악하고 있다. ㈐또한 이러한 분석을 뒷받침한다. ㈐는 오상순이 1922년에 발표한 산문으로, 이 글에서 오상순은 어렸을 적 아버지의 단단한 팔뚝과 가슴팍을 보고 경이와 회의를 동시에 느꼈는데, 이제는 자기 자신이 자라서 그러한 몸을 지니게 된 것을 보고, 그 경이와 회의가 스스로를 향하게 되었다고 한다. 또한 그는 이러한 성장을 그저 '자연 법칙의 필연의 결과'라고 쉽게 치부해 버리는 '상식적 태도'로 만족할 수 없으며, "自然自體" 또는 "法則其物"의 핵심을 찌르고 싶다고 말한다. ㈎~㈐로부터 오상순이 순간순간 진행되는 신체의 변화를 신비에 싸인 현상으로 보았고, 그 배후에서 기능하는 동력의 근본을 온전히 파악하고 싶어했음을 알 수 있다.

㈑

모르는世界 —

어둠

因緣

첫우름

變化

苦勞

衰滅

쌍

모르는世界 —

—「모름」 전문[10]

(마)

어느 少女의

아릿다운 纖々玉手!

가만히만저보면서

고대로고읍게떼여다가

멧々同모와營爲하는

藝術雜誌에실어나볼가?

偶然히늣김

造化翁의寄贈品으로

피날것도생각못하고—.

—「神의玉稿?」 전문[11]

(바)

나의科學은

나의哲學은

너를모른다

永遠히모르리라

그러나

10 『폐허』 2, 1921.1.

11 위의 책.

나의心臟은

……………

그- 精純한'피'를

通하야—.

—「花의精」 전문[12]

그러나 화자의 기대와 달리, 오상순 시의 화자가 느끼는 신체 생장에 대한 신비는 그 전말을 결코 온전하게 밝힐 수 없다는 점에서 인간의 근본적인 한계 및 신神 관념과 연결된다. 위의 ㈑에서 화자는 '어둠→인연→첫울음→변화→苦勞→쇠멸→땅'의 순서로 시어를 나열함으로써 인간의 일생을 간결하게 제시하고, 단어군의 처음과 끝에 '모르는 세계'라는 표현을 반복한다. 단어가 배열된 순서를 감안했을 때 이는 인간이 태어나기 전에 어디에 있었고, 죽은 후에는 어디로 가는지에 대해 전혀 알 수 없다는 요지를 함의한다. 한 사람이 생겨나게 하고, 몸을 끊임없이 변화시키고, 결국 사라지게 만드는 것이 무엇인가 하는 질문에 대해 화자는 '모른다'고 단적으로 자답하고 있는 것이다. 이 '모르는' 존재로서의 인간과 대비를 이루는 존재로 오상순은 '조화옹' 또는 '신'을 등장시킨다. ㈒의 화자는 한 소녀의 아름다운 손을 가리켜 '조화옹의 기증품' 또는 '신의 옥고'라고 찬탄하면서, 그것을 떼어 예술잡지에 싣고 싶다고 말한다. 여기에서 오상순이 인간의 신체를 신의 피조물로 인식하고 있으며, 따라서 오상순 시의 화자가 알아내고자 하는 '생명의 신비'는 오상순의 초월적 존재로서의 신 관념과 직결되고

12 위의 책.

있음을 확인할 수 있다.

단 오상순의 텍스트에서 드러나는바 인간에게 '생명의 비밀'에 다가갈 방법이 전혀 없는 것은 아니다. 앞서 인용한 ㈐에서 오상순은 '자연법칙'의 핵심을 찔렀을 때 솟아오르는 "赤血"을 보고 싶다고 진술하는데, 다른 몇몇 텍스트에서도 '피'는 이처럼 인간이 파악할 수 있다는 가정하에서의 '생명의 비밀'을 가리킨다. ㈖에서 화자는 '꽃'이라는 대상을 향해, 나의 과학도 철학도 너를 영원히 모를 것이지만, 나의 심장은 '정순한 피'를 통해서 너를 파악할 수 있을 것이라고 한다. 이러한 맥락에서라면 ㈒에서 소녀의 손을 예술잡지에 싣기 위해 떼어냈을 때 피가 날 것이라는 내용도 상식적인 차원의 군말로 읽을 수만은 없다. 이 시에서 '신'과 '피'는 모두 화자가 평소에 보아 왔던 손의 이면에 존재하며, 손을 형성하는 데 있어 항시 작용한다는 점에서 공통점을 지닌다. 그러나 신의 존재를 떠올리던 화자는 손에서 솟아날 피를 떠올리는 순간 신에 대한 생각을 멈추게 된다. 신의 '작품'으로서 손은 주변의 정황이 제거된 독립적인 사물로 인식되지만, '피'를 떠올리는 순간 그것은 인간 신체의 일부로서 기능하는 본연의 맥락으로 되돌아온다. 따라서 손에서 솟아날 피는 '생명의 신비'에 대한 탐구가 인간의 존재 조건 밖으로 멀리 벗어나지 못하게 하는 기능을 지니며, 화자가 손에 대해 막연하게 부여한 신 관념의 자리를 대체한다고 할 수 있다.

㈗

엄지손가락하나를

三年동안

熱情과生命과精力을다－부어

맨들어왓고

쏘이압흐로

一生涯를

그의完成爲하야바치겟다는

熱情의젊은벗아

나는너를두려워(畏)한다

나는너의 '속' 에

創造의神의躍動을본다늑긴다.

—「創造」 전문[13](강조는 인용자)

(아)

出於塵하야歸於塵이라함은肉인人의一面에잇서서는實로然하다. (…중략…) 果然人은何處로來하야何處로向하야가려하는가. 抑人生의目的은如何. 存在의意義는如何. (…중략…) 如何間人生은一個嚴肅한事實이다. 吾人이能히其謎의解得與否를不待하고 (…중략…) 生命의波動은刻一刻吾人의우에밀어들어와不知不識間에吾人으로하여금人生航路에棹出케한다. 實로人生처럼眞面目함은업다. 虛心坦懷靜히吾人의속사름의微聲을들으라. 一切의煩惱的思索을避하고모든巧緻한理論을離하야但只我와我身을反省하야 全人格的要求의聲에吾人의靈耳를澄케하라.[14]

몸속에 흐르는 '피'가 신 관념을 대체하는 양상은, 인간이 스스로에게 일어나는 현상을 면밀하게 살피는 것만으로도 신만이 알고 있는 '생

13 『開闢』 5, 1920.11.
14 오상순, 「宗教와 藝術」, 『폐허』 2, 1921.1.

명의 비밀'을 간파할 수 있다는 기대로 연결된다. 실제로 오상순은 앞서 살펴본 작품 ㈒에서 소녀의 손을 창조한 조화옹과 유사하게, ㈓에서는 엄지손가락 하나를 평생토록 조각해 나가는 조각가 친구를 내세운다. ㈓의 화자는 조각가 친구의 지칠 줄 모르는 열정을 상찬하면서 그 친구의 '속'에서 '창조의 신의 약동'을 본다고 한다. 여기서 강조된 '속'이 뜻하는 바를 ㈔에서 찾아볼 수 있다. ㈔에서 오상순은 독자 청년들에게 허심탄회하게 각각 자기의 '속사람'의 나직한 소리에 귀 기울이라고 권한다. 이어지는 진술에 따르면 '속사람'의 소리에 귀 기울인다는 것은, 모든 '이론을 떠나 오직 나와 내 몸을 반성'하는 것인데, 이때의 '나와 내 몸'이 외치는 소리는 '부지불식간에도 시시각각 우리에게 밀려와 인생항로를 노 저어 떠나게 하는 생명의 파동'으로 인해 발생하는 것이다. 생명의 파동이 부지불식간에도 우리에게 밀려와 인생항로를 이끈다는 진술은, 앞서 살펴본 몇몇 시편의 화자가 어느 샌가 훌쩍 변해버린 신체로부터 느낀 신비함을 상기시킨다. 즉 오상순은 인간 신체의 변화 과정이 곧 '나와 내 몸이 외치는 소리'에 속하는 것이자 '생명의 파동'이 발현된 것이라고 상정하고 있으며, 따라서 신과 같이 '생명의 비밀'을 간파하고자 하는 사람은 시시각각 변화하는 스스로를 면밀히 살피고 그것을 표현해야 한다고 주장하는 것이다.[15]

---

15 '나와 내 몸이 외치는 소리'가 오로지 신체의 생물학적인 성장 및 노화 과정만을 의미하는 것은 아니다. 인용한 ㈔ 부분에 이어서 오상순은 '속사람의 소리'가 더 즐거운 삶을 위하여 예술과 종교라는 두 가지 요소를 요청한다고 한다. 이와 더불어 다른 부분에서는 예술과 종교가 인간의 감정으로부터 태어난 쌍둥이이며, 감정에 근거하지 않은 예술과 종교에는 "하등의 산 생명도 있지 않"다고 주장한다(오상순, 앞의 글). 예술과 종교를 발생케 한다는 공통적 위치에 근거하여 '속사람의 소리'와 감정을 관련지어 볼 수 있다. '속사람의 소리'에 신체의 부단한 변화가 한 기제로 작동하고 있음을 고려하면, 오상순은 인간의 감정을 육체와 독립된 어떤 것으로 여기지 않고, 신체가 점하고 있는 현상적 좌표와 긴밀하게 연계된 것으로 보았다고 추론할 수 있다. 덧붙여 「종

(자)

邪念과妄想이

侵襲할제

秋霜가튼銘刀

빼여든다던

同道의옛벗아

너는只今어대잇서

健鬪하느냐努力하느냐

生을爲하야, 더갑진

生의實現爲하야

—「어느 親구에게」 일부[16]

(차)

싸호고도라온벗

니-ㅅ체全集을

가슴에한아름안어다노코

닑기始作하는

瞬間의表情보고

異常한悲哀를늣기어 —

—「힘의悲哀」 전문[17](강조는 원문)

교와 예술」에서 오상순은 반복적으로 감정을 이성 및 의지와 대별하고 있는데, (바)에서 인용한 「花의精」의 화자 또한 '피'를 '과학' 및 '철학'과 대별한다. 이 또한 감정과 '피'를 연결 지을 수 있는 근거를 제공한다는 점에서, 감정과 신체의 연계성을 뒷받침하는 사례가 된다.

16 『개벽』 5, 1920.11.

17 『폐허』 2, 1921.1.

(카)

病床에누어

偶然히싀름업시

여윈손에

썰며서

鐵븟을잡어

獅子,

獅子,

獅子!

라써보고

눈물지어 —.

—「힘의 숭배」 전문[18]

앞서 살펴본 작품 (사)에서 지칠 줄 모르는 열정을 보여주는 조각가 친구는 위의 작품 (자)에서도 등장한다. (자)의 화자는 친구가 사념과 망상이 떠오를 때 조각칼을 꺼내든다고 한다. 그리고 그 조각칼로 하는 행위, 즉 창조에 임하는 행위는 '더 값진 생'을 위하여 건투하는 것이라고 한다. 이로부터 두 가지 분석을 도출할 수 있다. 하나는 앞서 언급되었던, 스스로의 끊임없는 변화를 살펴 '생명의 비밀'을 간파하는 사람이, 곧 예술가라는 존재와 동일시된다는 점이다.[19] 다른 하나는 그러한 '비밀'의

18 위의 책.

19 오상순은 「宗教와 藝術」에서 예술을 가리켜 "자유롭고 완전한 별천지를 창조"하는 "제2의 조화옹"이라고 표현한 바 있다. 「신의옥고?」에서 소녀의 손을 만든, 즉 인간의 신체를 끊임없이 만들어가는 존재가 '조화옹'이었다는 점을 상기하면, 이 또한 '생명의 비밀을 간파한 사람'과 '예술가'가 동일시되고 있다는 근거가 된다.

간파가, 예술가의 의지와 노력에 의해 성취된다는 점이다. 실로 동일한 시기 동일한 지면에 발표된 일군의 작품들은 인간의 의지와 노력의 표상으로서 '힘'을 반복적으로 강조한다. ㈆와 ㈇는 각각 「힘의 비애」와 「힘의 숭배」라는 제목의 작품인데, ㈆에서 화자는 '싸우고 돌아온 벗'이 돌아와서도 니체 전집을 가득 쌓아 놓고 읽는 모습을 보고 깊은 감명을 받으며, ㈇의 화자는 병약한 상태임에도 철필을 들고 "獅子"라는 단어를 반복적으로 쓰면서 눈물짓는다. 특히 ㈇는 화자의 허약함과 사자의 강인함이 대비를 이루는 가운데, 강인함을 동경하고 자신의 허약함을 한탄하는 화자의 처지를 부각시켜, 오상순이 인간으로서 신의 전능에 육박하는 '힘'을 얼마나 열망했는지 극적으로 보여준다.[20]

위의 ㈆와 ㈇에 나타난 "니-ㅅ체" 및 "獅子", "힘"이라는 시어의 용례로 보아 이 시기 오상순이 니체 철학에 깊은 관심을 가졌음을 알 수 있다. 니체의 '사자'는 인간에게 부여되는 관습, 규범, 그 외 인간에게 기댈 곳을 제공하는 신, 천국, 내세 등 모든 초월적인 것에 대한 거부와 파괴를 상징한다.[21] '사자'와 같은 인간은 주어진 도덕률을 내면화하고

---

20 「힘의 비애」, 「힘의 숭배」와 함께 발표된 「힘의 동경」은 오상순이 열망하는 '힘'이 "태양계에 축이 있어 / 한번 붙들고 흔들면 / 폭풍에 벚꽃같이 / 별들이 / 우수수 / 떠러질듯한"(『폐허』 2, 1921.1)만큼 강력한 것임을 알려준다. 한편 「虛無魂의 宣言」(『동아일보』, 1923.9.23)에서 오상순은 시의 본문 다음에 '추언(追言)'을 붙여, 이 시가 본래 미리 쓰여 있었던 것이나 "이번 日本의 未曾有한 事變"을 보고 "적지아니한 人間努力의 慘敗"와 "虛無感"을 새로이 느끼어 구고(舊稿)를 다시금 꺼내어 놓았다고 한다. 여기서 말하는 "일본의 미증유한 사변"이란 1923년 9월 초에 발생한 동경대지진을 가리킨다. 즉 오상순은 대지진 소식을 접하고 인간이 결코 당해낼 수 없는 '자연의 힘'을 되새겼으며, 그 때문에 허무감을 느낀 것이다. 그런데 이듬해 발표된 「꾀임」(『廢墟以後』, 1924)에서 그는 "세계지진맥"을 언급하며 "나는 너를 들여다 볼 때, 진저리쳐지는 이상한 유혹의 줄에 끌린다"고 한다. 이처럼 오상순이 자주 노정하는 '허무'의 수사는 단지 인간의 한계를 자각하고 절망하는 데 머무르는 것이 아니라, 그러한 허무를 안겨주는 불가항력에 대한 욕망으로 이어진다.

21 니체는 『짜라투스트라는 이렇게 말했다』에서 '낙타→사자→어린아이'의 구도로

다른 사람이 세워둔 가치를 따르는 것이 아니라 자신만의 가치표를 작성하기 위해 분투하며, 때문에 이러한 맥락에서 '싸움'과 '힘'은 인간이 필요로 하는 긍정적 요소가 된다. 앞서 오상순이 자연의 법칙에 따르기만 하는 것이 아니라 몸소 그 힘을 차지하고 싶다고 진술한 점, 작품을 창조하기 위해 끊임없이 분투하는 예술가와 신 관념을 겹쳐 놓은 점, 그리고 예술가의 분투는 오로지 스스로의 변화를 관찰함으로써 가능하다고 인식한 점을 상기하면, 오상순이 말하는 예술가가 곧 '사자'와 같은 인간에 상당히 근접해 있음을 추론할 수 있다. 실로 오상순은 「시대고와 그 희생」에서도 "강한 자"가 "일체 곤란, 압박, 부자유, 불여의의 고통과 싸워 이기고, 적극적으로 일체 진, 선, 미와 자유, 모든 위대한 것, 신성한 것, 숭고한 것을 얻기 위하여 싸운다"고 강조하며, "신도 부단코 싸우고 있다. 신은 정복자이다. 비유하면, 육을 탐식하는 사자와 같다"는 로맹 롤랑Romain Rolland의 말을 인용하였다.[22] 한편으로 당시 오상순에 대해 주변 동료들이 써낸 인상기 또한, 그가 니체 철학에 관심이 많았다는 증언을 분명하게 확인케 한다.[23]

이어지는 인간정신의 세 단계를 제시한다. 그중 '사자'는, 무거운 짐을 성실하게 감내하는 순응자로서의 '낙타' 다음에 등장하는 것으로, 새로운 가치의 창조에 앞서 우선 무거운 짐으로부터의 자유를 쟁취하는 강인한 동물로 설명된다.

"새로운 가치를 위한 권리의 획득－이것은 인내심광 외경심이 있는 정신에 대해서는 가장 무서운 획득물이다. 참으로 그것은 정신에 대해서는 강탈이며 강탈하는 짐승의 소행이다. / 일찌기 정신은 「그대는 마땅히 해야 한다」를 가장 신성한 것으로서 사랑했다. 이제는 정신은 그의 사랑으로부터 자유를 강탈하기 위해 가장 신성한 것에서도 미망(迷妄)과 자의(恣意)를 찾아내지 않으면 안 된다. 이러한 강탈을 위해 사자가 필요하다." 프리드리히 니체, 황문수 역, 『짜라투스트라는 이렇게 말했다』, 문예출판사, 1999, 44쪽.

22 오상순, 「時代苦와 그 犧牲」, 『폐허』 1, 1920.7.

23 "(오상순은－인용자) 그宗教도詩의王國에建設된그것을熱望하며, 그哲學도詩의王國에建設된그것을熱望하는것갓다. 後者로말하면, 니-체의影響이아닐가한다. 詩人의要素되는直觀과, 哲人의要素되는思索의兩面을具備하야, 이兩面이渾然히融合된所謂'詩人

(타)—1

어린애말속엔

創造의힘이

潛겨잇고

나의말은비엇셰라

댓통모양으로

어린애눈속엔

神이엿보고

나의눈에는

魔가숨엇셰라

—「어린애의 王國을 ○○○○○」 일부[24]

(타)—2

어린애의말은

自然의가장不完全한素朴的表現이다

그러나'自然'의不完全이기때문에貴ᄒᆞ다

人爲的人造的虛僞的所謂完全보다

天眞이오自然이다

自然의不完全表現은人造的完全보다

몃倍神秘的貴여움이잇다

哲學者'로말하면, 니-체의右에出하는者가업다. 事實 吳君은니-체를尊崇한다. 그런故로, 吳君이 '詩人哲學者'가되려는熱望은, 니-체의影響이아닐가하는것이다." 남궁벽, 「內外兩面의 印象」, 『폐허』 2, 1921.1, 강조는 원문.

24 『我聲』 2, 1922.5.

(…중략…)

그말의讚美는卽그말의創造主

교정어린젊은니의讚美일다

그는곳世界의어린이

一切의어리고젊은世界(人類－動物－植物等－)

의讚揭을意味한다

—「傷한 想像의 날개 (3)」 일부[25]

오상순은 니체와 유사하게 '사자'가 행하는 부정과 파괴 다음에 '어린아이'의 창조력을 부각시킨다.[26] 오상순은 ㈕—1과 ㈕—2를 비롯한 여러 텍스트에서 반복적으로 자신이 생각하는 이상적인 창조적 인간상을 '어린애'라고 표현했다. ㈕—1의 화자는 텍스트 전체에 걸쳐 '어린애'와 자기 자신을 극명하게 대비시키면서 '어린애'를 아름답고 신성한 존재로, 자신을 추하고 비천한 존재로 그려낸다. ㈕—2의 화자 또한 이와 유사하게, 어린애가 뱉는 말이 '자연'의 소박하고 신비한 표현이라고 하면서, 어린애의 말을 찬미하는 것은 그 말의 '창조주'인 '세계의 어린애' 즉 동물과 식물까지도 포함하는 '일체의 어리고 젊은 세계'를 찬미하는 것이라고 주장한다. 어린애가 뱉는 말은 불완전하고 소박하지만, 오히려 그렇기 때문에 인위적이고 허위적인 완전함보다도 귀하다

25 『조선일보』, 1921.7.24.

26 앞서 언급하였듯이 니체는 인간 정신의 세 단계 변화 가운데 마지막 단계로서 '어린아이'를 제시한다.
"어린애는 순결이며 망각이고 하나의 새로운 출발, 하나의 유희, 스스로 돌아가는 수레바퀴, 최초의 운동, 신성한 긍정이다. / 그렇다, 나의 형제들이여. 창조라는 유희를 위해서는 신성한 긍정이 필요하다. 이제 정신은 '자신의' 의지를 원하고 세계를 상실한 자는 '자신의' 세계를 획득한다." 프리드리히 니체, 황문수 역, 앞의 책, 44쪽.

는 것이다. 이러한 인식은 일견, 인간이 신에 비해 불완전하고 가변적이기 때문에 오히려 절대적으로 자유롭고 위대하다는 니체의 관점을 상기시키는 듯하다.[27]

(파)

ᄯᅩ나ᄂᆞᆫ그貴ᄒᆞᆫ말을ᄒᆞᆫ'나'를—

ᄯᅩ나를創造ᄒᆞ신우리어머니를

ᄉᆞ랑ᄒᆞ고

思慕ᄒᆞ드시

天下의모든 어린애어머니를

無限히사랑ᄒᆞ고思慕ᄒᆞ고祝福을비-ㄴ다

(…중략…)

ᄯᅩ나ᄂᆞᆫ그어머니를나흔

靈을讚美ᄋᆞ니홀슈업다

靈을나흔하늘을讚揭ᄋᆞ니홀슈업다

宇宙의어머니를讚頌안을슈업다

—「傷한 想像의 날개 (3)」 일부[28]

(하)

經驗이生기고

神話가生기고

---

27 "인간의 위대함은 그가 다리일 뿐 목적이 아니라는 데 있다. 인간의 사랑스러움은 그가 과도(過渡)이며 '몰락'이라는 데 있다." 위의 책, 30쪽.

28 『조선일보』, 1921.7.24.

常識이生기고

科學이生기고

(…중략…)

나는한마듸로對答ᄒᆞ련다

그는,

人間

自然의

永遠ᄒᆞᆫ母性이

永遠한子性을차져셔

永遠ᄒᆞᆫ子性이

永遠한母性을ᄯᅡ러셔

無限ᄒᆞᆫ어머니가

無限한어린ᄋᆡ를차자셔

흙의나라로

별의世界로

도라단이는過程에니러나는

異常한

바람쇼릐'라고 —

— 「傷한 想像의 날개 (4)」 일부[29]

그러나 오상순의 관점은 '어린애'와 대등한 비중으로 '어머니'에 주목하며, 궁극적으로 '어머니'를 다시금 신비에 싸인 존재로 그린다는

29 『조선일보』, 1921.7.25.

점에서 니체와 차이를 보인다. ㈑에서 오상순은 '어린애'를 낳은 '어머니'와, 그 어머니를 낳은 '영'과, 그 영을 낳은 '하늘' 즉 '우주의 어머니'를 찬미한다고 썼다. 여기에서 '어린애를 낳은 어머니'는 '우주의 어머니'로 확장되고 있는데, 이와 마찬가지로 ㈒에서도 오상순은 모자관계에 있는 두 개체로서의 '어린애'와 '어머니' 범주를 일반화하여 "子性"과 "母性"이라는 개념으로 제시하고 있다. 오상순에 따르면 인간 사회에 제반의 문화현상이 일어나고 변천하고, 인간이 태어나고 노쇠해 가는 그 흐름은 이 '영원한 子性'과 '영원한 母性'이 서로를 좇으며 돌아다니는 과정에서 일어나는 '바람소리'라고 한다. 문맥상 "子性"이란 '생겨짐, 만들어져 내놓여짐'을 말하고, "母性"이란 '생기게 함, 만들어 내놓음'을 말하므로, 결과적으로 오상순은 인간의 신체를 포함한 인간 세상의 제반의 요소들이 궁극적으로 '생기게 함'과 '생겨짐'으로 이루어진 절대적 흐름에서 산출된다고 보는 것이다.

이렇듯 '어머니'와 함께 제시되는 오상순의 '어린애'는, 니체의 '어린아이'에 비해 그 자율성과 독립적 의지가 덜 부각된다. '어머니'는 '어린애'의 창조력 이외에 그 '어린애' 자체를 창조한 한 단계 높은 층위의 창조력을 함의하므로, '어머니'라는 존재를 설정한다는 것은 아무리 "자성"과 "모성"의 운동성을 강조하더라도 사실상 그 운동성의 원천을 '어린애'가 아닌 다른 곳에 두는 것이다. 실제로도 오상순은 여러 텍스트에서 이 '어머니'를 '비밀의 세계에서 걸어오시는 분', '내가 간파할 수 없는 분' 혹은 '여신' 등과 같이 형상화한다.[30] 그러므로 오상순의 '어린

30 예컨대 「추석」(『폐허』 2, 1921.1)에서 화자는 어머니를 가리켜 "秘密의나라로서 / 거러오"신다고 하였다. 같은 지면에 수록된 「가위쇠」와 「遺傳」의 화자는 이러한 어머니와 누이를 서로 닮은 존재로 그리면서도, 화자 자신은 어머니의 '비밀'에 대해 알고 있고, 누이는 그것을 잘 모르는 것으로 설정하여, '비밀'에 관한 한 (어머니—나—누이)

애'란 신적인 존재로서 '어머니'의 피조물인 동시에, '어머니'의 창조력을 자기 안에 고스란히 물려받아 아무런 어려움 없이 자신의 피조물((타)—2에서의 "말")을 창조해내는 자이다. 이는 앞서 살펴본 오상순 시의 화자들이 인간의 신체를 신의 피조물로 인식하는 동시에, 그 신적인 능력을 직접 지니려고 했다는 점과 대응 관계를 이룬다. 단, 신의 창조력을 욕망하는 예술가 인물이 그것을 노력과 분투로써 성취해 나가는 데 반해 '어린애'는 '어머니'의 창조력을 숨 쉬듯 자연스럽게 체화한 것으로 그려진다는 점에서, 오상순의 텍스트에서 '어린애'는 예술가의 가장 이상적인 모습을 의미한다고 여겨진다.

요컨대 오상순이 말하는 예술가의 목표는 '생명의 비밀을 간파하는 것' 또는 '자연 법칙의 핵심을 찌르는 것'이었다. 오상순은 앞서 언급한 (아)에서 개인의 감정을 섬세하게 살피라고 강조했는데, 그 내면의 소리를 듣는다는 것은, 우리가 자각하든 아니든 부단히 우리를 이끌고 가는 '생명의 파동'에 해당하는 것이었다. 따라서 오상순이 생각하는 인간의 가장 창조적인 작업이란, 결론적으로 생명 탄생의 근본 원리를 체득한 상태에서 이루어지는 생산활동임을 추론할 수 있다. 물론 '어머니', '조화옹', '창조주' 등 여러 형태로 표현된 신 관념이 이 생명 탄생의 근본 원리를 대신할 뿐 그 구체적인 내용은 설명되지 않는다. 그러나 '어린애'와 예술가가 공히 그 활동의 목표를 '자연'으로 삼고, 그들이 동경하는 신적인 존재들은 공통적으로 자연법칙의 주관자로 상정된다는 점에서, 적어도 이 시기 오상순 텍스트에 드러나는 예술관의 한 핵심적인

순서의 위계를 만들어놓고 있다. 「創造」의 화자는 금방 알을 낳은 '창조자' 암탉에게 질문을 던지기도 하고, 암탉이 '어린 철학자'인 자신의 어리석음을 조롱한다고도 말한다. 여기에서도 앎과 모름을 경계로 하는 '창조자'와 화자 사이의 위계가 설정되어 있다고 볼 수 있다.

키워드로 흔히 지적해 온 '허무'나 '폐허'보다도 '자연'이 손꼽혀야 할 것임을 주장할 수 있다.[31]

3. 예술가 공동체의 가능성
—'어린애의 왕국', '장미촌' 그리고 이상촌

'자연'을 중심으로 구축된 오상순의 예술관은 "일체 편견, 고루, 사념"[32]의 파기를 주장한다는 면에서 개인의 자율성을 강조하는 듯하면서도, 내면의 절대적인 자유보다도 개인에게 이미 주어져 있는 존재 조건의 탐구를 우선시한다는 면에서는 전적으로 개인주의적이라고 판단하기도 어려워 보인다. 실로 오상순은 '어린애'와 더불어 '어린애의 왕국'이라는 공간 개념을 제시하는데, 이는 개인적인 경험과 그 표현의 중요성을 부각시키는 역할을 하는 한편으로, 인류 사회 전체에 평화를 가져오는 기제의 표상이기도 하다는 점에서 매우 특징적이다.

31 이철호는 오상순의 「시대고와 그 희생」 및 「종교와 예술」을 분석하면서, 오상순의 예술론이 띤 종교성을 언급하고 그것이 낭만주의와 기독교 담론의 결합을 통해 당대 예술가들의 정체성을 구성하려 한 것이었다고 주장하였다. 오상순 개인의 시학과 관점에 좀 더 초점을 맞춘다면, 이러한 주장에서 나아가 "유일신 신앙의 범위를 넘어"선 "범신론적 신비주의"가 오상순 텍스트에서 구체적으로 어떻게 형성되는지 살필 수 있을 것이다. 이철호, 『영혼의 계보－20세기 한국문학사와 생명 담론』, 창비, 2013, 398쪽.

32 오상순, 「시대고와 그 희생」, 『폐허』 1, 1920.7.

(가)

主觀的個人的인어린나의經驗을

넘어推○흔것도갓겟다

그러나玆의個人的經驗은卽萬人에게通하는것임을나는밋는다

어린이王國의經驗이기떠문에

勿論어른의나라에셔는그는確實히

獨斷이 오 專制오無法일 것이다

그러나世界의어린이는다—갓흘줄우—ㄴ다

—「傷한 想像의 날개 (3)」 일부[33]

「상한 상상의 날개」 시리즈를 통해 오상순은 자기 자신의 어릴 적 일화를 들려주고 나서 그것을 한 사례로 삼아 '어린애' 개념을 내세운 바 있다.[34] (가)에서는 그러한 개념 설정이 주관적이고 개인적인 경험에 근거하여 설득력이 부족하리라는 반박을 예상하고, '어린애의 왕국'에서는 세계의 어린이가 다 같기 때문에 개인적 경험이 만인에게 통한다고 주장한다. '어른의 나라'에서 그것은 "독단이요 전제요 무법일 것"이나, "어린애 나라의 권위는 독단에 있고, 젊은 세계의 본질은 자유에 있다"는 것이다. 이로 미루어 보아 오상순이 말하는 '어린애의 왕국'이란

33 『조선일보』, 1921.7.24.

34 「傷한 想像의 날개」는 총 6부작으로 이루어진 긴 운문으로 『조선일보』에 1921년 7월 21일부터 27일까지 연재되었다. 이 글에서 오상순은 어린 시절 어머니와 길을 걷다가 본 구름을 가리켜 "하느님이 밥을 짓는다"고 표현한 자기 자신의 일화를 거론하며, 그로부터 '어린애'와 '어머니' 개념을 도출하고 나아가 '어린애와 어머니의 왕국'이라는 공간을 제시한 후 그 의의를 강조한다. 이 글의 마지막에는 이 글을 "푸로렌쓰엔제린, 색이쓰孃"께 드린다는 첨언이 붙어 있다. 조영복의 연구를 참조하면 '플로렌스 보이스'는 1920년에 내한한 감리교 선교사이며, '보이스 양'은 그의 부인으로 추정된다. 조영복, 『1920년대 초기 시의 이념과 미학』, 소명출판, 2004, 182쪽.

개인적인 감정의 표현이 개인만의 것으로 치부되지 않고 온전하게 통용되는 공간이다. 이때 그러한 통용이 가능한 이유는, 개인 간에 차이가 있더라도 사람들이 서로를 존중하기 때문이 아니라, '세계의 어린이가 다 같기 때문' 즉 본래부터 '어린애'로서의 개인들 사이에는 차이가 없기 때문이다. 개인의 독단과 개인들 간의 통용이 당연하게 양립하는 곳, 그 양립이 '평범한 상식에 불과'한 곳이 곧 '어린애의 왕국'이다.

이와 유사한 아이디어를, 같은 시기에 발간된 동인지 『장미촌薔薇村』(1921.5)의 기획 의도로부터도 확인할 수 있다. 『장미촌』에 같은 제목의 글을 발표한 변영로는, 모든 단결과 조직과 도덕과 의미가 연기처럼 스러질 것이지만 "정신계의 생명"만은 영원하다고 하면서, "정신계의 주민은 과거의 추억에 살며, 현재의 愛에 살며, 미래의 예감에 산다. 그러한 과거, 현재, 미래를 통하여 살 수 있는 생명이야말로, 우리가 살려하고, 또 살아야만 할 박명적 생명이다"라고 하였다. 이 글에서 "모든 단결과 조직과 도덕과 의미"에 대립항으로 내세워진 것은 "과거의 추억"과 "현재의 愛"와 "미래의 예감"이다. "생명"으로 불리는 개인은 자신이 겪어 왔고 앞으로 겪어 갈 개인적 경험에 근거하여, 화석화된 '도덕'이나 '의미'를 뒤로 하고 자신만의 새로운 '도덕' 새로운 '의미'를 만들어가는 것이다. '장미촌'은 그러한 개인들이 모여 만든 '시의 왕국'이다. 장미촌을 가리켜 '시의 왕국'이라고 부르는 사례는 『장미촌』에 수록된 여러 텍스트에서 어렵지 않게 발견할 수 있거니와, 남궁벽은 오상순을 특정하여 "君은어듸까지던지, 薔薇꼿픠는詩의王國을憧憬하는것갓다"고 진술한 바 있다.[35] 실제로 오상순은 '장미촌' 동인이었는데 사정이 여의

35 남궁벽, 앞의 글.

치 않아 창간호에 글을 발표하지 못했다.[36] 이러한 정황은 『장미촌』에 대한 오상순의 관심이 결코 가볍지 않았음을 시사하며, 나아가 '어린애의 왕국'과 '장미촌'이 자기 "생명"에 근거하여 자유를 누리는 개인들의 공동체라는 점, 또 그 구성원들이 "정신계의 주민"과 같은 정체성 및 통념을 공유한다는 점에서 서로 연관될 가능성을 환기한다.

(나)

너가人類와自然의

永遠한平和와希望과光明은다만

어린이王國

어머니품속

에도라감에잇다홈은

決코空想이아니다

嚴肅 內的事實이다

(…중략…)

어린이와어머니를

理解ᄒᆞ고사랑ᄒᆞ고尊敬ᄒᆞᄂᆞᆫ

個人이나民族이나人類나萬物은

다旺盛ᄒᆞ고繁榮ᄒᆞ고

生命이잇고自由가잇고祝福이잇고

其反對를取ᄒᆞᄂᆞᆫ이들에게

36 "今番은事故에 依하야 事勢不得已 쓰지못한 同人吳相淳氏는現今中央學校에셔哲學을 敎授하는데 靑年學生의게 大歡迎을 밧는다 더라." 「동인의 말」, 『장미촌』 1, 1921.5.

衰殘, 頹廢, 滅絶, 死亡이

支配ᄒᆞ는現象은實로神秘다

그러나그ᄂᆞᆫ

어린애, 어머니나라의

嚴肅코神聖한法則을理解

ᄒᆞᄂᆞᆫ者에게는平凡ᄒᆞᆫ

常識에不過ᄒᆞᆫ다

—「傷한 想像의 날개 (5)」 일부[37]

오상순이 굳이 '어린애'만이 아니라 어린애의 '왕국'을, 그리고 '자유시'의 시인만이 아니라 장미'촌'을 제안했다는 점은, 오상순에게 어떤 공동체 차원의 문제의식이 있었던 것은 아닌가를 질문하게 한다. 가령 위의 인용문에서 그는 '어린애의 왕국'의 엄숙하고 신성한 법칙을 이해하고 '어린애'와 '어머니'를 사랑하는 것이, '인류'에 평화와 번영을 가져온다고 주장한다. 이 진술은 상당히 중요한데, 왜냐하면 오상순이 '어린애의 왕국'을 예술가 개인의 정신만으로 창조되는 낭만적 공간으로 여기지 않고, 인식을 전환하기에 따라 인류 사회에 실현될 수 있으리라 기대하는 가능태의 공간으로 상정했음을 알려주기 때문이다.

이와 관련하여 매우 흥미로운 사실은 1910년대 말에서 1920년대 초 오상순이 일본 시라카바파 문인들과 교유하였고, 그들이 추진한 '새로운 마을'운동에 관심을 보였다는 것이다. '새로운 마을'운동은 시라카바파 중에서도 특히 무샤노코지 사네아쓰武者小路實篤의 주도로 1918년부

37 『조선일보』, 1921.7.26.

터 1920년대 중반까지 추진된 이상 사회 건설 프로젝트로, 사네아쓰는 실제로 동료들과 함께 미야자키 현宮崎縣으로 이주하여 자급자족의 생활을 시도하였다. 박윤희에 따르면 이 시기 '폐허' 동인들과 시라카바 동인들은 서로 두루 친분을 쌓고 있었는데, 특히 오상순의 경우 시라카바파의 조선 공예 전문가 아사카와 다쿠미淺川巧와 '새로운 마을'운동에 대해 자주 토론했다는 기록이 남아 있다고 한다.[38]

이 '새로운 마을' 운동은 저우쭤런周作人의 주도하에 중국으로도 퍼져 나갔다. 저우쭤런은 일본 유학 시절 사네아쓰의 희곡 〈어느 청년의 꿈或る青年の夢〉(1916)을 접하고 사회의 변화를 위한 보다 적극적인 행동을 결심했다.[39] 그는 1918년 5월 『신청년』에 이 작품의 소개 글을 발표했고, 이듬해 8월에는 그의 형 루쉰魯迅이 이 작품을 같은 잡지에 번역 게재했다.[40] 이 무렵 저우쭤런은 시라카바파의 '새로운 마을'을 방문하여 그곳에서의 생활을 직접 체험하였으며, 1920년 2월에는 '새로운 마을' 북경 지부를 설치하고 중국에서의 '신촌운동新村運動'을 전개하여 시라카바파의 이상주의를 널리 실천하고자 했다.[41]

그런데 오상순은 이 시기에 저우쭤런과도 교분이 두터웠다. 뿐만 아니라 저우쭤런과 비슷하게 이즈음 북경·천진 지역에 이상촌을 건설하고자 했던 우관又觀 이정규李丁奎를 저우쭤런에게 소개해 주기도 했

---

38 박윤희, 「오상순의 문학과 사상-1920년대, 동아시아의 지적 교류」, 『문학사상』, 문학사상사, 2009.8, 30쪽.

39 尾崎文昭, 「周作人の新村提唱とその波紋(上)-五四退潮期の文學狀況(1)」(『明治大學教養論集』 207, 1988.3, p.121), 고운선, 「신문학운동을 바라보는 또 하나의 시각-1918~1927년 저우쭤런의 산문을 중심으로」, 『중국학논총』 23, 고려대 중국학연구소, 2008, 147쪽에서 재인용.

40 위의 글, 147쪽.

41 김시준, 「魯迅이 만난 韓國人」, 『중국현대문학』 13, 한국중국현대문학학회, 1997, 133쪽.

다.[42] 우관 이정규는 형제인 회관誨觀 이을규李乙奎와 함께 크로포트킨 사상을 바탕으로 활동한 재중국 한인 아나키스트로, 1921~1922년경 북경·천진 지역에서의 이상촌 건설을 시도한 후[43] 1923년 다시금 주周라는 중국인 아나키스트의 제안으로 조남성潮南省 한수현漢水縣 동정호洞庭湖 주변에 공동경작, 공동소비, 공동소유를 원칙으로 하는 '이상 농촌 양도촌洋濤村'을 건설하려고 했다. 농촌의 운영을 위해 한국의 인삼 경작자를 다수 이주시키고자 계획했으며, 이에 일찍이 만주 농지 개척의 경험이 있었던 아나키스트 이회영을 찾아가 조언을 구했으나, 결국 내분이 일어나 실패했다고 한다.[44]

이정규를 저우쭤런과 연결해 준 것이 오상순이라는 사실은, 당시 한·중·일에 걸쳐 두루 일어난 이상촌 건설 문제에 대해 그가 깊고도 지속적인 관심을 가졌음을 방증한다. 특히 오상순은 1923년 1월 『동명』 18호에 발표한 「放浪의 마음」에서 "이쏘각늣김을敬愛하는 ―『에로시』에코, 誨觀, 又觀 三兄띄 ― 北京과天津에서지낸해의追憶깁흔우

42 "5월 8일 ―(…중략…) (저녁 무렵에 吳空超군이 친구 李군을 데리고 내방하다) / 7월 17일 ―(…중략…) (天津의 李又觀군에게 편지를 부치다)" 『周作人日記』, 大象出版社, 1996. 위의 글, 131쪽에서 재인용. 김시준의 논문은 루쉰 형제와 오상순 및 한국인 아나키스트들의 교유 내역을 실증적으로 추적하고 있다. 박윤희, 「吳相淳の文學と思想―1920年代, 東アジアの知識往還」, 京都造形藝術大 博士論文, 2008 또한 북경 체류기간 중 오상순의 행적을 추적하면서 오상순과 루쉰 형제의 교유 내역을 다룬다.

43 "그대로 북경에 머물게 되었다. 1921년 10월의 일이었다. (…중략…) 천진과 북경 중간에 영정하(永定河)라는 강이 있는데 그 강 옆에 개간하지 않은 하천 부지가 있었고 그것을 개간하게 되면 독립운동에 필요한 자금조달은 물론, 개인의 생활도 별다른 곤경없이 지속할 수 있으며, 중국에 있는 교포들의 생활대책까지 마련할 수 있을 것이라는 게 그(이회영 ― 인용자)의 생각이었다. 그러나 그 땅을 개간하기 위해선 막대한 자금이 필요했다. / 사업자금을 마련하기 위해 우리 셋(정화암, 이정규, 이을규 ― 인용자) 중 하나가 국내로 잠입하기로 했다." 정화암, 『몸으로 쓴 근세사』, 자유문고, 1992, 33~34쪽.

44 이정규, 『又觀文存』, 삼화인쇄 출판부, 1974, 48~49쪽; 오장환, 『한국 아나키즘운동사 연구』, 국학자료원, 1998, 184~185쪽.

리들의放浪生活의記念으로—" 드린다는 부기를 썼다. 이 부기를 통해 우리는 오상순이 1922년 이정규, 이을규, 그리고 러시아 아나키스트 시인 바실리 예로센코Vasilli Eroshenko[45]와 함께, 당시 그들의 이상촌 예정지였던 북경·천진 지역을 상당 기간 왕래했으며, 따라서 문인으로서만이 아니라 아나키스트의 관점에서도 이상촌 건설 문제에 천착했으리라는 것을 추측할 수 있다.[46] 오상순이 곧 아나키스트였다고 단언하기

---

45 예로센코는 러시아의 맹인 시인이자 동화 작가이며, 아나키스트이면서 에스페란티스토이다. 1914년 일본으로 건너간 이래 여러 진보적 지식인과 교류하며 활발한 문필활동을 펼치다가 1921년 문인으로서의 유명세와 사회주의자들과의 친분을 빌미로 일본에서 추방되었다. 이듬해 저우쭤런의 요청으로 북경대학의 에스페란토 강사로 초빙되었으며, 저우쭤런의 집에 기거했다. 1923년에 중국을 떠난 후 세계 각지의 에스페란토 대회에 참가하고 시각장애인을 위한 활동을 하다가 1952년 세상을 떠났다. 바실리 예로센코, 길정행 역, 『착한 사람, 예로센코』, 하늘아래, 2004; 안종수, 『에스페란토, 아나키즘, 그리고 평화』, 선인, 2006, 90~94쪽.
예로센코는 당대 한·중·일 지식인들과의 교류 이력이 오상순과 매우 유사하면서도, 그 사상적 지향점을 보여주는 글들과 활동의 흔적들이 비교적 뚜렷하게 남아, 향후 오상순 연구에서도 눈여겨보아야 할 인물이라고 여겨진다. 실로 시라카바파 문인들은 '나카무라야[中村屋]'라는 살롱을 중심으로 예로센코와 깊이 교유하며 예술가들의 국제적 연대를 보여주었다(송민호, 「모더니티의 첨단과 암실 사이의 공간(들)」, 『민족문학사연구』 55, 민족문학사연구소, 2014). 또한 루쉰, 저우쭤런, 예로센코가 공히 당대 볼셰비키파와 대립각을 이루었다는 사실은, 예로센코의 중국 내 활동에서도 중요한 대목으로 지적되고 있다(藤正省三, 『エロシェンコの都市物語』, みすず書房, 1989).
박윤희는 오상순이 쓴 편지에 예로센코의 이름이 거론돼 있다는 점, 1922년 5월 북경에서 열린 에스페란토 집회 사진에 오상순과 예로센코가 루쉰 형제와 함께 등장한다는 점 등을 근거로, 오상순과 예로센코의 교류 사실을 최초로 지적하였다(박윤희, 「吳相淳の文學と思想－1920年代, 東アジアの知識往還」, 京都造形藝術大 博士論文, 2008). 한편 이정규와 이을규 형제는 예로센코의 영향으로 아나키스트가 되었다는 기록이 있다. 이에 관해서는 박환, 「1920년대 전반 북경 지역 한인아나키즘」, 『한국민족운동사연구』 37, 한국민족운동사학회, 2003, 14~15쪽 참조.

46 박윤희는 1922년경 루쉰 형제와 교류한 또 다른 조선 지식인들로 신채호와 이회영이 있었고, 이들이 오상순과 '1922년, 북경, 저우쭤런, 에스페란토, 예로센코'라는 항들을 공유했다는 점에서, 오상순의 아나키즘적 성향을 추측하였다(박윤희, 「吳相淳の文學と思想－1920年代, 東アジアの知識往還」, 111쪽). 이 글에서 에서 밝힌 이정규·이을규 형제와 오상순의 직접적인 교류 사실은 이러한 추측을 뒷받침하는 보다 분명한 증거가 될 것이다.

는 어려우나, 적어도 그가 내세운 '어린애의 왕국'이나 '장미촌'이 실재하는 사회에 대한 청사진으로까지 기능했을 여지는 크게 열려 있다고 해야 할 것이다.

한・중・일 각국에 걸친 이상촌 건설운동이 오상순의 사유와 관련 맺는 양상은, 각국 운동의 근간이 되는 이론 내용에서도 확인된다. 먼저 일본에서 '새로운 마을' 운동을 펼친 사네아쓰는 『행복자』라는 작품에서, 우주에 반드시 하나의 의지가 있으며, 인간 안에 깃든 이 올바른 길 위에 설 때에만 인간이 권위를 얻을 수 있다고 썼다. 또한 신은 어떤 기발한 행위 안에 나타나는 것이 아니라 자연의 법칙에 순종할 때에 나타난다고 하였다. 이 우주의 의지 또는 자연의 법칙을, 그는 인간을 태어나게 한 "자연의 의사", "자연의 의지"라고 부르며, 자기 자신의 근원 또한 거기에 있다고 보았다. '자연의 의지'는 그대로 '인류의 의지'로 이어진다. 왜냐하면 사네아쓰는 개인이 '자연'에 따라 생명력을 발휘하고 진정으로 스스로를 신장시키는 어떤 활동을 할 때, 그 활동이 개인에게 인류에 대한 임무를 다하고 있다는 자각을 느끼게 해 줄 것인데, 이것이 곧 '인류의 의지'에 가까워지는 것이자 타인을 사랑하는 것이라고 보았기 때문이다.[47] 이러한 개인 본위의 인도주의를 토대로 형성되는 사회를 두고, 사네아쓰는 '자연을 사회에 조화시키는 것이 아니라 사회를 자연에 조화시키는 것'으로 설명했다.[48]

사네아쓰의 영향을 받은 저우쭤런 또한 개인 본위의 인도주의를 표

47 사네아쓰의 인간관에 대한 이상의 설명은 왕태웅, 「시라카바[白樺]파의 성격과 특질－무샤노코오지 사네아츠[武者小路實篤]를 중심으로」, 『일본 근대문학－연구와 비평』 2, 한국일본근대문학회, 2003을 주로 참고함.

48 정연욱, 「1920년대 한일 이상주의 문화운동의 딜레마에 대한 일고찰－'수양동우회'와 '新しき村'의 비교분석을 통하여」, 『일본어교육』 65, 한국일본어교육학회, 2013, 188쪽.

방했다. 생물학적 욕구를 포함한 인간의 본성이 적절하게 발현되도록 하기 위해 '우리는 대자연의 호화로움과 엄숙함을 모방해야 한다'고 주장했다. 단 그는 자신의 인도주의가 '세상일을 슬퍼하고 걱정하거나 널리 베풀어 대중을 구제하려는 자선주의가 아니'며, 개인이 인류를 생각하는 이유는 오로지 개인이 인류 가운데 속하여 관계를 맺고 있기 때문이라고 하였다. 인류 전체를 행복해야 내 몫이 생겨나고 내가 행복해진다는 맥락에서 '내가 곧 인류 전체'라는 표현을 사용하기도 했다.[49] 사네아쓰와 저우쭤런은 공통적으로 '인류 가운데 하나의 개체'로서 인간을 인식하여 국가나 민족이나 계급이 아닌 인류 전체와 개인을 직결시켰는데, 그중에서도 이념의 출발점은 개인에게 두고 있는 것이다.[50]

사네아쓰와 저우쭤런의 관점은 인간의 본성과 그에 근간한 인간의 개인적 활동이 곧 인류 사회를 하나로 묶어주는 근거가 된다고 본 점에서 오상순의 관점과 유사하다. 앞서 살펴보았듯이 오상순은 창조적 개인으로서 '어린애' 개념을 내세운 동시에 '어린애'를 창조하고 그 창조력을 물려준 '어머니' 개념을 설정하였으며, 이때의 '어머니'는 '생명의 비밀'을 알고 있는 존재였으므로 '어머니'의 창조력은 곧 '자연'의 창조력과 직결되었다. 한편 '어린애의 왕국'은 '어린애'의 독단을 당연시하는 공간으로서 제시되었다. '왕국' 내 주민들을 공동체로 묶어주는 가장 주요한 요소는 창조적 개인의 독창성을 저해하지 않는 풍토였는데, 이러한 풍토가 사회에 만연할 때 오상순은 인류 사회에 평화가 도래할 것이라고 예견했다. 이로 미루어 보아 오상순의 공동체상像에 있어서도 궁극적으로 중심이 되는 것은 개인이며, 따라서 '어린애의 왕국'이

49 김미정, 「주작인 연구」, 서울대 박사논문, 1995, 50~54쪽.
50 고운선, 앞의 글, 149쪽.

상정된 이론적 근거에는 사네아쓰 및 저우쭤런이 내세운 개인 본위의 인도주의적 관점이 포함된다고 할 수 있다.

그러나 오상순과 사네아쓰 및 저우쭤런 사이에는 차이점 또한 존재하며, 그것을 크게 이론상 차이점과 결과상의 차이점으로 나눌 수 있다. 먼저 이론에 있어 오상순과 저우쭤런이 보이는 주요한 차이는 '영육일치'의 개념에 있다. 저우쭤런은 「인간적 문학」에서 생명체의 자연스러운 성장 '모두가 아름답고 선한 것'이라고 주장하면서도, 인간성이란 하나의 생명체로서 자연스러운 성장이 이루어지는 동시에, 정신적으로 고상하게 향상되어야 하는 것이라고 보았다.[51] 종욕과 금욕이 균형을 이루고 자유와 절제가 미묘하게 조화를 이룰 때, 환락의 지나침을 막고 오히려 환락의 정도를 드높일 수 있다는 것이다.[52] 타인에 대한 이해는, 이렇듯 자신을 먼저 위하는 인간의 감정이 이성의 조절을 통해 확장될 때 생겨나며, 따라서 이때 이기利己는 곧 이타利他가 된다.[53] 이것이 저우쭤런의 "영육일치"라고 할 때, 그 개념은 사실상 '일치'라기보다 '조절'이나 '절충'에 가까운 것으로, 스스로의 생장을 관찰하는 것 자체가 이미 정신적인 계발에 해당한다고 본 오상순의 관점과는 다소 차이가 있다.

사네아쓰의 경우 자연의 법칙으로 수렴되는 어떤 하나의 '의지'만을 내세웠다는 점에서 오상순과 좀 더 유사한 주장을 편 것으로 보인다. 앞서 언급했듯이 사네아쓰는 인간이 "자연의 의사", "자연의 의지"에 따라야 한다고 주장했는데, 그 "의지"의 근원에는 '자기 자신'을 놓았다.

51 신홍철, 「5 · 4 초기 周作人의 현실인식과 문예사상」, 『중어중문학』 12, 중어중문학회, 1990, 45쪽.

52 김미정, 앞의 글, 49쪽.

53 이용태, 「외래사상과 周作人의 수용 연구」, 『동아인문학』 18, 동아인문학회, 2010, 146쪽.

"자신 안에 있는 '자연의 의지'를 믿고, 용기와 각오를 가지고" 노력할 때 자신의 생명을 풍부하게 하고 타인의 행복에도 기여할 수 있다는 것이다.[54] 여기서 사네아쓰는 개인의 내면을 모든 생물체의 생장 근간인 '자연'에 연결시킴으로써 자타 간 관계 문제를 모호하게 해결하고 있다. 이러한 지점은 오상순이 '어린애'의 '자연'스러움에 기대어 '어린애의 왕국'을 개인적 독자성이 아무 차질 없이 저절로 통용되는 공간으로 설정한 점과도 유사해 보인다. 참고로 이병진은 사네아쓰가 말하는 '자기' 개념이 타자의 시선에 비추어진 적 없는 자기이자 동질적인 자기라고 지적하며, 공동체 담론으로서 사네아쓰의 논의를 비판적으로 설명했다. 이와 더불어 스가 히데미すが秀實의 논의를 인용, 이 시기 일본의 '자연' 개념이 인위에 대립하는 자연(시젠)만을 뜻했다기보다, 예전부터 일본어에 존재해 온, 자타를 포용하는 개념의 자연(지넨)과 혼용되었음을 지적했다.[55]

사네아쓰와 비교했을 때 오상순이 지니는 특징은, 이상적 공동체상을 내세우는 데 있어 '어린애'와 '어머니'라는 비유 체계를 사용함으로써 그 논리를 보충하고 있다는 점이다. 앞서 지적했듯이 오상순의 '어린애'와 '어머니' 개념은 자기 자신과 자신의 실제 어머니를 거론하는 데서 출발하여 '자성子性'과 '모성母性'이라는 추상적 단계로까지 확장된다. 그래서 오상순 인간관의 내용은 사네아쓰가 말하는 '자연'과 '인간'의 관계만큼이나 추상적임에도 불구하고, 생물학적 모자관계의 구체성과 필연성이 덧입혀지는 양상을 띤다. 인간과 자연의 관계를 생물학

54 왕태웅, 앞의 글, 84~88쪽.

55 이병진, 「文化로써의 시라카바[白樺派 담론 空間」, 『일본언어문화』 10, 일본언어문화학회, 2007, 284~289쪽.

적 모자관계에 빗댐으로써 획득하는 필연성으로는 세 가지를 들 수 있다. 첫째는 '어린애'가 '어머니'의 피조물이듯이 '개인'이 '자연'의 피조물이라는 것이고, 둘째는 피조물을 탄생시키는 행위가 대를 이어 그대로 반복되듯이 '개인' 또한 '자연'의 창조력과 창조 행위를 고스란히 이어받으리라는 전망이며, 셋째는 누구에게나 어머니가 존재하듯 누구에게나 창조력이 똑같이 부여된다는 믿음이다.

이러한 점들을 고려했을 때 오상순이 말하는 '어린애'는 생겨나지는 존재로서 '자성'을 지님은 물론 앞장에서 보았듯 "말"을 생겨나게 하는 존재로서 '모성' 또한 동시에 지닌다. 즉 '자성'과 '모성'은 각각 '어린애'와 '어머니'에 완전하게 대응하는 것이 아니라, '생겨나진 존재'로서의 속성과 '생겨나게 하는 존재'로서의 속성이며, 따라서 어린아이든 어머니든 그 누구나 동시에 지닐 수 있는 것으로 보아야 할 것이다.[56] 그리고 이러한 맥락에서의 '어린애의 왕국'은, 단순히 타인의 취향이나 사고방식을 존중하는 집단이 아니라, 개인이 자신의 '자성'을 수용하고, 나아가 잠재된 '모성'을 발휘하게 해주기 위한 최적의 풍토를 가정한 것이라 볼 수 있다.[57]

---

56 2절에서의 인용문 ㈐ 참고. 어머니가 어린애를 창조하고, 어린애가 말을 창조한다는 구도는 가령 「돌아!」와 같은 작품에서도 확인할 수 있다. 이 작품에서 화자는 말도 못하고 앞도 못 보는 돌을 향해, "생명의 여신이 다시 돌아오는 날에" "너도 말을 하고" "자기표현을 / 마음대로 할 때 있으리라"고 말할 뿐만 아니라, "그때 / 나는 네가 시(詩)까지 짓기를 바란다"고 말한다. 이때의 '돌'은 생명의 여신으로부터 생명력을 부여받을 존재인 동시에 스스로 시를 생산할 존재로 그려지며, 화자는 그러한 상태를 가장 이상적인 것으로 여긴다.

57 오상순 주변인물들의 이상촌 건설운동이 크로포트킨주의의 영향 아래 있었음을 고려하면, 오상순의 생각과 크로포트킨주의를 비교 분석하는 것도 하나의 과제가 될 수 있을 것이다. 크로포트킨은 이상 사회를 구상함에 있어 '개인이 주변으로부터 빌린 힘에 대해 무의식적으로 인정한다는 것'과, '인간이 예술이나 지식 그리고 지능을 발전시킬 수 있도록 사회생활의 조건을 창출'하는 상호연대의 기능을 염두에 두었다. P. A. 크로포트킨, 김영범 역, 『만물은 서로 돕는다—크로포트킨의 상호부조론』, 르네상스, 2005, 17・345쪽.

(다)

달려가는수레뒤로

손버리고쪼차오든

일곱여덟(살)의옷버슨中國사람의딸

銅錢한푼을던져주엇더니

쏘다른것을바라고

거의五里나되는길에'쿠리'와다투어

불가티나리쪼이는太陽밋헤

짤하오던少女 —

發見하던瞬間의나의마음메여지는듯하얏다.

사람이끄는車우에놉히안저

고개ㅅ짓하며오는비단옷에싸힌紳士보고그압헤업드려두손으로짱을집고

니마로짱을찌코또찌어피흘려내던

열 살前后의中國사람의아들 —

紳士는보고도못드른듯이아모感覺의表情도업게지나가고말앗다.

(…중략…)

발이빠지는몬지싸힌

네거리한복판에

네발을되는대로뻐더바리고

낫잠자는中國개볼째마다울고십다

수레가그압흐로시치고지나가나

自働車가소리를지르며몰아오나

'나모른다는'듯한그쏠은

가장偉大한듯도하다

나는同時에中國苦力을생각한다

그리고또中國사람全體를聯想한다

—「放浪의 마음」 일부[58]

(라)

放浪의마음은

압흐고하염업는

放浪의마음은

흙비나리고발이빠지는먼지의길—

무릅이잠기는 개흙의『들』로—

밥에먼지언저먹고

떡에흙뭇처먹는

그쌍으로—

(…중략…)

自己네손으로

땀과피흘려싸흔

自己집城우에

自己옷닙고

오르지못하는그들의나라로—

(…중략…)

누구나비단과털로

몸을싸는듯한그裏面에

아래를가리울

58 『동명』 18, 1923.1.

누더기가업서々

거지 노릇도못하야

죽어가는无數한

生靈들이呻吟하는그나라로－

×

…………

…………

오－그나라!

무서운그나라!

偉大한그世界로－

×

…………

…………

압픈마음

묵어운다리로－

扶搖杖쓰을며도라오는

바다갓흔

가업고한업는

遼東벌판에

太陽은써지도다……

…………

—「放浪의 한페지」 일부[59]

한편 오상순과 사네아쓰 및 저우쭤런은, 각자 구상한 이상적 공동체관의 귀결점에 있어서도 차이를 보인다. 선행 연구에 따르면 사네아쓰는 공동체보다도 개인의 자유로운 성장만을 강조한다는 이유로 비판을 받은바 있고,[60] 훗날 태평양전쟁 시기 제국주의를 지지하는 데서 예의 '인류'나 '세계'라는 표어를 그대로 사용하기도 한다.[61] 저우쭤런은 '신촌'운동이 실패한 이후 다른 사람의 일에 참견하지 말라는 의미가 보다 강조된 개인주의로 변모해 간다.[62] 저우쭤런이 변모한 것은 그가 '신촌'을 통해 실현하고자 했던 이상이 현실과 큰 격차를 보였기 때문이다. 인도주의가 탈각된 개인주의로 변모할 무렵에 그는 가령 노동자의 임금 인상 문제로 대립하는 노동자와 자본가의 모습을 당혹감에 찬 시선으로 그리기도 하고, 자신이 모든 것을 다 사랑할 수는 없다는 것을 깨달았다고 하면서, 증오와 저주의 대상인 "미와 생명의 파괴자"를 "파리"라고 부르기도 한다.[63]

흥미로운 것은 오상순 또한 '어린애의 왕국'을 찬미하기만 하는 것이 아니라 일군의 텍스트를 통해 실세계에서 목도한 참상들을 조명한다는 점이다. 위의 인용문들은 모두 1923년 1월에 발표되었으며, 공통적으로 중국의 빈곤층이 얼마나 비인간적이고 참혹한 생활을 하는가를 선명하게 보여준다. ㈐는 앞서 오상순이 이정규, 이을규, 예로센코에게 바친다고 덧붙였던 「방랑의 마음」에서 발췌한 것인데, 이 시의 화자는 예컨대 더 많이 구걸하기 위해 쿨리와 다투어가면서 5리里나 되는

59 『동아일보』, 1923.1.1.
60 정연욱, 앞의 글.
61 이병진, 앞의 글, 288~289쪽.
62 김미정, 앞의 글, 57~58쪽.
63 위의 글, 55~56쪽.

길을 쫓아오는 거지 소녀, 혹은 피가 나도록 이마를 땅에 찧는 가난한 소년을 보고도 못 본 척하는 부자의 모습 등을 그린다. 이어서 화자는 이러한 광경들이 벌어지는데도 불구하고 '나는 모른다'는 듯 태평하게 낮잠을 자는 개의 모습에 주목하고, 그를 통해 중국인 노예들, 나아가서는 중국인 전체를 떠올린다고 진술한다. ㈑에서 오상순은 중국을 가리켜 '자기 손으로 땀과 피를 흘려가며 지은 성 위에, 자기 옷 입고 오르지 못하는 나라', '누구나 비단과 털로 몸을 싸는 듯하면서도 아랫도리를 가릴 누더기도 없어 신음하는 사람들이 있는 나라'라고 표현한다.

오상순이 윗글에서 중국이라는 나라를 특정했다고 해서 그것이 중국을 비판한 것이라고 볼 수는 없을 것이다. 윗글에서 강조되는 것은 참상이 발견된다는 사실 자체이지, 다른 곳이 아닌 중국에서 참상을 발견했다는 점이 아니기 때문이다. 똑같이 중국의 참상을 그렸음에도 저우쭤런에 비해 오상순이 보이는 차이가 있다면, 중국의 현실을 그린 텍스트를 1920년대 초반에만 쓰고 만 것이 아니라 1930년대까지도 반복 재생산했다는 것이다. 이와 밀접하게 관련되는 것이 바로 위의 인용문 ㈐이다. 이 부분은 상기하였듯 1923년 1월 『동명』지에 처음 발표되었고, 이후 1935년 1월 『삼천리』에 수록된 「放浪의 北京」, 동년 2월 『조선문단』에 수록된 「放浪의 마음」에서 그대로 등장한다. 1923년 『동명』지 수록 「방랑의 마음」은, 위의 두 텍스트 및 1935년 8월 『조선문단』에 수록된 「방랑의 마음(구고)」까지 포함하여 총 세 차례 재생산되는데, 이때 재발표된 각 텍스트는 발췌·편집된 지점이 서로 다르며, 그중 ㈐ 부분이 남아 있는 것은 1935년 1월과 2월의 두 텍스트에서만이다.[64] 한편

64 구상 편, 『공초 오상순 시 전집』, 한국문학사, 1983은 단행본 출판 이력이 없는 오상순의 작품을 다수 수집했다는 점에서 중요한 책이다. 그러나 이러한 사항을 명확히 하

1935년 1월에 발표된 「방랑의 북경」에는, 해당 텍스트를 1918년에 썼다는 꼬리말이 붙어 있다. 이러한 사실들을 종합해 보면 ㈐ 부분은 1918년에 작성되어 1923년에 처음 발표되고 1935년에 두 차례 다시 활용된 것으로 정리된다. 이는 중국의 부정적 현실에 대한 오상순의 관심이 1910년대 말부터 1930년대 중반까지 지속적으로 이어지고 있었으며, 따라서 그것이 오상순에게 상당히 중요한 문제였음을 시사한다.

오상순이 중국에서의 이상촌 건설운동과 중국의 참담한 현실에 모두 관심을 보이고 있었다는 점은, 그가 이상 사회 건설을 통해 해결할 수 있다고 기대한 문제, 혹은 이상 사회를 건설하는 데 있어 가장 큰 과제가 되는 문제를 지속적으로 염두에 둔 것이 아닌가 추측하게 한다. 오상순은 '자연'의 흐름을 거스르지 않고 오히려 그 창조력을 체화한 인간상에 기반하여 새로운 사회를 건설하고, 막연하게나마 그로써 당시 세계가 안고 있었던 참상을 해결할 수는 없는가 질문한 것으로 보인다.

4. 나오며

이 글은 1920년대에 발표된 오상순 텍스트들을 분석하여 오상순이 제시한 예술가로서의 인간상 및 공동체상을 도출하고, 1920년대에 오상순이 일본 및 중국에서의 이상촌 건설운동에 관심을 가졌다는 사실

지 않은 채 1935년 8월에 발표된 「방랑의 마음」만을 소개할 뿐만 아니라 이 한 편의 작품을 임의로 「방랑의 마음 1」과 「방랑의 마음 2」라는 두 편의 글로 나누어 수록하고 있다. 향후 오상순 기초자료의 정확성을 기하기 위해서는 각 텍스트의 원문 및 서지사항에 대한 면밀한 확인 작업이 필요해 보인다.

에 주목하여 그의 공동체상과 이상촌 건설운동을 연계적으로 이해해 보고자 하였다.

이 시기 오상순의 텍스트에서 두드러지게 관찰되는 것은, 사람을 태어나게 하고, 시시각각 그 몸을 변화시키고, 종국에는 늙어서 사라지게 만드는 '자연'의 힘에 대한 경이와 갈망이다. 일련의 시편들에 등장하는 예술가들 또한, 이렇듯 '생명의 비밀'을 간파하여 신의 창조력을 체득하고자 부단히 노력하는 존재로 제시된다. 창조력의 원천인 신과, 그 창조력을 물려받고자 하는 피조물 예술가의 구도는, 다른 텍스트들에서 '어머니'와 '어린애'의 구도로 나타난다. 단 '어린애'는 '어머니'의 창조력을 자연스럽게 체화하고 있다는 점에서 예술가의 가장 이상적인 경지를 나타내는 것으로 해석된다.

오상순은 '어린애'와 '어머니' 개념에 이어 '어린애와 어머니의 왕국'이라는 공간을 제시하는데, 오상순에 따르면 이 공간은 예술가적 개인의 자유와 독단이 당연한 통념으로 받아들여지는 사회이다. 유사한 아이디어가 '장미촌' 동인의 선언에서, 그리고 당대 일본과 중국 등지에서 전개된 이상촌 건설운동의 이념에서 발견되며,[65] 오상순은 이들 프로

65 덧붙이건대 오상순 텍스트에 있어 이렇듯 반복적으로 대두되는 이상적 공동체는, 일견 같은 시기 오상순이 반복적으로 언급하는 '아시아' 또는 '동양' 표상과도 관련될 가능성을 제기하게 한다. 오상순이 「아시아의 마지막 밤 풍경」을 발표했다고 알려진 1922년은 전통론이 대두되는 1920년대 중반보다도 상당히 앞서 있으므로, 오상순이 말하는 '아시아'는 특정 담론과 연결 짓기 이전에 우선 오상순의 어법 가운데에서부터 그 의미역을 파악해야 할 것으로 보인다. 이때 오상순은 「아시아의 여명」에서 '아시아의 사자가 잠깬다'는 표현을 사용하였고, 「아시아의 마지막 밤 풍경」에서는 '아시아'를 '어머니' 또는 '여신' 이미지와 연결 지었으며, 「폐허행」에서는 '조선'과 '동양'을 어린 시절 자신의 '표현'을 다 받아주던 공간이라고 하였다. 이러한 실마리들을 토대로 오상순의 공동체상과 '아시아'가 연계된다고 본다면, 오상순의 '아시아'는 흔히 생각하듯 서구의 대립항이나 피식민지로서 실제적 경역을 지닌 어떤 지역을 지칭하는 것이라기보다, '어린애의 왕국'의 현실태에 부여된 이름이라고 가정해 볼 수도 있을 것이다. 실로 유시욱은 1920

젝트의 관련 인사들과 깊이 교유했다. 특히 그는 일본의 '새로운 마을' 운동을 주도한 무샤노코지 사네아쓰와, 사네아쓰에 영향받아 중국의 '신촌운동'을 주도한 저우쭤런과 모두 친분이 두터웠다. 각자의 인간관에 있어서도 세 사람은 '자연'의 힘에 근간한 개인의 자유와 독창성을 중시하고, 그것을 존중하는 풍토가 자연스레 평화로운 공동체 형성으로 이어지리라 생각했다는 점에서 유사성을 보인다.

이러한 가운데 오상순이 보이는 특이점은 '어린애'와 '어머니'라는 생물학적 모자관계의 비유 체계를 도입해 논의의 구체성과 필연성을 조금 더 기했다는 점, 그리고 중국의 빈곤층이 겪는 참상을 비교적 꾸준하게 관찰하고 있었다는 점이다. 이상촌 문제와 중국의 현실에 대한 문제의식을 동시에 유지하고 있었다는 점에서, 오상순이 이상적 공동체상을 그려봄으로써 사회의 현실적 문제들을 해결할 수는 없을까 자문했으리라 짐작해 볼 수 있다. 그 내용이 어떤 명료한 계획이나 실천 지침으로 정리되는 양상은 찾아보기 어려우나, 오상순이 활동 초기 '허무' 너머로 모색하고자 했던 생산적 담론의 일단을 이로써 확인할 수 있을 것이다.

년대 한국시에서 '아시아'라는 표현이 모체 개념과 연관되었음을 지적하였고, 황동연은 1920년대 아나키스트들 사이에서 '아시아' 개념이 지리적 문화적 동일체를 가리키는 것이 아니라 초민족적이며 세계주의적 전망을 갖는 용어로 사용되었다고 주장하였다. 유시욱, 「직관적 인식과 상징적 인식 – 오상순, 한용운론」, 『1920년대 한국시 연구』, 이화문화출판사, 1995; 황동연, 「20세기 초 동아시아 급진주의와 '아시아' 개념」, 『대동문화연구』 50, 성균관대 대동문화연구원, 2005.

1920년대 초반 북경의 사상 지형과 한설야의 『열풍』

이경재

1. 세 명의 한설야—1920년 북경, 1944년 함흥, 1958년 평양

한설야의 『열풍』은 출판과 관련해 다소 복잡한 사정을 지니고 있다. 한설야의 1920년 무렵 북경 체험을 담고 있는 『열풍』은, 일제 말인 1944년에 작가의 고향인 함흥에서 쓰여져 발표되지 않다가, 평양에서 1958년에 발표된 것이다. 따라서 이 작품에는 1920년, 1944년, 1958년의 한설야가 삼중으로 겹쳐 있다. 장편 『열풍』의 머리말에서 작가 스스로도 해방 이전 써놓은 원고에, "고의로 뺀 부분을 다시 생각해서 써넣고, 모호하게 만들어 놓은 부분을 도드라지게 고치고 조금 틀어 놓은 부분을 바로잡아 놓는 일"[1]을 했다고 밝히고 있다.

『열풍』은 한설야의 자전소설 『탑』(매일신보사, 1942)에 이어지는 작품

1 한설야, 『열풍』, 조선작가동맹출판사, 1958, 7쪽.

이다. 내용상으로도 『탑』과 이어지며 3·1운동에 참여하여 몇 개월간 감옥살이를 한 상도가 북경으로 건너가 1년여 머물다 귀국하는 내용을 담고 있다. 그리하여 『열풍』의 핵심에는 상도의 북경 체험이 놓여 있다. 서경석이 주장한 것처럼, 북경은 한설야만의 고유한 미학적, 정치적 입장이 설정된 근원적 장소였다.[2] 식민지 시기 지역(공간)의 문제는 매우 중요하다. 중국과 일본, 미국 등지에서 꾸준히 전개된 한국인의 민족운동은 그 지역의 공간적 특성으로부터 지대한 영향을 받았기 때문이다. 민족운동가가 어떤 지역(공간)에서 일제와 싸우겠다고 선택하는 것은 어떤 운동 방법으로 민족운동을 하겠다는 입장을 밝힌 것이나 마찬가지라고 볼 수 있을 정도였다.[3] 따라서 한설야와 북경 체험의 관련성을 살피는 것은, 한설야 개인에 대한 고찰에 그치는 것이 아니라 계급문학을 형성한 정신사의 한 측면을 밝히는 의미도 있다.

한설야에게 일정 기간 지속된 북경 체험은 총 두 번이다. 첫 번째는 3·1운동으로 수감되었다가 출옥한 직후에 북경으로 건너가 다음 해에 돌아온 것이고, 두 번째는 1940년에 수개월 동안 머문 것이다. 한설야의 『열풍』은 첫 번째 북경에 머물렀던 경험을 바탕으로 해서 쓰여졌다. 한설야는 '나의 이력서'라는 부제가 붙은 「苦難記」에서 첫 번째 북경 체험과 관련된 내용을 다음과 같이 서술하고 있다.

---

2 서경석은 1958년 『조선문학』에 발췌 수록된 『열풍』의 마지막 부분(180매 분량)을 분석하여 다음과 같은 결론에 도달하고 있다. "마무리하자면 이렇다. 한설야에게 있어서 북경은 그의 성장소설의 종착지이다. 그의 미학적, 정치적 입장이 설정된 근원적인 장소인 것이다. 이러한 북경 체험은 따라서 일본 체험이 문학적 여로에 중심이 되었던 임화 등과는 다른 입각점에 한설야가 서도록 만든 원인일 수 있다는 점이 본 논문의 결론이다." 서경석, 「한설야의 『열풍』과 북경 체험의 의미」, 『국어국문학』 131, 국어국문학회, 2002, 522쪽.

3 신주백, 『1920~30년대 중국 지역 민족운동사』, 선인, 2005, 8쪽.

九年에家兄을따라 中國北京으로가서 家兄에게서 支那語를배웟다.

當時支那飛行界에 이름이높던徐四甫(本名梁國一)氏의 紹介로支那陸軍省官吏인 某朝鮮人家의書生이되엿다. 그집次子가 鐵道局員이엿는데 阿片엔지女子에겐지 들떠서 天津方面으로 逃亡을가서내가 그뒷일을 맛타日本鐵道省에서 내는雜誌中에서 每朔論文 몇篇式漢文으로 飜譯해서 鐵道局에냇다. 그일餘暇에는 益智英文學校로 다니고 또 이때부터 社會科學을보기始作하엿다. 十年에잠시 서울와잇다가 그사이 失戀하고 渡東하여 日本大學社會科에入學하엿다.[4]

한설야의 『열풍』은 위에서 제시된 기본 행적 위에 수많은 사건들과 인물들이 덧붙여진, 총 28장 원고지 3,500매 분량의 장편소설이다. 덧붙여진 것의 상당 부분은 1958년 시점의 한설야가 지닌 문학관과 작가의식에서 비롯된 것들이다.

『열풍』은 일제시대에 창작되었다가 해방 이후 개작된 여타의 한설야 장편소설이 보이는 특징을 대부분 공유하고 있다.[5] 1950년대 중반 한설야가 북한에서 발표한 『황혼』, 『탑』, 『청춘기』, 『초향』은 식민지 시기의 작품과 비교할 때 다음과 같은 변화를 보인다. 서사적 내용에 있어서는 반일의식의 강화, 기층민중의 이상화, 혈통의 순결성 강조, 사회주의적 연애의 경직화, 사제 관계의 강화 등이 나타난다. 표현・형식에 있어서는 논쟁과 대화, 속담의 빈번한 등장 등을 꼽을 수 있다. 이러한 특징은 『열풍』에서도 그대로 발견된다. 『탑』에 등장했던 의형 상제를, 초판

4 한설야, 「苦難期－나의 이력서」, 『조광』, 1938.10, 77쪽.

5 이경재, 「한설야 소설의 개작 양상 연구」, 『민족문학사연구』 32, 민족문학사연구소, 2006, 281～312쪽.

본에 나타난 모습이 아닌 개작본에서 변화된 모습에 바탕해 형상화하는 것 등은 1958년의 한설야가 개입해 들어온 뚜렷한 증거이다.

구체적으로 살펴보면, 우선 『열풍』에서는 혈통의 순결성이 강조됨을 알 수 있다. 긍정적인 인물들의 피붙이들은 모두 이상화되어 있다. 중국인 동지인 연추의 큰오빠는 신해혁명에 참여했다가 죽었고, 아버지는 탄광 노동자로 노동운동에 참여했다가 경영 측의 고의에 의해 갱내 가스중독 사건으로 죽는다. 둘째 오빠 정수화도 제철 노동자로서 변혁운동에 적극적으로 참여한다. 표현 형식에 있어서는 "귀신은 경으로 떼고 도깨비는 매로 뗀다",[6] "제 속 짚어 남의 말 한다"(161), "주인집에 장 없자 손님 국맛 없는 뿐"(198), "석 량짜리 말 이도 들어 보지 말랬다"(206), "포수집 개는 범이 물어 가야 말이 없다"(346), "우둔한 자 범 잡는 격"(349), "바람 간 데 범 간 데"(349), "가재는 게편"(362), "막다른 골목에 든 강아지는 범을 깨문다"(362), "한 길 물 속은 알아도 한 길 사람 속은 모른다"(372)와 같은 수많은 속담이 새롭게 등장한다. 또한 임진란 때의 김응서 장군이나 계월향 이야기가 등장하는데, 이것은 일종의 예시담exemplum으로서 한설야의 다른 북한소설에도 나타나는 특징이다. 『열풍』에는 김응서나 계월향 이야기에서처럼 평양을 이상화하는 담론이 등장하기도 한다.

북경 표상에 있어서도 『열풍』은 1940년에 집중적으로 발표했던 북경 기행 수필과의 불연속성을 지니고 있다. 「燕京의 여름—市內의 納凉名所其他」에서는 건륭제를 두고, "乾隆이면 다시 두말할거없으니 사람은 첫재 어질구야볼것이오. 乾隆은 아직도 몣千몣萬年을 이들 萬百姓과 가

6 한설야, 『열풍』, 조선작가동맹출판사, 1958, 13쪽. 이하 본문과 주석에서 이 책을 인용할 경우, 괄호 안에 쪽수만 표시한다.

치 살는지 모르겠소"[7]라든가 "康熙와아울러 淸朝로하여금 漢唐을 지나가 文化中原을 만든 聖君乾隆"[8]이라고 찬양한다. 「北京通信 萬壽山 紀行」에서는 건륭을 가리켜 "萬乘의귀한 몸이 汚穢흘으는 溝渠를 생각함은 實로 民을 天으로 생각하는 聖心의 한끝일것이다"[9]라거나 "한개의 勞動者까지도 乾隆의이름을 알게되는것은 그仁때문일것이다. 仁帝인 乾隆은 이르는곳마다 그雄建한 詩와 書를 내붙여 萬百姓으로 하여곰 與民同樂의實際를 알게하였다"[10]고 쓰고 있다. 「天壇 北京通信」에서도 "實로 이 兩帝(강희제, 건륭제－인용자)는 近代의堯舜이라할만하오. 이兩帝의 文化가 오이려 漢唐을 누를만한것을 보아온 나도 어쩐지 感激과追憶에 떨리오"[11]라고 표현한다. 각각의 수필에서 건륭을 찬양하고 있는데, 그러한 찬양은 서태후의 무능과 부덕함에 대한 비판을 통해 더욱 강조된다. 특히 「天壇 北京通信」의 다음 인용에서는 일반 대중의 힘보다 탁월한 리더의 능력을 더욱 큰 힘으로 파악하고 있다.

> 대체 우리가 늘보는 저苦力을 보는때마다 蔑視하지않을수없는 저勞動者들 아직도 大路邊에 大便을 버리고 家畜의 死體를 버리는 이거리의賤民들을 使用해가지고 이렇게 이놀라운 建物－藝術문을 만들어 놓았는지 그것을 보면 이른바 위된 사람의 사람을 쓰는 재주와精神에 달려서 世道人事가 天壤之判으로 갈려지는 모양이오. 그러니까 사람사람이 다 착해서 太平烟月이 오는게아니고 사람사람이 다惡해서末世가 되는게 아닌듯싶소. 康熙

7 한설야, 「연경의 여름－시내의 납량 명소 기타」, 『조광』, 1940.8, 292쪽.
8 위의 글, 293쪽.
9 한설야, 「만수산 기행」, 『문장』, 1940.9, 107쪽.
10 위의 글, 107쪽.
11 한설야, 「천단」, 『인문평론』, 1940.10, 104쪽.

乾隆이 나서 비로소 漢淸兩族이 同化되었나니 在上者의 힘이 얼마나 偉大한 지 足히 알수있는것이오.[12]

이것은 『열풍』에서 이화원을 관광하던 연추가 상도에게 "이걸 만든 사람은 건륭이 아니라 많은 장인들과 백성들이였어요"(256)라고 말하는 것과 대조적이다. 나아가 상도는 요즈음 사람들이 건륭을 떠받들지만, 사실은 "조그만 선행을 눈가림으로 하여 크나큰 악행을 했"(256)다고 싸늘하게 평가한다. 이 외에도 『열풍』에서는 여러 문화 유적을 사회주의적 문제의식으로 비판하는 대목이 많다. 대표적으로 백운관이라는 도교 사찰에 대해 이야기하며 상도가 "봉건 통치가 빚어 논 백공천창을 이 며칠 사이에 수리하는 노름이라도 하도록 야바우를 꾸며 놓았으니 그 통치배며 어용학자며 종교가들의 흉물성이란 세계사에서도 맨 웃자리를 차지해야 할거애요"(239)라며 야유하는 부분을 들 수 있다. 이러한 차이는 1944년 『열풍』에 1958년의 한설야가 개입해 들어온 사례일 것이다.

따라서 『열풍』은 1944년의 한설야를 통해 1920년 북경의 한설야가 그려진다기보다는 1958년의 한설야(서술자아)를 통해 1920년 북경의 한설야(체험자아)가 그려진다고 보는 것이 타당할 것이다. 그럼에도 카프 내에서 이론적 맹장으로 독특한 위상을 확보할 수 있었던 한설야를 형성해 낸 하나의 근거로서의 북경 체험을 재구할 수 있는 자료로서의 의미는 배제할 수 없다. 이 글은 신채호와의 관계를 중심으로 하여 한설야의 『열풍』을 실증적으로 고찰해 보고자 한다.

---

12 위의 글, 109쪽.

2. 신채호와 한설야

1) 작품 속에 형상화 된 신채호의 모습

『열풍』에서는 이데올로그들과의 직접적인 만남을 통해 상도의 성장이 이루어진다. 그것은 부정적 인물을 통한 대타적 방식으로 나타나기도 하고, 손빈이라는 긍정적 인물의 매개를 통한 긍정적 방식으로 나타나기도 한다. 상도는 북경에서 1920년 무렵 생각할 수 있는 다양한 유형의 이념분자들을 만난다. 실제로 1920년 무렵 북경은 중국의 고등교육기관이 밀집해 있었고 국제 사회주의운동과 연계선도 있었기 때문에 새로운 이념, 다채로운 이론을 펼칠 수 있는 공간이었다. 1920년대 북경 지방에는 관내 지역의 아나키즘 세력과 좌파 성향의 청년인텔리들이 군집해 당시로서는 수준 높은 이론 활동을 벌였다.[13] 상도에게 가장 큰 영향을 주는 손빈과 양국일 이외에도, 『열풍』에는 강연 등의 형식을 통해 다양한 조선인 지식인상이 등장한다. 북경을 중심으로 한 다양한 사상적 지형도를 그리는데 있어, 상도가 머물고 있는 민 씨의 집이 "팔풍받이와 같은"(134) 성격을 지닌 것도 효과를 발휘한다.

상도가 만난 다양한 이념분자들 중에서 핵심인물은 손빈과 양국일이다. 양국일은 실존인물을 모델로 하여, 이름까지 그대로 가져온 경우이다. 양국일은 "글보다 지금 우리 처지에서는 쇠와 불과 피다"(89)라고 생각하는 인물로서, "민족의 원쑤를 족치고 조국을 찾는 그것 뿐"(89)에만 몰두하는 열혈남아이다. 이러한 성격은 실제의 양국일과 흡사하

13 신주백, 앞의 책, 9쪽.

다. 양국일은 항공학교 졸업식 축하연의 답사에서 "나는엇더케든지 나의마음에잇는대로 速히싸호여죽을생각만잇슬뿐이요"[14]라고 말할 정도로 강렬한 애국심과 열정의 소유자였다. 작품에서도 평소의 꾸준한 신체 단련 덕분에 비행기 사고에서 살아나는 것으로 그려지는데, 실제로도 두 번이나 비행기 사고에서 살아난 바 있다.

이 작품에서 손빈은 새 형의 인텔리로서 "숨은 공산주의자"(203)로 명료하게 지칭된다. 양국일이나 민 씨 등이 민족주의자라는 테두리로 묶일 수 있다면, 손빈은 그들과 뚜렷하게 구분되는 좌파 민족주의자로서 형상화된다. 상도는 "모든 조선사람들이 한맘 한뜻으로 단란하고 단합된 련계 속에 살 것을 희망"(215)한다. 이를 위해서는 지도적 핵심이 있어야 하고, 그 핵심으로 "3・1운동 이래 급격히 장성하고 있는 프롤레타리아"(216)를 상정하고 있다. 그런데 지도적 핵심을 생각하며 상도는 "불현 듯 조선을 생각하고 고향을 생각"(218)한다. "무엇인지 모르게 어머니 땅에서는 그런 미운 것들을 깔아 뭉갤 큰 힘이 지금 무럭무럭 자라고 있을 것 같고 거기서 떨어져 있음으로 해서 저는 지금 고독한 것 같았다"(218)고 느낀다. 이 부분에서는 지도적 핵심이 프롤레타리아 계급과는 차원이 다른 또 다른 존재와 연결되는 미묘한 인상을 준다. 작품의 주제에 맞닿아 있는 이러한 생각을 상도는 손빈으로부터 배운다.

『열풍』의 초반에 양국일과 손빈은 대등한 비중으로 상도에게 영향을 주는 것으로 그려지지만, 후반부로 갈수록 상도는 손빈에게서 훨씬 큰 영향을 받는다. 상도에 의해 양국일의 한계는 계속해서 지적되는데

14 在北京 K生, 「飛行將校徐曰甫君」, 『개벽』, 1923.5, 88쪽.

반하여, 손빈의 훌륭함과 영향력은 더욱 더 커지기 때문이다. 조경호를 포함한 수많은 사람들을 만난 후, 상도는 "이제까지 북경서 만난 사람은 손빈 이외에는 모두 저희를 상식의 범위 안에서만 지도할 수 있는 사람들"(330)이라고 결론 내린다. 성장소설로서의 『열풍』에서 상도를 사상적으로 성장시키는 매개자는 손빈이라고 할 수 있다. 손빈은 상도뿐만 아니라 남향에게도 큰 영향을 미친다.

『열풍』에는 손빈과 양국일 이외에 다양한 사상가들이 등장하는데, 이들은 부정적 인물에 가까워 대타적인 방식으로 상도를 올바른 성장의 길로 인도한다. 그러한 인물로서 상도가 처음 만난 인물은 "한학 대가고 또 도학으로는 중국에서도 드소문한"(76) 윤취재라는 노인이다. 윤취재는 조선에서 온 도사 행세를 하며 중국인들에게 숭배를 받고 호사스런 삶을 산다. 상도는 윤취재를 배울 것이 하나도 없는 부정적인 대상으로 인식한다.

다음으로는 김상우를 만나는데, 그는 상도가 머물고 있는 집의 주인인 민우식과 젊은 시절의 동지이다. 칠십이 가까운 노인으로서 웅변으로 유명한 김상우는 기독교계의 성망을 얻고 있다. 북경에서의 연설에서 그는 천당과 기독교적 신념만을 강조할 뿐이다. 상도는 김상우를 보고서는 "신앙과 지식 대문에 인간의 맘을 절반은 잃고 절반은 누르고 속이고 사는 것 같았다"(131)고 비판한다.

이어서 상해에서 왔다는 조경호가 등장하는데, 조경호는 도산을 모델로 한 것으로 판단된다. 양국일을 추모하는 글에서 한설야는 "日前에 島山先生이 北京에왔을때"[15]라고 하여, 도산의 북경 방문을 언급하

15 한설야, 「嗚呼 徐曰甫公 血淚로 그의 孤魂을 哭하노라」, 『동아일보』, 1926.7.6.

고 있다. 또한 작품에서 조경호가 강조하는 "사람은 위선 책임감을 가져야 한다. 사람은 각각 제 책임을 완전히 리행할 각오와 실행력을 가져야 한다"(130)는 말은 안창호의 무실역행務實力行에 바탕한 실력양성론을 떠올리게 한다. 또한 조경호는 평양에서 활동하며 명연설로 이름을 날렸고, 미국에도 다녀온 것으로 그려진다. 조경호는 "윤취재나 그런 사람들 류와 달리 나라와 민족을 위해 일하는 사람인 점에서 경외와 감사가 가져"(175)지는 사람이다. 그러나 조경호는 "미국 의존주의로 미국만이 세계 평화의 담당자이며 윌슨의 민족자결론이 세계 각 민족 문제를 해결하리라는"(175) 생각을 가졌다는 점에서, 한계를 지닌 인물로 상도에게 받아들여진다.

주인 민 씨 역시 조선 역사와 문화에 해박하며 "제것을 사랑하는 정신 강한 것"(131)으로 형상화된다. 민 씨는 "일본은 조선을 이길 수 없다. 또 우리는 다른 아무에게도 지지 않을 것이다"(133)라고 주장한다. "조선사람으로서 조선 땅과 그 문화 우에 서 있는 점에서 상도는 주인 민 씨를 존경할 사람이라고 생각"(134)하지만, 상도는 민 씨가 "새것을 머리로부터 배제하고 제 것과 이미 있는 것만이 유일하게 옳은 것이며 가치 있는 진리라고 보는 것에 대해서 회의를"(133) 느낀다. 민 씨는 "새것을 받아 들이지 않으려 하며 남의 것을 렬등한 것으로 배격하려 하는"(133) 국수주의자로서 상도에게 인식된다.

다양한 사람들 중에서 윤취재와 김상우는 철저히 배제되어야 할 부정적인 인물로만 새겨진다. 이에 반해 조경호와 주인 민 씨는 일정한 한계를 지니지만, 큰 틀에 있어서는 함께 나아가야 할 인물로서 긍정된다. 조경호와 주인 민 씨는 신채호가 구한 말에 지녔던 자강론적 민족주의에 맞닿아 있다. 상도가 이들을 포용하는 것은, 신채호가 외교론이나 준비론을 비판하면서도 그러한 노선을 일제에 대한 타협주의 경향이나 민족의 적으로는 규정하지 않은 사실과 연관된다.[16]

윤취재, 김상우, 조경호, 민우식도 당대에 존재했던 다양한 유형의 지식인상을 대표하는 존재들이다. 그런데 이들은 서로 반목하고 질시한다. 민우식과 손빈이, 손빈과 양국일이, 양국일과 민우식이 서로를 멀리 하고 꺼린다. 양국일도 그만의 파를 형성한 것으로 그려진다. 그 파에는 비교적 양심적인 실력파들로 "테로단 같은 사람이 많"(401)다. 이들 외에도 민우식을 살해한 세 명의 청년들이 속한 파가 존재한다. 이들은 서로 격렬한 파당 싸움을 벌이고, 이러한 파당 뒤에는 심지어 "도깨비 감투를 쓴 일본 관헌이 있"(402)다. 파당 싸움에 있어서는 완고파 뿐만 아니라 주의자들도 예외가 아닌 것으로 그려진다. 이러한 파쟁의 직접적인 결과가 바로 민우식의 피살이다. 이러한 파당 싸움은 '민족적 사회주의'[17]를 통해 해결된다. 남향과 상도는 이전에 계획한 적 있던 소련행 대신 조선행을 선택하는데, 그것은 "조선 인민 대중과 함께 살고 함께 싸"(408)우는 길을 선택하는 것이기도 하다. 상도를 통해 구현된 파쟁의 해결 방안이 손빈에게서 비롯된 것임은 불문가지이다.

16 최홍규, 『신채호의 역사학과 역사운동』, 일지사, 2005, 163쪽.

17 『열풍』의 머리말에도 상도가 도달한 지점이 "한 민족 속에 두 개 민족이 있는 것을 그는 이제야 알게 된다. 그는 어디까지든지 인민 대중을 근간으로 하는 민족의 편에 발을 박아야 할 것을 깨닫는다. 그는 리상의 땅(쏘련)으로 망명하자던 생각을 시정하고 애인과 함께 조국으로 돌아갈 것을 결심한다"(6)라고 정리되어 있다.

2) 신채호와 손빈의 거리

식민지 시기 창작된 한설야의 소설을 상세한 전기적 사실에 비추어 연구한 김명수는 "북경에서 그에게 커다란 사상적 영향을 준 사람은 진보적 학자이며 독립운동자인 손빈과 양국일이였는바 손빈은 혁명가 신채호를 모델로 하여 창조된 것이며 양국일 역시 조선 최초의 비행사이며 독립운동가였던 서왈보를 모델로 하였다"(서왈보—양국일의 이명)라고 하여, 손빈이 혁명가 신채호를 모델로 하여 창조된 인물임을 밝히고 있다.[18] 김재용은 손빈과 신채호가 지닌 연관성을 다음과 같이 설명한다.

> 3·1운동 이후 체포되었다가 석방된 뒤 중국으로 건너가 그곳에서 신채호를 만나게 된다. 그는 당시 중국에 건너온 많은 애국 지사들 중에서 신채호에 대해 각별한 애정을 느꼈다. 일제 말에 북경에서 신채호와의 만남을 소재로 장편소설 『열풍』을 집필할 정도로 그의 삶에서 신채호는 매우 중요한 계기였던 것으로 보인다.[19]

『열풍』에서 손빈이 모습은 신채호의 1920년대 초반 모습과 여러 가지 면에서 흡사하다.[20] 손빈은 "한학과 사학에 조예가 깊을 뿐 아니라

18 김명수, 『새 인간의 탐구—해방전의 한 설야와 그의 창작』, 조선작가동맹출판사, 1957, 300쪽.

19 김재용, 「염상섭과 한설야—식민지와 분단을 거부한 남북의 문학적 상상력」, 『역사비평』, 2008. 봄, 77쪽.

20 신채호가 북경과 인연을 맺은 것은 1915년부터이다. 이회영의 권고로 서간도로부터 북경으로 가서 3·1운동 때까지 약 4년을 머문다. 북경에서는 주로 역사 연구, 북경 부근의 조선고대사 유적 답사, 독립운동 관계 논설 집필에 힘을 쏟았다. 1919년 3월 북경에서 문철(文哲), 서일보(徐日甫) 등과 대한독립청년단을 조직하여 단장이 되었으며, 그 회원은 70여 명 정도의 학생들로 구성되었다. 3·1항쟁의 소식을 듣고 상해로 달려간 이후,

새 사상의 소유자로 또 면도칼 같이 날카로운 사람"(85)으로 그려진다. "이 바닥에 손빈 씨만침 굳고 바르고 결백한 사람"(204)이 없다는 것, "허줄하게 차리고 다니지만, 그 눈에서는 언제나 광채가 떠나지 않으니까요"(204)라는 대목 등도 실제 신채호의 모습과 흡사하다. 신채호와 오랜 기간 사귀어 온 변영만은 "그 기질이 기이하고 또 엄하고 좁아서 간사하고 조잔한 무리를 한번 보면 얼굴에 노한 빛을 띠게 되고, 생각이 맞지 않으면 연장자로서 德望 있는 사람이라도 멸시하듯 하였다"[21]고 증언한 바 있다. 변영로는 단재의 가장 큰 특징으로 절대 비타협의 지조를 들고 있다. "絶對非妥協! 그야말로先生의 갸륵하신 長點인同時에 아름다운缺點도될가한다"[22]고 말한다. 북경에서 오랫동안 함께 생활한 원세훈은 사람들이 "丹齋의 모든 點에 崇拜하지만 그의 固執不通에는 窒塞된다"[23]고 말하는 것을 여러번 들었다고 증언하고 있다. 신채호는 북경에서 『중화보』에 논설을 집필하는데, 논설의 조사 '矣' 한 자를 그의 허락 없이 신문사에서 고쳤다고 해서 집필을 거절한 바도 있다고 한다.[24]

애국계몽기의 신채호는 제국주의 침략에 대응한다는 뜻에서 자강론적 민족주의 또는 시민적 민족주의를 내세웠으나, 일제의 식민지 지

단재는 1919년 4월부터 7월까지 상해 임시정부에 적극적으로 참여한다. 그러나 제6회 의정원 회의(1919.8.18~9.17) 이후 임정과 결별하고 임정 비판의 맹장으로 나선다. 단재는 임시정부 의정원 의원직을 사임한 상태에서 『신대한』이 임시정부의 압력으로 폐간되자 1920년 4월 상해를 떠나 다시 북경으로 돌아온다. 이후 신채호는 1928년 5월 대만 기융항에서 일제 경찰에 체포될 때까지 북경에서 주로 활동한다. 김삼웅, 『단재 신채호 평전』, 시대의창, 2006, 240~300쪽. 여기서 서일보는 서왈보(徐曰甫)의 오기로 보인다.

21 변영만, 「단재전」, 단재신채호전집편찬위원회 편, 『단재 신채호 전집』 9, 독립기념관 한국독립운동사연구소, 2008, 340쪽. 이하 전집명과 권수, 쪽수만 기재함.

22 변영로, 「國粹主義의 恒星인 申采浩氏」, 『개벽』, 1925.8, 40쪽.

23 원세훈, 「丹齋 申采浩」, 『삼천리』, 1936.4, 128쪽.

24 신석우, 「단재와 '矣' 자」, 『신동아』, 1936.4.

배 체제가 구조화 장기화됨에 따라 반제국주의에 덧붙여 반봉건주의를 강화한다. 그리하여 신채호는 1920년대의 민족해방운동을 반제, 반식민, 반봉건이 전제된 민족해방을 위한 혁명의 단계로 이해하고, 독립운동의 주체로서 민중을, 그 방법에 있어서도 폭력행사를 수단으로 한 민중직접혁명론을 천명한다. 이러한 변화는 3·1운동 이후 국내외에 대두된 사회주의, 무정부주의 등 진보적 이데올로기의 유입과 수용, 국제회의에서 청원운동의 실패, 러시아혁명의 성공과 반식민지 민족운동에 대한 지원, 그리고 망명지인 중국 사상계와 민족해방운동의 동향 등이 영향을 미친 결과이다.[25]

앞에서 살펴본 파당에 대한 비판적인 인식 역시 실제 신채호의 사상과 활동에서 뚜렷하게 나타난 바다. 신채호는 실제로 북경 독립운동자 그룹의 대표적인 이론가로서 활약하는 한편, "군사 각 단체를 완전히 통일해 혈전을 꾀한다"는 취지를 지닌 북경군사통일회의 성공을 위해 남·북만주에서 난립된 무장군사단체의 통합운동에 진력했고, 국민대표대회의 성공을 위해 노력했다.[26] 그곳에서 박용만, 신숙 등 대한민국임시정부 반대 세력과 합작하여 군사통일운동을 일으켜 남북만주와 연해주에서 활동하는 군사 단체의 통합과 혈전의 독립전쟁을 강조하는 독립운동 방략을 강력히 추진하였다.[27] 1920년대 초 신채호는 독립운동단체 간의 통합에 상당한 관심을 기울였던 것이다.

---

25 최홍규, 앞의 책, 126~149쪽.
신채호는 반제국주의, 반식민주의, 반봉건주의에 입각한 그의 근대 민족주의 이념을 이론화, 실천화하는 과정에서 사회와 역사의 주도 세력으로 각 시대적 단계에 따라 영웅, 신국민, 민중 등을 내세웠다. 1920년대 전반 중국 망명지에서 신채호는 민족해방운동의 주체로서 민중을 내세운다. 위의 책, 211쪽.

26 위의 책, 134쪽.

27 윤병석, 「해제」, 『단재 신채호 전집』 8, xi쪽.

또한 양국일과 손빈은 1920년대 북경의 독립운동 세력의 양대 세력을 대표하는 인물들이라 볼 수 있다. 1923년 국민대표대회를 전후하여 북경의 독립운동 세력은 크게 북경한교동지회北京韓僑同志會의 '혁명적 민족주의' 세력과 『혁명』이라는 잡지를 중심으로 한 '민족적 사회주의'의 세력으로 양분할 수 있다. 『열풍』에 등장하는 양국일은 '혁명적 민족주의' 세력에, 손빈은 '민족적 사회주의' 세력에 가깝다. 특히 북경한교동지회의 1924년 8월 총회에서 서왈보는 신숙, 한진산, 조남승, 원세훈과 함께 집행위원으로 선출된다. 이를 통해 양국일은 '혁명적 민족주의' 세력과 직접적으로 관계하고 있음을 확인할 수 있다. 이들은 폭력과 저항을 수단으로 절대 독립을 쟁취하자고 주장했으며, 자본주의 국가가 아닌 민주공화주의에 입각하여 운영되는 국가를 지향했다. 그러나 무산자 독재가 관철되는 사회주의 국가를 건설하려고 하지는 않았다. 반면 '민족적 사회주의' 세력은 민족적 단결과 정치적 해방을 주장하는 민족주의적 경향과 경제적 해방과 평등을 주장하는 사회주의적 경향을 동시에 추구하였다.[28] 이것은 손빈이 추구하는 이념적 지향과 일치한다.

그렇다고 『열풍』의 손빈과 실제의 신채호를 등치시키는 것은 위험하다. 신채호가 1921년부터 1923년 사이에 북경대학 도서관장이었던 이대교의 도움으로 북경대학 도서관에서 『자본론』을 읽었다는 기록이 남아 있기도 하지만,[29] 한설야가 북경에 머물렀던 시기인 1920년 무렵[30]의 신채호를 공산주의자라고 단정할 수는 없다. 1921년 1월 김창

28 신주백, 앞의 책, 180～190쪽. 신주백은 북경한교동지회의 집행위원으로 선출된 자의 이름을 서일보(徐日甫)라고 밝히고 있다. 그러나 여러 가지 정황을 고려할 때, 이것은 서왈보(徐曰甫)의 오독이라 판단된다.

29 김병민, 『신채호 문학 연구』, 아침, 1989, 29쪽.

숙 등의 지원을 받아 만든 잡지 『천고』는 이 시기 신채호의 사상이 직접적으로 나타난 문건이다.[31] 이 잡지를 분석한 김명섭은, 『천고』 1호에서 신채호는 공산주의 이념이 진실로 진리에 부합하지 않을 뿐 아니라 러시아의 무분별한 진출도 경계해야 한다고 보았으며, 『천고』 2호에서는 볼셰비키당의 정치를 전제 무단정치로 파악하고 있다고 주장한다.[32] 『천고』 2호에는 「고조선의 사회주의」라는 글이 실려 있다. 이것은 이 시기 신채호가 사회주의에 대한 일정한 의식을 보이고 있다는 사실을 증명하는 것인 동시에 '정전井田'을 사회주의로 파악할 정도로 그에 대한 인식이 깊지 못함을 보여주는 것이다.[33] 『열풍』의 서사에서

30 1920년 무렵 신채호의 주요활동은 다음과 같다. 1920년 4월 상해에서 북경으로 돌아온 신채호는 박용만 등 50여 명의 동지들과 함께 '제2회보합단'을 조직하고 그 내임장으로 선출된다. '제2회보합단'은 1919년 만주에서 조직된 독립군단체인 '보합단'을 계승한 단체로서, 무장군사활동을 유일한 독립운동 방략으로 채택하고 임시정부의 독립운동 노선을 맹렬히 비판하였다. 1920년 9월에 박용만, 신숙 등과 함께 군사통일촉성회를 발기하여 만주 독립군단체들의 통일을 추진하였다. 1921년 2월에는 박은식, 원세훈, 김창숙, 왕삼덕 등 14명과 함께 「우리 동포에게 고함」이라는 성명서를 발표하며 '국민대표회의'의 소집을 요구하였다. 4월에는 동지들과 함께 '군사통일주비회'와 '통일책진회'를 발기하였다. 신용하, 「신채호의 사상과 독립운동」, 『한국 근대지성사 연구』, 서울대 출판부, 2004, 343쪽.

31 『천고』의 창간사에서 신채호는 잡지 창간의 이유를 네 가지로 밝히고 있는데, 그것들은 모두 강렬한 항일의식으로 수렴된다. 일본의 죄악과 만행을 알리는 것, 항일의 결연하고 장렬한 역사를 이웃나라에 알리는 것, 일본의 조선사 왜곡을 바로잡는 것, 3·1운동 이후의 국내 언론 상황과 일제에 부역한 언론에 대한 비판이 그것이다.

32 김명섭, 『자유를 위해 투쟁한 아나키스트 이회영』, 역사공간, 2008, 126쪽.

33 최광식은 『천고』를 발행하던 1921년 신채호가 지닌 사회주의에 대한 인식을 다음과 같이 정리하고 있다. "아나키즘과 사회주의와 같은 사회사상에 관심을 가졌으나 그에 대한 이해는 매우 초보적이라는 것을 알 수 있다. 「고조선의 사회주의」에서 정전제를 사회주의로 인식한 것을 통해 그것을 알 수 있다. 한편 아나키즘에 대해서도 「크로포트킨의 죽음에 대한 감상」에서 알 수 있듯이 이 시기에는 아나키즘에 대한 사상적 수용이 제대로 되지 않았다. 상해임시정부에 환멸을 느낀 그가 조직이나 단체보다 개인적인 차원에서 이러한 사상에 관심을 갖기 시작하였다고 볼 수 있다." 최광식, 「해제」, 『단재 신채호 전집』 5, xix쪽.

도 손빈은 작품의 마지막에 "완전히 지하로 들어 가 버린 것"(400)으로 그려지는데, 이것은 1920년 무렵 활발한 활동을 벌이던 신채호의 실제 모습과는 배치된다.

『열풍』에서 손빈은, "하나의 겨레는 덮어놓고 하나로 되어 한길로 가며 또 가야 한다고 생각"(217)하는 민우식이나 양국일과는 달리 "하나의 겨레에 두 개의 겨레가 있다고 말"(217)하기까지 한다. 그러나 이것은 지나치게 계급적 관점이 개입된 것이다. 신채호가 1920년대 초 독립과 혁명의 주체로 내세운 민중은 "일제 식민지하의 조선 민중"을 의미한다. 신채호는 '2천만 조선 민중' 대 '제국주의 강도 일본', 일제 압제하 '식민지의 민중' 대 일제의 선봉적 첨병인 '강국의 민중'이라는 대립 개념을 명확히 설정함으로써, 민족주의적 관점에서 민중의 개념과 그 현실적 특수성을 파악하려고 하였다. 그가 설정한 조선 민중의 범위에는 일제 지배층과 매국노, 항일 민족해방운동을 완화, 중상하는 각 지방의 지식인과 지주계층만이 특권계급으로 제외되어 있다. 신채호가 1920년대 이후에 애용한 민중이란 용어는 그 의미와 성격상 식민지 민중으로서 우리 민족의 다른 표현에 지나지 않았다.[34]

따라서 "하나의 겨레에 두 개의 겨레가 있다고 말"하는 것은 신채호의 사상에서 벗어난 것이라 할 수 있다. 신채호에 대한 이와 같은 전유의 양상은, 한설야를 비롯한 북한문학이 끝내 벗어나지 못했던 분단 현실에 대한 평양 중심주의적 인식의 틀이 적용된 결과라고 할 수 있다.[35] 또한 손빈이 내세우는 '프롤레타리아'와 신채호가 내세운 민중

---

34 최홍규, 『신채호의 역사학과 역사운동』, 일지사, 2005, 146~149쪽.

35 김재용은 「냉전적 분단구조하 한설야 문학의 민족의식과 비타협성」이라는 논문에서 해방 이후 한설야 문학의 한 특징을 "그의 이러한 민족문학적 관점은 그 주관적 지향과 절절함에도 불구하고 분단현실에 대한 평양 중심주의적 인식의 틀을 끝내 벗어나지

사이에는 모종의 갭이 존재한다. 나중에 정수화라는 존재를 통해 드러나듯이, 『열풍』의 프롤레타리아가 노동계급임이 비교적 선명하게 드러남에 비해, 신채호에게 민중은 가난하고 핍박받는 조선인 일반을 의미하기 때문이다.

작품의 마지막은 파당 싸움에 대한 비판과 그것의 해결 방안으로서 소련이 아닌 조선에의 지향을 과도하게 강조하고 있다. 이와 관련해 "이 종파주의와의 투쟁, 그리고 조국으로의 귀환이 『열풍』의 중요한 주제였다는 점에서, 1958년 종파주의 청산, 독자노선 수립이라는 정치적 입장을 반영한 집필 혹은 가필 흔적이 이 작품에 남아 있다고 볼 수도 있다"[36]는 서경석의 주장은 경청할 만하다. 종파주의가 1920년대 초반 북경에서 심각한 문제가 아니었다는 견해가 있다는 것을 생각한다면, 1958년 북한의 정치적 상황이 개입했을 가능성은 더욱 크다고 볼 수 있다. 신주백은 "1923년경까지 북경 지방에서의 민족주의 운동세력과 사회주의운동 세력 사이에 갈등이 있었다는 자료를 찾기 힘들다"[37]고 말하고 있기도 하다. 특히 이 마지막 부분만이 따로 발췌되어 『조선문학』에 실렸다는 것은, 이 부분이 작품의 여타 부분보다 민감하게 당대성을 띠었음을 증명한다.

따라서 『열풍』에 등장하는 손빈은 1944년 혹은 1958년 시점에서 한설야가 신채호를 새롭게 전유한 것이라 판단된다. 작품에 양국일이 실

못함으로써 제한적인 것이 될 수밖에 없었다. 분단 구조가 강제하는 이 평양 중심주의는 그 주관적 분단 극복의 강한 의지에도 불구하고 결국 분단 고착에 이바지하는 역설적 결과를 빚어내게 되는데 한설야가 그 강한 민족 현실에 대한 천착에도 불구하고 이 그물에서 벗어나지 못함으로써 결국 식민주의 극복의 진정한 모습에는 이르지 못하고 말았다"(김재용, 『분단구조와 북한문학』, 소명출판, 2003, 129쪽)고 정리하였다.

36 서경석, 앞의 글, 521쪽.

37 신주백, 앞의 책, 180쪽.

명 그대로 등장함에 반하여, 신채호는 실명이 아닌 손빈이라는 이름으로 등장하는 것도 이를 뒷받침한다. 양국일이나 민 씨가 서사 속에서 살아 움직이는 인물로 형상화됨에 비하여, 손빈은 서사 속에 직접적으로 등장하지 않는다. 손빈은 주로 상도나 서술자의 진술에 의하여, 상도에게 많은 영향을 주었다고만 이야기될 뿐이다. 양국일처럼 서사 속에서 상도와 함께 말하고 행동하는 모습은 여간해서 보이지 않는다. 한설야가 북경에 머물던 1920년 무렵에 신채호는 이후 한설야가 갖게 될 이념에 가장 근접해 있던 인물이었던 것으로 보인다.[38] 그리하여 한설야는 신채호를 모델로 하여 손빈이라는 이상형을 만들어 낸 것이다.

3. 신채호가 주장한 한중연합론의 문학적 구현

한설야가 북경에서 만났을 당시 신채호를 이해하는데 가장 중요한 자료는 『천고』이다. 『천고』에 실린 대부분의 논설들이 주장하는 것은 항일의식과 깊이 관련되어 있다. 『천고』에는 고대사를 비롯한 한국사에 대한 논문과 아울러 일본 제국주의에 대항하는 논설과 독립운동 기사 등이 발표되었다. 『천고』를 본격적으로 연구한 최광식은 "특히 『천고』의 내용 중에는 한족韓族과 한족漢族의 단결을 부르짖는 내용이 많이 나타나고 있다"고 설명한다.[39] 윤병석도 신채호가 "1921년 초 북경에

38 북경 지방에 거주하는 한인 사이에 사회주의 사상이 현저히 확산된 것은 1924~1926년경이라고 한다. 신주백, 앞의 책, 185쪽.

39 최광식, 「해제」, 『단재 신채호 전집』 5, x쪽.

서 김창숙 등과 함께 순한문의 독립운동 잡지 『천고』를 창간하여 제7호까지 계속하면서 민족단합과 한중 공동의 독립운동 이념을 정립하려 하였으며, 혈전 강조의 독립운동 전술 천명에 크게 기여하였다"[40]고 말한다. 『천고』 1호에는 중국인이 보낸 두 편의 글이 실려 있다. 종수種樹가 쓴 「爭自由的雷音(자유를 다투는 천둥소리)」와 천애한인天涯恨人이 쓴 「論中國有設中韓親友會之必要(중국에 중한친우회를 설립할 필요가 있음)」이 그것이다. 두 글 모두 한국과 중국이 굳게 결합하여 일제에 맞설 것을 주장하고 있다.

『천고』 2호에서 신채호는 「韓漢兩族之宜加親結(한족과 한족은 마땅히 단결해야 한다)」는 논설을 쓰고 있다. 이 글에서 신채호는 "한중 양 국인들은 스스로 일어나 서로 사랑하고 어서 빨리 일어나 서로 도와 공존공생의 세상으로 함께 나아가지 않으려는가?"[41]라고 말하며, 그 구체적인 방안으로 '두 국민이 서로 교류함에 마땅히 옛 잘못을 바로잡아야 한다', '두 국민이 단결하려면 마땅히 먼저 서로 상대 국가의 상황을 연구해야 한다', '두 국민은 공동의 적에 대해서 적개심을 서로 고취시켜줘야 한다'는 것을 내세우고 있다. 한국은 중국과 밀접한 관련을 가지고 상호 협조 하에 일본 제국주의에 대항할 것을 천명하고 있으며, 그런 주장을 역사적 맥락에서도 강조하고 있는 것이다. 나아가 역사적 실증을 통해 조선과 중국은 종래와 같은 사대적 관계가 아니라 민족자존에 바탕한 대등하고 친밀한 관계를 맺어야 한다고 주장한다. 『열풍』의 핵심적 주제의식 중의 하나인 중국과의 연대는, 그 내용이나 구체적인 방식에 있어 신채호의 한중연합론과 흡사하다.

---

40 윤병석, 「해제」, 『단재 신채호 전집』 8, xii～xiii쪽.

41 신채호, 「한한韓漢 두 민족의 친밀한 결합」, 『단재 신채호 전집』 5, 391쪽.

이와 관련해 『열풍』의 한 축을 이루는, 북경의 유적과 그곳에 사는 사람들에 대한 견문을 살펴볼 필요가 있다. 이것이 지닌 특징을 알기 위해서는 일제 시기 여타 지식인들이 남긴 북경 체험기에 대한 분석이 선행되어야 한다. 식민지 시기 북경을 다녀온 지식인들이 남긴 글에는 몇 가지 공통점이 있다. 첫 번째는 북경의 유적지와 유물의 거대함과 위대함을 찬양하는 태도이다. 이들이 둘러보았던 곳은 대개 고궁, 북해공원, 경산, 삼해공원, 십찰해, 중산공원, 만수산, 곤명호 등이다. 이곳을 둘러볼 때는 예외 없이 모두가 찬양일색이다. "높고 큰 정양문을 바라보는 동안에 중국인의 인공이 위대한 것을 짐작할 수 있었다"[42], "북평! 역사의 북평, 명승의 북평, 궁궐의 북평! 상상도 못하던 웅대한 규모와 옛 문화의 정수의 어마어마한 유물, 유적에 마침내는 형용의 말을 찾기를 단념",[43] "궁궐도 너무 굉대宏大하고 보물도 너무 찬란하고 사람의 수효도 너무 많고 또 떠드는 소리도 너무 크다",[44] "그 굉대하고 웅장하며 화려하고 찬란한 것이 태서泰西 각국의 궁전에 비할 바 아니다",[45] "내가본 北京은 크고 아름다웠다"[46] 등이 그러한 사례들이다.

그러나 관찰의 대상이 북경에 살고 있는 사람들로 변할 때, 그 논조와 태도는 급격하게 변한다. 중국인들은 반개半開 내지는 야만의 형상으로 표상된다. 대표적인 것을 인용하면 다음과 같다.

---

42 정래동, 「북경의 인상」, 『사해공론』, 1936.9.

43 홍종인, 「북평에서 본 중국 여학생」, 『여성』, 1937.8.
북평(北平)은 북경(北京)의 다른 이름이다. 1928년 국민당은 북경시를 북평특별시로 고치기로 한다. 1949년 공산당이 정권을 잡은 이후 북평의 이름은 다시 북경으로 회복된다. 북경이 북평으로 불린 시기는 1928년 6월 20일부터 1949년 9월 30일까지이다.

44 김시창, 「북경 왕래」, 『박문』, 1939.8.

45 이갑수, 「북평을 보고 와서」, 『조선일보』, 1930.10.2~10.16.

46 문장욱, 「燕京遺記」, 『조광』, 1939.11, 332쪽.

外部에 대한 北京의 印象은 대개 이렇지마는 그곳에서 居住하는 人間에 대하여는 여간한 不滿을 느끼게 하는 것이 아니었다. 人力車를 끄는 사람, 下宿에서 심부름을 하는 사람은 本來 敎養이 없는 사람이니까 말할 것도 없지마는 그러나 우리가 처음 가서 대할 機會가 많은 것은 亦是 그 사람들이다. 그 사람들에게는 人間의 美點이란 발견할 수가 없었다.[47]

발이 빠지는 몬지싸힌
네거리 한복판에
네 발을 되는대로 뻐더 바리고
낫잠 자는 中國개 볼 때마다 울고십다.
수레가 그 입흐로 시치고 지나가나
自働車가 소리를 지르며 몰아오나
'나 모른다.'는 듯한 그 꼴은
가장 偉大한 듯도 하다.
나는 同時에 中國苦力[48]을 생각한다.
그리고 또 中國사람 全體를 聯想한다.

—1918年 北京서[49]

오상순의 시에서 '낮잠 자는 중국개'는 '중국고력'에 이어지고, 그것은 다시 '중국 사람 전체'로 연결된다. 중국인들은 동물과 같은 차원에서 인식되고 있는 것이다. 이광수도 인력 거부에게 불쾌한 일을 당하

---

47 정래동, 「북경의 인상」, 『사해공론』, 1936.9.
48 고력은 쿨리(coolie)라고도 불리며, 육체노동에 종사하는 하층의 중국인을 일컫는다.
49 오상순, 「放浪의 北京」, 『삼천리』, 1935.1, 171쪽.

고서는 곧 "중국인이란 이처럼 경우가 무디고 벽창호의 소리를 곧잘 합디다"[50]라는 일반화를 시도한다.

배호처럼 중국인을 향해 노골적인 식민주의적 의식을 나타내는 경우도 있다. 북경을 여행한 다른 이들처럼 그 역시 방대한 성벽과 성문 앞에서 "只今 京城의昌德宮, 景福宮, 무슨 宮하는 一流의宮을 聯想하기만 하여도 나는侮辱을 받는듯이 猥濫하였다"[51]며 감탄한다. 그러나 궁성과 영사관이 밀집한 동교민항을 벗어났을 때, 감탄의 시선은 싸늘하게 변한다. 나머지 곳은 "黃塵萬丈"으로 불결하기 이를데 없다. 이처럼 배호에게 북경은 "不潔과 豪華의 兩極"[52]이다. 이것은 배호가 스스로를 일본인 혹은 서양인과 동일시하기 때문에 가능한 것이다. 그는 산해관을 지나며 "驛頭마다 凜然히 劍銃을 손에든 守備隊의 姿影은 觀者의마음을 든든케하여준다"[53]고 느끼며, "天津驛頭에 前城大豫科配屬將校 故丸山大佐의 戰死碑앞에서 感慨無量함을 이기지못"[54]한다. 그는 만수산에 가는 도중에 동행인 중국인과는 달리 신체검사에서 면제받자, 서양인과 동등한 대우를 받았다는 우월감을 느끼기도 한다.

그에게 중국은 야만으로서 일본인 혹은 서양인과 동등한 입장의 자신과 같은 조선인들에 의하여 개조되어야 할 대상에 머문다. "急速度한 中國民族의 自醒과改造를 빌며"[55] 부산행 열차에 몸을 실은 그는, 경성역에 내린다. 경성에서는 "鐘路의 乞人까지가 이雙眼에는 모다 똑똑하고 깨끗하고 才操덩어리로 보"[56]인다. 중국인의 존재로 인해 조선

50 이광수, 「북경호텔과 寬城子의 밤」, 『신인문학』, 1935.8.
51 배호, 「留燕 20일」, 『인문평론』, 1939.10, 63쪽.
52 위의 글, 65쪽.
53 위의 글, 62쪽.
54 위의 글, 62쪽.
55 위의 글, 66쪽.

사람들은 "모-던階級"이 되고, "五十年以後의 未來人"[57]이 된다. 중국인의 존재는 배호를 식민지의 야만인이 아닌 모던한 미래인으로 만들어주고 있다.

한설야의『열풍』에서의 중국인 표상은 이와 근본적으로 다르다. 상도는 북경행 기차에서 처음 중국인을 만났을 때부터 "그들을 업신여기는 맘은 꼬물도 없었다. 좀 불결은 하지만 인정머리 있고 두덥덥한 그들이 누구보다도 믿음성 있는 이웃 사람인 것 같았다"(63)고 여긴다. 설령 중국인들이 불결하고 무질서한 행동을 하더라도 그것은 "악마놈들이 침범한 어느 지경"(63)에서 비롯된 것이다. 피식민지 국가라는 측면에서 "조선사람이나 중국 사람이나 오늘의 처지와 상태가 별로 다를 것이 없"(63)다. 상도는 "나는 중국 사람이 자기것을 느끼는 것처럼 중국 문물을 깊이 리해할 수 없지 않을가 이런 생각을 하게 됩니다"(149)라고 말할 정도로, 타자를 동일자로 전유하는 식민주의적 의식으로부터 벗어나 있다.

오히려 상도에게 중국은 배움의 대상이다. 그런데 배움의 대상으로 등장하는 중국은 일정한 담론적 지형도 속에서이다. 그것은 '분열하고 파쟁하는 한국인 대對 단합하고 대범한 중국인'이라는 구도 속에서이다. 상도는 중국 여성 연추를 보며 "소소한 일에 꼬밀꼬밀하는 좀스런 자기의 버릇을 고치고 대륙의 넓음과 대범함을 호흡"(158)하겠다고 결심한다. 조선인들의 고질적인 파쟁을 비판하면서, 상도는 중국 사람은 "제 리익만을 위해서 전체를 희생시키지는 않을 것 같"(213)다고 인식하며, 곧이어 "이것은 조선사람이 반드시 배워야 할 점이라고 상도는 생

56 위의 글, 67쪽.
57 위의 글, 67쪽.

각”(213)한다. 작품의 마지막에는 연추의 오빠이자 철공소 노동자로서 조직선에 들어 있는 정수화를 통해 조선과 중국의 이념분자들이 “정신적 련계”(419)를 맺는 모습을 보여준다.

중국에 대한 위와 같은 인식은 1940년에 한설야가 집중적으로 쓴 일련의 북경 기행산문에도 나타난다. 『열풍』에서 다루어지는 북경의 문화 유적과 사연들, 즉 중앙공원, 천교, 성남공원, 천단, 북해공원, 향비, 황토색에 대한 이야기는 기행산문에서 이미 다루어진 것들이다. 「연경의 여름」[58]에서 한설야는 깨끗한 것을 좋아하는 조선인들이 폭포같이 땀을 흘리고 제대로 닦지도 않는 중국인들을 보고 이마를 찡그리지만, 실제로는 이 땀이 중국인들에게 매우 이로운 역할을 한다고 주장한다. 「천단」에서도 중국인은 ‘만만적’이라 해서 느린 것의 대표로 치지만, 어떤 경우에는 이 사람들처럼 “다급하고 재바르고 싹싹하고 귀끼빠른것은 없소”[59]라고 말한다. 이어서 “汽車나 汽船을탈때의 황망해하는것과 왁자지껄 떠버리는것은 나쁜 習性”[60]이나 이것은 “오래도록 內亂속에 살아왔고 또 權勢와秩序가없는 가운데서 살아온사람의 다만 살기爲하여서의 꾸며진 慾心에서 나온것”[61]이라고 주장한다.

나아가 중국인이 소위 문명인이라 자칭하는 이들보다 낫다고 주장하는 경우도 있다. 길에서는 “文明人이니 무어니 하고 쪼를 빼고 턱을높이는 人間”보다 더욱더 민첩하게 길을 피해 준다고 말한다. 따라서 “公衆이니 公道니하는 그들의 아름다운 文字와는 딴판으로 길을 비키기를 꺼려하고 뜨고 오만하오. 해서 萬一 이들所謂 文明人이라는치들만 모

58 글의 마지막에는 “北京 유리창 寓居에서 1940년 6월 10일”이라고 표기되어 있다.
59 한설야, 「천단」, 『인문평론』, 1940.10, 105쪽.
60 위의 글, 105쪽.
61 위의 글, 105~106쪽.

아서 이北京의 雜沓한 네거리에 휘몰아 넣는다고하면 每日같이 交通事故가 續發할것"[62]이라는 것이다.

일제 시기 화려한 유적의 광대함에만 감탄하고 중국인들에 대해서는 혐오와 멸시를 노골적으로 드러내던 여타의 지식인들과 달리 한설야는 중국 일반 민중들의 모습을 객관적으로 드러내고 있다. 한설야의 『열풍』에 나타난 중국인 표상은 식민지 시기 여타의 조선인 지식인들에게서 발견할 수 있는 식민주의적 의식과는 거리가 멀다. 또한 "조선사람이나 중국 사람이나 오늘의 처지와 상태가 별로 다를 것이 없"(63)다는 말에서처럼, 조선과 중국이 일제의 침략 앞에 놓여 있는 공동운명체라는 인식이 뚜렷하게 드러난다. 그러한 특징은 1940년에 집중적으로 쓰여진 북경 기행산문에서도 발견된다. 이것은 모두 1920년 초에 신채호가 『천고』를 통해 주장한 한중연합론, 즉 '한국과 중국이 굳게 결합하여 일제에 맞설 것'과 '한국인과 중국인이 서로 사랑하고 공존공생할 것'이라는 지침과 흡사하다고 볼 수 있다.

62 위의 글, 106쪽.

4. 신채호의 영향력과 연애서사의 변화

한설야의 장편소설에서는 지식인의 성장이 연애관계와 중첩되어 나타나는 경우가 많다. 대표적으로 『황혼』의 여순, 경재, 준식의 관계, 『청춘기』의 은히, 태호, 명학의 관계, 『초향』의 초향과 권의 관계, 『대동강』의 점순, 태민, 상락의 관계, 『설봉산』의 순덕과 학철의 관계 등이 그것이다. 이때 성장의 주체는 여성이며, 여성 인물의 의식화 과정은 긍정적이든 부정적이든 남성 인물과의 관계를 매개로 해서 이루어진다. 대부분의 경우, 긍정적 도제 구조에서의 조력자나 부정적 도제 구조에서의 적대자가 모두 남성으로 설정된다. 여자 주인공과 교화자로서의 남자 인물과의 관계는 사제관계라고 할 정도로 위계화되어 있다.[63]

『열풍』에 등장하는 연애관계도 한설야 소설의 연애관계 일반이 그러하듯이, 붉은 연애 즉 사회주의적 연애로서의 특징을 지닌다. 그러한 특징은 머리말에서부터 상세하게 드러난다.[64] 그러나 2장에서 살펴본 바와 같이 『열풍』의 연애서사는 이전의 장편소설들과 달리 성장의 과정과 긴밀하게 맞물려 있지 못하다. 그것은 손빈이라는 압도적인 사상가의 등장에서 비롯된다. 그로부터 직접적인 가르침을 받기 때문에, 연애관계를 통한 이념의 각성은 상대적으로 그 비중이 줄어든다.

『열풍』에는 상도－연추, 상도－송심, 남향－상도－요한나, 최일－

---

63 이경재, 「한설야 소설의 서사시학 연구」, 서울대 박사논문, 2008, 50~55쪽.

64 대표적인 대목을 옮겨보면 다음과 같다. "애정이란 두말할 것 없이 인간생활에 있어서 없지 못할 인간의 고귀한 정신의 일면이다. 그러나 만일 이것이 사회적 제 관계와 무연한 다만 개인 생활의 범위에 국한된 것이라면 그것의 의의는 아주 저하되지 않을 수 없는 것이다. (…중략…) 이와 달리 청년남녀의 사랑이 보다 고귀하고 나와 남과 그리고 더 나아가서 나라와 인민을 위하는 길 우에서 꽃피게 된다면 그것은 진정 인간의 신성하고 고상한 정신으로 될 것이다."(3)

남향—상도, 상도—요한나—영식 등의 연애관계가 등장한다. 이러한 연애관계 중에서 가장 중요한 것은 '남향—상도—요한나'의 삼각관계이다. 사회주의적 연애의 성격에 걸맞게 상도가 요한나를 멀리하고 남향과 맺어지는 이유는 이념적인 매개에 따른 것이다. 동지적 결합의 강렬함 앞에 에로스적인 측면은 소거되어 있다. 상도에게 남향의 얼굴은 "아름다우려는 꾸밈도 기쁘다는 들뜸도 무엇을 가지려는 욕기도 무엇을 즐기려는 성수도 아무것도 없는 잠시 공허한 얼굴"(250)이다. 그것은 "잎 없는 꽃, 바다 없는 항구, 물 없는 호수… 순수한 아름다움…"(250)에 비유된다. 작가는 굳이 상도가 발목이 다친 남향을 부축하는 순간에도, "결코 남향에게서 이성을 느끼지 못"(253)하는 장면을 삽입한다.

식민지 시기 한설야 소설의 연애관계가 기본적으로 남성 주인공이 여성을 이념적으로 각성시키는 구조였다면,[65] 『열풍』에서 상도와 남향은 대등한 층위에 놓인 이념분자로 그려진다. 남성이 여성을 이끈다기 보다는 둘이 모두 이 작품의 사상적 중심이라 할 수 있는 손빈의 제자로서 관계를 유지해간다. 이들의 연애관계가 궁극적으로 지향하는 것은 서로의 내면에 잠재되어 있는 손빈의 이념을 확인하는 과정일 뿐이다. 상도와 남향의 연애서사가 지향하는 것은 공통의 이념을 향해 다가가는 것이 아니라, 이미 지니고 있는 서로의 공통된 이념을 확인하는 것이다. "매를 들고 당신들은 그걸 나에게 가르쳐 주거든요. 나의 거울이 되어 주거든요. 나를 비쳐 주는 거울로…"(230)라는 상도의 말처럼, 남향은 상도를 비추어주는 거울이다. 둘의 연애서사는 상도가 남향에게서 자신이 지닌 '민족적 사회주의'를 확인하는 과정이다.

---

65 이경재, 「한설야 소설의 서사시학 연구」, 서울대 박사논문, 2008, 32~54쪽.

남향은 압록강을 넘나들며 독립운동을 하는 조선인 아버지를 두었지만 중국에서 나고 자라 모습, 동작, 입성, 성격 등이 중국인과 흡사하다. 남향이의 마음 속에서 "무엇과도 바꿀 수 없는 조선"(234)을 확인했을 때, 상도는 몹시 흥분되어서 부지중 남향의 손을 잡는다. 상도와 남향의 사랑은 상도가 쓴 『꿈』이라는 소설이 불러일으킨 갈등이 해소되면서 절정으로 치닫는다. 『꿈』에서 남향에 해당하는 춘희는 진정한 조선인이 되고자 하지만 상도에 해당하는 화가 S의 꿈에 중국인 애인 왕첸과 함께 중국옷을 입고 나타난다. 이 소설을 훔쳐 읽은 남향은 "상도씨는 나를 집씨로 알아요, 나라 없는 류랑민으로 알아요"(318)라고 화를 낸다. 남향은 "나에게는 나라가 있습니다. 부모는 없지만 겨레가 있습니다"(318)라고 당당하게 외치며, 상도의 소설을 찢어 버린다. 그 순간 상도는 남향을 껴안는다. 이후 남향은 "두 개의 심장은 여전히 각각 그 육체에 따로 머물러 있으나 그것은 둘이 아니고 하나이며 그 속을 흐르는 피도 하나의 문을 통해 도는 것 같"(381)음을 느낀다. 마지막에 남향이 상도와 함께 조선으로 향하는 것은, 남향과 상도가 이념적으로 하나가 되었음을 보여주는 행위이다.

이 작품에는 다양한 삼각관계와 상도가 머무는 집의 주인인 민우식의 피살 외에 별다른 사건이 등장하지 않는다. 작품의 육체를 채우는 것은 상도를 중심으로 해서 이루어지는 길고 지루한 대화들이다. 특히 상도와 남향이 나누는 대화가 많이 등장하는데, 그것은 상도(혹은 남향)의 독백에 불과하다. 그들은 서로의 말에 추임새를 넣고, 동의를 표하는 고수의 역할에 한정되어 있기 때문이다. 대표적인 사례 하나만 인용하면 다음과 같다.

"난 량 선생과 견해가 다른 점이 있어요. 난 무엇보다 첫째 정신이 강해야 한다고 생각합니다. 머리 속이 새 대가리만치 줄어 들고 육체나 강하면 뭘 합니까. 옛날 어떤 철학자는 맘 속에서 뜨겁다는 생각을 빼 버리면 몸이 뜨거운 것을 모른다고 하고 불가리에 앉아서 태연히 타 죽었답디다만 전연 거짓말은 아닐거예요. 성 삼문 같은 이가 다리에 화침을 받으면서 좀 더 따겁게 하라고 호통했다는데 그것은 몸이 강한 것을 말하는 것이 아니라 정신이 강한 것을 말하는 것일겝니다. 정신이 강하면 그럴 수가 있어요. 나도 이 찰나의 기분 같으면 뜨거운 불을 견디여 낼 수 있을 것 같은데요 하하하……"

하고 상도가 웃으니까 요한나도

"어디 불을 대볼가요"

하고 웃고 남향이는 상도의 말에 매우 공명된 듯

"그럼요. 정신은 육체의 한 속성이라지만 정신이 육체에 주는 반작용이란 그렇게 무섭고 강한 것인가 봐요. (…중략…)"

하고 말하였다.

"그렇지요. 물론 량 선생도 전연 정신을 부인하는 것은 아니지요. 글 때문에 사람이 도리여 나약해지고 보짱이 없어지는걸 경계하는 것일테지요."(208~209)

이 작품에서 둘의 관계는 손빈의 지도를 받는 두 명의 동지이다. 민족적 사회주의를 가르쳐주는 사람이 손빈이고, "그 아래서 손잡고 나갈 길동무가 남향"(214)인 것이다. '남향－상도－요한나'의 삼각관계에서 부정적인 측을 담당하고 있는 요한나는 좌파 민족주의라는 작품의 주제에 걸맞게 서구(미국) 지향이 가장 본질적인 성격으로 형상화된다. 서구(미국)에 대한 무조건적인 동경을 지닌 요한나는 다음과 같은 모습을 보인다.

미국인의 감화 밑에서 자라난 요한나는 사람을 외양과 빛깔과 키와 입성으로 구별하는 버릇이 박혀 있다. 그러기 때문에 그는 도시 사람은 의당히 농촌 사람보다 한 등 동뜨다고 생각하고 동양인은 서양 사람보다 의례 렬등하다고 생각는 것이다.

(…중략…) 이웃 사람을 변방 외인같이 가벼이 보는 대신, 바다 건너 양코배기들을 이웃 사촌처럼 탐탐히 그리는 것이다.

(…중략…) 그의 안중에는 조선의 문화라는 것도 없다. 음악이나 무용이나 말하자면 미개한 토인의 그것이나 다를 것이 없고 문학이니 무엇이니 하지만 그게 어디 서양것의 발길에나 갈 것이냐 하고 생각하며 결국 조선 사람은 기껏 문명한다면 서양 사람과 같게 될 것이니 아야 조선 것은 배울 거 없이 서양것을 배우는 것이 현명하다고 생각한다.(187)

민우식이 낯선 청년들에 의하여 피살된 17장 이후부터 상도가 민 씨의 집을 떠나는 26장까지는 '상도－요한나－영식'의 삼각관계가 서사를 이끌어나가는 동력이 된다. '상도－요한나－영식'의 삼각관계는 남향의 의지는 배제되어 있지만 주위 여건에 의해 성립된 '최일－남향－상도', '남향－최일－요한나', '요한나－상도－남향'의 삼각관계와 복잡하게 얽혀 있다. 요한나를 짝사랑하는 영식은 요한나를 얻기 위해 갖은 흉계를 꾸미고, 그 방편의 하나로 상도와 손빈을 민 씨의 살인범으로 몬다. 이것은 상도와 남향이 조선행을 감행하는 계기를 마련해 준다. 위 삼각관계는 이념성보다는 흥미성에 초점이 맞추어져 있지만, 영식의 흉계는 그 자체만으로 당시 조선인들 사에서 파쟁이 얼마나 심각한 것인지를 환기시키는 역할을 한다. 한설야가 생각하는 모든 부정적인 특징을 지닌 영식은 "파당 싸의 교형리로 되기에 꼭 알맞게 되어

먹은 자"(400)라는 남향의 말처럼, 파당 싸움의 문제점을 드러내준다.

5. 결론

한설야의 『열풍』은 출판과 관련해 다소 복잡한 사정을 지니고 있다. 한설야의 1920년 무렵 북경 체험을 담고 있는 『열풍』은, 일제 말인 1944년에 작가의 고향인 함흥에서 쓰여져 발표되지 않다가, 평양에서 1958년에 발표된 것이다. 따라서 이 작품에는 1920년, 1944년, 1958년의 한설야가 삼중으로 겹쳐 있다. 서사 내용이나 표현・형식 그리고 40년대 북경 기행수필들과의 비교를 통해 볼 때, 1944년의 한설야보다는 1958년의 한설야가 서술자아로서 더욱 큰 비중을 차지하고 있다.

성장소설이라 볼 수 있는 『열풍』의 중심에는 손빈의 '민족적 사회주의'가 놓여 있다. 손빈은 신채호를 모델로 하여 창조된 인물이다. 이 작품에서 손빈이 지니는 영향력은 절대적이어서, 작품의 주제와 구성에까지 영향을 미치고 있다. 그러나 손빈을 신채호와 등치시키는 것은 조금 성급해 보인다. 손빈은 1920년 무렵의 신채호와는 다른 여러 가지 특징을 갖기 때문이다. 이 시기 신채호는 『열풍』에서처럼 분명한 공산주의자라고 볼 수 없다. 결정적으로 『열풍』의 손빈은 1958년 한설야가 지녔던 분단 현실에 대한 평양 중심주의적 인식을 지니고 있다. 신채호를 모델로 한 손빈 이외에도 양국일이나 민우식, 조경호, 김상우, 윤취재 등의 이념형 인물을 통하여 상도는 이념적으로 성장해 간다. 각각의 인물은 당시 조선인 사상가의 유형을 대표한다. 이외에도

『열풍』에는 상도와 같은 세대의 다양한 인간형 역시 등장한다. 부잣집 아들로 북경에서 오직 중국말 배우는 것에만 시종하는 경수나 3・1운동에 적극 나서고 여학교에서 출학당한 송심이 그들이다.

『열풍』의 배경이 되는 북경은 한설야를 이해하는 데 매우 큰 의미를 지닌다. 1920년대 북경은 외교론을 지향하는 사람들의 주요 거점이었던 상해와는 차별적인 공간이었다. 북경에 존재하던 독립운동가들은 다양한 분파 속에서도 반임정과 무장투쟁 노선만은 공유했다. 특히 『열풍』의 사상이라고까지 말할 수 있는 신채호는 반이승만 반임정 노선의 선봉적인 역할을 수행하였다.[66] 또한 북경은 좌파 성향의 인텔리들이 활발하게 활동하던 무대이기도 했다. 이러한 사상적 지향점은 이후 한설야 문학에 변치 않는 중핵으로 남게 된다. 해방 이후 한설야 소설에 나타난 강력한 반이승만주의는 북한의 지배 이데올로기에 영향받은바 크지만, 『열풍』을 통해서 볼 때 그 뿌리가 단재에까지 이어진 것이라고 볼 수도 있다.

『열풍』의 핵심적 주제의식 중의 하나인 '중국과의 연대'도 신채호의 한중연합론과 많은 근친성을 지니고 있다. 일제 시기 조선의 많은 지식인들이 중국의 화려한 유적에만 감탄하고 중국인들에 대한 혐오와 멸시를 노골적으로 드러낸 것과 달리 한설야는 중국 일반 민중들을 객관적으로 드러내고 있다. 한설야의 『열풍』에 나타난 중국인 표상은 식민지

---

66 한설야가 신채호와 관련을 맺었던 1920년대 초반에, 신채호는 임시정부의 지도노선을 바로잡기 위하여 임시정부를 떠나 『신대한』을 창간하는 등, 반임정 반이승만 노선의 대표적인 맹장이었다. 북경에서 독립운동자 54명의 공동서명으로 「성토문」(1921)을 기초 발표하여 자주독립 절대독립론의 입장에서 이승만 정한경 등의 위임통치청원사건을 규탄하고, 이승만을 국무총리 및 대통령에 추대한 안창호에 대해서도 비판한다. 최홍규, 『신채호의 역사학과 역사운동』, 일지사, 2005, 159쪽.

시기 여타의 조선인 지식인들에게서 발견할 수 있는 식민주의적 의식과는 거리가 멀다. 또한 조선과 중국이 일제의 침략 앞에 놓여 있는 공동운명체라는 인식이 뚜렷하게 드러난다. 그러한 특징은 1940년에 집중적으로 쓰여진 북경 기행산문에서도 발견된다. 이것은 모두 1920년 초에 신채호가 『천고』를 통해 주장한 한중연합론, 즉 '한국과 중국이 굳게 결합하여 일제에 맞설 것'과 '한국인과 중국인이 서로 사랑하고 공존공생할 것'이라는 지침과 흡사하다.

손빈이라는 압도적인 사상가의 등장으로 인해, 한설야 장편소설의 기본적인 구성방식인 연애관계에도 큰 변화가 일어난다. 식민지 시기 한설야 소설의 연애관계가, 기본적으로 남성 주인공이 여성을 이념적으로 각성시키는 구조였다면, 『열풍』에서 상도와 남향은 대등한 층위에 놓인 이념분자로 그려진다. 남성이 여성을 이끈다기 보다는 둘이 모두 이 작품의 사상적 중심이라 할 수 있는 손빈의 제자로서 관계를 유지해 간다. 이들의 연애관계가 궁극적으로 지향하는 것은 서로의 내면에 잠재되어 있는 손빈의 이념을 확인하는 과정일 뿐이다. 상도와 남향의 연애서사가 지향하는 것은 공통의 이념을 향해 다가가는 것이 아니라, 이미 지니고 있는 서로의 공통된 이념을 확인하는 것이다. 상도에게 남향은 손빈의 이념을 비추어주는 거울이다. 둘의 연애서사는 상도가 남향에게서 자신이 지닌 '민족적 사회주의'를 확인하는 과정에 해당한다.

『열풍』은 자전적 소설에 존재하는 체험자아와 서술자아 사이의 관계에 있어 서술자아의 힘이 너무나 압도적이다. 이 작품은 성장소설이 갖추어야 할 주인공의 변화와 각성의 과정이 제대로 드러나지 않는다. 이유는 상도를 핵심으로 하는 긍정적 주인공들이 처음부터 이념적으로 완벽한 상태이기 때문이다. 이것은 서술자아가 과도하게 개입한 결과이다. 상도는 북경에 온 순간부터 다양한 사상가들의 의의와 한계를 분명하게 짚어낼 수 있는 능력의 소유자이다. 그는 중국인에 대하여서도 식민주의와는 무관한 국제주의적 시각을 견지하고 있으며, 민족의식 역시 뚜렷하다. 이러한 민족의식은 계급적 당파성을 견지한 바탕 위에서 성립되어 있다. 이로 인해 한설야 장편소설의 통사적 규칙이라 할 수 있는 연애관계마저 무미해지고, 작품은 구체적 서사 대신 지루하고 반복적인 대화와 논쟁이 작품의 대부분을 차지하게 되는 문제점을 보이게 된다.

김태준과 연안행*

장문석

1. 서론—미완의 '연안행'

> 필자는 1944년 11월 경성(京城)을 출발, 45년 4월 5일 연안(延安) 도착, 8월 15일 일제(日帝) 패퇴 후, 9월 4일 연안을 출발, 11월 하순 경성에 도착. 이것은 연안여행의 기억을 더듬어 쓴 것이다.(①: 187)[1]

1946년 7월 15일 조선문학가동맹의 기관지 『문학』 창간호가 발간되었다. 창간호 『문학』의 끄트머리에는 '특별연재'라는 형식으로 김태준

---

* 이 글은 동명의 제목으로 『인문논총』 73-2, 서울대 인문학연구원, 2016과 김재용・이해영 편, 『한국 근대문학과 중국』, 소명출판, 2016에 실린 바 있다. 이번에 다시 단행본에 수록하면서, 자료와 이론을 보완하였으며, 글의 오류를 바로잡았다.

1 김태준, 「연안행」 1, 『문학』 1, 1946.7, 187쪽. 「연안행」은 『문학』 1호(1946.7), 『문학』 2호(1946.11), 『문학』 3호(1947.4)에 연재되었으며, 미완이었다. 이 글에서 김태준의 「연안행」을 인용할 경우, 괄호 안에 연재횟수와 쪽수를 표기하겠다. 의미 전달의 어려움이 없는 한 한자는 한글로 고쳤고 숫자는 아라비아숫자를 사용하였으며, 띄어쓰기를 했다. 또한 고유명사 표기에서 지명, 서명, 중국인명은 한국 한자음을 따랐으며, 일본인명은 일본 발음을 따랐다.

의 「연안행」 첫 연재분이 실렸고, 그 첫머리에서 김태준은 1944년 11월부터 1945년 11월까지 1년 남짓한 '연안행'의 여정을 위와 같이 간략히 소개하였다. 하지만 처음의 소개와는 달리, 그는 자신의 일정을 온전히 활자화活字化할 수 없었다. 「연안행」 2회분이 실린 『문학』 2호는 1946년 11월 25일에 간행이 되었고, 3회분이 실린 『문학』 3호는 1947년 4월 15일에 간행이 되었다. 그리고 「연안행」의 3회분이 연재되는 동안 저자인 김태준뿐 아니라, 해방공간의 주체들은 급박한 정세의 변화 속에서 수차 '목숨을 건 도약salto mortale'을 수행해야 했다.

1회분이 연재된 직후인 1946년 8월 초 조선공산당, 신민당, 인민당의 합당 제안과 수락이 있었지만, 합당을 둘러싼 갈등은 그 이후 오히려 심해졌다. 결국 그해 11월 남조선노동당이 창당되었지만, 신민당의 백남운은 정계 은퇴를 선언하였다. 그전에 이미 10월 초 박헌영은 월북한 상태였으며, 10월항쟁은 고조되고 있었다. 백남운이 여운형과 함께 근로인민당 창당에 착수하며 정치적 실천을 재개한 것 역시 그 즈음이었다.[2] 1947년 7월 14일 『문학』 공위재개 특별기념호가 발간되지만, 여기에 「연안행」 4회분은 실리지 못하였다. 그리고 김태준은 그 해 '8·15폭동음모' 사건에 연루되어 10월 10일 검거되었다.[3]

3번의 연재로 그쳤기 때문에 김태준의 「연안행」은 그 자신이 연안에 도착하던 상황까지를 포함하지 못하였고, 1944년 11월 27일로부터 1945년 1월 23일까지 2개월 정도의 여정을 쓰는 데 그치게 된다. 『문학』 3호의 권두 광고는 아문각雅文閣에서 『연안행』을 출간할 것을 알리며, 이후 『문학』 공위재개기념특집호(1947.7)의 권말에도 '조선문학가동맹

---

2 박병엽 구술, 유영구·정창현 편, 『김일성과 박헌영 그리고 여운형』, 선인, 2010, 262쪽.
3 이윤석, 「김태준 관련 새 자료 몇 가지」, 『동방학지』 183, 연세대 국학연구원, 2018, 43쪽.

출판물'의 하나로 그 책의 광고가 실린다.

김 태 준 저

연 안 행

46판 225엽(頁)
임시 정가 200원(圓)
7월 하순 발행

저자 김태준 씨는 일제 밑에서 굴욕적인 생활을 피해 멀리 중국해방지구인 연안(延安)까지 다녀왔다. 그 동안에 겪은 체험과 견문은 원래 탁월한 세계관을 가졌고 박학한 씨(氏)에게 중국인민들이 나가는 길을 똑바로 보게 하였다! 그뿐 아니라 이 책은 첨부터 끝까지 한숨에 읽도록 많은 사건이 널려 있고 아슬아슬히 마치 소설을 읽는 것 같이 흥미진진하기도 하다!

구체적인 판형과 면수와 판매 금액까지 제시되고, 함께 '근간'으로 광고된 도서들이 실제로 간행되었던 상황으로 보아,[4] 실제로 김태준이

4 『문학』 3호에는 '아문각(雅文閣)'에서 '근간발매예고'라는 표제 하에 임화의 『문학론』, 안회남의 신작 장편소설 『조국에 바치는 날』, 김남천 소설집 『삼일운동』, 현덕 소설집 『남생이』, 홍구 소설집 『유성』 등과 함께 광고되었다. 『문학』 공위재개기념특집호에는 아문각에서 '조선문학가동맹출판물소식'이라는 광고를 게재하였다. 여기에는 소설부위원회(小說部委員會)가 편집한 『조선소설집』, 시부위원회(詩部委員會)가 편집한 『조선시집』, 농민문학위원회(農民文學委員會)가 편집한 농민소설집 『토지』 등과 함께 광고되었다. 광고에 『조선시집』은 이미 '발매중'이고, 『조선소설집』은 '7월 중순 발행', 『토지』와 『연안행』은 '7월 하순 발행'으로 나온다. 안회남의 『조국에 바치는 날』, 임화의 『문학론』 그리고 김태준의 『연안행』을 제외하고는 '광고'에 소개된 도서는 모두 간행되었다. 특히 현전하는 도서의 판권면에 따르면, 『조선소설집』은 1947년 6월 20일 자로, 『토지』는 1947년 7월 1일 자로 발행되었다. 오영식, 『해방기(1945~1950) 간행 도서 총목록』, 소명출판, 2009, 175쪽.

「연안행」의 원고를 탈고하였을 가능성은 상당히 높다. 광고가 이 책을 소개하는 지점은 세 가지이다. ① 그가 조선 반도를 탈출하여 연안에 다녀왔다는 점, ② 그곳에서 박학博學한 김태준이 중국 인민의 행보를 보았다는 점, ③ 마치 소설을 읽듯 서술이 아슬아슬하다는 점. 물론 단행본 『연안행』이 발간되지 않았기 때문에 ①의 구체적인 내용은 확인할 수 없지만, 현재 연재된 부분만으로도 광고에서 말한 ②와 ③에 대해서는 확인할 수 있다. 광고에서처럼 「연안행」은 '일제' 말의 상황에 대한 기록이지만, 동시에 해방공간 김태준의 정치적 실천 및 문화적 기획과 밀접한 관련을 가진 것이기도 하였다. 함께 광고에 소개된 다른 도서들은 간행되지만, 김태준의 『연안행』이 실제 간행되지 못했다는 사실은 이 책의 성격을 역설적으로 보여준다.

이 글은 광고에 나타난 ②와 ③, 그리고 「연안행」이 갖는 해방공간에서의 당대성을 염두에 두고 미완의 「연안행」을 다시 읽고자 한다. 「연안행」에서 김태준의 이동은 국민국가라는 경계를 넘어선 동아시아의 언어, 앎과의 만남을 열어주었고, 문학이라는 근대지식의 근본적 조건에 대한 재고를 요청하였다. 이미 「연안행」에 나타난 김태준의 노정에 대한 재구가 이루어졌고,[5] 에세이로서 「연안행」이 가지는 문예미학적 성취에 대한 성과가 제출되었지만,[6] 「연안행」을 재론하는 것은 이 때문이다. 이 글은 「연안행」과 해방공간 김태준의 정치적 실천을 겹쳐 읽고, 또한 「연안행」에 기록된 그의 이동에 주목하여 당대 조선문학가동맹의 민족문학 개념에 내재하고 있는 동아시아라는 계기를 발

---

5 김용직, 『김태준 평전』, 일지사, 2007, 308~367쪽.

6 이해영, 『청년 김학철과 그의 시대』, 역락, 2006, 99~105・138~143쪽 참조. 이해영은 「연안행」의 연안 체험 형상화는 '인민전선부 성원으로서의 이지적 의식세계'에 근거하고 있으며, 논리화의 양식적 특징을 가짐을 밝혔다.

견하며, '연안행'에서 김태준이 수행한 문학의 위치에 대한 재고가 가지는 의미를 탐색하고자 한다.

2. 인민전선과 민주주의 — 해방전후 정치적 실천의 연속성

김태준은 1945년 8월 15일을 팔로군의 전선이 아닌 후방에서 맞은 것으로 전해진다. 9월 4일 연안을 출발한 김태준과 박진홍은 섬서성陝西省과 산서성山西省을 지나고 하북성河北省과 '만주'를 도보로 횡단하였다. 한반도에 들어온 그들은 소련 지배하의 평양에 들른 후, 11월 하순 경성에 도착하였다. 도착 이전에 이미 그는 조선인민공화국의 중앙인민위원 겸 문교부 대리와, 재건된 조선공산당의 서기국원으로 선임된 상태였다. 경성에 도착한 후 그는 귀국 기자회견(12월 6일)을 시작으로, 전국농민조합총연맹 결성식 축사(9일), 전국청년총동맹 결성식 축사(11일), 조선국군학교 강연(12일) 등 활발한 활동을 이어갔다. 또한 그는 조선문학건설본부와 조선프롤레타리아 예술동맹을 중재하여 두 조직이 조선문학동맹이라는 하나의 조직으로 통합되는데 관여하였으며, 고전문학위원회 위원이 되었다(13일). 그리고 조소문화협회 인문과학계 발기인이 되기도 하였다(27일). 이 과정에서 그는 경성대학에 복귀하는 한편, 중일전쟁기 경성콤그룹 활동의 연속으로 박헌영과 함께 정치적 실천을 수행하였다. 모스크바 삼상회의에서 결정한 신탁통치가 막 알려진 무렵인 세모에 그는 박헌영을 수행하여 평양에 다녀오기도 하였다.[7]

1946년 1월 김태준은 「조선 민족문화 건설의 노선」의 집필에 깊이 관여하면서, 앞으로 건설해야 할 문화는 계급문화가 아니라 민주주의 민족문화임을 강조하였다.[8] 그로부터 한 달 정도가 지난 1946년 2월 8~9일 오전 11시 종로 기독교 청년회관에서는 '제1회 조선전국문학자대회'가 개최되었고, 그 자리에서 김태준은 「문화유산의 정당한 계승 방법」을 주제로 보고하였다. 그리고 조선전국문학자대회는 조선문학가동맹을 승인하였으며, 김태준은 조선문학가동맹 중앙집행위원회의 평론부 위원장에 선임되었다.[9] 조선전국문학자대회는 "조선문학의 기본임무와[sic－가] 민족문학의 수립에 있"음을 확정하고, 일제 제국주의적 문화지배의 잔재와 봉건주의적 유물의 청산을 당면 과제로 지적하였다. 그들은 민족문학 건설을 위하여는 민주주의적 국가건설이 선행해야 하며, 민주주의적 국가 건설을 위하여 조선이 세계민주주의 전선의 일익一翼을 감당해야 한다고 역설하였다. 그런 맥락에서 후진국의 국수주의적 경향은 이미 "민주주의연합국에 의하여 타도된 세계 '팟시즘'이 재생할 온상"임을 지적하면서 그것과 구별되는 민주주의 국가의 건설을 요청하였다.[10]

임화 역시 제1회 조선문학자대회에서 「조선 민족문학 건설의 기본과제에 관한 일반 보고」를 발표하면서, 태평양전쟁 직전 조선의 문학자들 사이에 조선어, 예술성, 합리성을 전제한 "공동전선"이 존재하였음

7 이윤석, 앞의 글, 44~45쪽; 김윤식, 『해방공간 한국 작가의 민족문학 글쓰기』, 서울대 출판부, 2006, 117~121쪽; 김용직, 앞의 책, 377~398쪽; 박병엽 구술, 유영구・정창현 편, 앞의 책, 28~37쪽. 1945년 12월 28일부터 1947년 1월 1일까지였던 평양행에서 박헌영은 김일성과 신탁통치에 대한 의견을 교환하였다.

8 김재용, 「김태준과 민족문학론」, 염무웅 외, 『해방 전후, 우리 문학의 길찾기』, 민음사, 2005, 88~91쪽; 신승엽, 「김태준과 임화」, 『크리티카』 2, 사피엔스21, 2007, 141~143쪽.

9 서기국, 「조선문학가동맹운동사업개황보고」, 『문학』, 1946.7, 153쪽.

10 제1회조선전국문학자대회, 「제1회전국문학자대회 결정서」, 『문학』, 1946.7, 86~87쪽.

을 환기하였다. 그리고 그 전선은 제국주의와 파시즘에 맞선 것이었으며 "조선의 문학자들이 신문학 이래 처음으로 공동노선에서 협동했다는 사실"을 특기하였다.[11] 이러한 공동전선의 역사적 실체를 찾자면, 카프 문학자들과 구인회 문학자들이 서로 근접하여 공동의 문화적 실천을 보여주었던 중일전쟁기의 문단 재편을 떠올릴 수 있다. 이들의 실천은 파시즘에 맞선 좌우 지식인들의 연대였다는 점에서 서구의 반파시즘 인민전선을 떠올리게 하지만, 전향을 전제로 하고 전시기의 제한된 담론공간 안에서만 발화가 가능했으며 국민전선의 일각을 이루는 한에서 '허용'되었다는 점에서 굴절된 '공동전선'을 형성하였다. 카프 출신의 사회주의 문학자들, 구인회 출신의 모더니스트들, 그리고 경성제국대학 및 조선어학회를 중심으로 한 조선(어문)학 연구자들은 『조선일보』, 『인문평론』, 『문장』 등 미디어의 지면을 공유하면서 근대성의 기율을 지키고자 하였다.[12] 식민지 아카데미즘에서 출발한 고전 연구자 김태준과 1930년대 초반까지 조선학 연구에 비판적인 입장을 취했던 전향 사회주의자 임화가 문화접변acculturation의 시각에서 조선문학사 및 조선문화사의 해석틀을 제안하고, 그러한 인식에 근거하여 출판사 학예사學藝社를 경영하고 조선문학의 정체성을 물질화하여 옹호하는 '조선문고'를 기획한 것 또한 같은 맥락에서였다.[13] 파시즘에 대항하여 조선어, 예

11 임화, 「조선 민족문학 건설의 기본과제에 관한 일반보고」(『건설기의 조선문학』, 백양당, 1946), 임화문화예술전집 편찬위원회 편, 『임화문학예술전집』 5(비평 2), 소명출판, 2009, 423쪽.

12 洪宗郁, 『戰時期朝鮮の轉向者たち』, 有志舍, 2011, pp.233~236.

13 김태준, 「문학의 조선적 전통(下)」, 『조선문학』, 1937.7; 임화, 「복고현상의 재흥(三)」, 『동아일보』, 1937.7. 김태준과 임화의 문화접변론에 관해서는 신승엽, 앞의 글, 138쪽; 장문석, 「출판기획자 임화와 학예사라는 문제틀」, 『민족문학사연구』 41, 민족문학사학회, 2009, 393~396쪽.

술성, 합리성, 문화, 지성, 전통, 진보 등 근대성의 가치를 옹호한 중일전쟁기의 문학자들은 해방공간 조선문학가동맹을 결성하였다.[14]

하지만 임화가 "세계 '파시즘'의 발광에 끊일 줄 모르는 침략정책"과 태평양전쟁으로 인해 그러한 공동 전선이 지속되지 못하였다고 회고한 것처럼, 중일전쟁기 조선문학자 공동의 실천은 1940년 8월 『조선일보』 및 『동아일보』의 폐간으로 가시화된 공론장의 폐쇄와 더불어 점차 그 움직임의 폭이 좁아진다. 식민지 아카데미의 연구자와 식민지 미디어의 비평가로 활동하던 김태준이 지하활동을 시작한 것 역시 그즈음이었다. 그리고 이현상의 소개로, 같은 해 8월 10일 김태준은 박헌영을 만나게 된다. 박헌영은 이현상으로부터 김태준이 "조선문학사연구를 하고 있다는 것을 들었다고 말하고 그 연구는 사회경제사적 유물사관적 입장에서 해야 한다"고 언급하였으며, 김태준 또한 "나도 그렇게 생각한다고 하고 먼저 유물사관 연구를 시작했다"고 응답하였다. 이후 박헌영은 9월에서 11월까지 월 1회 정도 김태준의 방에서 숙박하며 은밀히 기관지 『코뮤니스트』를 편집하였다.[15] 9월 중순 박헌영이 자신의 방을 찾아왔을 때, 김태준은 "미리 의문을 품고 있던 민족주의 문제나, 국제노선의 의미, 소련에서 조선인의 중앙아시아 이주 문제, 소련의 폴란드 밧세라베아의 합병 문제"에 대하여 박헌영에게 질문을 하였다.[16] 그는 '민족'을

---

14 중일전쟁기와 해방공간의 문학사적 단속성은 문학자의 네트워크와 재등장만으로 이해할 수는 없으며, 미학적 기획과 실천이라는 측면에서 논증되어야 할 과제이다. 주목할 만한 최근의 시론적 성과로는 손유경, 『슬픈 사회주의자』, 소명출판, 2016, 34~40 · 177~239쪽 참조.

15 경성지방법원, 「김태준 피고인 심문조서(제1회)」(1942.9.15), 이정박헌영전집 편집위원회 편, 『이정 박헌영 전집』(4－일제시기 관련자료편), 역사비평사, 2004, 134쪽; 경성지방법원, 「김태준 피고인 심문조서(제2회)」(1942.9.16), 위의 책, 135~136쪽.

16 위의 글, 137쪽.

매개로 하여 사회주의와 민족주의의 '공동전선'을 기획하였으며, 같은 해 10월에는 신명균의 요청으로 그와 박헌영의 대면을 주선한 것 역시 그러한 '공동실천'의 일환이었다.[17] 하지만 이후 김태준은 이관술, 김삼룡, 이현상 등과 전후하여 검거되었고, 그가 병보석으로 석방된 것은 태평양전쟁이 한창인 1943년이었다. 「연안행」의 초두에서 김태준은 당시의 정치적 상황을 되돌아보며 태평양전쟁을 독일과 일본이라는 "파시스트"들과 "세계에 최강의 두 민주주의 국가 소련과 미국"을 중심으로 한 반파시즘전선 사이의 전쟁으로 규정하였다.

김태준은 자신이 석방되었을 무렵 조선의 지식인들의 움직임을 두 부류로 기록하였다. 한편에는 파시즘 세력인 일본의 전쟁에 적극적으로 협력하는 이들이 있었으며, 또 다른 편에는 "탁류를 항하야 조선의 인민을 위해서 싸우려고 하는 일군"이 있었다. 이러한 이분법의 구도는 태평양전쟁기의 역사적 현실이기도 하였으나, 김태준이 해방공간 당대의 정치적 지형과 연대를 염두에 두고 서술한 것이기도 하였다. 김태준은 당시 대일 협력에 적극적이었던 지식인들을 두고, "오늘날 한민당, 혹은 이승만 씨에게 옛날 왜놈에게 섬기는 수법으로 가장 충실하게 일하고 있는 장모 같은 놈도 서슬이 풀으게 왜놈의 전쟁을 위하야 진력하고 있었고 여남은 모리배 박흥식 김성수의 무리야 책할 것이 있으랴!"라고 비판하였다.[18] 그는 1945~1946년 당시 이승만과 한민당을 지지하는 이들

17 이애숙, 「일제 말기 반파시즘 인민전선론」, 『한국사연구』 126, 한국사연구회, 2004, 227~228쪽. 이애숙은 박헌영과 신명균의 만남에 관해, "신명균은 조선어학회와 같은 민족문화단체 혹은 민족주의자 그룹을 대표해서 경성콤그룹의 지도자인 박헌영과 회견하고 반제 반파시즘 공동투쟁 방안을 논의했을 것으로 추정된다. 이와 같이 경성콤그룹과 민족주의자 그룹이 당면한 공동 목표 아래 정치적 협정을 맺고 공동전선(행동통일로부터 시작하는)을 취하는 것은 상층 통일전선이 될 것이다"라고 그 의미를 고평하였다.

의 움직임을 태평양전쟁기 대일 협력자들의 실천과 겹쳐 읽었다. 1945년 10월 29일 박헌영과 이승만의 회담에서 이들은 '친일파'의 숙청 문제로 이견을 확인하였고, 이후 이승만과 조선공산당과의 관계가 점점 악화되었던 상황이 이러한 비판의 배경이었을 것이다.[19]

또한 김태준은 그 반대편에서 "몇 개의 운동자 그룹이 횡적연계를 갖고 싸우고 있었"던 것을 적고는, 자신도 '일경日警'의 감시를 피해 지하에서 움직였던 활동가들과 접속하였음을 밝혔다. 이때 그는 이관술이나 이현상 등 경성콤그룹 멤버, 함흥 및 원산을 중심으로 한 적색태로동지赤色太勞同志, 이승엽이나 김일수 등 공산주의협의회 등의 활동을 기록하는 것에서 나아가 여운형, 김일성, 무정 등과의 '횡적 연계'에 대해서도 기록하였다. 그는 "K동 몸선생은 현준혁, 최K, 이K, 李T, 김T 등을 찾고 조선해방연맹이거나 조선인민위원회를 만들자고 제의한 일이 있다"는 사실을 증언하였으며, 자신이 여운형 계열의 조직에서 발행하였던 기관지에 징용, 징병, 공출, 배급에 저항하는 '선언문'을 기고했음을 적었다. 1946년 당시 북에 있었던 김일성과 무정은 해외에서의 투쟁이라는 맥락에서 「연안행」에 등장하였다.

---

18 인용문에 나오는 '장모'는 장택상일 가능성이 높다. 그는 1945년 10월 미군정 하 경찰청에 채용되었으며, 대일 협력의 경력이 있는 경찰관들을 대거 채용하였다. 또한 1946년 5월 정판사 위조지폐 사건을 지휘하였다. 다만 1940년 이후 그가 창씨개명을 거절하고 고향에 칩거했다는 사실은 김태준의 진술과 위배된다. 김태준이 언급한 '장모'가 장택상이라면, 해방공간의 입장을 강하게 투사한 것이 된다. 후에 유진오는 김성수의 대일 협력을 다소 방어적이며 우호적으로 이해하려 하였지만(유진오, 『양호기』, 고려대 출판부, 1977, 90~110쪽), 김태준은 해방공간에서 김성수가 한민당을 창당한 것을 감안하며 그를 강력하게 비판하였다.

19 임경석, 『이정 박헌영 일대기』, 역사비평사, 2003, 228~229・253쪽.

군사문제토론회는 나에게 중국공산당의 수도 '연안'에 가서 김일성, 무정 동지들과 함께 국내에 대한 군사대책을 세워보라고 하였다. 남만(南滿)과 서북선(西北鮮)에는 산악지대가 많으니 이것을 이동근거지로 하고 북선(北鮮) 농민의 각성되여 있는 유리한 조건을 이용하야 유격전을 전개하면 할 수 있으리라는 것, 조선인민의 이익을 위해서 자기를 희생하고 충실히 싸울 수 있는 인민의 입장에 있는 전투적, 진보적인 정예분자들의 정당한 지도 밑에 민중이 결집된 힘을 갖고 적 일제(日帝)를 격퇴식이지 않으면 않된다는 것, 조선민족의 완전해방은 오직 우리 민족 자신의 손으로 해결하지 않으면 안 된다는 신조에서 그렇게 결정한 것이다. 나는 고국을 떠나서 연안 가기로 결의하였다.(①: 188)

실제로 1940년 이후 김일성은 소련으로 피신하였기 때문에, 당시 김태준에게 알려진 정보는 잘못된 것이었다. 하지만 중요한 것은 그가 연안을 무정과 김일성이 있는 곳으로 인식하고, 그곳을 토대로 '만주'와 서북 조선을 근거지로, 유격전을 기획하고 실천할 수 있는 곳으로 상상했다는 점에 있을 것이다. 나아가 그는 '최고지도자' 박헌영 역시 연안에 있을 수 있다고 생각한 것으로 적었다.

지하로 숨어단니는 수많은 동무들이 이구동성으로 불으고 찾는 것은 박 동무였다. 누구보담 이론이 우수하고 직실(直實)하고 완전히 자기희생적이고 투쟁 연대(年代)가 가장 길고 조선해방운동의 풍부한 경험을 집대성한 분은 박 동무였기 때문에 조선민족의 해방운동을 생각하고 있는 사람으로서 박 동무를 최고지도자로 모시는대는 이의가 없는 것이었다. (…중략…) 지하운동 지방에서 우차(牛車)를 끌고 단니는 동지, 심산(深山)에 가서 화전

민이 된 동지, 공장에 가서 직공된 동지, 보(褓)짐장사로 가장한 동지들이 서로 조직적 연락을 갖고 조선의 근로대중을 위하야 민족해방을 위하야 싸우고 있었는대 이들의 최고지도자인 박헌영 동무의 거처가 아득하기 때문에 서로 찾고 있었다. 해삼위(海蔘威)로 갔으리라고 전하는 이도 있고 혹은 연안으로 갔으리라 전하는 이도 있었는대 박헌영 동무가 815 이전의 18지옥에 빠진 조선의 인민과 민족을 등지고 해외로 도망할 분도 아니였고, 그 후에 알고 보니 전라도 광주 어느 벽돌 공장에서 김성삼(金成三)이라고 변명(變名)하고 벽돌을 굽고 있으면서 일제와 싸우고 있었다. 나도 행여나 연안에 박헌영 동지가 가지 않었을가고 생각해보았다.(①: 189～190)

김태준은 태평양전쟁기 지하에서 반파시즘 투쟁을 하던 '동지'들이 박헌영을 찾고 있었음을 증언하는 동시에, '선'이 닿지 않던 박헌영이 자신들의 추측과 달리 '조선의 인민과 민족을 등지고 해외로 도망'하지 않았으며 지하에서 투쟁하고 있었음을 대비적으로 선명하게 부각하였다. 이를 통해 김태준은 자신이 연안에 갔던 이유를 신원하는 동시에, 박헌영이 끝까지 조선을 버리지 않은 실천가이자 '최고지도자'였음을 강력히 서술하였다.[20]

「연안행」에서 재현한 1943～1944년 태평양전쟁 당시의 반파시즘 전선은 1946년 당대의 정치적 지형과 밀접한 연관을 가지고 있었다. 가령

20 박헌영을 '최고지도자'로 이해하는 것은 경성콤그룹 출신에 조선공산당에 소속된 김태준으로는 당연한 것이기도 하다. 한편, 이구영은 연안에서 돌아온 직후, 김태준이 모택동과 박헌영을 높이 평가하였음을 적고 있다. "이처럼 앞서의 말(여운형과 김일성을 낮게 평가한 것－인용자)을 취소하자, 누군가가 앞으로 누구를 중심으로 일을 하는 것이 옳겠는가를 물었다. 이에 대해 그(김태준－인용자)는 모택동에 대한 선전을 많이 하면서 다음과 같이 말을 맺었다. '우리나라에서는 아무래도 박헌영 선생밖에는 없지요.'" 이구영, 『역사는 남북을 묻지 않는다』, 개마고원, 2001, 134쪽.

김태준은 해방 직후 여운형에 대해 그다지 후한 평가를 하지 않았다는 증언이 있으며,[21] 당시 박헌영과 여운형의 관계도 매끄럽지는 못하였다.[22] 또한 여운형의 건국동맹은 경성콤그룹, 공산주의자 협의회, '자유와 독립 그룹' 등의 공산주의자 조직이 아니라, 일체의 반일역량의 규합을 의도하는 통일전선적 조직에 가까웠다.[23] 하지만 여운형은 박헌영과 함께 1946년 2월에 결성된 민주주의 민족전선의 공동의장 중 한 사람이었는데, 김태준은 여운형이 활동하였던 '건국동맹'의 존재를 기술하고,[24] 자신 또한 그들과 전시기부터 접속이 있었다고 적어두었다. 또한 탈출에 성공한 후인 「연안행」 3회에서는 '만주' 출신의 팔로군이 김

21 1945년 12월 초 연안에서 돌아온 김태준은 자신의 환영 자리에서 "여운형, 김일성은 대단한 사람이 아닌데 사람들이 이렇다 저렇다하고 신문에서도 떠들어대 그렇게 된 것이라고 말을 하려고 했던 것이다. 이렇게 말하고는 그는 다른 말을 했다. 그는 처음부터 자신의 이야기는 절대로 적지 말라고 하고는 말을 시작했는데, 말이 끝날 무렵 그는 양해를 구하면서 앞서의 발언을 취소했다. '여러분, 내가 아까 한 이야기는 취소합니다. 왜냐하면 여운형 씨로 말하면 현 시국에 없어서는 안될 중요한 인물인데 아까 내가 망령되이 농담 겸 했지만 절대 그런 것이 아닙니다. 또 김일성 장군으로 말하면 소련에서 이북으로 나와 지금 대단한 활약을 하고 있는데 내가 경솔하게 말했으니 전부 없었던 걸로 해주십시오.'" 위의 책, 133~134쪽.

22 민주주의 민족전선의 결성과 그 안에서 박헌영과 여운형의 갈등에 관해서는 서중석, 『한국 현대민족운동 연구』, 역사비평사, 1991, 345~354쪽.

23 임경석, 「국내 공산주의운동의 전개 과정과 그 전술(1937~45년)」, 한국역사연구회 1930년 연구반 편, 『일제하 사회주의운동사』, 한길사, 1991, 226쪽.

24 김태준의 글에 나오는 '조선해방연맹'은 '건국동맹'의 오기로 볼 수 있다. 조선어학회 회원이자 교사였던 이만규는 1930년대 중반 이후 여운형이 '소극적 투쟁과 적극적 준비'를 하였음을 증언하면서, 그러한 실천의 정점에 '민족전선'으로서 "비밀결사 건국동맹"을 위치시켰다(이만규, 『여운형선생투쟁사』, 민주문화사, 1946, 168~169쪽). 1944년 8월 10일에 결성된 건국동맹이 "전시치하인데도 1년이라는 짧은 시간에 조직면으로도 활동면으로도 뚜렷한 족적을 남겼고, 무엇보다도 건국준비위원회의 모체가 되었다"는 점에서도 볼 수 있듯(서중석, 앞의 책, 110쪽), 해방 직전 전시체제기 활동의 복원은 해방공간 당대의 정치적 실천과 밀접한 연관이 있었다. 이만규 또한 1944년 건국동맹의 조직원으로부터 이후 1947년 근로인민당 상임위원에 이르기까지 여운형과 정치적 행보를 같이 한 인물이었다.

일성을 잘 안다고 대답하면서 "만주서 조선동지들과 유격전하든 이야기주머니"를 풀어놓는 장면을 삽입하기도 하였다(③ : 99). 그는 최고지도자로서 박헌영의 위상을 공고히 제시한 채, 여운형, 김일성, 무정 등 해방공간 당대에 공동의 실천을 기획할 수 있는 이들을 「연안행」의 해방 이전 정세 서술에 적극적으로 반영하였다. 이러한 서술은 전시기와 해방공간을 공히 '파시즘'과 '민주주의'의 투쟁으로 이해한 김태준의 정세인식과도 관련이 있었다. 박헌영과 김태준을 비롯한 경성콤그룹 출신의 실천가들은 태평양전쟁을 '파시즘'과 '민주주의'의 투쟁으로 이해하였을 뿐 아니라, 당대의 정세 또한 '파시즘'과 '민주주의'의 전선으로 파악하고 있었다. 1946년 5월에서 8월까지는 제2차 세계대전 종전 1주년을 기념하여 많은 행사가 있었다.[25] 전시기의 '공동전선'은 국민전선의 일각을 이루는 한에서 '허용'된 인민전선이자, 식민지라는 조건으로 인해 운동과 사상이 결합하지 못한 것이었다.[26] 식민지의 전선이 굴절된 '공동전선'이었다면, 해방공간에서의 전선은 운동과 사상의 결합이 가능한 조건 속에서 기투된 것이었다. 1944년의 탈출을 기록한 「연안행」은 해방전후의 연속성을 강하게 의식하며, 좌절하고 실패하였던 전시기의 실천과 기억을 통해 재점화한 글쓰기였다.

---

25 1946년 초 박헌영은 제2차 세계대전 중에 있었던 '크리미아 선언' 1주기(1946.2.14)를 기념하기도 하였고, 5월에는 독일 항복 1주기를 기해 반파쇼 투쟁의 중요성을 강조하였다(1946.5.8～10) 8월에는 조공 중앙위는 소일개전 1주년을 기념하였고(1946.8.9), 제2차 세계대전 연합국의 지도이념으로서 스탈린 루즈벨트 노선의 중요성을 말하였다(1946.8.15～18). 임경석, 『이정 박헌영 일대기』, 역사비평사, 2003, 286 · 331 · 361～362쪽.

26 洪宗郁, 앞의 책, pp.234～235.

3. 조선어문(학)의 인봉印封과 동아시아의 언어횡단적 실천 – 해방전후 언어 경험의 불연속성

'조선어', '합리성', '예술성'을 옹호하기 위해 식민지 조선의 사회주의 지식인들과 민족주의 지식인들이 연합하였던 굴절된 '공동전선'으로 기능하였던 『인문평론』이 위기에 처하는 것은 1940년을 넘어서면서였다. 이 위기는 구체적으로 『조선일보』와 『동아일보』 등 민간신문으로 대표되는 담론공간의 폐쇄와 조선어문(학)이라는 지식의 위기로 나타났다. 다산 정약용 서거 100년인 1935년을 기점으로 1930년대 중후반 좌우의 지식인이 하나의 장에서 동의와 비판을 주고받으며 그 성과를 담론과 물질 양 측면에서 축적하였던 조선학 연구가 위축된 것도 이 시기였다.[27] 이와 함께 중일전쟁기 전쟁 특수와 광산 자본의 유입으로 인해 팽창했던 출판 시장이 급속히 축소되었다.

조선어문(학)의 위기를 상징적으로 보여주는 존재는 1930년대 중반 김태준과 함께 '중앙인서관'에서 『조선문학전집』을 편집하고 간행하였던 조선어학자 신명균이었다. 두 신문이 폐간된 이후, 박헌영과의 만남을 뒤로 하고, 1940년 11월 20일 신명균은 스스로 목숨을 거두었다. 그리고 한설야가 그를 애도한 소설 「두견」을 발표한 지면은 '공동전선'으로 기능하였던 『인문평론』의 폐간호인 이듬해 4월호였다.[28] 『문장』 역시

---

27 1930년대 중반 백남운에게 '조선연구'는 민족통일전선으로서의 의미를 가지고 있었다. 홍종욱, 「'식민지 아카데미즘'의 그늘, 지식인의 전향」, 『사이間SAI』 11, 국제한국문학문화학회, 2011, 99~102쪽.

28 신명균, 한설야, 엄홍섭이 중심이 된 중앙인서관에 관해서는 김윤진, 「해방기 엄홍섭의 언어의식과 공동체의 구상」, 『민족문학사연구』 60, 민족문학사학회, 2016, 1장을 참조할 수 있으며, 굴절된 '공동전선'의 실체와 그 문화적 실천에 대해서는 보다 많은 논의가 필요하다.

같은 달에 폐간되었고, 그해 11월 『국민문학國民文學』이 창간되었다. 1942년 10월 조선어학회 사건이 일어났으며, 3・1운동 민족대표 33인과 같은 수의 조선어학회 회원이 검거되었다.

해방공간에서 임화는 이 시기의 '국민문학'을 평가하면서 "일본 제국주의의 노예로 만드는 운동의 일익으로서의 국민문학"으로 비판하였으며, 태평양전쟁기에는 "문학 위에도 철추鐵鎚가 내려 조선어 사용의 금지, 내용의 일본화에 의해서만 조선인의 문학생활은 가능하게 되었다"라고 회고하였다.[29] 이에 호응하듯, 1946년 2월 제1회 조선전국문학자대회에서 문학자들이 결의하여 '동맹지도기관'에 일임한 사항 중 하나도 "국어의 재건과 정당한 발전"이었다.[30] 김태준은 자신이 경험하였던 태평양전쟁기 '국민문화'의 상황과 조건에 대해 다음과 같이 적었다.

> 조선을 군사기지로 하고 대륙 침략에 쓰는 무기를 대부분 여기서 만들고 80만의 이민단(移民團) 즉 재향군인단(在鄕軍人團)을 가져오고 몇 개의 사단(師團)을 두고 갖은 압박과 약탈을 하였다. 특히 문화적 압박은 언어 도단이었다. 조선어의[sic－와] 조선사, 조선성명, 조선 의식(儀式) 습속의 사용까지 금지하고 조선 '신'(神)의 신앙까지 금지하고 모든 것을 순전히 일본색으로 강요하였다. (…중략…) 언어는 왜어 소위 국어보급운동(國語普及運動)이요 역사는 일선동조론(日鮮同祖論)이요 정치는 징용징병이요 경제는 공출과 배급이요 왜노(倭奴)의 태평양전쟁에 박자(拍子)를 치며 날뛰며 성원(聲援)하는 주출백귀(晝出百鬼)의 창피스럽고 괴로운 시간이었다. (①: 187～188)

29 임화, 「조선 민족문학 건설의 기본과제에 관한 일반보고」(『건설기의 조선문학』, 백양당, 1946), 하정일 외편, 앞의 책, 424쪽.

30 제1회조선전국문학자대회, 「제1회전국문학자대회 결정서」, 『문학』, 1946.7, 87쪽.

김태준 또한 일본 제국주의의 통제와 동원이 극심하였음을 지적하는 첫 사례로 '조선어'의 금지와 '국어보급운동'을 들었다. 김태준과 임화를 비롯하여, 해방공간에서 민족문학론을 주장한 조선문학가동맹의 문학자들은 태평양전쟁기를 조선어가 금지된 시기로 서술하였다. 이러한 서술은 언어와 민족의 친연성에 근거한 어문민족주의의 인식으로 읽히기도 하지만, 1930년대 조선어와 조선학 연구, 그리고 조선문학을 매개로 좌우의 문학자들이 형성하였던 '공동전선'에 대한 기억을 간직한 것이기도 하였다. 그리고 조선어의 위기가 가시화된 시기, 그는 조선어문(학)과 관련된 서적을 서랍 속에 인봉한다.

> 문학연구니 역사연구니 언어연구니 하는 것은 우리 정부가 수립된 후의 일이니 당분간 이 방면의 서적은 상자에 넣어서 봉해두자. 보는 책은 경제학 ABC, 인터내쇼날, 전기(戰旗), 레닌선집 등이였다. 나는 좀 더 튼튼한 세계관을 수립하려고 모색하였다. 외계에는 공출, 배급, 징용, 징병에 떨며 울고 있는 수 천만 형제자매의 아우성소리 조음(燥音)이 이타(耳朶)를 치는데, 어느 겨를에 조선문학이니 조선역사니 찾고 있을 수가 있을 것인가 고 하였다.(①: 189)

다만 김태준이 조선어, 조선문학, 조선역사 연구를 중단한 까닭은 한 가지는 아니었다. 조선어에 대한 식민권력의 억압도 주요한 이유였지만, 동시에 그는 조선어문학(연구)과 조선사(연구)가 당대 고통을 받는 '형제자매의 아우성소리'와 거리를 두면서 그들을 소외시켰다는 점을 함께 반성하고 있다. 앞으로 살펴보겠지만, 김태준의 '연안행'과 그에 근거한 문화적 실천과 상상은 이 두 가지 반성에 기반한 것이었다.

1942년 10월의 조선어학회 사건으로 상징되는 조선어에 대한 억압은 결과적으로 이중어 글쓰기bilingual writing의 공간을 열기도 하였는데, 역설적으로 이때 이중어 글쓰기는 조선문학이나 일본문학 등 국민국가의 문학이 아니라, '문학' 자체로 전화할 계기를 내포하고 있었다.[31] 조선어문(학) 서적을 인봉한 김태준이 연안을 목표로 수행한 이동 또한 서로 다른 위상과 조건에 놓여 있던 동아시아의 다양한 언어를 가로지르는 언어횡단적 실천이었다. 그리고 그러한 김태준의 이동과 수행은 박진홍과 함께였는데, 신명균의 동덕여고 제자이기도 했던 박진홍은 역시 경성콤그룹 사건으로 체포되었다가 풀려난 상황이었다.[32]

첫 단계는 석방 후 조선에 머무르던 시기로, 이때 그는 식민권력이 조선어를 금지한 당대적 맥락 속에서 조선어로 된 서적과 그 독서를 유보하는 대신, 일본어로 번역 출간된 사회주의 서적을 읽었다. 앞서 언급된 『공산주의ABC』, 『레닌전집』 등이 그것이었다.[33] 1930년대 중반 곽말약郭沫若을 경유하여 사회주의로 인식론적 전환을 수행하였던 김태준은,[34]

---

31 김윤식, 『일제 말기 한국 작가의 이중어 글쓰기론』, 서울대 출판부, 2003, 66쪽.

32 박용규, 「일제시대 한글운동에서의 신명균의 위상」, 『민족문학사연구』 38, 민족문학사학회, 2008, 375~377쪽; 오미일, 「박진홍－비밀지하투쟁의 레포로 활약」, 『역사비평』 21, 역사비평사, 1992, 294쪽. 신명균의 죽음을 그린 한설야의 「두견」(『인문평론』, 1941.4)의 마지막에 등장하는 여성을 박진홍으로 추정하기도 한다.

33 부하린과 프레오브라젠스키가 함께 쓴 『공산주의ABC』가 일본어로 처음 번역된 것은 『共産主義ABC』(ブハリン・エー・プレオブラシェンスキー, 司法大臣官房秘書課 譯, 司法大臣官房秘書課, 1925)였으며, 이후 『共産主義のABC』(ブハリン・エー・プレオブラシェンスキー, 田尻靜一 譯, 政治硏究社, 1930)와 『共産主義ABC』(ブハリン・エー・プレオブラシェンスキー, 編輯部 譯, 政治硏究社 1931)가 간행되었다. 또한 일본에서 레닌의 저작은 『レーニン著作集』 전 10권(レーニン著作集刊行會, 1926~1927), 『レーニン叢書』(白揚社, 1927~1928, 10책 이상), 『レーニン重要著作集』(白揚社, 1927~1928・1936~1937, 30책 이상), 『レーニン全集』(白揚社, 1929~1932, 5책), 『レーニン選集』 전 5책(産業勞働調査所・プロレタリア科學硏究所 譯, 希望閣, 1931~1932), 『レーニン小文庫』 시리즈(希望閣, 1931~1932) 등이 출간되었다.

34 이용범, 「김태준과 궈모뤄」, 『민족문학사연구』 56, 민족문학사학회, 2014 참조.

1943년 전시기에 부하린과 레닌을 읽었다. 이는 전통과 조선학을 매개로 국민전선 안에서 인민전선을 기획하였던 문학자가 다시금, 국제주의로 그 인식과 실천을 확장하는 과정으로 이해할 수 있다. 이때 그의 언어는 국민국가의 범위를 넘어선 장소에 존재하게 된다.

두 번째로 조선을 탈출하여 중국에 도달한 김태준과 박진홍은 팔로군 지역에 들어가기 전까지 "일본인 점령구"를 지나게 된다. 이들은 일본인 군인 및 관료와 중국의 인민들을 만나게 되는데, 「연안행」은 중국어와 일본어의 기능과 가치를 분할하여 기술하고 있다. 김태준과 박진홍은 일본어는 능숙하게 구사할 수 있었지만, 중국어는 여러 점에서 서툴렀다. 결국 그들은 일본 의상을 입고 일본군을 상대로는 "유창한 왜어로 구렁이 담넘어가듯 속여넘겼"으며(②: 186), 서툰 중국어로는 중국 인민들과는 진실을 말하였다. 김태준은 '일본어'를 권력자와 통제자, 그리고 군인의 언어로 제시하고 '거짓'의 역할을 부여하고, 중국어는 압박받는 민중이자 연대 가능한 인민의 언어로 기술하면서 '참'의 역할을 부여하였다.

세 번째로 드디어 팔로군 지역에 도달한 두 사람은 자신의 신분을 증명해야 했는데, 이때 김태준이 자신의 뜻을 제시하고 소통하였던 방법은 말이라는 음성 언어가 아니라 글이라는 서기 언어였다. 김태준이 선택한 것은 그 스스로 "언언개절言言凱切한 우국개세憂國慨世의 문자文子" 라고 고평하였던 『열하일기』에서 박지원이 "포의布衣 왕민호王民皞들과 담론談論"하던 방식이었던 한문 필담筆談이었다.[35] 그는 중국 지역에서 "언어가 능숙치 못하고 지방풍습이 서로 달"은 상황 앞에서 소통의 곤

35 김태준, 『증보 조선소설사』, 학예사, 1939, 168~169쪽.

란을 느낄 수밖에 없었다. 그럼에도 김태준은 "만년필로 조그만 조희 조각에 편지를 썼"으며(②: 191), 이를 통해 중국 인민들과 소통을 시도하였다. 그가 "노老 동지에게 서투른 글로써 뵙기를 청"하자, 중국의 노인은 "국제적 우의友宜"로 그들을 환대하였으며, 환대 속에서 본격적인 '심사'는 한문으로 진행되었다.

> 정치공작원 장중수(張中水)는 나에게 몇 가지 시문(試問)을 하였다.
>
> '1 귀국인민의 생활정형
>
> 2 귀하가 귀국에 있을 때 무었하였나
>
> 3 웨 여기 오게 되였나
>
> 4 압록강, 산해관, 넘어올 때 또는 당현(唐縣) 이가장(李家莊) 찾어오든 경로는 여하(如何).
>
> 5 이번 전쟁의 성격은? 중국이 이길가 일본이 이길가?'
>
> 나는 자세하게 한문(漢文)으로써 길다란 논문을 썼다. 전쟁은 제2차대전 — 민주주의국가와 반민주팟쇼 국가와의 전쟁 — 인 것이고, 모택동(毛澤東) 동지의 「논항일전(論抗日戰)」에서와 같이 세 개 단계를 지나서 중국이 이긴다고 단정하였다.
>
> "조선동무들도 「논항일전」을 읽는가."
>
> "조선서도 몇 해 전에 잡지 개조(改造)에 그 논문이 역재(譯載)된 것을 보았다."
>
> 장중수의 심문태도는 내가 그를 심문하는지 그가 나를 심문하는지 몰을 만큼 순종하고 친절하고 평민적이다. 거만한 관찰적 태도는 티끌만큼도 발견할 수 없었다.(②: 192~193)

1926년 경성제대 예과에 입학한 김태준은 예과 조선인 학생모임인 '문우회'의 회지로 일본어로 된 글은 실리지 않는 『문우文友』와, 예과 학우회 문예부의 회지로 조선어로 된 글은 실리지 않는 『청량淸涼』 모두에 한시와 한문 산문을 기고하였다. 또한 1928년 그는 예과 철학 강사 다카다 신지高田眞治가 도쿄제대 조교수로 임명되어 서양 유학을 떠날 때, 그와 화운시和韻詩를 주고받았으며, 1929년 6월에는 경성제대 조교수 가라시마 다케시辛島驍의 스승이자 장인으로 당시 경성제대에서 '지나문학'을 강의하기 위해 경성을 방문하였던 도쿄제대 교수 시오노야 온鹽谷溫의 한시에 차운하기도 하였다.[36] 김태준에 대해 "평소에 말이 없고 한문으로 시도 쓰고 편지도 썼다"라고 알려져 있듯, 그는 평소에도 '한문학적 전통의 실천'을 수행하였다.[37]

그리고 1944년 김태준은 팔로군 앞에서 동아시아의 전통적 서기체계인 한문으로 제2차 세계대전에 관한 자신의 의견을 논술하였다. 제2차 세계대전을 민주주의 국가와 파시즘 국가 사이의 전쟁으로 파악한 것은, 일찍이 1941년 6월 전세계 공산주의자의 당면 과제를 각국 인민들이 국제통일전선을 조직하여 파쇼에 반대하여 싸워 모든 민족의 자유와 독립을 지키는 것으로 규정한 모택동의 지시문,[38] 그리고 그보다 앞서 1940년 중국혁명의 역사적 발전 과정을 두 개의 행보로 나누고, 첫째 행보를 민주주의혁명으로 그 다음 행보를 사회주의혁명으로 이

36 이용범, 「김태준 초기 이력의 재구성과 '조선학'의 새로운 맥락들」, 윤해동·정준영 편, 『경성제국대학과 동양학 연구』, 선인, 2018, 150～156쪽; 節山生, 「京城遊記 (上)」, 『斯文』 11-8, 斯文會, 1929, p.57.

37 이충우, 『경성제국대학』, 다락원, 1980, 119쪽. '한문학적 전통의 실천'이라는 표현은 이용범, 「김태준 초기 이력의 재구성과 '조선학'의 새로운 맥락들」, 151쪽에서 빌려 왔다.

38 모택동, 김승일 역, 「반파쇼국제통일전선에 대해」(1941.6.23), 『모택동 선집』 3, 범우사, 2007, 31쪽.

해한 신민주주의론과 공명하는 것이었다.[39]

김태준이 「논항일전」이라 부른 글은 내용으로 볼 때 「지구전론」(1938.5)으로 보인다. 이 글에서 모택동은 적의 전략적 공격과 우리의 전략적 방어의 시기인 1단계에서, 적의 전략적 수비와 우리의 반격 준비의 시기인 2단계를 거쳐, 우리의 전략적 반격과 적의 전략적 퇴각의 시기인 3단계를 전망하였다. 김태준 역시 「지구전론」에 근거하여,[40] 1944년 당시 '전쟁'의 정세를 전망하였다. 흥미로운 점은 그가 모택동의 「지구전론」을 접한 경로가 제국 일본의 잡지 『개조改造』를 경유해서였다는 사실이다.

1937년 발발한 중일전쟁이 중국의 저항으로 장기화하고 전선은 교착하면서 동아시아의 재편을 지향하는 여러 담론이 생산되었다. 그중 동아협동체론은 전시의 노동운동・농민운동을 기반으로 한 사회주의 세력의 지지 위에서, 저항하는 중국에 대응하며 일본 제국주의의 자기비판과 사회주의적인 동아시아 형성을 지향한 '전시변혁'의 가능성을 연 것이었다. 동아협동체론에는 사회를 재조직함으로써 식민지/제국주의의 분쟁을 극복하고, 동아시아 전 지역에서 사회 연대를 실현하고자 하는 기획이었는데, 민족해방과 사회해방을 실현하고 다민족이 자주・협동하는 '사회적' 광역권 이념으로서 의사혁명적 성격이 있었다. 따라서 전체주의와 친근성을 지니며 국가사회주의적인 '협동체' 국가의 연합을 주창한 세력으로부터 맑스주의적인 제국주의 비판과 친근성을 지닌 좌파 세력에 이르기까지 다양한 주체들이 동아협동체론에

39 모택동, 김승일 역, 「신민주주의론」(1940.1), 『모택동 선집』 2, 범우사, 2002, 375쪽.
40 모택동, 김승일 역, 「지구전을 논함」(1938.5), 위의 책, 151쪽. 당대 「지구전론」의 맥락에 대해서는 김계일 편역, 『중국 민족해방운동과 통일전선의 역사』 2, 사계절, 1987, 30~36쪽 참조.

주목하였다. 동아협동체론은 특히 『중앙공론中央公論』과 『개조』를 주요한 발표지면으로 삼았는데, 이들 잡지는 침략하는 일본 측의 입장 뿐 아니라 저항하는 중국 측의 시각 또한 섬세하게 편집하였다. 당시 『개조』, 『중앙공론』 등의 잡지는 조선, 타이완, 중국의 논설도 게재하여 협력과 저항이 착종된 교착의 장이었고, 그 모순을 임계까지 밀어붙이며 월경과 횡단을 수행한 문화공작文化工作의 실천이 존재하였다.[41]

쇼와연구회昭和研究會의 구성원 로야마 마사마치蠟山政道의 논설로 제국주의정책을 수정・변혁하여 식민지의 개발 및 발전을 도모할 것을 주장하여 동아협동체론의 도화선이 된 「동아협동체의 이론東亞協同體の理論」(1938.11)은 『개조』에 실렸는데, 이 논설을 전후하여 같은 지면에 에드가 스노Edgar Snow와 아그네스 스메들리Agnes Smedley의 「중국공산단영수 모택동 회견기―중국 공산당의 대일정책中國共産黨領袖 毛澤東會見記―中國共産黨の對日政策」(1937.7), 모택동의 「항일유격전론抗日遊擊戰論」(1938.11) 등이 실렸으며, 「지구전론」 역시 「지구전을 논하다持久戰を論ず」(1938.10)로 소개되었다.[42]

1938년 5월 모택동이 전시기 중국 해방구解放區에서 중국어로 발표한 문건은 같은 해 10월 제국 일본의 수도에서 일본어로 번역이 되어 잡지에 실렸다. 그리고 그 잡지는 일본의 식민지 조선, 대만 등에서 두루 읽혔고, 결국 김태준은 모택동의 집필보다 크게 늦지 않은 시간에 식민지 조선의 경성에서 『개조』에 실린 일본어역 「지구전론」을 읽을

---

41 요네타니 마사후미, 조은미 역, 『아시아/일본』, 그린비, 2010, 164～181쪽; 米谷匡史, 「日中戰爭期の文化抗爭―'帝國'のメディアと文化工作のネットワーク」, 山口俊雄 編, 『日本近代文學と戰爭』, 三弥井書店, 2012, pp.181～183.

42 小林英三郎 他 編, 『雜誌『改造』の四十年』, 光和堂, 1977, pp.473・495～496. 「지구전을 논하다(持久戰を論ず)」는 『改造』 1938년 10월호의 pp.394～413에 실렸다.

수 있었다. 제국 일본과 식민지 조선의 '내부'에 있던 독자들은 동아협동체론과 모택동의 실천을 '하나의 논의의 장'에서 수행되는 것으로 이해하였고, 그에 근거하여 '외부'를 상상하면서 동아협동체론의 '내부'에서 정치적, 문화적 실천을 수행하였다.[43]

그로부터 6년이 지나 아시아태평양전쟁이 한참이던 1944년 김태준은 중국 해방구의 초입에서 좌절된 동아협동체론의 지적 유산과 일본과 중국을 가로질렀던 문화공작의 시도를 만나게 되며, 그것에 근거하여 "과거 속에서 희망의 불꽃을 점화setting alight the sparks of hope in the past"하고자 하였다.[44] 그는 일본어 잡지에서 일본어 번역으로 읽었던 모택동의 논설을 동아시아의 전통 서기체계인 한문으로 다시 쓰면서, '대항제국주의적 국제주의'[45]의 연대와 실천으로 나아갈 수 있었다. 모택동의 논설은 지리적으로는 '중국 → 일본 → 조선 → 중국'의 경로로 이동하였다. 다만, 모택동의 글은 언어의 시각에서 본다면 '중국어 →일본어 → 한문'의 경로로 이동하였다. 이 과정에서 조선인 김태준은 논설에 대한 성실한 독자이자 그것을 다시 쓰는 날카로운 비평가의 위치에 있지만, 정작 그의 모어인 조선어는 지식과 언어의 연쇄로부터 소외되어 있었다.

모택동이 쓴 「지구전론」의 일본어 번역과 동아시아 이동은 "팽창하는 제국주의의 힘은 단지 타자를 포섭해가는 것만이 아니라, 역설적으로 제

43 홍종욱 외, 「역사문제연구소 제41회 토론마당－전시기 조선 지식인의 전향」, 『역사문제연구』 28, 역사문제연구소, 2012, 372～373쪽.

44 Walter Benjamin, *On the Concept of History*(1940), https://www.marxists.org/reference/archive/benjamin/1940/history.htm(검색－2018.9.1)

45 '대항제국주의적 국제주의'는 김재용이 제안한 '반제국주의적 국제주의'를 다듬은 표현이다. 그는 계급적 연대를 봉쇄하는 내셔널리즘과 민족 문제를 외면한 프롤레타리아 국제주의와 다른 길로서 식민지 민중에 근거한 '반제국주의적 국제주의'를 김사량의 이동과 실천으로부터 추출한다. 김재용, 「김사량과 중국」, 김재용 · 이해영 편, 『한국 근대문학과 중국』, 소명출판, 2016, 33～35쪽 참조.

국주의에 저항하는 통국가적인 힘을 생산"할 수 있다는 하나의 사례를 보여주면서도,[46] 동아시아 대항제국주의 사상 및 실천의 연쇄에서 조선어가 누락된 상황을 여실히 보여준다. 이는 조선의 식민지성과 조선 지식인의 말하기 및 글쓰기가 마주한 곤경을 드러내는 명징한 사례이다.[47]

네 번째 단계는 팔로군과 함께 '종군'하던 시기의 언어 상황이다. 김태준과 박진홍을 비롯한 조선의용군은 팔로군으로부터 "뜨거운 국제적 동지애"를 느낄 수 있었다. 팔로군은 조선의용군이 후일 "조선에 돌아가서 중대한 역할을 할 사람들이니 스사로 몸을 아꼈고 공부만하라, 전투가 있을 때엔 잘 피신해서 희생이 없게 하고 확실히 정세가 유리할 때엔 참가해서 전투의 견학을 해도 좋다"(③ : 107)는 배려를 베풀기도 하였다. 팔로군의 국제주의적 연대 아래서, 김태준과 박진홍은 '꿰이즈鬼子', '부파不怕' 등 비로소 일상적인 중국어로 중국인들과 소통하고 연대하였으며, 팔로군이 중국어 도서 "스타린斯大林 전집, 모택동전집을 열독"(③ : 99)하는 것을 유심히 살폈다. 흥미로운 점은 국제주의적 연대 아래서, 애초에 통・번역 불가능성을 염두에 둔 언어적 실천이 몇 번 등장한다는 점이다.

> 학생들은 이국의 진객(珍客)을 위해서 중국의 고무(古舞) 유희(遊戲) 등을 출연하고 최후에 장중수(張中水)가 나더러 조선말로 조선사정(朝鮮事情)을 보고해 달라는 것이다.

---

46 米谷匡史, 앞의 글, p.183.

47 근대 이후 일본에서, 혹은 중국에서 발신한 (동)아시아론에서도 발견할 수 있는 문제이다. (동)아시아론에서 식민지 조선 혹은 한국의 경험이나 위치는 누락되어 있었다. 이 점에 대한 문제의식은 윤대석, 「가라시마 다케시[辛島驍]의 중국 현대문학 연구와 조선」, 『구보학보』 13, 구보학회, 2015 참조.

> 나는 간단하게 조선사정 — 왜놈이 어떻게 조선을 압박하고 있는가 — 에 대해서 말했다. 그야말로 소귀에 경읽기 같으나 영문 몰으는 중국사람들은 이 진객의 입놀리는 것을 이상스럽게 보고 껄々 대소(大笑)하였다. 장중수는 나의 승낙을 맡은 후 전날 밤에 심사 때에 써준『조선사정』일문(一文)을 풀어 서 설명해주니 청중들은 광희(狂喜)하였다.
> 농민들은 최후에 우리들의 노래를 요청하니 P가 적기가, 애국가를 불렀다.
> 동해물과 백두산이 말으고 달토록
> 수천년의 오랜 역사 골육에 흘은다.(②: 194~195)

해방구에서 김태준과 박진홍을 맞아준 중국인들은 그들에게 '조선말'로 '조선사정'을 보고해 달라고 요청하였다. 김태준의 조선어 보고는 중국인들로서는 전혀 알아들을 수 없는 것이었고, 뜻 없는 음성으로만 전달되는 것이었다. 그럼에도 김태준과 박진홍, 그리고 팔로군들은 그 '소리'를 들으며 즐거워하였다. 통역을 통한 최소한의 의미 전달을 제외한다면, 김태준의 조선어 수행은 음성 자체로서만 존재하는 언어였다. 그리고 김태준과 박진홍은 중국 팔로군의 요청으로 노래를 불렀다. 박진홍이 부른 〈적기가〉는 독일민요가 아일랜드 노동당의 당가를 거쳐, 1930년대 동아시아에 전래된 노래였다. 팔로군은 익숙한 음률과 번역 불가능한 가사를 함께 들었을 것이다. 또한 박진홍이 〈올드랭사인Auld Lang Syne〉에 맞추어 불렀을 〈애국가〉 역시 같은 효과를 나타냈을 것이다.[48] 이후 팔로군의 이동에 조선의용군이 함께 움직이는 형식을

48 1931년 3월 9일 김태준은 경성제대를 졸업하고, 4월 10일 명륜학원 강사로 임용된 후, 명륜학원 하계 휴업을 이용하여 6월 북경으로 떠난다. 이 때 그는 김구경, 위건공(魏建功), 강소원(江召原), 주작인(周作人) 등과 대화를 나누며, 지인 화보(華甫)가 교장으로 있는 신선호동(新鮮胡同) 제3소학을 찾아가서 아이들이 부르는 중국 국가를 듣고, 일

취하게 됨으로써, 김태준과 박진홍은 비로소 조선어로 대화할 조선인들을 만나게 되며, 조선어로 쓰인 벽보를 발견하게 된다. 연안에서 그들은 다수어 중국어에 병존하는 소수어 조선어를 만나게 된다.

1944년 11월에 출발한 김태준의 '연안행'은 동아시아의 여러 언어를 횡단하는 과정으로 읽을 수 있다. 조선어학회 사건 2년 후에 그 여정이 시작되었다는 점에서, 김태준이 마주한 태평양전쟁기 담론 공간에서 조선어는 비가시화되어 있었다. 김태준은 조선에서 공동전선의 토대였던 조선어로부터 거리를 두고, 일본어로 간행된 사회주의 지식과 접하였다. 이후 조선을 탈출하면서 김태준과 박진홍은 일본어와 중국어가 병존하는 지역을 통과하는데, 이때 그들은 거짓과 기만의 일본어와 진실과 연대의 중국어라는 대립적이고 이분법적인 언어 수행을 보여주었다. 이후 팔로군을 만나면서, 그는 일본잡지에서 일본어로 읽은 모택동의 글을 동아시아 서기체계인 한문으로 다시 쓴다. 이는 좌절된 동아협동체론의 기획과 실천을 재점화하여 '대항제국주의적 국제주의'의 가능성을 수행하는 것이었다.

'연안행'의 과정을 통해 김태준은 소리 없이 의미만 전달되는 서기書記의 묵어默語로부터 의미 없이 소리만 전달되는 음향音響에 이르기까지 다양한 층위의 언어를 경험하고 수행하였다. 그런데 그의 '연안행'에서 조선어는 중국어와 일본어의 '망령'으로 존재하고 있었다.[49] 제국 일본

본 노래를 불러달라는 요청을 받는다. 이때 그는 〈기미가요[君が代]〉를 부르지만 아이들의 반응은 시큰둥하였고, 그는 만주에서 불린 독립군가의 한 절을 부르고 결국 〈아리랑〉을 부르니 청중은 '깔깔대소'하였다. 이용범, 「김태준 초기 이력의 재구성과 '조선학'의 새로운 맥락들」, 윤해동 · 정준영 편, 『경성제국대학과 동양학 연구』, 선인, 2018, 156~178쪽 참조.

49 사카이 나오키 · 니시타니 오사무, 차승기 · 홍종욱 역, 『세계사의 해체』, 역사비평사, 2009, 133쪽. 니시타니 오사무가 언급한 식민지의 크레올어가 가지는 '망령'이라는 개념

의 담론 공간에서 조선어는 금지되어 발화될 수 없거나 혹은 지식의 연쇄로부터 소외되어 있었다. 김태준은 중국어, 일본어, 한문을 횡단하면서 의사소통을 하였으나, 조선어는 그의 마음 속에서 항상 사회주의를 재현하는 진리언어인 일본어와 중국어의 '음화陰畵'로서만 존재하였다. 그리고 파시즘에 대항하는 공동전선과 국제주의의 따뜻한 동지애 속에서 비로소 조선어는 최소한의 소통 가능성을 얻게 된다.

그런데 김태준이 돌아온 해방공간의 조선은 정확한 언어의 번역이 요청되는 시기, 혹은 그렇기 때문에 역설적으로 번역이 가장 의심을 받던 시기였다.[50] 가령 김태준이 박헌영을 수행하여 평양을 다녀온 직후 박헌영은 자칭 『뉴욕타임즈』 특파원인 존스톤과의 인터뷰에서의 '조선의 소련편입' 발언으로 인해 1946년 1월 내내 곤혹을 치러야 했다. 당대 신탁통치에 대한 조선 민중의 반감 속에서 박헌영은 곤란을 겪었는데, 이때 존스톤은 자신의 주장을 옹호하기 위해 "박씨와 나와는 영어로 말하였으니 당신네들은 몰랐을 것이오"[51]라고 언급하기도 하였다. 해방공간은 동아시아의 여러 언어가 영어와 소련어라는 양극의 권력 속에서 그 위치가 재편되는 시기였고, 또한 그것의 정확한 통·번역이 요청되는 시기였다. 또한 1946년 4월 17일 조선공산당 창립 21주년 기념식에서 〈애국가〉를 제창하는데, 이것은 조선어를 알아듣지 못한 중국인들 앞에서 박진홍이 불렀던 〈애국가〉와는 전혀 다른 발화의 맥락에 놓여 있었다.[52] 앞서 보았듯, 김태준을 비롯한 이들은 '파시즘'과 '민주주의'의

을 참조하였다.

50 냉전과 통역 체제의 성격에 관해서는 조은애, 「통역/번역되는 냉전의 언어와 영문학자의 위치—1945~1953년, 설정식의 경우를 중심으로」, 『한국문학연구』 45, 동국대 한국문학연구소, 2013 참조.

51 임경석, 『이정 박헌영 일대기』, 역사비평사, 2003, 274쪽.

52 위의 책, 317쪽.

대결이라는 인식틀로 해방전후의 연속성을 가늠하고 있었으나, 언어 경험이라는 측면에서는 해방전후의 불연속성이 있었다. 그리고 「연안행」은 해방공간 당대에 이미 망각되기 시작한 전시기 동아시아 언어의 복합적인 상황과 연대 및 소통의 가능성을 증언하고 재현하였다.

4. 문학의 위치와 아포리아—이성과 감성, 지식(인)과 민중

연안행을 준비하면서 김태준은 자신이 10년 동안 수집한 역사 및 문학의 자료와 고서를 '양심적인 부호' 홍 씨에게 넘기고, 그 대금인 2만 원으로 자신의 탈출 경비를 마련하였다. 김태준과 박진홍은 탈출 과정에서 책을 소지할 수 없었고, 이 점에서 그들은 기존의 지식과 문학과 단절된 상태에서 이동을 실천하였다. 연안행을 통해 그들은 자신의 지식의 위치와 그 아포리아를 점검할 두 가지 경험을 만나게 된다. 하나는 지식과 감정의 관계에 대한 재발견이었고, 또 한 가지는 지식인과 민중의 관계에 대한 재발견이었다.

지식과 감정의 관계는 김태준과 박진홍, 두 사람의 대화로부터 발견할 수 있다. 아무 책을 휴대하지 못한 채 국경을 건넜기에 김태준과 박진홍은 이전의 독서에 대한 기억에 의지하여 그 지식을 거듭 저작咀嚼하였다. 이때 그들의 독서 경험은 동서고금의 것을 포괄하였다. 가령 김태준은 산해관을 통과하자 "오자서伍子胥가 소관韶關 통과하노라고 하로밤에 백발白髮이 되었다는 열국지 고사"를 떠올려 그것을 박진홍에게 들려주기도 하였다(②: 186).

봉천역을 떠날 때는 홍C가 전송해주었다. 홍C는 맑은 맵시에 순수한 도령님이다. 그는 우리 부부의 밀월여행을 여행형태로서는 최대의 '로만티시즘'이라고 희롱하였다. 그는 가장 문학을 조와하였다. 나의 안해 P와는 문학작품 속에 나타난 애국자 망명객 이야기를 장시간 계속하고 있었다. P는 틀게네프의 『전날밤』에 나오는 여주인공이 망명청년을 사랑하다가 그 청년의 조국 불가리아에 몸을 바치든 이야기며 큐리 부인 이야기를 자미스럽게 전개하는 것이다.(②: 182~183)

봉천을 떠날 무렵 박진홍은 전혀 다른 맥락에서 생산되고 읽힌 두 가지 이야기를 동시에 언급하는데, 하나는 퀴리 부인에 관한 이야기이며 또 하나는 투르게네프의 『그 전날 밤』이었다. 당시 총독부의 문화정책에 따라 식민지 조선의 학교에서는 전쟁담, 위인전, 영웅전 등이 권장되었으며, 퀴리 부인의 전기 또한 그중의 한 권이었다. 일본에서 출간된 『キユリ婦人傳(퀴리부인전)』은 연전 출신 의사인 김명선으로부터, 기생 출신 인기가수 왕수복을 거쳐 여학교 학생에 이르기까지 식민지 조선의 여성 독자들에게 큰 반향을 불러 일으켰으며, 또한 춘성 노자영은 펄 벅의 『대지』와 에바 퀴리의 『퀴리 부인』 등을 한데 묶어 『금색의 태양』이라는 제목으로 번역하여 출간하기도 하였다. 퀴리 부인의 전기는 '직분충실 → 고난극복 → 조국봉사'의 서사로 구성되는데, 퀴리 부인은 러시아 통치하의 폴란드에서 연구를 위해 프랑스로 이주한 인물이었다. 따라서 프랑스에서는 그를 이민자로, 일본에서는 직분에 충실한 '국민'으로, 조선에서는 '식민지인'으로 각기 다른 방식으로 이해하였다.[53] 전시기 식민지 조선의 독자들은 퀴리 부인에 약소민족의 설움을 겹쳐 읽으며, 그가 프랑스로 옮겨가 과학이라는 보편의 이념

을 현실화하는 과정에 주목하였다. 박진홍 또한 퀴리 부인의 '월경'에 주목하였다.

투르게네프의 『그 전날 밤』의 등장하는 러시아 여성 엘레나는 터키의 지배하에 있던 불가리아의 청년 인사로프를 사랑하여, 결국 그가 유명을 달리하자 인사로프의 조국인 불가리아 해방을 위해 일생의 노력을 다할 것을 다짐한다. 서로의 마음을 확인하는 순간에 인사로프는 자신이 조만간 러시아를 떠나 "머나먼 타역他域"에 갈 것을 말했고 엘레나는 "당신의 하시자는일이면 죽는데싸지라도" 따르겠다고 고백하였다.[54] 특히 이 소설은 1924년 포석 조명희가 번역하여 신문에 연재하였고, 1925년 박문서관에서 단행본으로 출간되어 당대 독자와 문학자들에게 큰 반향을 일으켰으며, 조명희가 『낙동강』을 창작하는데도 큰 영감을 주었다.[55] 『그 전날 밤』은 사랑과 식민지의 해방을 위해 국경을 넘는 이야기였고, 그 소설의 번역자인 조명희 역시 해방을 위해 국경을 넘은 인물이었다는 점에서, 문학이라는 지식의 현장성과 낭만성은 더욱 강조되었다.[56] 박진홍은 자신들의 월경에 퀴리 부인의 이야기와 투르게네프, 그리고 조명희를 겹침으로써, 식민지의 경계 넘기와 사랑을 겹쳐 읽었고 그것으로 위로를 삼고 힘을 얻고 있었다.

---

53 김성연, 「'새로운 신' 과학에 올라탄 제국과 식민의 동상이몽 – 퀴리 부인 전기의 소설화를 중심으로」, 『현대문학의 연구』 44, 한국문학연구학회, 2011; 박진영, 「한국 최초의 세계문학 전집 기획 (2) – 세계문학전집을 광고하다」, http://bookgram.pe.kr/120169211286 (검색 – 2018.9.1)

54 조명희, 『그 전날 밤』, 박문서관, 1925, 155쪽.

55 손성준, 「조명희 소설의 외래적 원천과 그 변용」, 『국제어문』 62, 국제어문학회, 2014 참조.

56 조명희는 1938년 일본 스파이의 누명을 쓰고 처형되지만, 1946년 당시 조선에는 그 소식이 알려지지 않았다. 『문학』 2호의 권두 광고 중에는 건설출판사의 『낙동강』 광고가 있다. "18년 전에 조선을 떠날 적에 남기고 간 – 그 당시에도 찬양을 많이 받은 걸작들로 나오자 바로 발금되었던 걸작이다"라고 소개되어 있다. 조명희는 식민지 해방을 위해 조국을 떠난 작가의 대표적인 사례로 기억되었다.

이날 또 한가지 불행은 나와 P사이에 일대논쟁이 일어난 것이다. 논쟁의 경과는 이렇다. P가 영국황제의 심푸신 부인 사랑한 것을 극도로 예찬한 남아지, 그것을 마치 P는 내가 너머도 이지적이여서 애정의 세계를 이해못 한다고 야유하는 것같이 들렸기 때문에 나는 P의 연애지상주의에 일격을 가하자 P는 나에게 적당한 비례로 이지와 감정이 그리고 도덕과 애정이 계급적으로 통일된 부부생활이 아니면 참다운 부부생활이라고 할 수 없는 것이고, 적어도 P의 요구하는 나는 좀 더 풍부한 정서가 없으면 안 된다는 것이다. 그러면서 나의 봉건적 이념에 사로잡힌 생활과 표정의 결핍이 P에게 접수되지 않는다는 것을 말했다.(③ : 99)

김태준이 여정 곳곳에서 이지적인 태도를 견지한 것을 염두에 둔다면,[57] 「연안행」에서 김태준과 박진홍는 이지와 감정 혹은 도덕과 애정의 대립을 분유分有하며, 양자의 긴장을 제시하고 있다고 이해할 수 있다. 그리고 박진홍이 주장하는 감정과 애정을 통해, 김태준이 추구하는 이념과 이지는 비로소 '생활'과 '표정'을 얻을 수 있게 된다. 물론 위의 인용에서 양자의 통일은 이상적인 부부생활이라는 맥락에서 등장하지만, 이성과 감정의 긴장과 그것을 자원으로 삼은 새로운 삶의 기획과 실천이 부부생활에 한정되는 원리는 아닐 것이다. 이들은 일상과 실천을 혁명의 자원으로 삼을 가능성에 대해 탐색하였다.[58]

---

57 이해영, 『청년 김학철과 그의 시대』, 역락, 2006, 99~106쪽.

58 E. P. 톰슨, 변영출 역, 『이론의 빈곤』, 책세상, 2013, 111쪽. 1930년대 중반 임화는 관조주의로부터 고차적 리얼리즘으로 발전하기 위한 일 계기로서 낭만주의론을 요청하였다. 또한 자신이 주장한 "리얼리즘이란 결코 주관주의자의 무고처럼 사화(死化)한 객관주의가 아니라 객관적 인식에서 비롯하여 실천에 있어 자기를 증명하고 다시 객관적 현실 그것을 개변해가는 주체화(主體化)의 대규모적 방법을 완성하는 문학적 경향"이라고 역설하였다. 임화, 「사실주의의 재인식」(『동아일보』, 1937.10.8~14), 임화문학예술전

'연안행'에서 발견할 수 있는 또다른 논점은 지식(인)과 민중의 관계, 그리고 이를 통해 문학이라는 근대지식의 위치를 재조정하는 문제이다. 김태준이 만난 최초의 팔로군은 그를 심문한 장중수張中水였다. 이방에서 온 조선인들을 무척 살뜰히 살폈던 그는 "사년간 민병으로서 실천에서 훈련된 사람으로 별로 학교 교육도 못받었"던 사람이었다. 하지만 "그 명랑한 성격, 불타는 학습열이 오늘날의 그를 일우게 한 것"이었다고 김태준은 평하였다. '홍군에 입대한 후 비로소 글을 읽고 쓰는 법을 배운 소년과의 만남'은 에드가 스노우도 인상적으로 서술하였듯, 홍군에 대한 존중에 근건한 전형적인 재현 중 하나였다.[59] 제도적인 학교 교육을 받지 않고, 앎과 삶, 곧 지식과 실천을 일치시킨 장중수로부터 김태준은 상당히 강렬한 인상을 받는다. 이것은 그와 함께 가고 있던 조선의용대에 대한 그의 불만과도 표리를 이루는 것이었다.

> 우리 대오 가운데 두 가지 조류가 있다. 하나는 학병(學兵) 출신. 책상물림 데리[sic－인테리]님들이 일반적으로 자고자대(自高自大)하고 농민 출신을 깔보고 학문을 좋아하고 이론만을 내세우는 버릇이 있고 하나는 학교 교육 받지 못한 농민 출신 동무들인대 그들의 개중에는 이론을 '주동이만 까는 것'라고 비웃고 배우는 것을 시기하는 경향이 있다. 김봉(金奉)을 미워하는 주철(朱鐵)의 심리는 이 표현인 것이다. 혁명적 이론을 떠나서 혁명적 실천이 있을 수 없고, 혁명적 실천을 떠나서 혁명적 이론이 있을 수 없으니 노농출신이니 테인리[sic-인테리] 출신이니 할 것 없이 이론과 실천의 통일, 사상과 생활과 행동의 통일, 지행합일이 되지 않으면 않될 것이라 하였다.(③: 106~107)

집 편찬위원회 편, 『임화문학예술전집』 3(문학의 논리), 소명출판, 2009, 84쪽.

59 에드가 스노우, 신홍범 역, 『중국의 붉은 별』, 두레, 1985, 73~74쪽.

연안으로 탈출하기 전 김태준은 조선역사와 조선문학 서적을 잠시 서랍 안에 봉하면서, 자신의 조선학 연구가 조선 민중의 아우성과 거리가 있음에 괴로워하였다. 지식과 민중의 삶이 소외된 문제는, 김태준 홀로 발견한 문제가 아니었다. 비서구 동아시아에서 맑스주의의 수용은 지식인을 중심으로 시작되었고, 이것은 지식인과 민중의 사이에 지식과 실천의 균열을 배태하였다. 모택동 역시 이 문제를 고민하고 있었으며, 그가 「신민주주의론」에서 이중적인 문화정책을 기획한 것은 이 때문이었다. 그는 문화인, 청년, 학생 등 도시 소부르주아의 적극적인 실천을 요청하되, 그들의 실천이 무산계급을 대표하는 당에 의해 점검되도록 하였다.[60] 또한 「연안 문예 강화」에서 모택동은 "많은 문학예술 일꾼이 대중과 유리되어 있고 생활이 공허하기 때문에 자연히 인민의 말에 익숙하지 않다. 따라서 그들의 작품은 말이 진부할 뿐만 아니라, 거기에는 종종 억지로 만들어 낸, 인민의 말과 대립되는, 영문을 알 수 없는 어구들이 섞여 있다. 많은 동지가 '대중화'에 대해 말하길 좋아하는데, 대중화란 무엇인가? 그것은 즉 우리의 문학예술 일꾼들의 사상 · 감정과 하나로 융합되는 것이다. 그리고 하나로 융합되려면 대중의 말을 진지하게 배워야 한다"라고 주장하였다.[61]

비서구 맑스주의 지식의 위치라는 역사적이며 규제적인 조건 앞에서 김태준은 이론과 실천, 그리고 사상과 생활의 통일이라는 문제틀을 구성하였다. 그리고 그러한 요청과 반성은 그가 최초로 만난 팔로군, 곧 무학無學이었으나 불타는 학습열을 가졌던 한 팔로군 병사로부터 계

60 丸川哲史, 『魯迅と毛澤東』, 以文社, 2010, pp.134~150. 모택동 역시 듣는 이의 지적 배경과 문식성을 고려하여 정확한 수사와 표현을 사용하였다. 위의 책, p.147.

61 모택동, 김승일 역, 「연안 문예 좌담회에서의 강연」(1942.5), 『모택동 선집』 3, 범우사, 2007, 81쪽.

기를 발견한 것이었다. 김태준의 기획은 문학이라는 지식의 위치 자체의 재조정을 요청하게 된다.

김태준은 '연안행'을 통해 이성과 감성의 관계, 그리고 지식(인)과 대중의 관계라는 문학의 근본적인 질문에 도달하였다. 이 두 가지 근본적인 질문은 조선학과 관련된 서적을 상자에 봉한 김태준의 고민에 닿아있지만, 좀 더 시기를 거슬러 올라가자면, 1920~1930년대 프로문학이 활발히 창작되던 와중에 제출되었던 문학사적인 자기 성찰에 닿기도 하다. 식민지 조선에서 사회주의는 외래의 지식으로 수용된 이래, 송영과 임화를 비롯한 문학자들은 감성과 이성, 앎과 실천의 거리를 인식하였고, 또한 김기진과 비평가들은 문학의 대중화 문제를 고민하면서 가능한 문화적 실천을 기획하였다.[62] 카프 해소 이전 프로문학자들의 문학사적 고민은, 전형기를 넘어 김태준과 박진홍이 '연안'으로 가는 도중에서 다시금 질문되고 있었다.

5. 결론 – 식민지 민중에 근거한 '대항제국주의적 국제주의'

결국 「연안행」은 완결되지 못하였고 김태준과 박진홍이 연안에서 무엇을 보았고 어떤 활동을 했는지에 대한 증언을 담지 못하였다. 따

62 차승기, 「프롤레타리아 문학과 대중화」, 『한국학연구』 37, 인하대 한국학연구소, 2015; 최병구, 「본성, 폭력, 사랑–정념의 서사로서 프로문학의 조건(들)」, 『한국어문학연구』 61, 한국어문학연구회, 2013; 손유경, 「임화의 유물론적 사유에 나타나는 주체의 위치(position)」, 『한국현대문학연구』 24, 한국현대문학회, 2008; 신두원, 「임화의 현실주의론 연구」, 서울대 석사논문, 1991 등 참조.

라서 「연안행」을 하나의 완결적인 작품으로 간주하기 보다는, 그 부분 부분이 포함하고 있는 다양한 사유의 가능성에 주목하고 그 의미를 보다 적극적으로 읽어줄 필요가 있다. 앞에서 보았듯 「연안행」은 태평양전쟁기에 열린 동아시아의 복합적인 언어 공간에 대한 경험과 문학이라는 지식의 위치에 대한 근본적 성찰을 담고 있다.

김태준에게 해방공간은 '망령'으로 존재했던 조선어문(학)이 활성화되는 공간이자, 문학이라는 근대지식의 탈구축을 기도할 수 있는 공간이었다. 「연안행」의 첫 회분이 실린 조선문학가동맹의 기관지 『문학』 1호에는 「제1회 문학자대회결정서」와 서기국이 작성한 「조선문학가동맹운동사업개황보고」가 함께 게재되어 있다. 보고서는 1945년 8월 15일 이후에 개최한 문예강연회로부터 조선전국문학자대회의 결의와 조선문학가동맹의 성립에까지 이어지는 일련의 문학운동과 조직적 실천이 '민주주의 원칙에 따라 완성성립'되었음을 힘써 강조하였으며, 민주주의 국가의 건설 과정에서 조선문학의 자유스럽고 건전한 발전을 위하여 ① 일본제국주의 잔재의 소탕, ② 봉건주의잔재의 청산, ③ 국수주의의 배격, ④ 민족문학의 건설, ⑤ 조선문학의 국제문학과의 제첩提携을 기본강령으로 천명하였다.[63]

조선문학가동맹의 진보적인 민족문학이 '국수주의'로부터 스스로의 거리를 두고 있음도 눈여겨볼 대목이지만, ④ 민족문학의 건설에 더해 ⑤국제문학과의 관련을 제안하고 있다는 점 또한 누락할 수 없을 것이다. 그동안 해방공간 조선문학가동맹의 민족문학론은 '나라 만들기'라는 일국적 관점에서 이해되었다. 이는 『문학』 1호의 여러 평론이

63 서기국, 「조선문학가동맹운동사업개황보고」, 『문학』, 1946.7, 147~148쪽.

'민족문학'이라는 논제를 가지고 있다는 점에서 착안한 것이다. 하지만 민족문학과 세계문학과의 관련이라는 문제는 또다른 문제를 제기한다. 그것은 멀리는 1930년대 중반 카프 해산 이후 사회주의 문학자들이 마주한 전형기轉形期의 첫 논제가 국제적인 것과 민족적인 것 사이의 관계였다는 점을 떠올릴 수도 있을 것이며,[64] 가까이는 제2차 세계대전을 반파시즘 국가와 민주주의 국가들의 대립으로 이해하고, 반파시즘의 전선戰線에 섰던 지식인들의 공통기억에 기반하고 있었다.

그리고 무엇보다 조선에서 출발하여 연안을 향해 국경을 넘어간 김태준의 '연안행'이 '대항제국주의적 국제주의'의 가능성과 실천의 예를 보여주었다. 「연안행」이 실린 『문학』 제1호는 조선문학가동맹의 '민족문학'론이 내포하고 있는 동아시아적 계기를 포함하고 있다. 이명선이 중국 신문학혁명에 대한 글을 기고하였으며, 김사량과 마찬가지로 태항산에서 투쟁의 경험을 가진 김학철 역시 소설을 기고하였다. 김학철의 생애사에서 그가 조선 반도 안에서 활동하였던 것은 해방공간이 유일하였다.[65] 조선문학가동맹의 '민족문학'을 동아시아적 맥락에서 재고하는 문제는 이후의 과제로 삼고자 한다. 그러한 과제를 염두에 두면서, 이 글에서는 해방공간 김태준의 문화적 실천이 그 자신이 '연안행'에서 성찰한 바와 밀접하게 연관되어 있음을 간략히 살펴보고자 한다.

---

64 1934년 임화는 언어에 주목하여, '민족적인 것'을 통해 '진정한 국제적인 것'이 실현할 조건을 탐색하였다. 김재용, 「임화의 이식문학론과 조선적 특수성의 명암」(『문예연구』, 1999.6), 문학과사상연구회, 『임화 문학의 재인식』, 소명출판, 2004 참조.

65 해방공간 김학철은 홍명희를 만나기도 하였다. 이때 김학철은 『임꺽정』이 어떻게 맺어지는지 홍명희에게 질문하였는데, 홍명희는 황천왕동이가 나중에 중국에서 황제가 된다고 대답했다고 한다(강영주, 『통일시대의 고전 『임꺽정』 연구』, 사계절, 2015, 62쪽). 홍명희가 김학철이 중국에서 왔다는 점을 감안하여 농담을 한 것일 수도 있지만, 동아시아라는 지역범주를 사유하였던 당대 문인들의 사고방식의 일단을 보여주는 사례라고 생각할 수 있다.

> 카프 10년간의 성과는 컸었다. (…중략…) 그러나 당시 작품의 일반적 특징은 당시의 문예노선이 당시의 정치노선에 배합되어 있었던 만큼 좌경적 오류를 범하고 있었고 또 그 집필자들이 모두 전문대학을 졸업한 창백한 고급 인텔리들이었기 때문에 그 생각은 민중적 입장에 서지 못하고 그 표현은 대상을 파악하지 못하고 숙련되지 못했기 때문에 모처럼 민중에게 알리기 위하여, 인민의 이익을 위하여 쓴 글도 민중은 읽어보지 못하고 말았다. 그래서 카프의 반역자들로 하여금 '얻은 것은 이데오로기요 잃은 것은 예술이다'라는 구실을 주게 되었던 것이다. 우리는 모든 문학인들에게 외친다. 대중 속으로 들어가자고, 몸소 대중의 일원이 되어 그 생활을 실천하고 그 감정과 의식을 바로잡고 그 언어를 배우지 않고는 대중을 위한 문학자가 될 수 없다. 우리는 이 점에서 카프문학을 비판적으로 섭취해야 할 것이다. 우리는 이제 온갖 과거의 문학유산을 재검토하여 계승하여야할 엄정한 시기에 당면하고 있다. 중국 최근의 작가들이 삼국지, 수호지, 열국지, 악무목전(岳武穆傳) 같은 고대 소설 속에서 현재의 정치사정에 비치여 가장 계몽하기 적절하다고 보는 항목을 떼서 삼타주가장(三打朱家莊), 진회(秦檜), 장의(張儀), 조원(弔原) 같은 각본을 써서 '구형식에 신내용이라'는 새로운 시험을 하는 것도 한 개의 묘안이다.[66]

'제1회 조선전국문학자대회'에서 김태준은 「문학예술의 정당한 계승방법」을 보고하면서, 그가 중국 연안에서 보았던 작가들의 문학적 실험을 기록하였다. 그는 프로문학이 민중과 괴리되었다는 것에 대한 문학사적 반성을 시도하고 있다. 그리고 그가 제안하는 것은 '구형식에 신내

66 김태준, 「문학예술의 정당한 계승방법」, 조선문학가동맹 중앙집행위원회 서기국, 『건설기의 조선문학』, 백양당, 1946, 134~135쪽.

용'이라는 그 이전 근대문학으로서 한국 근대문학이 가져보지 못한 "새로운 시험"이었다. 물론 '구형식'을 강조했다는 점에서 과거의 문학을 요청한 것은 아닌가 의심이 드는 것도 사실이다. 하지만 '서구적/외래적 형식Western/Foreign Form'과 '지역적인 원료/현실Local materials/Reality'의 결합이 근대소설의 '전형적인' 발생the 'typical' rise of the novel이라는 점을 감안한다면,[67] 김태준의 보고는 근대문학의 외부를 요청하는 것으로 적극적으로 이해할 수 있다. 일찍이 김태준은 한문학의 혁신과 국문문학의 발전이 교차하는 지점에 박지원의 『열하일기』를 배치하고, 그 혁신성과 문학사적 의미에 주목한 바 있다.[68] 그에게 근대문학으로서 '민족문학'의 이념은 자기동일성을 유지하고 그것에 안주하고 유지하는 것이기 보다는, 외부의 실재와 대면함으로써 자기부정의 운동성을 가진 것이었다. 1930년대 중반 김태준이 중국 신문학을 참조하여 한국 근대문학을 논의하고자 하였다면, 해방공간에서 김태준이 근대문학의 외부를 요청한 계기이자 '근거지'[69]는 다름이 아니라 그가 '연안행'에서 발견한 민중이었다.

해방공간 박진홍의 실천 또한 '민중'의 현실과 조건을 적극적으로 성찰한 기반 위에서 수행되었다. 1945년 박헌영의 「8월 테제」가 제안한 계급투쟁의 일익으로서 여성운동의 기획은 이념의 정당성을 성취한

67 Franco Moretti, *Distant Reading*, Verso, 2013, pp.52~54.

68 류준필, 「식민지 아카데미즘의 '조선문학사' 인식과 그 지정학적 함의」, 『한국학연구』 32, 인하대 한국학연구소, 2014, 121~122쪽.

69 근거지의 개념은 다케우치 요시미의 개념을 참조하였다. 그는 '적은 강대하며 나는 약소하다'라는 인식과 '나는 불패이다'라는 확신이 모순의 조합을 이룬 것이 모택동 사상의 근본이자 원동력으로 보았다. 그리고 그러한 사상이 현실화된 장소로서 '근거지'를 이해하였다. 그는 '근거지'를 "상대하는 힘들이 균형을 추구하며 움직이는 장(場)"으로 이해하였으며, 스스로의 에네르기로 자생하며 외부와 충돌하며 운동하는 것으로 보았다. 이때 근거지는 세계적 규모와 민족적 규모로도 존재하지만, 궁극의 장은 개인에 위치하게 된다. 다케우치 요시미, 「『평전 마오쩌뚱』(초록)」(1951), 마루카와 데쓰시 외편, 윤여일 역, 『다케우치 요시미 선집』 2, 휴머니스트, 2011, 275~286쪽.

것이었지만, 당시 여성의 문맹률이 높았다는 점을 충분히 고려하지 못한 한계가 있었고, 그 결과 '계몽'이라는 문제를 누락하였다.[70] 하지만 1946년 박진홍은 봉건인습에서 벗어나서 남녀평등을 이룩하기 위해서는 경제적 권리의 획득뿐 아니라, 여성이 스스로 '민주주의적 교양'을 갖추어야 한다고 주장하였다.[71] '민중'이라는 계기를 통해 근대문학의 위치를 재조정하고자 한 김태준의 기획과 여성의 현실로부터 여성 운동의 방향을 재조정한 박진홍의 제안에는 이성과 감성, 그리고 지식과 민중의 관계를 재조정하였던 '연안행'의 경험이 관류하고 있었다. 이 점에서 김태준이 '연안행'의 결과로서 도달한 결론은 식민지 민중의 삶에 근거한 '대항제국주의적 국제주의'과 그에 근거한 근대(문학)의 탈구축이라는 과제라 할 수 있다.

하지만 조선문학가동맹의 '대중화'론과 몇몇 문학자들의 실천을 제외한다면 그러한 문화적 실천은 충분히 현실화되지 못하였으며,[72] 김태

70 김남식, 「박헌영과 8월 테제」, 임종국 외, 『해방전후사의 인식』 2, 한길사, 2012, 144쪽.

71 박진홍, 「민주주의와 부인」, 『민주주의십이강』, 문우인서관, 1946, 64~66쪽.

72 '민중'이라는 계기로 해방공간 조선문학가동맹의 기획과 실천을 재고하는 것은 추후의 과제이다. 젠더와 문식성(文識性)이라는 시각에서 엄흥섭을 재론한 김윤진의 앞의 글은 그러한 연구의 한 가능성을 보여주었다. 또한 해방공간 임화의 사상에서 현실을 변화시키는 원동력으로서 '인민'의 존재는 표면적으로 크게 부각되지는 않으나, 전체 사상의 숨겨진 주춧돌 역할을 수행하였다. 나아가 김태준의 「민주주의와 문화」와 걸음을 함께 하며 임화는 "민족형성의 기초인 이 인민전선에 있어 노동계급의 이념은 모든 인민이 자각적으로 결합되는 매개자"라는 논리를 제시하며, 민족문학론을 통해 근대성의 성취와 근대 극복을 동시에 요청하였다. 임화, 「민족문학의 이념과 문학운동의 사상적 통일을 위하여」(『문학』 3, 1947.4), 임화문화예술전집 편찬위원회 편, 『임화문학예술전집』 5(비평 2), 소명출판, 2009, 467쪽; 장용경, 「해방 전후 임화의 정치우위론과 문학의 독자성」, 『역사문제연구』 24, 역사문제연구소, 2010, 227~228쪽; 신승엽, 『민족문학을 넘어서』, 소명출판, 2000, 132~143쪽; 신승엽, 「김태준과 임화」, 『크리티카』 2, 사피엔스21, 2007, 142~144쪽; 하정일, 「마르크스로의 귀환—임화의 「민족문학의 이념과 문학운동의 사상적 통일을 위하여」를 중심으로」, 임화문학연구회 편, 『임화문학연구』, 소명출판, 2009, 165~168쪽.

준은 문학이라는 지식의 탈구축은 잠시 미루어두고 '현실 변혁'의 길로 나아갔다.[73] 김태준이 가지 않은 길을 상상하기는 쉽지 않지만, 1930년대 중반 김태준과 조선 연구에서 같은 걸음을 걸었으나 해방공간의 실천에서는 다소간 결이 달랐던 백남운의 사례도 참조할 수 있을 것이다. 식민지 시기부터 학계를 중심으로 한 민족통일전선을 요청한 백남운은 국제노선을 표방한 박헌영의 조선공산당을 강하게 비판하며, 연합성 신민주주의를 제시하며 폭넓은 좌우합작의 필요성을 주장하였다.[74] 백남운은 박헌영이 인민전선을 포기했을 때에도 애매하나마 통일전선론을 견지하였으며, 특히 그의 '민족=주체'의 추구는 항상 민중과의 교감 중에 있었다.[75] 그가 결국 북을 선택한 것은 1948년 4월이었다.

에드가 스노우는 자신이 만난 홍군에 대해서 "이들이 때때로 범한 잘못이 아무리 크다 할지라도, 이들의 지나친 행위가 몰고 온 결과가 아무리 비극적이라 하더라도, 또 이들이 강조하고 역설한 내용이 아무리 과장되었다 하더라도, 이들이 진실로 통감한 선전목표는, 중국 농촌의 수백만 인민들을 흔들어 깨워서 그들의 사회적 책임을 인식시키고, 이들에게 인간이 마땅히 누려야 할 권리에 대한 신념을 일깨우며, 도교와 유교의 정적인 믿음과 이에서 연유한 소심함과 수동성을 떨쳐 버리도

73 남로당의 문화정책과 조선문학가동맹의 문화적 실천의 관계에 대한 비판적 검토는 김윤식, 『해방공간 한국 작가의 민족문학 글쓰기』, 서울대 출판부, 2006, 22~30쪽.

74 1945년 12월에서 1946년 1월 박헌영을 수행하여 북한에 간 김태준은 연안에서의 인연으로 독립동맹의 지도자인 김두봉, 한빈 등을 만났으며, 38선 이남의 독립동맹 책임자로 백남운을 추천하였다. 또한 서울로 돌아온 이후 백남운에게 독립동맹의 창당을 권유하였다. 박병엽 구술, 유영구·정창현 편, 『김일성과 박헌영 그리고 여운형』, 선인, 2010, 248~249쪽.

75 洪宗郁, 「白南雲－普遍としての'民族＝主體'」, 趙景達 他 編, 『講座 東アジアの知識人 4－戰争と向き合って』, 有志舍, 2014, pp.120~121. 해방공간 백남운의 실천과 사상에 관해서는 방기중, 『한국 근현대사상사 연구－1930·40년대 백남운의 학문과 정치경제사상』, 역사비평사, 1992, 제3장 참조.

록 싸우게 하고, 또 교육과 설득, 때로는 분명 괴롭힘과 강제를 통해 중국의 농촌에서는 새로운 생각인 '인민의 통치'를 위하여 투쟁하며, 아울러 정의와 평등, 자유, 인간의 존엄성이 구현되는 삶을 위해 싸우도록 하는 것이다"라고 썼다.[76] 해방 후 김태준은 "8·15 이후의 문학운동은 이 급변한 정치적, 사회적, 환경 우에 어떻게 수립하느냐하는 문제이다. 정치에 있어서 인민적, 민주주의의 방향을 차저나가고 있는바와 같이 문학에 있어서도 어느 특수 계급계층의 문학이 아니라. 문학은 대중에게 해방하며 — 아니 대중자신이 자기의 문학을 생산하도록 하여야 할 것이"며, "이러한 새 시대의 새 내용과 새로운 정조를 표현한 문학은 반다시 이에 상응한 새로운 형식을 요청하는 것이다"라고 주장하였다.[77] 하지만 문학이라는 근대지식의 탈구축을 요청한 김태준의 질문에 대해서 그 이후 한국 근대문학이라는 글쓰기는 충분한 대답을 제 시간에 마련하지 못하였다.[78] 김태준이 요청한 '연안행'이라는 미완의 유산이 '근대문학'이 종언한 지금에도 여전히 현재적인 것은 이 때문이다.

---

76 에드가 스노우, 신홍범 역, 앞의 책, 150쪽.

77 김태준, 「민주주의와 문화」, 『민주주의십이강』, 문우인서관, 1946, 56쪽.

78 미완의 탈식민과 냉전이 겹친 후식민지 한국에서, '민중'이라는 계기를 통해 문학이라는 근대지식을 탈구축하는 과제는 지연되었다. 이와 달리 1950년대 일본에서 문학자 아베 코보[阿部公房]는 도쿄 시모마루코[下丸子] 문화집단의 서클 운동에 참가하여 '노가바[替え歌]'와 벽시(壁詩) 등의 형식으로 노동자의 저항의식을 자극하였다. 그는 '쓰다'라는 행위를 통해 '역사'를 형성 및 생성할 수 있다는 신념에 근거한 '공작자(工作者)'이자 전위로서 문화적 실천을 수행하였다(道場親信, 『下丸子文化集団とその時代』, みすず書房, 2016, pp.170~171). 한국에서 민중의 글쓰기라는 논제가 제시되는 것은 1970년대 중반에서 1980년대에 이르러서였으나, 그 의미는 충분히 음미되지 못하였다. 천정환, 「그 많던 '외치는 돌멩이'들은 어디로 갔을까 – 1980~90년대 노동자 문학회와 노동자 문학」, 『역사비평』 106, 역사문제연구소, 2014; 이소영, 「여성의 몸과 노동, 그리고 민주주의 – 1970년대 수기와 소설에 드러난 정동을 중심으로」, 『한국현대문학연구』 54, 한국현대문학회, 2018 등 참조. 비서구라는 주변의 위치와 동아시아 소농사회라는 역사적 경험을 공유하는 20세기 동아시아에서 '민중'과 글쓰기의 관계를 재구성하는 것은 추후의 과제로 삼고자 한다.

'민중'이라는 계기를 통해서 해방공간 김태준이 제기한 질문을 탈구축하는 것은, "복합적인 집단 정체성, 민족−계급−대중 사이의 충돌과 그것으로 환언되지 않는 틈에서 개인이나 새로운 타자성"을 발견하여,[79] 지금까지와 다른 방식으로 현실과 관련을 맺은 새로운 '글쓰기'를 기획하고 실천하는 첫걸음이라 할 수 있다. 나아가 그 작업은 "주변부성을 직시하는 용기"를 견지하면서,[80] 동아시아의 역사적 경험이 근대에 들어서 폄하되며 재발견되는 과정 자체를 음미함으로써, '주변부의 세계사'라는 새로운 시각을 수행적으로 구성하는 과정이기도 하다.

79 천정환, 『대중지성의 시대』, 푸른역사, 2008, 275쪽.
80 홍종욱, 「주변부의 근대」, 『사이間SAI』 17, 국제한국문학문화학회, 2014, 208쪽.

혁명의 정념, 1945년 중경重慶과 연안延安 사이

항일무장대가 남긴 '걷기長征'의 기록들

정주아

1. 서론—1945년 중경과 연안 사이, '걷기'의 정념에 대하여

"사실 1945년이란 해의 조선은 참으로 형형색색의 인간을 창조하고 있었다."[1] 조선의용군에 합류할 기회를 엿보려 중국 베이징에 머무르던 김사량金史良(1914~1950)은 1945년 5월, 흡사 "조선인 대합소"처럼[2] 변해버린 북경의 어느 여관 풍경을 보고 이렇게 술회하고 있다. 장사치, 협잡꾼, 정치인, 군인 등 다종의 인간들이 전화戰禍를 피해 혹은 혁명의 풍운을 좇아 갖가지 이유로 북경에 모여들었던 것이다. 전쟁 특수를 좇아 중국 땅을 누비는 무리가 있는가 하면, 김사량처럼 엄혹한 조선을 탈

1 김사량, 「노마만리—연안망명기」, 김재용 편, 『노마만리』, 실천문학사, 2002, 299쪽. 김사량의 『노마만리』는 『민성』(1946.3~1947.7)에 연재되었으며, 이후 1947년에 평양에서 단행본으로 출판되었다. 이 글의 인용 및 페이지수는 실천문학사에서 발간된 단행본을 따랐으며, 이하 인용 시 쪽수만 표기한다.

2 위의 글, 291쪽.

출하여 망명을 꿈꾸는 무리도 있고, 징병과 징용 때문에 어쩔 수 없이 중국으로 건너온 조선인들도 있었다.

일본의 식민지 통치 기간 중에서도 소위 '대동아전쟁'이 발발한 이후는 식민지 물자의 수탈과 인력 징발, 정치・문화적 억압이 집중되었던 시기이다. 그러나 김사량의 서술은 이렇듯 가장 엄혹했던 시절에 역설적으로 더욱 활발했던 이동의 흔적을 담고 있다. 정치・경제적인 혼란이 계속되고 생존의 위협이 가중되는 불안정한 상황 속에서는, 자의적으로든 타의적으로든 고향을 떠나 타지를 전전하는 군상들이 많아진다. 이때 '걷기'란, 생존을 위해 혹은 보다 나은 삶의 조건을 마련하기 위해 현실적으로 가장 쉽게 동원할 수 있고, 때에 따라서는 유일하게 선택적으로 수행 가능한 행위가 되곤 한다. 지역 간・국가 간 이동을 위해 필수적으로 요청되는, 같은 의미에서 기차나 선박 등 교통수단의 이용에 부가적으로 요청되는, 정치적 순혈성의 증빙들을 떳떳하게 내놓지 못할 처지인 경우에는 더욱 그러하다.

이 글은 해방 직전 항일무장대에 합류하여 활동했던 조선인들의 수기 혹은 기행문에 나타난 '걷기'의 정념을 다룬다.[3] 주지하듯 이 글에서 일컫는 항일무장대란, 중경의 임시정부를 근거지로 두었던 한국광복군과 연안의 중공군 기지를 근거지로 삼았던 조선의용군을 합한 명칭이다. 식민지 말기에 존재한 여러 '걷기'의 유형 중에서, 이 글은 특히

---

3 이상의 논자들 중 장준하와 김준엽을 중심으로 하여, '학병세대'라는 관심사하에서 이들의 항일체험과 글쓰기의 문제를 다룬 논저로는 김윤식, 『일제 말기 한국인 학병세대의 체험적 글쓰기론』, 서울대 출판부, 2007; 김윤식, 『한일 학병세대의 빛과 어둠』, 소명출판, 2012 등이 있고, '학병세대'의 항일 체험을 해방 이후 대한민국의 건국 및 문화정책과 연관시켜 다룬 논문으로는 김건우, 「월남 학병세대의 해방 후 8년 – 학병세대 연구를 위한 시론」, 『민족문학사연구』 57, 민족문학사연구소, 2015, 301~322쪽을 참고하였다.

'이념지향적인 걷기'와 그 걷기를 추동하는 정념의 문제를 다루는 셈이다. 다만 논의의 초점은 한국광복군이나 조선의용군의 이념 혹은 조직을 설명하는 데 있지 않다. 이 글의 목적은 항일무장대에 합류한 개인의 수기나 기행문을 통해, 어떤 개인을 '목숨을 건 걷기'로 내모는 정치적 충동의 성격을, 육체적 고통과 비례하여 오히려 더욱 선연해지는 이념적 환상을 살피는 것이고, 이로써 길 위의 고행을 통해 어떤 정치적 이상이 자기반영적으로 완성되는 과정을 추적하는 것이다. 이는 달리 말하자면, 현실적으로 구현된 어떤 정치 체제로도 이들 개인의 환상을 만족시킬 수는 없는 것이며, 환상이 깨어진 자리에서 환멸과 마주하게 된다는 의미이기도 하다. 항일무장대의 수기와 기행문에 등장하는 '걷기의 기록'은 이상을 현실에 견주면서 스스로 의지를 시험할 수밖에 없었던 신체적 고행의 기록이면서, 자기반영적 정치서사가 만들어지는 과정에 대한 기록이 된다.

이 글은 장준하張俊河(1918~1975)의 『돌베개』(1971) 와 김태준金台俊(1905~1950)의 『연안행』(1946~1947)을 중심으로, 이밖에 김준엽金俊燁(1920~2011)의 『장정』(1987), 김사량의 『노마만리』(1946~1947) 등을 분석 텍스트로 포괄하고 있다. 그간 이들의 항일무장대 체험은, 세대적으로 조금 앞선 김태준을 제외한다면, 신상초, 선우휘 등과 함께 '학병세대'의 특수성 속에서 다루어졌다.[4] 이들 학병세대는 식민지화 이후 태어나 일본에 의해 교육

4 학병세대의 항일무장대 기록 중 대표적인 것이지만 이 글에서는 다루지 않은 텍스트로 신상초의 『탈출』(녹문각, 1966)이 있다. 이 글이 분석 대상으로 담은 텍스트들은 항일무장대의 체험을 훗날 자신이 선택하여 합류한 정치 체제 속에서 집필 출판된 것이다. 말하자면 목적지를 향한 걷기의 체험이 훗날 걷기를 통해 합류한 목적지의 체제 속에서 재해석된다는 이중구조를 가지고 있는 셈이다. 반면 신상초는 일군 부대를 탈출하여 중국 공산당 신사군(新四軍)에 합류하여 연안으로 떠났고, 해방 후 조선의용군을 탈출하여 고향인 평안도 정주로 귀환했으나 사상검증 때문에 탄압을 받다가 월남했

과정을 밟은 엘리트로서 "용병이자 노예"라는 자의식에 사로잡힌 집단으로,[5] 학병을 탈출하여 광복군에 가담하고 월남하는 일련의 행보는 해방 이후 우파 민족주의자로서의 적통의식과 연결된다는 측면에서 논의되어 왔다.[6] 이 경우 학병세대라는 관점은 자연스레 해방 후 한국의 우파 지식인의 계보와 국가의 구상이라는 주제로 연결된다.[7]

이와 같은 선행 연구를 참고하되, 논의의 대상을 항일무장대의 걷기라는 원론적 차원으로 조정하는 경우 어떤 시각적 차별이 가능할 것인가. 이 글은 한국광복군과 조선의용군이 아니라, 중경과 연안이라는 특정 지명을 앞세웠다. 항전 기지로 알려진 이들 두 지역을 향한 '장정長征의 기록'은 결국은 국가주의 이데올로기로 환원된다고 하더라도, 최소한 국가로부터 이야기를 풀어나가지 않기 위한 접근이 될 것이다. 이들의 걷기는 어느 집단에 소속되어 자격을 획득한 이들의 걷기가 아니라, 자격을 열망하는 개인들의 걷기이다. 이들에게 중경과 연안은 아직은, 그들의 정치적 열망을 달성시켜 줄 미지의 땅이자 약속의 땅인 것이다.

이에 1945년 '중경과 연안'이라는 특정 지명으로부터 논의를 시작하는 이유를 두 가지 정도로 정리할 수 있겠다. 하나는 항일무장대 체험이 종내 특정 이념의 지향으로 소급되어 해석되곤 하는 구도를 벗어나

다. 신상초의 『탈출』은 중국 공산당 산하 조선의용군 체험을 남한의 반공 체제 하에 기술해야 하는 월남민의 시각에서 쓰인 텍스트로서, 본 논문이 텍스트로 삼은 수기들에 비할 때 보다 복잡한 정치적 조건을 염두에 둘 수밖에 없다. 신상초의 『탈출』은 항일무장체험에 대한 회고라기보다는 반공치하 월남민의 수기라는 측면에서 보다 흥미로운 분석대상이 될 것이다.

5 김윤식, 『일제 말기 한국인 학병세대의 체험적 글쓰기론』, 서울대 출판부, 2007, 188쪽.

6 김건우, 앞의 글, 313쪽.

7 김윤식의 연구가 학병세대가 국가에 대한 선관념을 일본으로부터 수용할 수밖에 없었다는 존재론적 한계로 인해 생겨난 파시즘적인 국가관과 그 극복의 문제로 연결된다면, 김건우의 연구는 민족주의적 성향이 강했던 서북 출신 학병세대로 범위를 좁혀 해방 이후 우파 민족주의의 형성과의 연결을 주목하고 있다.

고 싶었기 때문이다. 항일무장대로의 합류는 학병 출신자, 혹은 중국이나 국내의 민족주의자・사회주의자 집단에서 다양하게 이루어졌다. 민족주의든 공산주의든 당대 항일무장대 활동에 합류하겠다는 결심에는 '혁명'을 향한 공통적 정념이 존재한다. 실상 이 정념 덕에 정치 조직 및 국가 공동체의 개념이 지탱되었다고 보아야 한다. 다른 하나는 결국 특정 정치 이념의 분자로 살아갈 수밖에 없었다고 할지라도, 개개인은 개별자로서의 실천윤리를 고민하기 마련이고 이때 비로소 회고적 글쓰기의 기능이 구명된다고 보았기 때문이다. 이 역시 중경이냐 연안이냐 하는 이념적 대립을 넘어 공통적인 현상이라 볼 수 있을 것이다. 결국 이상의 논점들은 '중경이나 연안'이라는 종착지의 선택에 앞서서, 출발지를 떠나 목적지로 향하는 각자의 여정 사이에 존재하는 체험이나 그 기록을 통해 확인할 사안들이다. 요컨대 중경과 연안의 정치적 색채를 주목하여 이념적으로 나누어 다루기보다, 중경과 연안을 향해 걸었던 청년들의 내면을 횡단하면서 두 지역 '사이'에 존재했을 혁명의 정념과 글쓰기의 양상을 해명하는 것이 이 글의 목적이다.

2. 혁명의 정념과 '걷기', 환상과 수행

한국광복군이나 조선의용군은 1937년 중일전쟁 이후 중국 측의 협조를 받아 조직된 한인무장단체로 알려져 있다. 광복군은 임시정부의 국군으로 창설되었고, 의용군은 화북 지방의 지방단체였던 독립동맹 산하의 무장단체이다.[8] 조직 초기에 상하 관계가 잠시 유지되었으나, 한국광복군이 중국 국민정부의 간섭을 받아 반공노선이 강화되자 조선의용군이 중공 팔로군 지역으로 이동하면서 서로 경쟁관계에 놓이게 되었다. 장준하나 김사량이 합류했던 일제 말 1944~1945년 무렵, 한국광복군은 중국 군사위원회의 노골적인 지휘권 및 작전권에 대한 견제 때문에 난감한 상태였고, 조선의용군은 1943년부터 독립동맹에서 분리되어 중공 팔로군 소속이 되었다.[9] 두 한인 항일무장단체 모두 중국의 정치적 이해에 따라 운영의 제한을 받았음을 알 수 있다. 1944년 이후에는 화북 지역으로 징집되어 온 학병들이 탈영하여 광복군이나 의용군에 합류하면서 인원이 증가하는 추세였고,[10] 태평양전쟁에서 일본의 패배가 예측되면서 이들 무장대활동이 점차 활기를 더해가는 상황이었다.

김사량이 조선인 출신 학도병 위문행차를 핑계 삼아 북경에 도착한 것은 1945년 5월이었다. 그는 당국의 감시와 사상통제를 견디다 못해 기회를 보아 내심 아주 망명하기로 결심한 처지였다. 이러한 망명의 사례 이외에도, 김사량의 『노마만리』는 당시 학병으로 징집되어 나간

8 김광재, 「조선의용군과 한국광복군의 비교 연구」, 『사학연구』 84, 한국사학회, 2006, 235쪽.
9 위의 글, 199쪽.
10 위의 글, 212쪽.

조선인 학생들에게는 탈출이 아주 당연한 수순처럼 여겨지고 있었음을 보여준다. 일단 중요한 것은 탈출에 성공하는 것이다. 조선을 벗어나는 것, 관동군 부대에서 탈출하는 것, 적구敵區를 벗어나 해방구에 이르는 것 등 탈출은 제국주의 선전이나 전쟁의 부품으로 쓰이는 것이 아니라 보다 가치 있는 삶을 살 수 있는 유일한 방편이었다. 이때 도망친다는 것 자체가 '어디로' 가는가보다 일차적이고 중요한 문제였다는 것을 일단 주목해야 한다. 특정한 이념을 위해 생명을 거는 것이 아니라 삶의 주체가 되기 위해 생명을 거는 것이다. 이로부터 광복군 혹은 의용대 합류라는 이념적 관점으로부터 망명자나 학병의 삶을 살피는 것이 아니라, 삶의 주체가 되기 위해 이념을 선택하고 자신의 것으로 수용한다는, 상식적이지만 쉽게 역전되곤 했던 시선을 바로잡을 수 있는 가능성이 열린다.

장준하, 김준엽 등은 임시정부가 있었던 중경으로 향했고, 김태준, 김사량 등은 조선의용군을 찾아 연안 팔로군 지구를 찾아 들었다. 일제 말 무장투쟁을 마음에 품고 중국 땅에 선 그들에게는 분명 자신이 선택한 목적지가 있었다. '중경이냐 연안이냐'라는 목적지를 향한 질문이 곧 이념의 선택과 직결되는 상황인 셈이다. 이들 모두가 목적지를 향해 움직이고 있기 때문에 이들의 행적은 당초 아주 확고하게 결정된 것처럼 보이지만, 사실은 우연한 것이다. 왜냐하면 이들 모두가 아직 중경이나 연안에 가본 일이 없다는 사실 때문이다. 조국을 위해 무장혁명대원이 되겠다는 결의는 있으나 그 구체적인 방편이 없는 이들에게, 중경의 임정이나 연안의 조선의용군 기지는 이른바 '약속의 땅'과 같은, 기대에 찬 환상으로 자리 잡는다. 이러한 사정은 한일병합 이후에 태어나 한 번도 '조국'을 가져보지 못한 학병 출신에게는 더 현저한 것일 수 있겠다.[11] 장준하는 학병 징집에서 차라리 중국 쉬저우徐州에 파견병이 되기를 바라며 다음과 같이 적고 있는 것이다.

> 내일 중국 파견 선발에만 끼이면 나는 나의 조국의 아들이 될 수 있으련만. 그 당시의 나의 절망 속에 일루의 희망은 내가 충칭 — 중국 쓰촨성에 있는 당시 중국의 수도 — 에 있는 우리 임시정부를 찾아갈 수 있으리라는 환상이 있기 때문이었다.[12]

장준하에게 임시정부는 한 번도 가져보지 못한 조국의 형상을 떠안은 환상으로 존재한다. 그 환상이 지금 그에게 중국 파견 선발대로 뽑히기를 바라는 간절한 마음을 불러일으킨 것이다. 공산주의운동을 위해 연안으로 가겠다고 내심 마음먹고 있던 김사량마저도, 처음으로 임시정부의 지하공작원과 접촉을 하게 되고 그로부터 임시정부에서 발행한 선전 인쇄물을 받았을 때 "그것을 주워든 내 손이 펄펄 타오르는 듯"했다며,[13] 전율의 순간을 기억하고 있다. 엄밀히 말하자면, 임시정부나 조선의용군이 문제가 아니라 중국 파견 선발대에 합류하는 순간, 선전 인쇄물을 받아드는 순간이 이들을 흥분시키고 전율하게 만든다. 이들의 문장에는 잠재적 이상이 현실로 전환되는 순간의 전율이 있다. 저 멀리 조국이나 해방구解放區의 환상이 단 하나의 목적으로 존재하면

---

11 앞서 학병 출신들이 '용병이자 노예'라는 자의식에 시달리고 있었다는 연구 결과를 참조할 수 있다.(주 4 참고) 이러한 해석은 물론 학병세대의 세대적 열등감이 조국에 대한 환상을 키우고 무장대로의 합류를 부추겼다는 논리를 가능케 하는 것이다. 그러나 장준하, 선우휘 등과 학병세대로서 이병주나 장용학이 보여주고 있는 정치체제 자체에 대한 비판적 시선은 학병세대의 체험이 쉽게 일반화될 수 없다는 지점을 보여준다.

12 장준하, 『돌베개』, 세계사, 2007, 23쪽.

13 김사량, 「노마만리 — 연안망명기」, 284쪽.

서 이들을 지배한다면, 이제 이들은 비로소 그 환상을 향해 가는 수행의 첫걸음을 떼는 순간을 맞은 셈이다.

조선을 떠나, 혹은 일본군 부대를 탈출하여 환상을 향해 떠난 이들의 행보는 과연 어떠했는가. 우선 장준하의 경우를 살펴보자. 1944년 1월 학병으로 징집된 장준하는 그해 7월 부대를 탈출하여 중국 유격대에 의해 구조된다. 그곳에서 김준엽을 만나게 되고 이후 두 사람은 8월에 한국광복군 특별훈련반이 있는 임천에 도착했다. 한국광복군 훈련반을 수료하고 50여 명의 대원과 함께 11월에 중경을 향해 출발하여, 난양, 노하구, 파촉령 등을 거쳐 1945년 1월 말일에 임시정부에 도달했다. 일본군 부대를 탈출한 지 5개월 24일 만이며, 6천 리를 도보로 이동했다.[14]

> 노정(路程)도 이정(里程)도 아무것도 모른다. 단지 충칭이라는 두 글자가 주는 그 숙원을 찾아 그것이 6천 리 길이건 만리 길이건 우리는 이 어둠이 시작되는 벌판을 가로질러 서쪽으로 서쪽으로 흘러가는 것이다. (…중략…) 끓어오르는 우리의 정열은 대륙의 지열을 이겼고 우리는 낮밤을 가리지 않고 걸었다. 걷는 것이 사는 것이다. 이러한 명제가 우리를 이끌어주었다. 걸어야 산다. 명제는 좀 더 심각하게 우리에게 압박해 들어왔다. 걸어야 산다.[15]

> 왜 이 길을 가고 있는 것일까?
> 충칭으로 가기 위해서다.
> 충칭엔 왜 가는가?

14 박경수, 『장준하－민족주의자의 길』, 돌베개, 2003; 장준하, 『돌베개』, 세계사, 2007.
15 위의 책, 109쪽.

충칭에는 우리 민족을 살릴 조국의 힘, 그 호수 속에 뛰어들고 싶어 가려는 것이다. 확실히 그런 호수는 있을 것이다. 분명코 있다. 있을 것이다. 아니, 있다.

나의 자문자답은 나의 생각을 익히는 데 도움을 주었다. 아니 사실은 그 더운 대지의 지열이 나의 사상을 익혀주었는지도 모른다.[16]

장준하의 『돌베개』는 1944년 쉬저우의 일군 부대를 탈출하던 순간부터 해방 이후 임시정부가 환국하기까지의 기간을 회고한 글이다. 임정으로 가겠다는 꿈을 좇아 수없이 노숙을 해야만 했던 체험 속에서, 그는 이스라엘의 건국을 신으로부터 약속받았던 야곱의 돌베개를 떠올렸을 것이다. 해방 전후의 시공간을 다루고 있음에도, 이 책의 핵심이 놓여 있는 곳은 임천에서 파촉령을 넘어 임시정부의 태극기를 목격하던 순간까지의 행군 과정이다. 평안북도 선천 출신의 기독교 신자였던 장준하는 행군의 기억을 더듬으며 이 길을 "야곱의 길"이라[17] 일컬었다. 인용한 대목은 고통스러운 걷기의 내면을 잘 보여준다. 그의 마음속에는 '충칭(중경)'에는 조국을 살릴 힘이 있을 것이라는 맹목적 믿음, 그리고 그런 믿음에 대한 회의가 교차한다. 중경의 임시정부는 그를 길 위로 내몬 강력한 원인이었으되, 과연 임시정부가 그 대답이 될지의 여부는 알 수 없다. 심지어 임시정부를 본 적도 없는 그는 그 모든 것을 상상에 맡길 뿐이다. 아무리 회의하고 불안을 느껴도 어떤 확답을 얻을 수는 없다. 중경의 임정도, 조국의 미래도 모두가 믿음의 영역이다. 때문에 그가 회의와 불안에 사로잡힐 때마다 '대지를 밟으며 길

16 위의 책, 119쪽.
17 위의 책, 207쪽.

을 걷는다'는 사실을 수없이 강조하고 있다는 것은 자연스러운 현상이다. '걷는다'는 행위만이 환상을 현실로 바꿀 유일한 수행의 방식이며, 온몸으로 직접 감각할 수 있는 유일한 현실이었기 때문이다.

김태준은 1944년 11월 27일 경성을 출발하여 1945년 4월 5일 연안에 도착했다.[18] 일제 말기 국내 공산주의 운동의 기반이 파괴되자 경성콤그룹은 연안의 조선독립동맹과 연계된 무력투쟁을 구상했고,[19] 이에 김태준은 아내 박진홍과 함께 연안을 향해 출발한다. 이들에게는 국내에서 행방이 모호해진 박헌영이 연안에 있을지도 모른다는 막연한 기대도 있었다. 해방 후 그가 써낸 「연안행」은 모두 세 번에 걸쳐 조선문학가동맹 기관지인 『문학』에 분재된다.[20] 김태준의 문체는 매우 건조해서 공산주의 혁명가의 입장에서 일본 제국주의를 성토하거나 해방지구의 팔로군을 칭찬하는 대목을 제외한다면 개인적인 감정을 표출하는 경우가 거의 없다. 그러나 생존을 건 걷기의 과정은 그에게도 막막한 절망감으로 다가오기는 마찬가지이다.

> 잇다금―마을선 중국 개소리가 어둠을 깨트리고 컹컹 지저오면은 한번 짓고 나면 어둠은 깊어지고 사면은 더 쓸쓸해지는 것 같었다. 하늘엔 무수한 이름 몰을 찬별만이 말둑말둑 우리를 바라보고 있다. '한쌍 부부의 기구한 운명은 필경 어찌될 것인가' 나는 자기에게 물어 보았다 (…중략…) 한 개의 토치카를 지나갈 적마다 간이 말으고 창자가 녹는다. 더구나 P가 발

18 임영태, 「혁명적 지식인 김태준」(『사회와 사상』, 1988.9, 240쪽), 김윤식, 『일제 말기 한국인 학병세대의 체험적 글쓰기론』, 서울대 출판부, 2007, 75쪽에서 재인용.

19 김용직, 『김태준 평전』, 일지사, 2007, 306~308쪽 참고.

20 「연안행」은 『문학』 1(1946.7), 『문학』 2(1947.2)와 『문학』 3(1947.4)에 나누어 실렸다. 이 글에 인용된 「연안행」의 페이지수는 『조선문학가동맹총서』 1(『문학』 1・2 수록, 창조사, 1999)과 『조선문학가동맹총서』 2(『문학』 3 수록, 창조사, 1999)를 따른 것이다.

이 불으터서 잘 걸지도 못하니, 이속서름을 호소할대가 없었다.[21]

팔로군 지구에 들어가기 위해 김태준 부부는 평양에서부터 경의선을 타고 신의주에 도착, 압록강을 건너 만주국을 관통하는 중이다. 일본군을 만날 때마다 그는 매번 거짓말을 둘러 대며 신분을 감추고 만주국의 끝에 이르렀다. 자신을 해방구로 이끌어줄 연락책을 만나러 가는 도중에 위험에 처해 한밤중에 길에서 뜬눈을 지새우게 된 것이다. 장준하와 달리 그는 기독교인도 아니었기에, 자신의 처지를 어디에 의탁하거나 비유하지도 못한다. 고단함을 호소할 곳도 없다. 고단한 걷기와 더불어 이념분자의 실존적 자문이 제기된다. 그는 길 위에서 선 자신들의 운명을 자문한다. 걷기의 끝에서 과연 어떤 운명을 만나게 될 것인지, 그 대답은 그를 비롯한 누구도 해줄 수 없을 것이다. 다만 그가 할 수 있는 일이라고는 무작정 걷는 것뿐이다.

북경을 떠나 지하공작원을 따라나선 김사량은 연안이 아니라 조선의용군의 최전방인 태항산 지구로 가게 된다. 그가 북경으로 출발한 것은 1945년 5월 9일이며, 지하공작원들과 함께 하룻밤에 백오십 리를 내달려 일본군의 봉쇄선을 넘은 것이 5월 30일,[22] 휴식 후 6월 2일 다시 출발하여 태항산 근거지를 향해 행군한 끝에 의용군 본거지인 남장촌南庄村에 도달하게 된다. 『노마만리』에는 북경으로 탈출하던 시기부터 남장촌에 도달하기까지의 여정이 기록되어 있다.

---

21 김태준, 「연안행 (2)」(『문학』 2, 1946.6), 『조선문학가동맹총서』 2, 창조사, 1999, 189쪽.

22 북경에서 김사량의 연안행을 주선한 것은 여운형계 건국동맹 북경연락원인 이영선으로 알려져 있다. 김용직, 『김태준 평전』, 일지사, 2007, 341쪽.

> 거의 기계적으로 따라가기는 따라가나 온몸이 저리고 아프며 다리매가 쑤시어 주저앉고만 싶으다. 양쪽에 토층이 깎아질린 사이로 굴속 같은 길이 그냥 끝이 없이 연달렸었다. (…중략…)
>
> "한 시오 리 더 가서 묵읍시다. 왜 팔로인 줄 아시오. 길(路)을 걸을 팔자래서 팔로(八路)라우……." 최동무의 재담에 모두 웃었다. "그래 동무는 중국 와서 얼마나 걸었소?" "상해서부터 쫓기는 걸 남경, 무한을 거쳐 중경까지 갔다가 탈출하여 서안을 지나 연안으루 해서 이리 나왔으니 나도 아마 수만 리 걸었겠지요. 전지(戰地)를 뛰어다닌 이수만두 퍼그나 되리다. 동무두 이 왜놈을 쫓으며 조선까지 나가노라면 만리는 걸어야 할 거요. 추격만리, 그럴듯하지 않소? (…하략…)"[23]

'길을 걸을 팔자라서 팔로'라는 농담에는, 일제 말 항일무장대의 삶이 온전히 담겨 있다고 봐야 한다. 임시정부를 찾아 탈출한 청년들, 조선의용군에 합류하기 위해 나선 익명의 청년들이 중경과 연안을 찾아, 태항산 지구를 찾아 걸었다. '왜놈을 쫓으며 조선까지 가려면 만리는 걸어야 할 것'이라는 말처럼, 항일무장대가 된 이후에도 '걷기'는 전투의 일환이었다. 이제 겨우 태항산 본거지를 찾아가는 처지에 벌써부터 걷기가 힘들어진 김사량은 자신의 회고록에 '노마만리駑馬萬里'라는 제목을 붙였다. 장차 항일무장대로서의 운명이 '추격만리'가 될 것이라는 동료의 농담과는 달리, 조선의 해방이라는 이상을 향해 나아가는 실제 발걸음이란 상대적으로 얼마나 무겁고 더딘가를 생각할 때 조바심을 느끼지 않을 수 없었던 것이다.

---

23 김사량, 『노마만리』, 152쪽.

앞서 살핀 장준하, 김태준, 김사량 등의 행보는 일정한 공통점을 지니고 있다. 최초에 중경의 임시정부나 연안의 조선의용군 지구는 이들이 각자 여러 통로로 입수한 정보에 의해 구성된 상상의 대상에 지나지 않았다. 심지어 김사량은 지하공작원들이 자신을 연안이 아니라 태항산 지구로 데려가려는 이유조차 몰랐던 것이다.[24] 이들을 움직인 것은 '민족', '국가', '해방' 등 강력한 관념들이 만들어내는 환상이며 혁명을 향한 정념이다. 목숨을 건 걷기는 이 같은 막연한 관념의 환상을 현실로 바꾸어 나가는 수행의 방식이다. 중경과 연안 사이 어딘가를 걷는 수행을 통해, 학병은 혹은 망명자는 무장투사로 육체를 갖추고 환상은 구체성을 획득하게 된다.

'걷기'의 행위를 통해 이념분자들의 존재감을 체현한 사건의 상징적 원형은 모택동의 대장정大長征에 있다고 보아야 할 것이다. 인고에 찬 걷기의 원형으로서의 대장정은 혁명의 기운에 휩쓸려 대륙을 걷고 있는 이들에게는 좌우 노선에 상관없이, 이념을 넘어서 체감 가능한 경험의 일부로 수용된다. 주지하듯 모택동은 다섯 차례에 걸친 공산당 대토벌을 피해 1934년 11월 혁명 근거지였던 강서성 서금瑞金을 버리고, 홍군과 농민들을 이끌고 1936년 10월 섬서성 연안에 도착한다. 이만오천 리(일만 킬로미터)에 걸친 대장정 때문에 출발 당시 10만 명에 이르던 주력 부대의 인원이 겨우 8천 명으로 줄었다는 사실은 잘 알려져 있다.[25] 조선독립동맹으로부터 분리되어 사실상 팔로군에 예속되어 있던 조선의용군이 대장정으로부터 감화를 받았으리라는 점은 말할 것도 없다. 팔로군 자체가 대장정을 완수한 홍군이 모태가 되어 조직된

---

24 위의 책, 304쪽.

25 김승일, 『모택동－13억 중국인의 정신적 지주』, 살림, 2009, 28～38쪽 참고.

부대였기 때문이다. 대장정과 유격전은 팔로군이 지닌 자긍심의 원천이다. 이를 입증하듯 김사량은 모택동의 대장정에 대한 소개를 『노마만리』에 상세히 적어 놓았다.[26] 실상 김사량은 「노마만리－연안망명기」의 서언에서, 망명 과정과 산채생활에 관한 자신의 기록이 언제 끝날지 혹은 중단될지 알 수 없지만, "의용군이 압록강을 건너 장백산을 타고 넘어 우리나라 서울로 진군하는 '장정기'까지" 쓸 수 있기를 바란다면서 해당 장의 제목을 이미 '장정기'라 붙여 놓고 있다.[27]

그러나 보다 흥미로운 것은 모택동의 '대장정'을 이념을 증명하는 걷기의 원형으로 상정한 것이 굳이 연안행을 택한 청년들에게만 해당하는 것은 아니라는 사실이다. 앞서 인용했듯 "이 어둠이 시작되는 벌판을 가로질러 서쪽으로 서쪽으로 흘러가는 것"이라며, 굳이 자신이 걷고 있는 방향을 적어 넣은 장준하는 대장정을 무의식적으로 떠올렸는지 모른다. 대장정은 당시 용어로 '대서천大西遷'이라 불렸기 때문이다. 이에 비한다면, 해방 후 자신의 회고록에 '장정長征'이라는 제목을 붙인 김준엽은 보다 의식적인 모방의 사례에 해당한다 할 것이다. '멀고 먼 길'이란 사전적 뜻을 지닌 '장정長程/長征'의 두 가지 한자 표기 중 김준엽은 당연히 이동거리의 척도로 사용되는 '장정長程'이라는 표기가

---

26 김사량, 『노마만리』, 187쪽.

27 김사량, 「노마만리－연안망명기」, 위의 책, 269쪽 참고.
『노마만리』(1947.10)를 단행본으로 발행하기에 앞서, 김사량은 『민성』지를 통해 북경을 떠나 태항산중으로 들어가는 과정을 저술한 「노마만리－연안망명기」(『민성』, 1946.3～1947.7)를 연재했다. 그는 이 기록이 산채생활을 하는 동안에 작성된 것임을 강조하기 위해 '1945년 6월 9일 태항산중 화북조선독립동맹 조선의용군 본부'에서 작성한 서언을 첨부하였다. 출판을 위해 내용을 추가 및 손질한 단행본 『노마만리』에 비해 『민성』 연재본은 산채생활 중에 작성한 메모의 현장성이 보다 생생한 편이다. 『노마만리』의 서지에 관한 사항은 김재용, 「『민성』에 연재된 「노마만리」에 대하여」(해제), 『노마만리』, 실천문학사, 2002, 257～260쪽 참고.

아니라, 정벌征伐의 의미가 더해진 '장정長征'을 선택한다. 모택동의 고유명사로 불리는 '장정長征'이 선택될 수밖에 없었던 것은 어찌 보면 당연한 일이다. 장정長征은 훗날 한 인물의 일대기나 국토 횡단, 운동경기 일정 등을 수식하는 비유적 표현으로 상용되었지만, 해방 전 중국 대륙을 실제로 걸음에 의존하여 횡단했던 이들에게는 오직 단 하나의 표현으로만 존재할 수 있는 고유명사였던 까닭이다.

장준하의 『돌베개』, 김준엽의 『장정長征』, 김태준의 「연안행」, 김사량의 『노마만리』 등은 이러한 '장정'의 기록들이다. 이들의 체험기는 그들이 도달한 목적지인 중경과 연안(팔로군 지구)에서의 체험과 같은 비중으로, 혹은 그보다 더 큰 비중으로 탈출에서부터 목적지에 도달하는 동안의 여정을 소개하는 데 집중하고 있다. 이들의 기록이 여행 중 틈틈이 기록한 일기나 메모, 기억을 근거로 해방 이후에 정리된 것임을 감안하면, 그들의 생애에서 항일무장대 체험이 어떻게 의미화되었는지는 분명해 보인다. 그것은 목적지향적인 삶을 실천했다는 것, 그리고 그 실천의 방식이 '걷기'이다. 항일무장투쟁을 선택한 이들이 간절히 원했던 것이 혁명이라 할 때, 그 의지를 부추기는 정념은 어떤 방향이나 형태를 갖추지 않은 막연한 삶의 욕동(생충동)과도 같은 것이다. '걷기'는 내면에서 분출하는 그 본능적 정념을 배설하도록 해준다. 이들이 해방 후 회고를 통해 자신이 '조국의 아들', '조국 해방의 일원'임을 자임할 수 있었던 것은 다만 임시정부나 해방지구에 머물렀기 때문만은 아니다. 탈출을 감행하여 중경 혹은 연안까지 걸어갔다는 체험의 확고부동함이 정치서사의 진정성을 보증하는 것이며, 그런 의미에서 '걷기'는 회고록의 핵심이 되는 행위라 할 수 있다.

3. '장정長征'의 소환과 글쓰기

앞 장에서는 항일무장대 체험을 기록한 회고가 무엇을 중심으로 이루어지느냐는 질문을 던지고, 그 회고의 중심에 관념적인 '조국'의 환상을 육화하는 수행의 행위로서 '걷기'의 체험이 있음을 살폈다. 그러나 이들의 기록이 회고록이라는 사실을 다시 한번 염두에 둔다면, 즉 혁명을 향한 '장정'의 체험이 지나간 이후에 기록된 것이라는 점을 감안한다면 이제 왜 이들에게 '걷기'의 체험이 소환되고 있느냐는 질문이 불가피해진다. '걷기'가 적극적으로 자기정체성을 구성하는 방법이었던 만큼, 어느 순간 '장정'의 기록들이 회고록의 형태로 소환되는 것은 단순한 일일 수 없다. 목적지를 향한 '걷기'가 관념적 환상에 육체를 부여하고 자기의지를 확인하는 수행의 노정이었다는 측면을 유의하여 살핀다면, 어느 순간 장정의 체험을 소환하는 것은 다시금 이 걷기의 정념을 돌이킬 필요가 있었기 때문은 아니겠느냐는 추론이 가능해진다. 이와 같은 관점에서야말로 우리는 중경과 연안이 갖는 정치적 대립구도와 항일체험기의 정치편향성을 넘어, 주체를 '목숨을 건 걷기'로 내몰았던 혁명의 정념이 회고적 글쓰기의 내적 형식으로 흡수되는 모습을 확인할 수 있다.

1945년 1월 31일, 목적지였던 임시정부에 도착하여 벅차게 태극기를 바라보던 시간이 지나자 장준하는 곧 환멸에 사로잡히게 된다. 임시정부 요인들의 노쇠함과 타협을 모르는 분파성에 실망했던 것이다.

> 우리가 충칭에 닿은 이래 임정 각원들에게 돌아가며 교양이란 이름의 이야기를 듣게 되었는데, 처음에는 수륙 몇 만 리 이국에서 조국 광복을 위해

이렇게 지내고 있구나 하는 존경도 품어봤으나 차츰 지나가자, 그것이 다 자당의 선전이며 타당에 대한 비방이란 것임을 깨닫게 되었다. 우리는 어리둥절했다. 어떤 기대에 대한 배반에서 오는 허탈감 같은 것이었다.[28]

장준하의 실망은 어찌 보면 당연한 결과라 할 것이다. '조국'의 대체물로서의 임시정부와 그 자질이란 그가 만들어낸 환상이었던 만큼, 현실의 임시정부가 그의 요구를 채울 턱이 없는 것이다. 정치군사 자금의 조달 문제에 시달리고, 중국 정부의 눈치를 살피며 10여 차례 피난을 다니는 동안 노쇠해지고 다종다양한 정치 분파를 갖게 된 임정의 역사를 그가 이해하지 못했다고 보기는 물론 어렵다. 이해를 거부하는 것은 그의 이성이 아니라 정념이다. 그가 느낀 배신감과 허탈감은, 또 '이런 식이라면 다시 일군에 자원에 임시정부에 폭탄을 던지겠다'는 폭언을 던지고[29] 임정 사옥에 들어선지 꼭 20일 만에 교외 지대로 나와버리게 만든다. 이러한 분노는 모두 그가 지녔던 절대적 환상에서 비롯된 것이다.

그러므로 환상에 육체를 부여하는 수행으로서의 '걷기'란 중경에 도달함으로써 종료되는 것이 아니라 그의 환상이 충족될 때까지, 그러니까 그가 꿈꾸는 조국의 형상을 만날 때까지 계속되어야 할 성질의 것이다. 이에 해방 이후에도 그는 반복해서 중경을 향해 걷던 기억을 떠올리고 있다. 그는 해방 이후 김구를 비롯한 임시정부의 요인들과 환국한 이후 첫날밤에 경교장 앞마당을 서성이며 '충칭을 향해가던 설원에서의 발자국 소리'를 떠올린다.[30] 『돌베개』의 회고는, 바람대로 고국에

28 장준하, 앞의 책, 284쪽.
29 위의 책, 286쪽.

돌아왔지만 임시정부가 제 목소리를 내지 못하는 가운데 임정의 주요 인사들은 각종 환영회에 참가하느라 급급한 정경을 묘사하며 마무리된다. 회고록이 발간된 1971년의 시점에서, 장준하는 임정 요인들이 환영회에서 축배를 들 때 미국과 소련에 의해 신탁통치안이 검토되고 있었다는 사실을 굽어보듯 적어 나간다. 그리고는 조국으로 돌아왔으나 제 역할을 찾지 못한 채 방황하다 좌초하고 마는 임시정부의 운명을 두고 '중경으로의 길'을 가려내지 못하고 방황하는 형국에 비유하고 있다. 요컨대 목적지로 나아갈 길도, 목적지를 향한 길을 찾아 의지에 찬 걷기를 완수하는 자도 국내에서는 찾을 수 없었다는 의미가 될 것이다.

> 대륙의 망명길처럼 눈이 내려 쌓이고 바람이 불었으나 '충칭으로의 길'을 국내에서는 아무도 가려내지 못하였던 것이다.[31]

이렇듯 회고록 『돌베개』를 이끌어 간 원체험이 중경을 향한 걷기임을 찾아내기는 어렵지 않다. 다만 여기서 잊지 말아야 할 것은, 이 회고록이 1970년 무렵의 시점에서 추체험의 방식으로 기술되고 있다는 사실이다. 다시 말해 『돌베개』를 장악하고 있는 것이 '중경을 향한 걷기의 정념'이라면, 이러한 정념으로 텍스트를 채우고 이로써 걷기의 정념을 강력하게 호출하고 있는 현재적 시점에 반체제 언론인이자 정치인이었던 장준하가 있었음을 잊으면 안 된다는 의미이다. 회고록의 서문에서 그는 "펼쳐진 현대사는 독립을 위해 이름 없이 피 뿜고 쓰러진 주검 위에서 칼을 든 자들을 군림시켰다"며 한탄하고 있는 것이다.

---

30 위의 책, 390쪽.

31 위의 책, 472쪽.

실상 『돌베개』의 서술을 주의 깊게 읽는다면, 중경이라는 공간에 존재했던 청년 장준하와 10월 유신 전야 대한민국에 살고 있는 지식인 장준하의 간극이 드러나는 대목을 알아챌 수 있다. 특히 임시정부 주석 백범 김구를 바라보는 시선과 묘사 방식은 청년 장준하와 장년의 장준하의 간극을 가장 뚜렷하게 보여준다. 중경에서의 백범은 '여러분들의 젊음이 부럽다'고 말하며[32] 자신의 감회를 털어놓다 눈물을 흘리기도 하는 노회한 독립투사의 모습으로 그려진다. 반면 해방 이후 환국한 백범은 그 자체로 임시정부의 현현이자 민족주의 계보의 살아있는 신화로서 위엄과 혜안을 동시에 갖춘 현자賢者로 묘사된다. 미군정 및 여운형의 조선인민공화국 등을 비롯한 여러 정치 분파의 이익 관계 사이에서 임시정부의 운명을 짊어진 순례자의 모습으로 변화하는 것이다.

> 그 오랜 망명 생활과 위태로운 지하운동과 갖가지 형극과 고난의 길을 걷고 꾸준히 민족의 상징으로 이끌어온 수난의 정부가 우리 민족사에 어떻게 남을 것인가?[33]

임시정부에 대한 기대로 충만한 채 6천 리를 횡단한 혈기 넘친 청년 장준하의 시선 앞에 선 백범은 늙고 쇠약한 지사의 모습이었다. 그렇다면 그를 다시금 위엄을 갖춘 민족지도자의 모습으로 변신시키는 것은 누구의 시선인가. 그것은 해방 이후 백범의 지난한 삶에 대해 경외감을 표하는 장년 장준하의 시선인 것이다. 김구의 불행한 죽음은 임시정부의 운명과도 등가를 이룬다. 『돌베개』에 묘사된 해방 이후 백범

32 위의 책, 304쪽.
33 위의 책, 389쪽.

의 수난사는, 1970년 무렵 스스로를 사지死地로 내몰 수밖에 없었던 장준하 자신의 수난사와 무관할 수 없다.[34]『돌베개』를 장악한 걷기의 정념은 백범과 임시정부가 앞서 걸어간 수난의 여정에, 유신 전야 한국에서 느끼는 환멸에 찬 현실을 겹쳐 놓으려는 의지에서 나온다. 주지하듯 제목인 '돌베개'는 야곱의 고행에 관한 창세기의 일화에서 인용된 것이다. 중원 6천 리를 횡단하여 중경을 향해 걷던 장정은 이로부터 회고록의 형식을 통해 여전히 지속되고 있는 고난의 시간이자, 아직 끝나지 않은 걷기의 여정으로 소환된다.

1945년, 연안에 도착한 김태준과, 연안을 향해 떠났으나 태항산 지구로 편입된 김사량이 그들이 도착한 목적지에서 어떤 감회를 맛보았는지 현재로서는 알 수 없다.[35] 김태준의「연안행」이 연재된 총 3회 분량의 내용에는 그가 연안에 도달해서 무엇을 했는지, 어떤 감회를 느꼈는지에 대한 내용이 나와 있지 않다. 마지막 연재는 팔로군 해방지구를 방문한 체험을 적은 부분과, 일본군의 봉쇄선을 넘어 연안으로 향하

---

34 1953년 창간한『사상계』는 1970년 5월호에 실린 김지하의「오적」이 필화 사건으로 번지면서 폐간되고 말았다. 장준하 자신은 1965년 한일협정을 전후하여 협정을 맹렬히 반대하는 연설에 나선 것을 계기로, 이후 야당에 합류하게 되어 정치인으로 변신하여 현실 정치에 뛰어들었다. 박정희 대통령을 정면으로 비난하는 발언으로 구속과 투옥, 석방되기를 반복한다.

35 신상초의『탈출』에는 훗날 태항산의 조선의용군 기지에 도착한 김태준과 김사량이 겪었을 어려움을 짐작하게 해주는 구절이 등장한다. "엄중한 감시를 받고 숨이 막힐 듯이 긴장한 생활을 20여 일이나 치른 후 우리는 고국을 향해 집단적으로 떠나게 되었다. 후에 안 이야기지만 여기서는(태항산 조선의용군 근거지 – 인용자) 인텔리 출신의, 자타가 공인하는 공산당원이었고, 후일 남로당 간부로 있다가 붙잡혀 총살당한 김태준 마저가 사상이 의심스럽다고 투쟁대회를 겪었다고 한다. 그리고 또 작가로서 해방 직전에 여기까지 발을 들여놓았던 김사량은 일제가 파견한 밀정으로 몰릴 뻔 했다고 하니, (…하략…)"(『탈출』, 녹문사, 149쪽) 신상초의『탈출』이 공산주의자 출신의 월남인사의 자격으로 반공체제하에 생산된 텍스트임을 감안한다면, 증언의 신빙성 여부를 판별하기 위해서는 신중한 접근이 필요하다.

는 1945년 1월 13일부터 1월 23일까지의 일정을 일기체로 기술한 '종군일기' 부분으로 구성되어 있다. 일기의 마지막 부분은 팔로군을 소탕하려는 일본군과 유격전을 불사하면서 일군의 봉쇄선을 뚫기 위해 매서운 추위 속을 행군하는 내용으로 마무리 된다. 「연안행」의 연재를 시작하면서 김태준은 1945년 4월 5일 연안에 도착했다고 밝히고 있으므로, 이 일기가 서술된 이후로도 김태준 부부는 약 2개월 이상 험난한 여정을 지속했을 것이다.[36]

> 밤 아홉시 P는 산마루턱에서 '더 갈 수 없으니 나는 당신과 여기서 결별하겠다. 당신 혼자 고국에 가서 이 진상을 동지들과 어머니게 알녀달라'하고 눈우에 쓰러젔다. 나는 그를 어둠속에 몇차레 응시하고 혼자 명상하고 있었다. P의 일은 끝없이 가여웠다. 나는 감옥에서 나온지 사십일밖에 않되는 뚱뚱부은 다리가 회복지도 못한 P를 데리고 이름모를 이 산상에서 시체를 남겨두고 갈 수도 없었다. (…중략…) 옆에 노루가 뛰여가더니 두 사람만 떨어진 설산마루턱은 일시적막해지고 컴컴한 밤 눈길은 지척을 분간할 수 없었다. 나는 용기를 고무해서 P를 잔등에 업고 약 이십리 허둥지둥 걸어나려왔다.[37]

「연안행」은 이 고단한 걷기의 여정 속에서 김태준이 '혁명'이라는 환상을 '동지'라는 실체로 채워가는 과정을 담고 있다. 경성을 출발하

36 김태준 평전의 저자 김용직 교수는 『문학』 3호에 단행본 『연안행』 광고가 실린 것으로 보아 김태준이 탈고 수준까지 집필을 끝냈으나, 국내 공산당 운동이 지하폭력투쟁 노선으로 전환되고 김태준이 구금되면서 발표가 불가능해졌으리라 짐작하고 있다. 김용직, 앞의 책, 366~367쪽.

37 김태준, 「연안행 (3)」(『문학』 3, 1947.4), 『조선문학가동맹총서』 2, 창조사, 1999, 108쪽.

여 압록강을 통과, 만주국의 국경선을 넘어 팔로군 지구로 나아가기까지 김태준의 기행에서 두드러지는 것은 그가 만난 사람들에 대한 상세한 논평이다. 이는 뒤에 살필 김사량과도 공통되는 지점인데, 두 사람의 서술 태도는 장준하의 『돌베개』와는 매우 대조적인 것이다. 『돌베개』가 담아내는 장정의 기록은 대열을 목적지까지 무사히 이끌기 위해 그 자신이 얼마나 분투했느냐에 집중되어 있기 때문이다.[38] 반면 김태준은 자신이 접촉한 지하공작원, 숙소의 주인, 일반 주민과 군인 등 주변 사람들에 대해 거의 빠짐없이 보고한다. 누가 보아도 매우 위기에 빠졌다고 할 수밖에 없는 상황에서도 그는 그 상황에 연계된 인물에 대한 설명을 빼놓지 않는다. 이에 김태준의 「연안행」은 그 자신의 일정을 기록할 때에는 사실 중심의 매우 건조한 문체였다가 주변인물들을 기록하는 대목은 서사에 가까워지는 불균형을 보이기도 한다.

탈출 과정에서 자신이 만난 인물을 향한 논평의 초점은 분명하다. 물욕과 과시욕의 병폐에 찌든 이기적 인물 군상에 대한 비판과, 그에 반하여 정직하고 이타적인 태도를 지닌 인물 군상들을 향한 예찬이다. 전자에는 만주의 브로커, 일본 경찰의 앞잡이, 교육 수준이 높다하여 혹은 너무 낮다하여 서로를 사갈시하는 동지 등이 해당된다. 반면 후자에는 아내인 P를 비롯하여, 조선인과 중국인, 일본인 등 민족을 초월

38 중경을 향한 6천 리의 행군에 장준하와 동행한 인원은 50여 명이었으나, 작가의 자의식이 전면에 부각되기에 이들은 상대적으로 배경으로 후퇴한다. 이러한 서술태도는 물론 가치판단의 대상이랄 수는 없으며, 거슬러 올라가면 기독교적 색채가 강했던 서북 지역 출신 지식인 그룹의 민족주의 운동 노선의 전통과 관련된다. 민족주의적 신념과 기독교적 신앙의 형태가 뒤섞여 있으며, 이에 개화기부터 식민지 시기를 관통하는 민족주의 문화운동의 기본 방향은 계몽주의 엘리트와 기독교적 순례자의 모습을 동시에 갖게 된다. 두 성향은 모두 한 집단을 이끌 개인의 지도자적 자질을 강조한다는 점에서 공통점을 갖는다.

하여 동일한 이상 아래 결합한 동지들이 속해 있다. 다음의 인용은 김태준이 팔로군과의 여정에서 '국제적 우정', '국제적 동지애'를 체감했음을 보여주는 부분들이다.

조선청년들이 일당에 뫃여 마음껏 기세를 올려서 왜놈을저주하며 욕설하는 통쾌한 이장면을 고국동포들게 보여주고싶었다. (…중략…) 저녁엔 중국 조선 일본 세나라동지들이 뫃여서 여흥으로 밤을 새웠다. 일본동지 진전, 궁본 제씨의 씩씩한얼굴과 國際的 友情은 조선땅에 보는 일본 강도놈들과는 별종의 인간을 접하는 것같었다.[39]

"팔로군은 조선의용군을 몹시 아껴준다. 그들의 늘 하는 소리는 이렇다. '조선의용군은 차일 조선에 돌아가서 위대한 역할을 할 사람들이니 스사로 몸을 아껴고 공부만 하라. 전투가 있을 때엔 잘 피신해서 희생이 없게 하고 확실히 정세가 유리한 때엔 참가해서 전투의 견학을 해도 좋다'라고 하였다. 그들의 뜨거운 국제적 동지애의 입장에서 우리를 아끼는 마음은 목석을 감읍케 하는 것이었다."[40]

「연안행」이 해방 후 1946~1947년 사이에 회고록의 형식으로 작성되었음을 감안한다면, 중요한 것은 그 개개에 대한 묘사보다도 이렇듯 인물 군상의 묘사에 집착하고 있는 김태준 자신의 시선이겠다. 그리고 그 시선이 조선 동포 내부 그리고 조선의용군 내부에 존재하는 분열의 양상을 짚어낸다는 점, 민족을 초월한 동지애가 만들어낸 공동체의 아

39 김태준, 앞의 글, 100쪽.
40 위의 글, 107쪽.

름다움에 맞춰지고 있다는 사실에 유의해야 한다. 김태준에게도 해방과 귀환이란, '걷기'를 통해 만들어낸 공동체의 환상이 환멸로 바뀌는 지점이었기 때문이다.

해방 후 귀환한 김태준은 조선공산당과 남조선노동당 지휘부에 참여한다. 적어도 1950년 6월 미군정 당국에 의해 체포되어 사형되기 이전까지 그는 여러 단체에 참여했고 조직과 관련된 시론을 썼다. 미소공동위원회의 결과에 따라 조선공산당을 향한 미군정에 의한 압박이 나날이 심해졌음은 주지의 사실이지만, 그보다도 박헌영의 조선공산당은 북쪽의 조선공산당 북조선분국과의 경쟁관계로 인해 고립된 처지였다는 점을 잊어서는 안 된다.[41] 그의 「연안행」 연재가 시작된 1946년 중반은, 이른바 '정판사 위폐 사건' 이후 미군정 당국이 조선공산당 본부를 폐쇄하고, 공산당 기관지 『해방전선』을 정간 조치하는 등 조선공산당의 대외적 활동이 정치적 어려움을 겪기 시작하는 시기이다.[42] 이 해 9월에 남로당 위원장 박헌영에게는 체포령이 떨어진다. 요컨대 합법성을 인정받던 조선공산당이 장차 지하조직화되는 길을 걷기 시작하는 시발점이 된 시기라 할 수 있다. 김태준의 「연안행」이 '걷기'의 기억을 소환하면서 유독 팔로군 유격전장에 경험했던 동지애를 그리워하고 있는 것은 이러한 해방 후의 정황과 겹쳐 놓고 읽을 때 그 의미가 살아난다.

김사량의 경우도, 김태준의 '걷기' 체험이 회고록으로 소환되는 맥락과 유사한 흐름을 보여준다. 물론 그는 김태준과 달리 해방 이후 북

---

41 이종석, 「김일성의 '반종파투쟁'과 북한권력구조의 형성－친소파 · 남로계 · 연안파 숙청에 관한 최초의 연구」, 『역사비평』, 1989.8, 238～271쪽 참고.

42 김용직, 앞의 책, 427쪽.

한에서 북조선예술총동맹, 산하 조직인 북조선 문학동맹 등에서 주요 직을 맡고 있는 처지였다. 단행본 『노마만리』(1947.10)와 연재본 「노마만리－연안망명기」(『민성』, 1946.3~1947.7)의 차이는 비단 38도선이 고착화되어 남북 사이 원고 송달이 어려워졌다거나, 연재본이 보다 태항산 산채의 현장감을 잘 보여준다는 사실뿐만이 아니다. 중요한 것은 급히 단행본을 출간하면서까지 그가 덧붙이고 싶었던 뒷이야기의 실체이다. 단행본으로 출간하면서 대폭 증가된 내용의 대부분은 그가 태항산에 이르는 길에, 그리고 태항산 산채생활에서 만난 동지들에 관한 내용이다. 특히 역사에서 익명으로 처리될 것이 분명한 조선의용군과 팔로군 개개인의 사연들이다. 연재본에 비해 단행본이 현장감보다 서사성을 얻게 된 이유도, 이들 수많은 인물들의 사연이 추가된 데에서 기인한다.

1947년 무렵은, 김사량에게 있어서 '연안파 항일투쟁'이 북한의 공식적인 역사 기록에서 지워지는 것을 지켜보아야 했던 시기로 꼽힌다. 태항산 전투에서 활약한 조선의용군의 이야기를 극화한 희곡 〈호접〉은 북한에서 발행한 해방 1주년 기념희곡집에 수록되지 못했다.[43] 김일성 중심의 항일투쟁사를 구축하는 데 연안파의 활약이 끼어들 여지가 없었던 것이다. 〈호접〉이 문학사에서 배제되었음에도, 김사량은 이에 항

---

43 〈호접〉, 『노마만리』 등을 둘러싼 김사량과 해방 후 북한의 김일성 우상화 작업 간의 마찰에 대해서는 김혜연, 「김사량과 북한문학의 정치적 거리」, 『한국학연구』 38, 고려대 한국학연구소, 2011를 참고하였다. 이 논문에서 저자는 김사량의 해방 후 창작 경향과 북한 정치체제와의 불화를 보여주는 근거로 『호접』의 해방 1주년 기념집 누락, 『노마만리』의 개작, 『응향』 검열 사건 등을 들고 있다. 저자는 『노마만리』의 세 차례 개작이 보여주는 집요함에서 체제의 구속에 반비례하여 점차 커지는 창작의 갈증을 읽어내고 있다. 김사량과 북한 문단의 갈등에 대한 추가적인 논의로는 김재용, 「김사량의 〈호접〉과 비민족적 반식민주의」, 『김사량 작품과 연구』 2, 역락, 2009 참고.

의하듯 『노마만리』를 써내고 있다. 그리고 그 집필의 방향은 태항산 속을 헤매며 '길을 걸을 팔자라서 팔로'라는 순박한 농담을 건네는, 일제 말 항일무장대에 주어졌던 익명의 삶에 관한 것이다. 북한의 체제에 귀의한 김사량에게는 비록 신변의 위협은 없었으나, '걷기'의 체험은 역사 앞에서 선 작가로서의 소명의식을 되물어야 하는 자리에서 소환되고 있다.

4. 결론—걷기의 실천윤리와 회상의 형식

이 글의 논의는 최초, 해방 직전 한국현대사에서 중경과 연안이라는 두 지역이 갖는 의미에서부터 착안되었다. 중경은 국민당 정권을 따라 전전하던 임시정부가 정착한 곳이며, 연안은 모택동의 공산당이 대장정을 완수하고 정착한 곳이다. 이 두 지역에 주둔한 중국의 국민군과 공산당 산하에, 한국광복군과 조선의용군라는 이름으로 무장독립운동을 준비하는 조선인들이 함께 참여하고 있었음은 주지의 사실이다. 이 무장군을 지탱하는 조선인들은 대개 강제로 학도병으로 차출된 이후 부대를 탈출했거나, 정치적 억압이 혹독해진 조선에서 더 이상 견뎌내지 못하고 망명을 결심한 청년들로 채워졌다. 이때 중경이나 연안은 이들 '길 위에 선' 청년들의 최종 도착지로 떠오르곤 했던 지역들이다. 다시 말해, '중경이냐 연안이냐', 이 질문은 항일운동에 있어서 어떤 이념을 선택할 것이냐를 묻고 있다. 중경의 임시정부에 합류하는 것은 민족주의운동의 연장이요, 연안의 조선의용군에 합류하는 것은 공산주의 운동에의 투신으로 간주할 수 있었던 것이다. 그러므로 이 질문은 내전으로 대치하고 있는 국민당과 공산당에 직접적인 영향을 받았던 조선 항일무장대의 운명과 이념적 지형도를 반영한 것이면서, 장차 해방 직후 한국에 불어 닥칠 좌우 이념적 대립을 예고하는 것이기도 하다.

그러나 이 글은 '중경과 연안'이라는 두 항일 거점 자체로부터 시작된 것이 아니라, '중경과 연안'을 바라보며 나아가는 청년들의 시선에서 서술되었다. 다시 말하자면 민족주의와 공산주의 이념의 대립구도로 환원되기 쉬운 중경과 연안의 의미 자체로부터 출발하는 것이 아니라, 두 항일 거점을 향해 목숨을 걸고 탈출하고 무작정 걸어가는 청년들의 정념을 이해하는 데 목적을 두었다는 뜻이다. 이로부터 특정한 이념으로 소급되기 이전, 죽음의 위협에 아랑곳없이 다만 혁명의 정념으로 충만하던 청년들의 내면 풍경을 읽어보고자 하였다.

이러한 작업은 이념적 대립구도로 환원되곤 하는 해방 전후 문학사의 시야를, 당대 청년들의 '혁명의 정념'이라는 틀을 통해 넓혀보고자 하는 시도라 할 수 있겠다. 이는 일본의 패전 이후 민족국가의 건설이 최대의 과제로 떠올랐음은 주지의 사실이되, 특정한 정치 이데올로기의 구분을 떠나 당대 청년세대를 포괄하고 있는 낭만적 열정이야말로 해방기의 정념이라 일컬을 수 있으리라는 판단에서 비롯된다. 이때 낭만적 열정이란, 절제와 합리성이라는 고전적인 범주에서가 아니라 분명 일탈을 부추기는 초과적인 열정이 미덕으로 간주되었다는 의미에서이다. 또한 굳이 추상적인 '정념'라는 용어를 사용한 이유는, 혁명에의 열정이란 특정 정치 이데올로기로 정립되기에 앞서 특정한 방향을 갖지 않은 채 발산되는 충동의 일종이라는 점을 강조하고 싶었기 때문이다.

해방 전후를 관통하는 혁명의 정념을 이해하는 일은 나아가 '정치와 문학'이라는 오랜 테마에 대한 반성이 되기도 할 것이다. 이 논문에서 다룬 회고록에 대한 분석과 논의의 방향은 물론 항일무장대 회고록 일반을 대표할 수는 없을 것이다. 그러나 이런 일반화의 오류를 무릅쓰고 몇 편의 회고록에서 공통적인 경향을 추려본 것은, 정치적 정념이 글쓰기의 정념으로 전이되는 과정을 통해 일련의 정치적 상황 속에 문학이 어떤 자리를 마련하느냐를 논의하는 일이 가능해 보였기 때문이다. 항일무장대원들의 수기나 기행문은 보통 정치적인 편향성이 선명하기에, 역사적 보조 사료로서의 가치는 인정하지만 문학적인 텍스트로서 해석하는 데에는 난항을 겪는 것이 사실이다. 회고적 글쓰기가 갖는 지속적 시간의 폭 자체에 내포된 이상과 환멸의 교차, 그리고 그 속에서 언제나 삶이라는 현실을 초과하여 존재할 수밖에 없는 개인적 정념은 어쩌면 이러한 난국을 통과하는 실마리를 제공할 수도 있겠다. 결국 그 만족을 모르는 정념이 회고적 글쓰기를 추동하고, 이로써 '걷기의 기록'은 회고록의 내적 형식과 같은 말이 되기 때문이다. 특히 이 글에서는 '걷기'의 수행을 소환하는 글쓰기는 어떤 특정한 이념의 정당성을 주장하기 위해서가 아니라, 위기에 빠진 개인이 각자 선 자리에서 실천윤리를 고민하는 가운데 파생되는 것임을 강조하고자 하였다.

김광주 소설에 나타난 탈경계의 의미

1930년대 상하이 체험을 중심으로

이양숙

1. 머리말

자본과 노동, 기술은 물론 문화와 언어 등 삶의 모든 영역에서 그 영향력을 발휘하고 있는 세계화globalization의 흐름은 개인의 삶을 철저히 바꾸었다. 초국가적 행위자 및 초국가적 네트워크를 특징으로 하는 '세계화'가 학문적 담론에 머물지 않고 일상 용어로 자리 잡게 된 것에는 이처럼 개인이 피부로 느낄 수 있을 만큼 삶의 변화가 신속하게 이루어졌기 때문이다. 한 세대 전만 해도 소수 선진국의 문제였던 다문화 현상은 이제 삶의 보편 조건이 되었고 교통과 통신, IT기술의 발전은 지역과 세계의 거리를 체감할 수 없게 만들었다. 울리히 벡Ulrich Beck에 따르면 세계화(지구화)란 "국민국가들과 그 주권이 초국민적인 행위자, 이들의 권력 기회, 방향설정, 정체성, 네트워크를 통해 마주치고 서로 연결되는 과정"으로 인간적 삶의 모든 부문에서 "거리의 소멸"을 경험하

는 것이다.[1]

세계화가 진전될수록 경제적 불평등과 미래에 대한 불확실성이 심화되었고 이에 대한 대안을 둘러싸고 치열한 논쟁이 진행되었다.[2] 세계화를 둘러싼 논쟁이 뜨거웠던 1990년대 이후 특히 중요한 논점으로 부각된 것은 '내이션'의 가치와 효용에 대한 것이다. 민족/국가의 경계가 무의미해짐에 따라 오랫동안 한국 사회에서 진보적 이데올로기의 지위를 유지해왔던 '민족'은 그 권위를 상실하게 되었고 민족공동체의 정치적 단위이자 경제 발전의 단위로 기능했던 '국가'는 더 이상 '자본'이나 '시장'의 지배력을 따라갈 수 없게 되었다. 그럼에도 이 개념을 쉽게 폐기하거나 그 효용을 온전히 부정할 수만은 없는 현실이 존재하기에 '내이션'은 꼼꼼하게 그 용법을 정의해야 하는 어려운 개념이 되었다. '국문학'과 '국사'가 각각 '한국문학'과 '한국사'로, '민족문학작가회의'(1987~2007)가 '한국작가회의'(2007~)로 그 명칭을 변경한 것도 이와 같은 흐름을 보여주는 상징적 사건이다. 괴테J. W. Goethe와 모레티Franco Moretti 등의 '세계문학론'이 재조명을 받은 것도 이와 무관하지 않다.

최근 '포스트-내셔널(리즘)' 혹은 '트랜스-내셔널(리즘)'이란 개념이 주목을 받게 된 것도 이와 관련되어 있다. 역사학에서 지구사, 포스트내셔널 히스토리, 트랜스내셔널 히스토리로 구분되어 논의가 진행되고 있

1 울리히 벡, 조만영 역, 『지구화의 길』, 거름, 2000, 30쪽, 49쪽. 역자는 '세계화'란 단어가 경제주의적 측면만을 강조한다는 점에서 'globalization'을 '지구화'로 번역하였으나 이 글에서는 세계화란 단어가 이미 일상어가 되었고 그 의미도 포괄적으로 확장되고 있다는 점에서 '세계화'를 사용하였다.

2 대표적으로 울리히 벡은 세계화가 최소국가라는 시장 무정부주의적 유토피아를 실현함으로써 '제1의 근대'에서 이루어지던 권력의 균형을 깨뜨리고 경제적 불평등을 심화시킨다는 점을 비판하면서도 '하위정치'와 '초국민적 시민사회'를 통해 '제2의 근대'를 달성할 수 있다고 전망한다. 위의 책 참조.

는 것과 달리[3] 문학에서는 포스트내셔널에서 트랜스내셔널로 중심이 이동하는 것으로 보인다. 포스트내셔널은 "민족이라는 지배기표의 탈구축"을 통해 "민족/타자의 구획을 넘는 탈경계의 연대"[4]를 중시하지만 포스트내셔널이 주목하는 '사이'와 '너머'의 시선은 여전히 타국에서 살아가는 사회적 소수자에 머물고 있다. 이는 "고향과 세계 사이의 역사적 연옥" 사이에 끼어 있는 추방자의 형상에서 그 이상을 발견하는 포스트콜로니얼과 문제의식을 공유하는 것이다.[5] 반면 트랜스내셔널은 포스트콜로니얼의 중심 개념들 — '이산diaspora', '혼종hybrid', '틈in-beteen-ness'[6] — 이 여전히 민족주의의 자장 안에 머물고 있음을 비판하는 한편 백낙청이 주도한 민족문학론 역시 강한 인종적 동질성을 전제하고 있다는 점에서 민족문학의 외연 확대에 머물고 있다고 비판한다.[7] 이와 같은 비판에 힘을 실어주는 것은 1990년대 이후 본격화된 세계화의 흐름과 그 영향이 더 이상 사회적 타자인 이방인(추방자)들만의 문제가 아니라는 사실이다. 앞서 설명한 것처럼 지구상에 존재하는 그 누구도 세계화의 결과인 초민족, 초국가적 환경을 벗어날 수 없기 때문이다. 트랜스내셔널이 포스트내셔널의 문제의식을 포괄하면서 지향하고자 하는 국제적 연대 및 대안적 사유란 그러므로 디아스포라의 문제의식을 비판적으로 수용하면서 전 세계의 '지구화'라는 현실적이고 급박한 문제를 화두로 삼는 것이라 볼 수 있다.

---

3 박혜정, 「민족적인 것의 경계를 넘어서－트랜스내셔널 히스토리를 통한 민족사 패러다임의 극복 가능성」, 『독일연구』 20, 한국독일사학회, 2010 참조.

4 신형기, 「일국문학, 문화의 탈/경계－포스트내셔널리즘적 관점의 성과와 전망」, 『현대문학의 연구』 45, 한국문학연구학회, 2011, 21・26쪽.

5 릴라 간디, 이영욱 역, 『포스트식민주의란 무엇인가』, 현실문화연구, 2000, 163쪽.

6 위의 책, 161～163쪽.

7 윤성호, 「누가 민족문학을 두려워하랴?－트랜스내셔널리즘 시대의 민족문학」, 『동아시아문학연구』 45, 한양대 동아시아문화연구소, 2009, 456～457쪽.

이 글에서는 1930년대 김광주 소설을 통해 이와 같은 문제의식을 한국문학사에 적용해 보고자 한다. 김광주(1910~1973)는 중국 상하이 유학 시절인 1932년, 『조선일보』에 「상해와 그 여자」로 등단하여 활동하다가 일제 말기인 1938년 작품활동을 중단하고 중국 전역을 돌아다니며 유랑생활을 한 특이한 이력의 소유자이다. 해방 후 김구의 측근으로 귀국, 문단에 복귀하였으나 1952년 필화 사건을 겪은 후에는 주로 무협소설을 창작하면서 문단의 주변인으로 일생을 보냈다. 한국 무협소설의 효시로 평가되는 『정협지』(1961)는 발간 당시 선풍적인 인기를 끌었지만 그는 평생 대중소설가로 간주되어 별다른 주목을 받지 못하였다.[8] 김광주 문학이 주목받기 시작한 것은 2000년대 이후이다.[9] 출생지인 수원에서 대대적인 학술행사가 개최되었고(2016) 중국 조선족 학자들 사이에서도 그의 작품을 새롭게 발굴하는 작업이 이루어지고 있다.[10] 일본과 만주의 디아스포라에 집중되었던 국내에서의 연구도 유

8 김광주의 생애와 이력에 대해서는 최병우, 「김광주의 상해 체험과 그 문학적 형상화 연구」, 『한중인문학연구』 25, 한중인문학회, 2008; 김명섭, 「1930년대 김광주의 상해 체험과 아나키즘 인식」, 『사학지』 52, 단국사학회, 2016; 김은하, 「김광주 문학연구(1932~1953)－상해 체험의 문학적 변용과 아나키즘 수용을 중심으로」, 서울대 석사논문, 2017의 논문을 참고할 수 있다. 이들은 김광주의 회고담 「상해시절 회상기」와 주변인들의 기록에 기초하여 그의 이력을 정리하고 있다. 해방기 김광주 소설에 대한 연구로는 최미진, 「반공포로의 석방과 국민형성의 딜레마」, 『한국민족문화』 41, 부산대 한국민족문화연구소, 2011; 김익균, 「해방기 사회의 타자와 동아시아의 얼굴－해방기 소설에 표상된 상해에서 온 이주자」, 『한국학연구』 38, 고려대 한국학연구소, 2011; 이영미, 「해방공간의 김광주 소설에 나타난 섹슈얼리티 연구」, 『한국문학이론과 비평』 28, 한국문학이론과비평학회, 2005의 연구를, 무협소설 『정협지』와 1960년대 대중문화에 관해서는 조성면, 「김광주의 『정협지』와 1960년대 대중문화」, 『한국학연구』 20, 인하대 한국학연구소, 2009 의 연구를 참조할 수 있다.

9 김광주에 대한 관심이 2000년을 전후하여 본격화된 이유로 김은하는 한국문학 연구의 관심이 대중문학 영역으로까지 확장된 것을 들었다. 김은하, 「김광주 문학연구(1932~1953)－상해 체험의 문학적 변용과 아나키즘 수용을 중심으로」, 서울대 석사논문, 2017, 3쪽.

진오, 주요섭, 심훈, 김광주 등 상하이 체험을 다룬 작가에 주목하면서 김광주에 대한 관심도 함께 높아지고 있다.

김광주 연구는 크게 두 가지 방향으로 진행되어 왔다. 하나는 한국 근대문학의 외연 확장이라는 관점에서 그의 작품을 평가하는 연구 경향이다. 이 경우 김광주는 '상하이 디아스포라'의 한 유형을 보여주는 작가로서 상하이의 이중성, 사이비 혁명가들에 대한 환멸을 그린 작가로 평가되거나,[11] 중국 근대 민족주의 문예운동에 관심을 가지면서 고국에 대한 그리움과 유랑민의 삶을 통해 강한 민족의식을 형상화한 문인으로 평가된다.[12] 다른 하나는 기존 연구가 지나치게 이념적/정치적 성격에 치중되어 있다는 점을 비판하면서 상하이라는 지역성(도시성)을 강조하는 연구들이다. 대표적으로 서은주는 식민지 시기 만주문학이 "확장된 민족문학"의 위치를 점유하고 있었던 데 반해 상해문학은 이와 다르다고 전제하고, 제국주의적 세계화의 산물인 국제 도시 상하이를 작품의 중심에 두어야 한다고 보았다. 이 경우 김광주는 "조선인 군상들의 열악한 삶을 어떤 이념적 선입견 없이 투명하게 포착하여 형상화하는" 작가로서 그를 통해 "상해를 읽는" 것은 상해의 진정한 근대 풍경을 함축적으로 발견하는 것이 된다.[13] '상하이 디아스포라'가 상하

---

10 이에 대해서는 중국 산동대학 교수인 김철의 작업을 참고할 수 있다. 김철, 「중국 현대문예 매체에 발표된 김광주의 문예비평에 대한 소고」, 『한중인문학연구』 47, 한중인문학회, 2015.

11 하상일, 「식민지 시기 상해 이주 조선 문인 연구의 현황과 과제」, 『비평문학』 50, 한국비평문학회, 2013, 312~315쪽.

12 김철, 「김광주의 前期소설 연구」, 연변대 조선문학연구소 편, 『20세기 중국조선족 문학사료전집』 12(김학철 · 김광주 외), 박이정, 2013, 8~15쪽. 표언복, 「일제하 상해 지역 소설연구」, 『어문연구』 41, 어문연구학회, 2003과 이영미, 앞의 글을 같은 경향으로 볼 수 있다. 김명섭과 김은하의 연구는 김광주를 아나키스트로 분류하고 그 근원으로 상하이에서의 아나키스트활동을 들고 있으나 작품 분석보다는 그의 정치적 이력을 중심으로 하고 있다는 점에서 첫 번째 경향의 연구로 분류될 수 있다.

이를 '상상된 공간' 혹은 '연장된 조선'이라는 관념적 공간에 머물게 했다는 점을 비판하면서 비非제국, 비서구인의 상하이 체험을 형상화한 작가로 김광주를 고평한 박자영의 연구 역시 두 번째 경향으로 분류될 수 있다.[14] 이 경우 김광주 소설은 상하이라는 도시의 혼종성과 다양성을 보여주는 텍스트로 해석된다.[15]

이 글에서는 이처럼 민족주의 혹은 탈민족주의의 방향에서 시도되었던 김광주 연구의 성과에 기초하면서도 이들의 연구에서 간과되었던 김광주 문학의 특징에 주목하고자 한다. 1930년대 김광주의 문학세계는 상하이의 조선인 사회와 조선인을 대상으로 하고 있으나 그의 작품에서 '조선/인'은 민족의 독립이나 민족적 특징을 드러내는 적극적 기표로 기능하지 않는다. 그렇다고 그의 작품이 상하이의 근대 풍경에 크게 초점을 두고 있는 것은 아니다. 작품 속의 주인공들은 이방인/추방자라는 의식이나 고향과 세계 사이의 이분법에 갇혀 있는 사람들이 아니다. 민족의식보다는 초국적 삶의 조건을 고민하는 자들로 이들은 구속(억압)과 자유라는 대립항 속에서 자신들의 생존 조건을 고민하면서 새로운 삶을 꿈꾸는 자들이다. 물론 이들이 조선인이며 조선어를 사용한다는 점에서 내이션의 틀을 완전히 벗어났다고 평가할 수는 없지

13 서은주, 「1930년대 문학에 나타난 '모던 상하이'의 표상－김광주의 문학적 글쓰기를 중심으로」, 『한국문학이론과 비평』 40, 한국문학이론과비평학회, 2008, 437~438쪽.

14 박자영, 「1930년대 조선인 작가가 발견한 어떤 월경의 감각」, 『중국어문학논집』 83, 중국어문학연구회, 2013.

15 이는 박자영이 서은주의 논문을 비판하는 관점이기도 하다. 박자영은 서은주의 탈이념적 독법의 문제로 상하이가 소설의 전면에 나섬으로써 조선인들의 감정과 체험이 적절히 규명되지 못했다는 점을 지적하면서 김광주 소설 속 보헤미안적 주체의 적극성을 고평하였다. 이는 보헤미안 극사를 조직하여 활동하는 한편 남화한인청년연맹(南華韓人青年聯盟, 1931)이라는 무정부주의 단체에서 활동하였던 김광주 개인의 이력이 고려된 것이지만 개인의 정치활동과 달리 작품에서 이와 같은 적극성을 발견할 수 있는지는 의문이다.

만 조선이라는 단일 민족의 프레임으로 설명될 수 없는 일종의 불투명성을 갖고 있다는 것이 흥미로운 지점이다.[16] 이 불투명성은 이들이 민족/국가의 통로 없이 세계와 직접 대면해야만 했던 사정에서 기인한다.

상하이를 배경으로 하는 작품의 주인공들은 조선인이면서 조선말보다는 영어와 중국어에 능통한 신여성이나(「북평에서 온 영감」의 선교사의 딸 메리), 중국문헌을 조선어로 번역할 수 있는 지식인들, "조선말보다 로서아말을 더 잘하는" 해삼위 출신의 여성 인물(「장발노인」의 마담 코리아) 등 코스모폴리턴으로 발전할 수 있는 자질을 갖추고는 있지만 이들의 국제성은 상하이에서 거의 쓸모없는 능력일 뿐이다. 이들이 갖고 있는 코스모폴리턴적 소양은 개인적 생존을 도모하는 것에조차 거의 사용되지 못하기 때문이다. 하물며 민족적, 국제적 상황을 위해 발휘되는 것은 꿈꿀 수조차 없는 상황이다. 국민국가 사이의 상호행위를 인터내셔널한 것으로 보고 국민국가 차원이 아닌 행위자들 사이의 연관이나 교환을 트랜스내셔널한 것으로 정의하는 관점에 따른다면[17] 이들의 존재와 행위는 이미 트랜스내셔널한 것이다. 그러나 그 양상은 오늘날의 세계화가 추동한 초국가적 행위자의 월경 행위가 지닌 적극적 의미와는 사뭇 다르다. 오늘날의 민족/국가가 초국가적 행위자와 네트워크에 의해 적극적으로 추동된 것이라면 김광주 소설의 초국가적 행위자들은 민족과 국가의 지평이 보이지 않고 오로지 개인의 힘으로 초민족,

16 개별 국가, 개별 문화에 연원을 두면서도 동시에 단일 국가 패러다임으로 설명될 수 없는 불투명성은 트랜스내셔널 문학의 가장 큰 특징이다. 이런 의미에서 트랜스내셔널 문학의 의의는 트랜스내셔널의 시각을 통해 기존 문학을 재평가하거나 그동안 주목받지 못한 작품을 재발굴할 가능성에 있다. 윤성호, 앞의 글, 452~453쪽.

17 Steven Bertovec, *Transnationalism*(London : Routledge, 2009, p.3), 황정아, 「문학에서의 트랜스내셔널 패러다임 — 민족문학론과 세계문학론의 쟁점을 중심으로」, 『역사와 문화』 20, 문화사학회, 2010, 150쪽에서 재인용.

초국가적 현실을 감당해야 했던 주인공들이기 때문이다.

그의 작품은 자신의 의지와 상관없이 초민족/국가라는 상황에 내던져진 인간들의 생존방식과 이들이 추구하는 다양한 인간 조건을 다루고 있다는 점에서 오늘날의 현실과 비교될 만한 지점을 담고 있다. 이 글에서는 1930년대 김광주 소설의 트랜스내셔널한 특징을 살핌으로써 제국주의적 세계화 시대의 초민족적 주체의 존재 양상과 그 의미를 짚어보고자 한다.

2. 동아시아의 시공간과 흔적으로서의 조선

경성 제1고보에 재학 중이던 김광주가 만주(길림성)에서 병원을 운영하면서 은밀히 독립운동의 조력자로 활동하고 있었던 맏형 김동주의 부름을 받아 상하이 유학길에 오른 것은 1929년, 1910년생인 그가 갓 스무 살이 되던 해였다. 형의 뜻에 따라 상하이 소재 남양의과대학에 진학하였지만 의학보다 문화예술에 심취하여 학교를 그만둔 그는 형으로부터 경제적 지원을 받지 못해 어렵게 살아야 했다.[18] 상하이에서 경험한 궁핍함은 그의 작품 곳곳에서 실감 있게 다루어진다. 특이한 것은 하층민 의식이 이방인으로서의 자의식과 연결되지 않는다는 점이다. 그의 작품에서 고향이나 가족 혹은 이들을 통칭하는 것으로서의 '조선'

18 김광주의 이력에 대해서는 김명섭, 「1930년대 김광주의 상해 체험과 아나키즘 인식」, 『사학지』 52, 단국사학회, 2016과 최병우, 「김광주의 상해 체험과 그 문학적 형상화 연구」, 『한중인문학연구』 25, 한중인문학회, 2008을 참조할 것.

의 의미는 쉽게 호출되지 않는다. 즉 조선으로의 회귀를 꿈꾸거나 '상상된 향수imagined nostalgia'를 통해 아름다웠던 과거를 회상하는 행위는 찾아볼 수 없다.[19] 상해 시절 발표된 김광주 소설의 주인공들은 모두 조선인이지만 이들에게 공통의식이 있다면 그것은 조선인이라는 공동체의식이라기보다는 한 곳에 정착하지 못하고 유랑하는 존재라는 동류의식일 것이다.

제국주의 시대에 국경을 넘나드는 다민족 하층 노동자의 존재는 중국뿐만 아니라 조선과 일본에서도 큰 사회적 이슈가 되었다. 김예림의 연구에 따르면 조선에서 중국인 하층 이주자가 노동자인 동시에 잠재적 범죄자로 취급되었던 것처럼, 일본에서는 조선인 노동자와 중국인 노동자 쿨리가 거칠고 불결하며 책임감이 부족한 미숙련 노동집단으로 간주되었다. 특히 중국인 노동자 쿨리는 일본인에게 충격에 가까운 거대한 '야만'으로 묘사되기도 하였다.[20] 만주에서 아편 밀매와 성매매업에 종사했던 조선인들이 '양복선인洋服鮮人'으로 불리며 비난받았던 것처럼 조선, 일본, 중국 등 동아시아 일대를 떠돌며 유랑했던 사람들은 민족적 차이를 불문하고 정착민들에게는 정체불명의 존재이자 위험한 존재로 간주되었다.

제국이 확대됨에 따라 늘어난 동아시아의 방랑자들에게 민족이나 국가의 존재가 큰 의미로 다가오지 않았던 이유는 명백하다. 더 이상 민족이나 국가의 경계가 자신들을 보호해 줄 수 없었기 때문이다. 끝없이 새로운 경계를 만듦으로써 기존의 경계를 허물어 간 제국의 폭력

---

19 Arjun Appadurai, 차원현・채호석・배개화 역, 『고삐 풀린 현대성』, 현실문화연구, 2004, 140쪽.

20 김예림, 「노동의 제국」, 『사이間SAI』 13, 국제한국문학문화학회, 2012, 181~187쪽.

은 모든 것을 유동적인 것으로 바꾸었고 안정적인 미래가 가능하지 않다는 것은 두루 인정되는 사실이었다. 특히 김광주와 같이 출생부터 식민지민으로 태어난 자들에게는 민족에 대한 실감이 더욱 부족했을 법하다. 굳이 이들의 소속감을 구분해야 한다면 민족적 정체성보다는 동아시아인으로서의 정체성이라 할 수 있겠으나 그것은 거대한 제국의 일원이라는 자부심에 찬 동아시아인이 아니라 조국도 민족도 그 어떤 공동체도 기댈 곳이 없어 외따로 자신만을 의지해서 살아가야 하는 유랑민으로서의 동아시아인, 유랑민으로서의 공통감각이었다고 말할 수 있을 것이다.

김광주 소설에는 개별 국가 단위의 일국문학사에서는 좀처럼 파악될 수 없었던 민족국가 형성 이전의 동아시아 체험이 전제되어 있다.[21] 김광주 소설에 추방자 의식이나 경계인으로서의 자각 혹은 고향과 세계 사이의 이분법이 아니라 구속/억압과 자유의 대립, 자유에 대한 갈망 등이 드러나 있는 것은 이처럼 경계 형성 이전의 존재로서의 체험이 있었기 때문이다. 제국의 하층을 구성하는 존재이면서도 제국에 대한 의식을 두드러지게 드러내지 않는 것은 제국(보편)에 대한 대결의식으로서의 민족(특수)이 선행하고 있지 않기 때문이다.[22] 1930년대 중반 동아시아의 시공간은 피식민지민이라는 특수성보다는 초민족적 개인으로서의 존재에 집중하도록 만들었고 이것이 조선 내부의 조선인들 혹은 일본 내지의 조선인들과는 다른 삶의 감각이었다. 이와 같은 지점은 제국/식민, 친일/반일, 민족/반민족의 구도에서는 포착될 수 없는 부분

21 김은하, 앞의 글, 6쪽.
22 박선주, 「트랜스내셔널문학－(국민)문학의 보편문법에 대한 문제제기」, 『안과밖』 28, 영미문학연구회, 2010, 175쪽.

이다. 그의 텍스트를 이념적 잣대로 판단해서는 안 된다는 입장은 이처럼 그의 텍스트가 '보편/특수'의 구도에서 벗어나 있음을 간파한 것이기도 하다.

그렇다면 그의 작품이 국제 도시 상하이의 도시성을 충실하게 담아내고 있는 것인가? 최근의 연구를 통해 밝혀진 것처럼 그가 상하이 문단과 교류하면서 상하이의 유력 신문에 정기적으로 기고를 하는 등 활발한 활동을 하고 있었음은 분명한 사실이다.[23] 하지만 그의 작품에는 이와 같은 영향관계가 분명하게 드러나지 않는다. 김광주의 소설에서 상하이의 도시풍물은 초민족/국가적 상황에 처한 주인공들의 삶을 강하게 유인하지 못한다. 그의 작품 속 주인공들은 상하이라는 도시의 중심으로 진입하지 못하거나 진입을 시도하지 않은 주변적인 존재들이다.

그러나 사실에 있어서 은순이와 나와의 사이는 흰 눈같이 깨끗하였었다. 젊은 총각과 이십을 갓 넘은 새파란 처녀가 날마다 한자리에 모여 앉으니 남이 보기에 얼른 오해하기도 쉬운 일이나 사람을 대하면 한 달 월급부터 물어보는 곳이 상해이니 내 몸 하나를 주체 못하는 나로서는 사랑의 단꿈을 꾸고 싶은 그런 생각은 천리만리 아득한 일이었고 오늘을 지내면 내일, 내일을 지내면 모래 지낼 생각에 다른 일은 생각해 볼 여유도 없을 만치 그때의 나의 생활은 말 못할 만큼 보잘것없는 것이었다.

'저 놈은 젊은 놈이 인스펙터－(電車監督)라도 안 들어가고 밤이나 낮이나 편둥편둥 자빠져서 쓰는 게 뭐람.'

하는 말이 나 같이 일정한 직업을 갖지 못한 사람에게는 누구에게나 씌워

23 김철, 「중국 현대문예 매체에 발표된 김광주의 문예비평에 대한 소고」, 『한중인문학연구』 47, 한중인문학회, 2015 참조.

지는 말인 만큼 상해에서 다만 하나 조선 사람들의 직업은 '인스펙터—'이었다. '한 달에 오십 원 수입, 아내를 얻고 자식을 낳고—' 이렇게 되면 생활에는 안정을 얻을 수 있다 하겠지만 코 큰 놈들에게 매달려 하루 종일 시달리는 것이 차마 못할 일일뿐더러 남에 없이 약한 기질에 한 달은커녕 하루만 다니면 코피를 쏟고 자빠질 것같이 생각되었었다.[24]

위 작품의 주인공은 특별한 직업 없이 상하이 법조계의 '정자간亭子間'[25]에서 "대중화영편공사大中華影片公司의 촬영감독으로" 근무하는 동무 P군과 함께 자취생활을 하고 있다.[26] 그들은 방세가 밀려 집주인 할머니(중국인)에게 "조선놈들이란 할 수 없다"는 모욕적인 말을 들으면서도 돈이 없어 너털웃음으로 무마해야 하는 상황에 처해 있다.[27] 그럼에도 '나'는 상해의 조선인이 구할 수 있는 직업은 '인스펙터'이지만 자신은 몸도 약할뿐더러 코큰 놈들에게 하루 종일 시달리는 것을 "차마 못할 일"로 단정한다. 그러므로 그는 자발적으로 빈곤한 유랑생활을 감

24 김광주, 「上海와 그 여자」, 민현기 편, 『일제 강점기 항일독립투쟁소설 선집』, 계명대 출판부, 1989, 253쪽. 「上海와 그 여자」를 제외한 다른 작품은 모두 『20세기 중국조선족문학사료전집』 12, 박이정, 2013에 실린 작품을 대상으로 하며 이하에서는 작품명과 인용 쪽수만을 표기하기로 한다.

25 정자간은 일반적인 상하이 주택에서 가운데 방과 바깥 방 사이의 복도 계단에 붙어 있는 쪽방을 일컫는다. 통풍설비가 열악할 뿐 아니라 북창이라 일 년 내내 태양을 볼 수 없었기 때문에 겨울에 춥고 여름에는 무더웠다. 그래서 저렴한 가격에 임대되었는데, 한 달 임대료가 4원이 채 되지 않아, 2~3명의 작가들이 10제곱미터도 되지 않는 좁은 공간이나마 함께 모여 작업할 수 있었다. 李歐梵, 장동천 외역, 『상하이모던—새로운 중국도시문화의 만개, 1930~1945』, 고려대 출판부, 2007, 80쪽.

26 P군은 조선사람들이 감독, 촬영, 주연을 맡은 영화 〈양자강〉을 만들어 한국에 수출한 이경손(1905~1978)으로 추정된다. 이경손에 대해서는 김명섭, 앞의 글, 40쪽과 최병우, 앞의 글, 23쪽을 참조. 상해파 한국 영화인의 약력과 활약상에 대해서는 안태근, 「일제강점기 상해파 한국영화인 연구」, 한국외대 석사논문, 2011을 참조.

27 동무와 함께 "중국사람집 이층 좁은 방"에서 생활하는 주인공은 「장발노인」에도 등장한다. 김광주, 「長髮老人」, 19쪽.

수하고 있는 셈인데 이는 그가 상하이에서 생활인으로 정착하지 않고 있음을 보여준다.[28]

상하이에는 1920년대 후반 이미 세계적인 건축가들에 의해 수많은 마천루가 건설되었고 이 건물들에는 호화로운 호텔과 백화점, 커피하우스, 댄스홀, 영화관들이 입점해 있었다. 상업의 공간이었던 남경로는 "상하이의 옥스퍼드街이자 제5번지"라 불릴 만큼 서구적 풍물을 보여주는 곳이기도 했다. 남경로에 전차노선이 가설된 것은 1908년으로 1910년대 말에 남경로는 이미 가장 번화한 상업 지구가 되었다.[29] 당시 상해에는 영국과 프랑스, 중국이 설립한 전차회사가 있었으며 여기에는 책임감이 높다고 알려진 조선인들이 다수 고용되어 있었는데 이들은 상대적으로 높은 생활수준을 유지할 수 있었다.[30] 쑨커즈孫科志의 연구에 따르면 상하이 조선인 사회의 구성원은 중국 동북 지역의 조선인들에 비해 사회적 신분과 교육수준이 높아 토지 의존도가 낮았다고 한다. 상해의 조선인은 전문직이나 은행원, 회사원, 전차회사 직원 등이 큰 비중을 차지했는데 이는 1930년 길림성에 거주한 조선인 51만 명 중

---

28 정치활동에 참여하지 않은 한인들은 사업을 하거나 좋은 직장이 있어 생활수준이 높았다. 독립운동에 참여한 한인들은 신변의 위협을 받았을 뿐 아니라 가난한 유랑생활을 해야 했기 때문에 안정된 생활을 추구한 한인들은 독립운동에 참여하기를 꺼렸다. 孫科志, 『上海韓人社會史－1910～1945』, 한울, 2001, 111쪽.

29 19세기 중반 상하이 조계에는 근대 도시의 주요 시설물들이 — 은행(1848), 서구식 거리(1856), 가스등(1865), 전기(1882), 전화(1881), 상수도(1884), 자동차(1901) 등 — 조성되어 20세기 초 서구식 근대 도시의 성격을 모두 갖추고 있었다. 상하이 와이탄外灘은 십리양장(十里洋場 : 십 리에 걸친 서양인의 세계란 의미로 외국조계를 지칭)의 중추로 1920년대 후반 이미 30여 채의 고층 건물이 들어서 있었다. 24층의 파크호텔, 22층의 연합금고건물, 무어 기념예배당 등은 뉴욕스타일로 건축되어 상하이는 뉴욕의 도시 경관과 아름다움을 겨눌 정도로 화려하였다. 李歐梵, 장동천 외역, 앞의 책, 36～45・50～55쪽.

30 孫科志, 앞의 책, 129～130쪽.

93%가 농업에 종사하였다는 사실과 대조적이다.[31] 이는 상하이에 거주하는 교육받은 조선인들은 자신들이 원할 경우 생계를 유지할 수 있을 정도의 직업을 구하는 것이 그리 어렵지 않았을 것임을 보여준다.

당시 상하이의 평범한 회사 직원은 월급으로 40~60원을 받았고 중산층에 속하는 5인 가족의 한 달 가계 지출이 66원인 데 비해 작가들이 주로 거주한 정자간의 한 달 임대료는 채 4원이 되지 않았다고 한다.[32] 「장발노인」에서도 "석 달이면 방세가 십팔 원"이라고 말하는 대목이 나오는 것으로 보아 당시 상하이 정자간의 한 달 방세는 4원에서 6원 가량이었음을 알 수 있다.[33] 그러므로 '인스펙터'의 월급 50원은 상하이에서 중산층의 생활을 할 수 있는 급여임을 알 수 있다. 인스펙터가 주는 '생활의 안정'을 거부하겠다는 주인공의 태도는 그가 일상의 안위 이상의 어떤 가치를 추구하고 있음을 보여준다. 이처럼 김광주 소설의 주인공들은 생활인으로 정착하여 안정된 삶을 누리는 인물들이 아니다. 그의 소설에 등장하는 인물들은 모두 임시방편으로 상해에 거주하는 자들이다. 상하이의 국제성과 식민성 중 어느 하나에 일방적으로 포박되지 않는, 따라서 어느 한 편으로 온전히 설명될 수 없는 인물들이다. 이들이 지향하는 것은 '구속'으로부터의 탈피이다.

---

31 위의 책, 90~93쪽.

32 李歐梵, 장동천 외역, 앞의 책, 80~81쪽.

33 김광주, 「長髮老人」, 19쪽. 「鋪道의 憂鬱」에서도 인스펙터로 일하는 A에게 돈을 빌리려는 '철'이 "집세를 이원쯤 주었을 것이고 쌀값나무값 밀닌 것을 이십원치고 어린아이들 학비로오원 월급이 육십원은 될터이니 아즉 한 이십원 남었을까?" 하고 생각하는 장면이 나온다.

3. 관계불능과 비동일성, 민족이라는 낯선 기표

1930년대 상하이에는 다국적 공동체가 형성되어 있었다. 1935년 뉘른베르크법의 시행으로 인종차별이 합법화되면서 독일을 탈출한 독일계 유대인들이나 1917년 러시아혁명을 피해 이주한 러시아인들, 일본의 탄압을 벗어나 독립운동을 펼쳤던 조선의 혁명가들 등 다양한 국적과 인종이 새로운 삶을 꿈꾸며 모여들었다. 이들은 모두 민족/국가에서 이탈되어 있는 존재들이었는데 이탈자들의 집합소로서의 상하이에서 특정 공동체가 자신들만의 정체성을 온전히 유지될 수 있다는 믿음은 거짓이거나 환상에 가까울 것이다. 다양한 민족/국가들에서 이탈해 온 개인들의 사회에서는 어느 한 민족이나 제국의 영향력이 지배적일 수 없으며 그들이 만들어 내는 공간의 질서 역시 잠정적이거나 양가적일 수밖에 없을 것이기 때문이다.[34]

순수한 공동체로 간주되던 한 집단이 낯선 공간에 노출되었을 때 취할 수 있는 것은 먼저 공동체의 구심점을 마련하는 일이 될 것이다. 예컨대 독립을 위해 이주한 조선인 공동체에서 민족이라는 필터로 걸러지지 않는 불순물들은 자신들의 정체성을 위협하는 것이 될 수밖에 없을 터이기 때문이다. 민족주의적 자장 안에서라면 민족의 이름으로 수정되거나 보완될 수도 있었을 이와 같은 불순물들은 수많은 민족들이 교차하고 갈등하는 이국의 영토에서는 쉽게 수정되기 어려웠다.

34 사회가 국민 국가적으로 분할되고 질서정연하게 정돈되어 있다고 사고할 경우 그 질서정연한 범주들의 내부 혹은 외부에 개재해 있는 모든 현상들은 배제된다. 양가적인 것, 유동적인 것, 잠정적인 것, 여기와 저기에 동시에 존재하는 것들을 연구하기 위해서는 '이민연구'에서 시도된 바 있는 초국민적 사회적 공간이라는 방법이 필요하다. 울리히 벡, 조만영 역, 앞의 책, 59쪽.

> 어떤 사람은 비행기를 타고 어떤 사람은 귀국선을 타고 어떤 사람은 피난민 열차를 타고 이래서 해외에서 오래 고생한 사람은 두 말할 것도 없고 다만 몇 달동안 까닭없는 방랑 생활을 한 사람까지도 좀 똑똑하고 거짓말할 줄 아는 위인은 모두 무슨 혁명가가 되고 애국지사가 되고 요인(要人)이 되어서 너도 나도 앞을 다투어 조선으로 들어가버렸다. 심지어 조선사람의 망신이란 혼자서 시키고 돌아다니며 모리협잡에 눈코 뜰 사이 없이 지낸 사람도, 또 무슨 약장사, 계집장사 같을 것을 해먹은 사람도 언제 내가 그런 짓을 했느냐는 듯이 시치미를 뚝 떼고 아래턱을 쓰다듬으며 버젓이 여러 독립운동자들 틈에 끼어서 귀국선 가운데 중요한 자리를 차지하고 돌아갔다.[35]

위의 글은 해방 직후 상하이의 표정을 담고 있다. 여기에서는 강력한 민족주의와 민족국가 건설의 열망이 모든 재외 동포들을 독립운동가로 변신시키는 장면이 냉정히 서술된다. 이 글에서 알 수 있듯이 해방직후에는 약장사, 계집장사, 모리배는 물론 까닭 없는 방랑자들까지 모두 독립운동가에 포함될 수 있었음을 알 수 있다. 그러나 제국주의 시대 다민족공동체가 공존하는 상하이에서는 이와 같은 통일이 쉽게 이루어질 수 없었다. 민족공동체 내에서 벌어진 수치스러운 경험은 수정되지 않은 채 냉정한 필체로 기록되었고 이는 '민족'이라는 기표를 낯설게 보는 효과를 산출하게 된다. 김광주 소설에서 이와 같은 지점을 적나라하게 보여주는 장면은 망명지사와 명망가들을 비판하는 부분이다.

상하이 한인 사회의 특징 중 하나는 다른 외국인 사회와 달리 정치적 성격이 농후했다는 점이다. 세계 각국의 혁명가들이 모여들었던 상

35 김광주, 「揚子江沿岸(1949)」, 박영준 · 전광용 편, 『新韓國文學全集－金光洲, 金利錫, 鄭飛石, 崔泰應 選集』 16, 어문각, 1973, 141쪽.

하이에는 임정(1919)을 비롯하여 다수의 조선인 단체들이 건립되었고 임정은 임정자체와 독립운동 단체의 안전을 위해 경무국을 설치하여 의심스러운 한인을 철저히 감시하였다. 조선인 밀정이나 친일파들도 독립운동가들이 집중 거주하는 프랑스조계에 감히 들어가지 못할 정도였으나 1932년 이후 임정의 세력이 점차 약화되면서 독립운동가들은 중경으로 이동하였고 그 뒤를 이어 친일 세력이 상하이를 장악하였다고 한다.[36] 김광주가 상하이에 들어 온 시기는(1929) 이처럼 독립운동 세력이 점차 약해지던 때였다. 그의 소설은 명분과 이념 대신 변절과 타락이 그 자리를 채워가는 상황을 배경으로 한다.

오늘날 세계화로 확대된 이동의 자유가 '여행자'와 '떠돌이'를 낳았다면 제국주의적 세계화가 진행되던 1930년대 상하이에 체류한 조선인들은 크게 망명객과 방랑자로 구분될 수 있다. 이들은 모두 '이동의 자유'를 실현한 자들이라는 공통점이 있다. 여행자가 무엇이든 스스로 선택할 수 있는 능력을 가진 자들이라면 떠돌이는 '비자발적 여행자들'로 이동이나 거주 과정에서 적대감을 불러일으키는 존재들이다. 떠돌이들은 여행자를 욕망하지만 여행자들은 떠돌이로 전락할 것들 두려워한다. 떠돌이에게는 '이동의 자유'가 격리와 소외, 지역화로 작용할 가능성이 매우 높기 때문이다.[37] 망명객이 정치적 이념이나 민족/국가와의 관계가 전제된 것이라면, 방랑자는 이념 혹은 집단보다는 개인의 선택과 자유가 앞선 개념이다. 떠돌이들이 여행자들의 능력을 부러워

36 1932년 이전에는 일본의 세력이 약했던 프랑스조계 거주 조선인이 많았으나 윤봉길 의거가 일어났던 1932년 이후에는 일본의 세력이 프랑스조계에 까지 미치게 되어 공공조계에 거주하는 조선인이 더 많았다. 1931년에 856명 중 497명이 프랑스조계에 286명이 공공조계에 있었다면, 1936년에는 총 1797명의 조선인 중 523명이 프랑스조계에, 794명이 공공조계에 거주한 것으로 알려졌다. 孫科志, 앞의 책, 45・94~99쪽.

37 Zigmund Bauman, 김동택 역, 『지구화, 야누스의 두 얼굴』, 한길사, 2003, 182~191쪽.

하는 것처럼 방랑자들은 망명객의 명성과 고매한 이상을 부러워하며 역으로 망명객들은 자신들이 이주해 온 목적을 상실하고 일개 방랑객으로 전락할 것을 두려워했을 것이다. 여기서 김광주가 상해 시절을 회상하는 자리에서 자신의 선택은 '망명'이라기보다 '방랑'이라고 언급해둔 것을 짚어볼 필요가 있다.

> 나에게 亡命이란 외람된 일이 있을 리 없고, 마음것 또 다른 하늘을 우러러 볼 수 있는 放浪이 그저 조왔고, **아모도 나를 支配하러 들지 않고, 命令하러 들지 않는 異域하늘에서 이 都市에서 저 港口로, 간다 온단 말도 없이 흘러가서는 그 前에 있든 곳을 그려하는 까마아득한 追憶의 心境에서 사는 것이 젊은내넋을 끝없이 誘惑했을 뿐만아니라,** 倭놈들의 魔手는 보잘것없는나같은 길손조차 한 곳에 그대로 멈으러두기 싫여서 심심하면 까닭없이 지근덕거렸고 이 앞잽이가 되여서 나를 放浪客을 맨드러 다른 곳으로 모러내는것은 例外없이 皇軍을 信奉하는 사랑스러운 同胞들이었으며, 이럴 때마다 나는 異國의 또 하나 다른 하날을 찾어서 보따리를 싸곤하였다.[38](강조는 인용자)

김광주의 아나키즘적 성향을 설명하는 것으로 해석되기도 하는 위의 글은[39] 김광주가 경험했던 1930년대 상하이 생활의 암울함을 설명해준다. '支配와 命令', '倭놈들의 魔手', '앞잽이가 되어버린 同胞들'을 피해 방랑객이 누리는 자유란 기실 고립과 소외를 감수하면서 배신과 협잡을 피해 부유하는 삶이었음을 보여주기 때문이다. 또한 위의 글에서는 자신의 상하이 시절을 '망명'으로 이름 붙이고 싶지 않은 심리가

---

38 김광주, 「盧山春夢」, 『백민』, 1947.5. 33~34쪽.
39 김명섭, 앞의 글 참조.

읽히는데 이는 겸양의 태도라기보다는 당시 '망명객'이란 말이 부정적으로 사용되었기 때문일 것이다. 상하이 시절을 다룬 작품에서 가장 중요한 인물 중 하나가 망명객, 망명지사인데 이들은 극히 문제적 인물로 그려진다.

김광주 소설에서 조선 출신의 혁명가는 크게 4가지 유형으로 등장한다. 첫 번째는 한때의 명성과는 정반대로 철저히 타락하여 구제불능의 상태로 빠져버린 타락자들, 자칭 망명지사들이다. 두 번째는 아직도 혁명 일선에 서 있는 자들로 일제의 엄혹한 감시를 받는 자들이다. 세 번째로는 상해에서 여전히 정치활동을 하지만 자신들끼리의 권력 다툼에 몰두하는 정치꾼들이다. 마지막으로는 생활과 정치활동 사이에서 갈등하는 우유부단한 인물이다. 김광주 소설에는 첫 번째와 세 번째 유형의 인물이 문제적으로 다루어진다.[40] 특히 첫 번째 유형의 인물은 모든 사람들에게 비판의 대상이 된다. 이들은 모두 불과 십여 년 전 그러니까 1920년대에는 "××단이니 ××결사이니 하고 젊은 혈기에 상해 천지를 자기 세상 같이 알고 돌아다니던 인물"들로 "지사요 망명객으로 자처하던 사람들"이었으나 현재는 아편에 빠져 "아내도 자식도 민족도 아무것도 눈앞에 보이지 않는 무서운 중독자"로[41] 전락한 자들이다.

40 두 번째 유형의 인물은 활동과 동시에 조선으로 소환되어 투옥되는 인물들로 결국 상해에서는 부재하는 인물들이다. 이들은 다른 사람들의 대화 속에서만 등장한다. 한편, 네 번째 유형의 인물은 첫 번째 유형과 두 번째 인물 사이에서 갈등하는 모습을 보인다. 「鋪道의 憂鬱」의 주인공 '철'을 대표로 들 수 있다.

41 김광주, 「上海와 그 여자」, 256쪽.

> 홍미요? 그도 이만저만하면 모를 일이지만 날마다 병원에 드나드는 사람들을 선생님은 못 보셨으니까 하시는 말씀이지 — 그들에게는 남을 내 손아귀에 넣고 주물러 보겠다는 정치적 야심 외에는 아무것도 없어요. 손톱만한 인간성이나 양심이 있는 사람들로 아십니까? 아편에 넋을 잃고 세상이 어떻게 돌아가는지도 모르는 사람을 그래도 돈푼 나오는 바람에 대장격으로 추켜세우고 무엇이니 무엇이니 하며 자기들 생각에는 아마 그것이 유일한 X사업으로 알지만…… 인간성을 저버리면 그것이 어디 사람입니까…… 이런 소리를 한다고 어젯밤에도 오라버니한테 죽일 년이니 사릴 년이니 하며 냉큼 내집에서 나가라는 야단을 맞았지만, 저는 옳다고 생각함에 두려움은 없어요. 참된 인류의 행복을 위하는 X이지 몇몇 사람의 영웅적 야심을 채우려는 심심풀이가 아닌 이상…… 영도자(領導者)! 그것처럼 야비한 명사가 어디 또 있어요? (…하략…)[42]

「상해와 그 여자」의 주인공 김은순의 오빠 '김의사'는 상하이 망명객의 전락을 전형적으로 보여준다. 1920년대에 독립운동가로 활발하게 활약하다가 20년대 말부터 서서히 타락하기 시작하여 이제는 민족은커녕 가족조차 안중에 없을 정도로 심각한 중독자가 되어버린 것이다. 위의 인용에서 김은순은 "참된 인류의 행복"을 추구한다는 대의명분은 일찌감치 저버리고 정치적 야심밖에 남지 않는 상해의 명사들을 격렬하게 비판한다. 의사로 번 돈을 온통 마약에 쏟아 붓는 자신의 오빠를 "아편에 넋을 잃고 세상이 어떻게 돌아가는지도 모르는 사람"으로, 그를 돈줄로 생각하고 대장으로 추켜세우는 망명가들을 야비한 자들로 비

---

42 위의 글, 258쪽.

판하는 김은순의 말에는 1932년 이후 상하이 조선인 사회의 단면이 드러나 있다.

식민지 조선에서 사회주의자 혹은 혁명가를 형상화하는 방식은 항상 간접적인 방식으로 이루어져 왔다. 예컨대 '부랑자로서의 사회주의자'란 염상섭이나 채만식 소설에 자주 등장하는 소재였다. 이혜령은 이들의 몰락을 보고 울분을 느끼거나 비판의식을 갖는 것이 "반어적으로 조선을 상상하는 방법"이었다고 논한 바 있다. 그러나 '추한 조선인'을 통해 환기되는 부정성에도 불구하고 행방을 알 수 없는 테러리스트와 폭탄, 피스톨의 존재는 식민지문학에서 결코 재현해서는 안 될 식민자와 피식민자 혁명가를 그리는 방법 중 하나였다. 즉 "현존하지만 부재를 가장해야 하는" 그렇지만 "현존의 효과를 드러내야 하는" 어려운 과제는 행방불명이거나 자살하는 혁명가와 이들의 무기를 통해 수행되었다는 것이다.[43]

그러나 김광주 소설에 등장하는 망명지사들의 모습은 이와 다르다. 그들을 통해 '상상된 조선'은 이미 혁명의 전망이 모두 사라져버린 암울한 곳이기 때문이다. 부재를 가장할 필요조차 없이 타락한 현존 그 자체를 통해 '부정적 조선'을 떠올리게 하는 존재들. 그들은 아편과 도박, 돈과 여자에 빠져 '참된 인류의 행복'이라는 이상을 버린 지 오랜 자들이다. 혹시 그렇지 않은 자들이 있더라도 진정한 적을 위해 싸우기보다는 세력 다툼과 '영웅적 야심'으로 동족에게 총부리를 겨누는 한심한 존재들로 그려진다. 그들의 총구는 제국(식민지)에게로 향하는 것이 아니라

---

43 채만식과 염상섭의 소설이 대표적이다. 특히 염상섭의 『이심』, 『사랑과 죄』, 『광분』, 『삼대』, 『무화과』를 예로 들고 있다. 이혜령, 「식민지 시대 소설 다시 읽기」, 천정환 외, 『문학사 이후의 문학사』, 푸른역사, 2013, 192~195쪽.

자신들을 비난하는 동료들에게로 향하고 있기 때문이다. 상해는 "주의와 주장이 다를 째 총뿌리로 내동포를 죽이는 일쯤은 예사로 아는" 곳이라는 말은 이와 같은 상황을 설명해준다.

망명지사들의 타락상을 고발한 연극 제작자가 테러를 당하고 평소 망명지사들을 강하게 비판해 온 '장발노인'이 '바코리아'에서 총에 맞아 죽는 모습은[44] 상해에서 벌어지는 혁명가들의 지리멸렬한 권력 다툼을 적나라하게 보여준다. 이들과 달리 "잉테리란 놈들은 모다 멀정한 도적들이다. 네놈들이 언제 결단성 있는 일을 해보겠늬! 아는 게 병이니라. 이론理論 죽는 날까지 말닷흠들만 하잔 말인가!"라고 일갈하는 활동가들은 "격문을 뿌리다가 잽"[45]히며, "참된 정의를 위하여는 죽음을 헤아리지 않"[46]는 혁명가들은 조선으로 송환되어 투옥됨으로써 상하이에서는 존재할 수 없는 인물이 된다. 결국 상하이에는 혁명가들이 아니라 혁명과 민족을 빙자하여 서로에게 테러를 가하는 정치낭인들만 남아 있을 뿐이라는 씁쓸한 현실이 목도된다.

스스로의 선택으로 망명을 길을 떠났던 애국지사들, 이들이 조선을 떠나올 당시에는 뚜렷한 목적이 있었다. 이들에게는 돌아가야 할 고향이 있었고 헌신해야 할 이념이 있었으며 민족에 대한 강한 연대의식이 있었다. 언젠가는 돌아가야 할 곳이 있다는 점에서 상하이로의 이주는 임시적인 것이었다. 하지만 십여 년이 흐른 뒤 이들에게 남은 것은 아편중독자 혹은 정치낭인이라는 불명예뿐이다. 이상과 목적의식을 상실한 후 이들은 깊은 허무와 무력감에 사로잡히게 되었으며 그것을 잊

44 김광주, 「長髮老人」 참조.
45 김광주, 「鋪道의 憂鬱」, 46쪽.
46 김광주, 「上海와 그 여자」, 261쪽.

기 위해 자극적인 쾌락이나 헛된 권력 다툼에 몰두하게 되었다.

마약, 도박, 성적 향락, 권력과 돈의 마수에 사로잡힌 이들에게 이미 탈출구는 사라져 버렸다. 제국과의 대결을 버리고 작은 권력을 움켜쥐기 위해 서로에게 총부리를 겨누는 사이 이들은 더 이상 갈 곳이 없는 떠돌이로 전락해 버렸기 때문이다. 이들은 혁명가들의 도시 상하이에서 혁명가 역할을 하는 연극배우처럼 진짜 자신의 모습은 따로 있다고 상상하며 쾌락에 몸을 맡긴 채 하루하루를 지내고 있다. 그런 그들이 갈 수 있는 장소란 어디에도 없을 것이다. 그들이 추구하는 권력은 오로지 상해의 조선인 사회에서만 획득될 수 있을 것이기 때문이다. 스스로의 선택으로 조선을 떠나 민족의 자유를 위해 헌신하고자 했던 망명객들이 자신들이 만든 족쇄에 갇혀 아귀다툼을 벌이게 되는 것은 작가 자신의 말에서처럼 엄혹한 감시와 처벌의 결과이기도 하다. 혁명가로 조선에 돌아가는 것은 투옥을 의미하는데 그런 열정은 이미 사라지고 없을 뿐 아니라 동아시아의 또 다른 장소로 이동하는 것은 더 이상 불가능하다. 명분도 실리도 없는 이동이기 때문이다. 그런 의미에서 그들은 한 곳에 정박되기를 강요당하는 현대판 떠돌이와 유사한 운명에 처해 있었다고 볼 수 있다.

민족의 이름으로 행해지는 협잡과 탐욕, 권력욕을 목도한 관찰자들에게 이는 민족의 상실을 반복적으로 경험하는 것과 다르지 않다. 그러나 이와 같은 경험은 민족의 순수성을 회복하려는 경향으로 발전하지 않는다. 민족을 사칭하는 자들과의 관계불능을 확인함으로써 동시에 민족이라는 관념과도 거리를 두게 되었기 때문이다. 민족/공동체가 아니라면 무엇일 수 있는가? 김광주 소설의 관찰자는 유랑하는 하층민들에게로 시선을 돌린다.

4. 초민족적 개인과 청자의 의미

상하이는 서구풍의 건물과 중국 현지인의 거주지가 혼합되어 있었으며 그런 의미에서 지방색이 강했다. 1930년대 상하이에 모여 있던 중국 작가들 역시 대다수가 외지에서 온 사람들이었기 때문에 가난했고 이들은 대부분 '정자간'에서 생활하였다. 부유한 외국인들이 사는 화려한 건물 뒤편에는 중국 중하층이 거주하는 '리눙里弄'(골목의 혼합체)이나 '눙탕弄堂'(골목의 안뜰)이 있었는데 '스쿠먼石庫門'(돌문집)이라 불리는 집의 일부를 저렴하게 임대한 것이 정자간이었다. 한 사람이 지내기에도 협소한 작은 공간에 두세 명이 기거함에 따라 대부분의 중국인들은 자신들의 사교활동을 음식점이나 공원 등의 공공공간에서 할 수밖에 없었고 따라서 일상의 세세한 사정은 타인이 짐작하기 어려웠다고 한다.[47] 김광주의 작품에서 중국인을 비롯한 외부인에 대한 교류가 거의 드러나지 않는 이유는 이처럼 상하이라는 도시의 특징에서도 찾아볼 수 있다.

상하이의 백화점에는 공연장이나 식당이 있었으나 중국의 하층민이 자유롭게 활동할 수 있는 장소는 아니었기에 그들은 공원이나 싸구려 식당 혹은 댄스홀에서 많은 시간을 보냈다. 댄스홀의 가격은 싼 편이어서 차를 마시는데 20전만 지불하면 되었으며 하루 종일 앉아 있어서도 무방할 정도로 손님에게 관대했다.[48] 당시 상하이에서는 벤야민이 말한 것처럼 아무 목적 없이 산책하면서 도시의 풍물을 응시하는 행

47 대다수 서구 작가들이 중국인의 일상을 거의 묘사할 수 없었으며 중국 작가들 역시 외국인의 상세한 생활을 이해할 방법이 없었다. 그들에 대한 묘사 역시 단지 공공장소에 한정된 견문에 불과한 것이었다. 李歐梵, 장동천 외역, 앞의 책, 79~86쪽.

48 위의 책, 70쪽. 「장발노인」에서도 수중에 한 푼의 돈도 없는 주인공들이 '바코리아'를 찾아가는 장면이 나온다.

위는 이루어지지 않았다. 도시의 공간은 일상활동을 위해 통과하는 곳이었으며 거리를 산책하는 젊은 여성은 '애지野鷄'로 불리며 경멸당했고, 산책용 지팡이를 들고 있는 중국인들은 '어설픈 양놈假洋鬼子' 취급을 받았다고 한다.[49] 동양의 파리로 불리던 국제 도시 상하이의 도시풍물이 김광주 소설에서 중심적인 역할을 하지 않는 이유는 이처럼 서구도시와 다른 상하이의 분위기에 그 원인이 있었다.

동아시아의 개항이 일개 도시로 하여금 국가를 매개하지 않고 세계와 직접 대면하는 계기를 마련해 준 것처럼[50] 상하이에 내던져진 개인들 역시 홀로 글로벌한 세계에 맞서게 됨으로써 자기 존재의 뿌리였던 기존의 공동체를 낯설게 볼 수 있게 된다. 특히 관념의 세례를 받지 못한 하층계급은 자신의 삶을 근본적으로 돌아보는 계기가 된다.

민족/국민의 기준에서 상하이 조선인 사회의 중심에 있던 망명정객들이 현대판 떠돌이의 신세로 전락한 반면 민족공동체에서 축출되거나 소외되어 동아시아 곳곳을 유랑하던 조선 출신의 하층민들은 상하이에서 변신을 거듭하는 인물로 그려진다. 기존 연구를 통해 밝혀진 것처럼 특히 여성 인물들의 변화는 괄목할 만하다. 「상해와 그 여자」, 「야계」, 「장발로인」, 「포도의 우울」, 「북평서 온 令監」, 「남경로의 창공」에 등장하는 여학생, 매춘부, 바걸, 가정부인, 미국 유학생 등은 수동적인 희생자로서의 이미지와 적극적으로 자신의 길을 개척하는 모습 혹은 양자를 동시에 갖추고 있는 인물들이다.

---

49 위의 책, 89~91쪽.

50 동아시아의 개항은 중층적이었다. 타율적 개방이라는 점에서 일국적 과제가 위기상황에 처하게 되는 것과 동시에 동아시아 내부에 역동적 네트워크의 통로를 열었다. 백지운, 「코스모폴리타니즘의 동아시아적 문맥」, 『중국현대문학』 48, 한국중국현대문학학회, 2009, 75쪽.

이들의 공통점은 가부장적 폭력의 희생자라는 점이다. 상해의 조선인 중 첫손에 꼽힐 만큼 부자이면서도 여동생을 간호사로 부려먹기 위해 불러들인 오빠(「상해와 그 여자」), 어린 여조카를 되놈에게 팔아먹고도 상해로 유학을 보냈다고 떠벌린 삼촌(「야계」)의 존재는 이들의 유랑이 남성의 강압과 폭력으로 시작되었음을 말해준다. 다섯 번이나 결혼을 했으나 진정한 행복을 느껴본 적이 없다고 말하는 '바-코리아'의 마담(「장발노인」)은 물론, 선교사의 딸로 미국 유학을 다녀와 조선말보다 영어를 잘하는 '메리'조차 월 100원의 집세를 낼 수 있는 부유한 외국 금융계 인사와의 정략결혼에 내몰린다는 것은(「북평에서 온 영감」) 여성들의 운명이 반드시 경제적 빈곤으로 결정되는 것만은 아님을 알 수 있게 해준다.

이들에 대한 작가의 시선은 양가적이다. 작중 관찰자는 이들을 자신의 운명에 굴하지 않는 당당한 인물로 다루면서도[51] 이들이 돈의 노예로 전락하고 있음을 놓치지 않는다. 이들은 국가, 민족, 가족, 남성으로부터 퇴출된 존재들로 그와 같은 상황에서 강한 생명력을 획득한 인물들이다. 아픈 경험을 통해 정신적으로 성장한 그들은 자신들을 타지로 내몰았던 원래의 국가, 민족, 가족, 남성에게로 다시 돌아가려 하지 않는다는 점에서 주체적 개인으로 성장하는 모습을 보여준다. 그와 같은

---

51 기존 연구에서 하층 여성의 주체성은 고평된 바 있다. 이영미는 해방기 김광주 소설의 여성 인물들이 성적 욕망이나 육체의 쾌락을 스스로 거세 해체하고 자율적으로 육체를 활용하는 경지에 이르고 있다는 점, 여성 인물이 긍정적 주체적으로 형상화되어 있다는 점을 김광주 문학의 독자성으로 고평하였다(이영미, 앞의 글, 76~78쪽). 서은주 역시 성적 자유와 자신의 상품성을 활용하는 능동적인 여성 인물에 대한 작가의 윤리적 단죄는 발견하기 어렵다고 논하고 이런 여성을 통해 작가는 남성 중심의 가부장적 욕망을 공격하고 조롱함으로써 그에 대한 해체의 전략을 취한다고 평하였다(서은주, 앞의 글, 448~449쪽).

기표의 허구성을 간파한 이들은 반복적인 상실의 경험을 통해 초-공동체적 개인으로 거듭난 존재들이다.[52] 그럼에도 불구하고 그들을 온전히 긍정할 수 없는 이유는 그들이 철저히 자본의 논리, 돈의 힘에 굴복하고 있다는 점 때문이다.

우선 이들이 당당한 여성 주체로 그려지고 있는 것은 당시 상하이의 도시문화에서 관음증적 대상으로 묘사되었던 도시 여성의 이미지와 대조적이다. 이들은 남성의 관음증적 시선의 대상이 되었던 할리우드 여배우 풍의 도시 여성이나 하이힐과 원피스 등 "의상, 흡연, 음주를 통해" 자신의 존재를 과시하는 '모던 걸'들과 전혀 다른 삶에 속해 있었다.[53] 이들은 "지사요 망명객으로 자처하는 사람"들을 격렬하게 비판하면서 "사랑하는 남편이라기보다 죽음을 같이할 동지"의 아이를 홀로 낳는 여학생(「상해와 그 여자」)이며, 애지野鷄 즉 거리의 여자가 되었지만 옛 친구에게 자신의 부끄러운 인생역정을 거침없이 밝히는 '이쁜이'(「야계」)이고, 앞으로는 마음대로 인생을 즐기며 살겠다고 선언하는 '마담코리아' 등이다.

결혼도 하지 않고 나이를 속이며 외국 남자와도 거리낌 없이 교제하는 여성, 사회적 관습과 도덕에 구애받지 않고 자신이 하고 싶은 대로 자유를 구가하며 살겠다는 인생철학을 공공연히 선언하는 여성 인물 '마담코리아'는 기존의 문학에서는 쉽게 찾아볼 수 없는 여성 인물이다. 마담코리아로 대표되는 여성들의 자유선언은 "사람이란 소유하

---

52 「상해와 그 여자」의 김은순의 경우는 다소 다르다. 그녀는 가부장적인 오빠를 떠나 혁명가의 아내로 사는 길을 택함으로써 민족의 범주로 회귀한다. 그녀가 조선(부산)으로 돌아간다는 것은 상해에서의 경험을 바탕으로 다시 이념의 순수함을 회복하는 것이다. 그러나 작가는 이를 적극적으로 옹호하지는 않는다. 열정에 휩싸여 있는 그녀의 편지를 범상하게 읽는 화자의 태도는 이와 같은 작가의 의도를 보여주는 장면이다.

53 李歐梵, 장동천 외역, 앞의 책, 326~328쪽.

고 있는 모든 것을 완전히 버릴 때 조곰이라도 전보다 새로움과 총명함을 찾을 수 있"다고 생각하면서 타락한 아버지의 그늘에서 벗어날 것을 결심하는 「남경로의 창공」의 '명수'나 "사람이란 남을 지배해보고 십흔 야심을 버려야" 한다고 주장하는 '장발로인'의 말을 떠올리게 한다. 그러나 작가는 이들과의 차이점을 통해 이들 여성들이 온전히 긍정될 수만은 없음을 보여준다. 주체적 개인으로 성장한다는 점에서 긍정적이지만 자본의 위력에 자발적으로 복종하는 인물들이라는 점에서는 긍정될 수 없었기 때문이다. 그녀들은 남성의 지배에서는 벗어났지만 '돈'의 지배에서는 벗어나지 못한 인물들이다.

김광주의 소설에서 가부장적 남성으로부터의 해방을 선언하는 여성주인공들과 지배와 명령으로부터의 탈피를 결심하는 남성들의 삶을 병치함으로써 망명 사회의 탈출구를 모색하는 것은 룸펜지식인이다. 여러 작품에서 관찰자로 등장하는 지식인 남성은 사건을 지켜보고 이들이 구술하는 인생 여정을 경청하는 자들이다. 룸펜지식인인 그들은 작품의 관찰자/화자인 만큼 작품 전체의 분위기를 조성하고 사건을 배치하는 중요한 역할을 담당한다. 그러나 이들은 자신들의 이야기는 거의 입에 올리지 않는다. 그런 점에서 이들의 사생활은 물론 과거와 현재는 뚜렷이 드러나지 않는다. 이들은 '방랑자이자 지식인이며 각종 문화 활동에 종사하는 자'라는 희미한 형상만을 보여줄 뿐이다. 이들은 "북방北方인 F시市로" 몇 달 동안 떠나가 있다가 "눈 날리는 북방을 하직하고 또다시 상해로 돌아"오는 자들로[54] 특별한 직업 없이 정자간에서 책을 읽고 글을 쓰는 자칭 '거리의 룸펜'들이다.

---

54 김광주, 「上海와 그 여자」, 259쪽.

정체를 알 수 없다는 점에서 이들은 식민지 시기 사회주의자들의 형상과 유사하다. 현존하지만 마치 부재하는 것처럼 작중 인물의 삶과 작품의 사건에 관여하지 않는 이들은 존재감을 드러내지 않고 모든 사람들 사이에 스며들어 있다. 그들은 아래로부터의 목소리를 듣는 자들이며 또한 방랑하는 자들이다. 그들에게도 상하이 거리의 "비끗친 뒤가티 짜르르 흐르는 페이브멘트"와 "붉고 푸른빛이 감도는 네온사인"의 유혹이 없는 것은 아니지만(「장발노인」) 그뿐이다.

이들은 상하이의 서구풍물과 상하이안의 생활이 '돈'의 논리로 건설되고 유지되고 있음을 간파하고 있기 때문이다. 조국과 이념, 조직에 헌신했던 혁명가들을 타락시킨 것도 돈이었으며, 미국 유학까지 다녀온 신여성이 몸을 팔 듯 자신의 신변을 돈 많은 남자에게 의탁한 이유도 "제딴에는 똑똑하다고 하는 놈치고 내밥 안굶는 놈 못봤"다는 어른들의 생각 때문이었다(「북평에서 온 영감」). 조카와 여동생을 이국땅으로 내모는 삼촌과 오빠는 물론(「야계」, 「상해와 그 여자」) 가족을 위해 이제 그만 명분을 버리고 장사를 하라고 권하는 처남(「포도의 우울」), 돈으로 남편도 사고 가정도 꾸리겠다고 선언하는 매춘부 '이쁜이'나(「야계」), 사람이 죽었는데도 오직 장사가 안 될 것만을 두려워하는 '마담 코리아'(「장발노인」) 등 이들은 모두 '돈'이 지닌 힘에 굴복한 자들이다. 돈은 혁명가들도, 성공한 마담도, 매춘부도, 모던 걸도 모두 그 앞에 무릎을 꿇리는 막강한 힘을 지닌 것이었다.

청자로서의 지식인은 이들의 삶을 통해 권력과 이념과 돈이 모두 '지배와 명령'의 구조를 지닌 것임을 보여준다. "남을 지배해보고 십흔 야심"이란 반드시 정치권력을 통해서만 이루어지는 것이 아님을 상하이 조선인들의 다양한 삶은 증명해 주었기 때문이다. 「南京路의 蒼空」

에는 한때 이름난 지사였으나 지금은 '아편 밀수업자'가 된 아버지가 자신의 아내와 딸 역시 돈의 노예로 만든 상황이 전개된다. 북경 P대학 문학사를 마치고 상해로 돌아온 아들 '명수'는 가족에게 실망한 마음을 다독이며 한 때 자신이 아버지처럼 따랐던 은사를 찾아가지만 그 역시 상하이안의 생활, 즉 돈과 환락의 세계에 젖어버렸음을 고백하는 상황과 마주친다.

> '명수'는 아무것도 더 생각하기가 싫였다. 춤과계집과 술과마작, 연분홍빛 향락을쫓아 일생을살라는 계급들 — 그러나 지사(志士)의 거리 '상해'라는 이 아름다운 명사가 그들의 이런생활을 곱게곱게 덮어주고 있는 것이 아니냐? (껍질을벗겨야한다. 그들의생활을덮고있는 이어두컴컴한 껍질을벗껴서 밝은태양아래 드러내야한다. (…중략…) 나는이것만위하야서라도 일생을 붓대를들고 싸워보자!)
>
> '명수'는 남경로(南京路)의넓은거리로 다시나왔다. 그러나, 하로종일먹은 것이없는 배속에서는 먹어야산다는본능이 얄미웁게 머리를 드는 것이다.[55]

작가 김광주가 자신의 생활을 방랑으로 칭하였던 것처럼 '명수'는 아버지의 집과 반대 방향으로 떠나면서 오로지 '일생을 붓대를들고 싸워' 보자는 결심을 다진다. 제국의 지배를 떠나 타국으로 망명한 자들, 다시 만리타국에서 망명지사들을 뒤로하고 붓을 들고 싸울 것을 결심하는 룸펜지식인들. 이들의 발걸음이 어디로 향할 수 있을지 알 수는 없다. 동아시아의 공간은 광활한 것이었으나 제국의 지배와 돈의 명령에서 멀어지

55 「南京路의 蒼空」, 81쪽.

고자 할 때 기약할 수 있는 것은 없기 때문이다. 오로지 끝없는 방랑이 이어질 것이라는 추측만이 가능하다. 망명자들이 자유로이 이동할 수 있는 자유를 상실한 것과 달리 이들은 방랑의 자유를 선택함으로써 돈과 권력의 지배에서 멀어질 수 있었다. 그리고 그것은 "먹어야 산다는 본능"과의 처절한 싸움이 될 것임을 예감하는 길이기도 하다.

김광주 소설에서 청자로서의 지식인 혹은 예술가는 작품의 서사를 추동하는 인물은 아니지만 관찰을 통해 상하이 조선 사회의 다양한 삶의 모습을 채집하고 기록하는 역할을 수행한다. 그렇지만 순수하게 민족적이지도 철저히 국제적이지도 않은 다양한 목소리들은 어눌한 형태로밖에 전달되지 못한다. 이념이나 돈이나 민족이나 가족이나 그 어떤 것도 개인의 삶을 구속하는 것이 되어서는 안 된다는 희미한 신념만이 있을 뿐 그를 대신할 논리 정연한 대안은 마련될 수 없었기 때문이다. 어눌하고 분산되어 있어 권위를 획득할 수 없었던 그들의 목소리는 자신들이 기존의 틀에 순응하지 못하는 존재들임을 증명한다. 단절되고 파편화된 이들의 목소리를 전하는 청자/기록자는 단지 이들이 서로 교차되고 있었다는 사실과 우리에게 민족서사만으로는 충분히 수용될 수 없었던 또 다른 과거가 존재했음을 증언하고 있을 뿐이다.

5. 맺음말

1930년대 김광주의 문학세계는 상하이의 조선인 사회와 조선인을 대상으로 하고 있으나 그의 작품에서 '조선(인)'은 민족의 독립이나 민족적 특징을 드러내는 적극적 기표로 기능하지 않는다. 그렇다고 그의 작품이 상하이의 근대 풍경에 크게 초점을 두고 있는 것은 아니다. 작품 속의 주인공들은 이방인/추방자라는 의식이나 고향과 세계 사이의 이분법에 갇혀 있는 사람들이 아니다. 민족의식보다는 초국적 삶의 조건을 고민하는 자들로 이들은 구속(억압)과 자유라는 대립항 속에서 자신들의 생존 조건을 고민하면서 새로운 삶을 꿈꾸는 자들이다. 물론 이들이 조선인이며 조선어를 사용한다는 점에서 내이션의 틀을 완전히 벗어났다고 평가할 수는 없지만 조선이라는 단일 민족의 프레임으로 설명될 수 없는 일종의 불투명성을 갖고 있다는 것이 흥미로운 지점이다.

민족/국민의 기준에서 상하이 조선인 사회의 중심에 있던 망명정객들이 철저히 타락하거나 서로에게 총을 겨누는 복마전을 벌이면서 갈 곳 없는 떠돌이의 신세로 전락한 반면 민족공동체에서 소외되어 주변을 맴돌다가 고국을 떠나 동아시아 곳곳을 유랑하던 조선 출신의 하층민들은 상하이에서 성장하는 인물로 변신한다. 특히 하층계급 출신 여성의 변화는 주목할 만하다. 이들은 한때 상하이 조선인 사회의 중심인물이었던 망명지사들과 달리 만주와 북경을 거쳐 상하이로 혹은 다시 조선으로 이동하는 것을 두려워하지 않는 인물들이다. 그럼에도 이들은 온전히 긍정되지 않는데 그 이유는 이들이 자본의 논리에 철저히 굴복하고 있었기 때문이다. 작가는 '지배와 명령이 없는 세상', '남을 지배하고 싶은 야심을 버리는 행위'만이 상하이에서 벌어지는 복마전에서 벗어날 수 있을 것임을 토로한다. 이는 기존의 중심에서 배제되어 있었던 주변인이 중심에 속한 인물과 그들의 삶을 성찰하면서 이루어진 것이다.

김광주의 소설에서 가부장적 남성으로부터의 해방을 선언하는 여성 주인공들과 지배와 명령으로부터의 탈피를 결심하는 남성들의 삶을 병치함으로써 망명 사회의 탈출구를 모색하는 것은 룸펜지식인 관찰자이다. 청자로서의 지식인 혹은 예술가는 작품의 서사를 추동하는 인물은 아니지만 관찰과 서술을 통해 상하이 조선 사회의 다양한 삶의 모습을 채집하고 기록하는 역할을 수행한다. 그렇지만 상하이 조선인 사회의 다양한 목소리들은 어눌한 형태로밖에 전달되지 못한다. 이념이나 돈이나 민족이나 가족이나 그 어떤 것도 개인의 삶을 구속하는 것이 되어서는 안 된다는 희미한 신념만이 있을 뿐 그를 대신할 논리 정연한 대안은 마련될 수 없었기 때문이다. 어눌하고 분산되어 있어 권위를 획득할 수 없었던 그들의 목소리는 자신들이 기존의 틀에 순응하지 못하는 존재들임을 증명한다. 단절되고 파편화된 이들의 목소리를 전하는 청자는 단지 이들이 서로 교차되고 있었다는 사실과 우리에게 민족서사만으로는 충분히 수용될 수 없었던 또 다른 과거가 존재했음을 증언하고 있을 뿐이다.

현대 사회의 세계화가 초국가적 행위자와 네트워크에 의해 적극적으로 추동된 것이라면 김광주 소설의 초국가적 행위자들은 민족과 국가의 지평이 보이지 않고 오로지 개인의 힘으로 초민족, 초국가적 현실을 감당해야 했던 주인공들이다. 그의 작품은 자신의 의지와 상관없이 초민족/국가라는 상황에 내던져진 인간들의 생존방식과 이들이 추구하는 다양한 인간 조건을 다루고 있다는 점에서 오늘날의 현실과 비교될 만한 지점을 담고 있다.

심훈과 항주

하상일

1. 심훈의 중국행

심훈은 1919년 경성고등보통학교 재학 당시 3・1운동에 가담하여 옥고를 치르고 나온 이후[1] 중국으로 망명 유학을 떠났다. 심훈의 중국행 시기에 대해서는 지금까지 1919년 겨울과 1920년 겨울 두 가지 견해가 있었다. 우선 1919년 겨울이라는 견해는, 심훈이 남긴 글과 시에 적힌 날짜와 윤석중의 회고에 근거하여 신빙성 있는 사실로 추정되었다. 심훈은 "기미년己未年 겨울 옥고를 치르고 난 나는 어색한 청복清服으로 변장하고 봉천을 거쳐 북경으로 탈주하였었다. 몇 달 동안 그곳에 두

---

1 대전정부청사 국가기록원에 보존되어 있는 「심대섭 판결문」(大正 八年 十一月 六日)에 따르면, 심훈은 당시에 김응관 외 72명과 함께 보안법 위반과 출판법 위반으로 재판을 받았다. 이 때 심훈은 치안방해죄로 '懲役 六月 但 未決拘留日數九十日 各本刑算入 尙三年間 形執行猶豫'를 선고받았는데, 이 판결에 근거하여 국가보훈처에서는 심훈이 1919년 11월 6일 집행유예로 풀려난 것으로 정리하였다. 안보문제연구원, 「이 달의 독립운동가－문학작품을 통해 항일의식을 고취시킨 심훈」(『통일로』 157, 2001.9, 106쪽), 조제웅, 「심훈 시 연구」, 영남대 박사논문, 2006, 28쪽에서 재인용.

류逗留하며 연골에 견디기 어려운 풍상을 겪다가 성암醒庵의 소개로 수삼차 단재를 만나 뵈었는데 신교新橋 무슨 호동胡同엔가에 있는 그의 우거寓居에서 며칠 저녁 발칫잠을 자면서 가까이 그의 성해聲欬를 접하였었다"[2]라고, 1919년 겨울 중국 북경에서 겪었던 일을 비교적 상세하게 기록하였다. 또한 "나는 맨 처음 그 어른에게로 소개를 받아서 북경으로 갔었다. 부모의 슬하를 떠나보지 못하던 십구 세의 소년은 우당장于堂丈과 그 어른의 영식인 규용奎龍 씨의 친절한 접대를 받으며 월여를 묵었었다"[3]라고 한 데서, 북경으로 갔던 당시의 나이를 "십구 세"로 밝혔다. 그리고 북경에서 지낼 때 심훈은 「북경의 걸인」, 「鼓樓의 三更」 두 편의 시를 남겼는데, 작품 끝 부분에 적어 놓은 창작 날짜와 장소를 보면 "1919년 12월 북경에서"라고 되어 있다. 이후 그가 시집 출간을 위해 묶은 『沈熏詩歌集 第一輯』(京城世光印刷社印行)에서도 '1919년에서 1932년'까지 창작한 시를 모은 것으로 표기하고 이 두 편을 1919년 작품으로 명시하였다.[4] 만일 그가 1920년 겨울 북경으로 간 것이 사실이라면, 심훈은 자신의 중국행 시기에 대해 여러 차례 같은 오류를 반복하고 있다고 볼 수밖에 없다. 하지만 현재로서는 이렇게 판단할 만한 명확한 근거를 제시하기 어렵다는 점에서, 그의 중국행 시기를 1919년으로 보는 견해를 무조건 부정할 수는 없을 듯하다. 더군다나 "그가 3・1運動 당시 第一高普(京畿高)에서 쫓겨나 中國으로 가서 亡命留學을 다섯 해 동안 한 적이 있는데"[5]라는 윤석중의 회고에서 "다섯 해"에 주목한다

2 심훈, 「필경사잡기(筆耕舍雜記)-단재(丹齋)와 우당(于堂) (1)」, 김종욱・박정희 편, 『심훈 전집』 1-심훈 시가집 외, 글누림, 2016, 323~324쪽. 이하 심훈의 글 인용은 이 전집에서 하였으며, 전집 권수, 쪽수만 밝히기로 한다.
3 「필경사잡기-단재와 우당 (2)」, 『심훈 전집』 1, 326쪽.
4 『심훈 전집』 1, 148~151쪽.
5 윤석중, 「인물론-沈熏」, 『신문과 방송』, 한국언론진흥재단, 1978, 74쪽.

면, 1919년을 포함해야 1923년 귀국까지의 기간과 일치한다는 점에서 1919년 설은 일정 부분 설득력을 지닌다는 사실도 간과해서는 안 되는 것이다.

다음으로 1920년 겨울 중국으로 떠났다는 견해는, 그가 1920년 1월 3일부터 6월 1일까지 5개월 남짓의 일기[6]를 남겼다는 데 근거를 두고 있다. 일기의 내용은 이희승, 박종화, 방정환 등 여러 문인들과의 교류, 습작활동 및 잡지 투고, 독서 목록 등 당시 한국에서의 일상적인 생활에 대한 기록을 비교적 상세하게 담고 있어서, 1919년에 이미 중국으로 떠났다는 견해는 전혀 신빙성이 없다는 주장을 뒷받침한다. 지금까지 심훈에 대한 연보는 대부분 이 일기에 근거하여 1920년 북경으로 떠난 것으로 정리하였고, 최근 학계의 논의 역시 대체로 이 견해를 따르는 것으로 일반화되어 있다. 결국 1919년 중국행에 대한 심훈 자신의 기록은 오류일 것이라는 추정을 기정사실로 받아들인 셈인데, 그가 남긴 글과 기록이 서로 어긋나는 점이 많고 혼선도 있다는 점에서 이러한 판단은 일면 타당하다. 하지만 앞서 언급한 대로 1919년 설을 논리적으로 부정할 만한 명확한 근거가 현재로서는 없다는 점에서 무조건 1920년 설을 인정하는 것도 바람직하다고 볼 수는 없다. 따라서 심훈의 중국행에 대한 논의는 앞으로 실증적인 자료를 보완함으로써 더욱 명확하게 정리될 필요가 있다.

그렇다면 심훈의 중국행은 무슨 이유와 목적을 가지고 이루어진 것일까? 심훈은 자신의 중국행 목적에 대해 "북경대학의 문과를 다니며 극문학을 전공하려던"[7] 것이었다고 밝힌 바 있다. 하지만 열아홉 살의

6 『심훈전집』 8－영화평론 외, 413～475쪽.
7 「무전여행기－북경에서 상해까지」, 『심훈 전집』 1, 340쪽.

나이로 3·1운동에 가담하고 옥살이까지 했던 그의 전력에 비추어 볼 때, 이러한 표면적 이유는 정치적 목적을 은폐하기 위한 위장술이 아니었을까 짐작된다. 그가 줄곧 언급했던 일본으로의 유학 계획을 접고 갑자기 중국으로 유학을 갔다는 점도 이러한 추정을 뒷받침한다.[8] 게다가 심훈이 북경에 도착해서 이회영, 신채호 등 항일 망명인사들을 만나고 그들의 집에서 머물렀다는 사실을 특별히 주목할 필요가 있다. 즉 민족운동에서 출발해서 무정부주의로 나아갔던 우당과 단재의 사상적 실천은 이후 심훈의 문학과 사상을 형성하는 중요한 토대가 되었을 것으로 추정된다.[9] 이제 스무 살밖에 되지 않는 청년 심훈이 당시 이

---

8 그는 1920년 1월의 일기에서 일본 유학에 대한 결심을 분명히 말했었다. "나의 일본 유학은 벌써부터의 숙망(宿望)이요, 갈망이다. 여기만 있어 가지고는 아주 못할 것은 아니나 내가 목적하는 문학 길은 닦기가 극난하다. 아무리 원수의 나라라도 서양으로 못갈 이상에는 동양에는 일본밖에 가 배울 곳이 없다. 그러나 내 주위의 사정은 그를 용서치 않는다. 그러나 나는 기어이 올 봄 안으로는 가고야 말 심산이다. 오는 3월 안에 가서 입학을 하여도 늦을 것인데 (…중략…) 어떻든지 도주를 하여서라도 가고야 말란다."(『심훈전집』(8-영화평론 외), 433쪽) 그런데 3월의 일기에서 "나의 갈망하던 일본 유학은 3월에 들어 단념하게 되었다"라고 하면서 네 가지 이유를 말했다. "1, 일인(日人)에 대한 감정적 증오심이 날로 더해감이요, 2, 학비 문제니 뒤를 대어줄 형님이 추호의 성의가 없음, 3, 2·3년간은 일본에 가서라도 영어를 준비해야 하겠는데 그만큼은 못하더라도 청년회관에서 배울 수 있는 것, 4, 영어와 기타 기초 교육을 닦은 뒤에 서양유학을 바람 등이다. 부친도 극력 반대이므로."(『심훈전집』 8, 465~466쪽) 이런 사실로 미루어볼 때, 만일 그의 중국행이 진정 유학을 목적으로 한 것이었다면 굳이 중국으로 가지는 않았을 것으로 판단된다.

9 실제로 심훈은 "나는 맨 처음 그 어른에게로 소개를 받아서 북경으로 갔었다"(「필경사잡기-단재와 우당 (2)」, 『심훈 전집』 1, 326쪽)고 밝혔는데, 여기에서 "그 어른"은 우당 이회영을 가리킨다. 그리고 "성암(醒庵)의 소개로 수삼차 단재를 만나 뵈었는데 신교(新橋) 무슨 호동(胡同)엔가에 있는 그의 우거(寓居)에서 며칠 저녁 발칫잠을 자면서 가까이 그의 성해(謦咳)를 접하였다"(「필경사잡기-단재와 우당 (1)」, 『심훈 전집』 1, 324쪽)고 적어두었는데, 여기에서 "성암"은 이광(李光)으로 이회영과도 아주 가까운 혁명 동지였다. 일본 와세다대학과 중국 남경의 민국대학을 졸업한 이광은 신민회원이었고, 이회영과 함께 경학사와 신흥무관학교를 운영한 가까운 동지였다. 그는 임정 임시의정원 의원과 외무부 북경 주재 외무위원을 겸임하며 한중 양국의 외교적 사항을 처리할 만큼 중국통이었다. 이덕일, 『이회영과 젊은 그들』, 역사의아침, 2009, 198쪽.

러한 항일 망명지사들과 접촉할 수 있었다는 사실 자체가 그의 중국행을 단순히 유학을 위한 것이었다고만 볼 수 없게 하는 것이다. 아마도 당시 심훈은 민족운동에서 출발해서 무정부주의로 나아갔던 단재와 우당 그리고 이광 등과 같은 아나키스트들의 사상을 많이 동경했던 것으로 보인다. 따라서 심훈의 중국행은 어떤 정치적 목적을 수행하기 위해 유학으로 가장한 위장된 행로였을 가능성이 많다.[10] 식민지 청년으로서 조국의 현실을 올바르게 직시함으로써 새로운 시대를 열어나가고자 했던 그의 정치적 목표의식이 중국행을 결심한 결정적 계기가 되었다고 할 수 있는 것이다.[11]

---

10 하상일, 「심훈의 중국에서의 행적과 시세계의 변화」, 『2014 越秀－中源國際韓國學硏討會 발표논문집』, 절강월수외국어대 한국문화연구소, 2014.12.13, 207쪽.

11 심훈의 중국행이 1920년 말에 이루어진 것이 분명하다면, 그가 중국으로 떠나기 직전 사회주의 성향의 잡지 『공제(共濟)』 2호(1920.10.11)의 '현상노동가' 모집에 투고한 「노동의 노래」를 보면 당시 그가 사회주의에도 깊은 관심을 가지고 있었음을 알 수 있다. 전문 가운데 후렴과 5연에서 이러한 면모를 발견할 수 있는데 그 부분은 다음과 같다. "후렴 — 방울 방울 흘린 땀으로 / 불길가튼 우리 피로써 / 시들어진 무궁화에 물을 뿌리자 / 한배님의 끼친 겨레 감열케 하자. // 五. 풀방석과 자판 우에 티끌 맛이나 / 로동자의 철퇴카튼 이 손의 힘이 / 우리 사회 굿고 구든 주추되나니 / 아아! 거룩하다 로동함이여." 한기형, 「습작기(1919～1920)의 심훈－신자료 소개와 관련하여」, 『민족문학사연구』 22, 민족문학사학회, 2003에서 재인용. 이에 대해 한기형은, "민족주의적 구절"과 "사회주의적 노동예찬이 공존하고 있"는 것으로 해석하였다. 한기형, 「'백랑(白浪)'의 잠행 혹은 만유－중국에서의 심훈」, 『민족문학사연구』 35, 민족문학사학회, 2007, 444～445쪽.

2. 심훈의 중국 인식과 복잡한 이동 경로

심훈의 중국생활은 북경을 시작으로 상해, 남경을 거쳐 항주에 정착하는 아주 복잡한 여정으로 이루어졌다. 그가 중국에 머문 기간이 2년 남짓에 불과하다는 점을 고려하면, 그의 중국생활은 순탄하지 못한 여러 사정이 있었던 것으로 짐작된다. 게다가 유학을 목적으로 중국으로 갔다는 그의 증언에 따를 때, 가장 오랫동안 머물렀던 항주 지강대학을 졸업도 하지 않은 채 서둘러 귀국을 했다는 점도 중국에서의 행적이 지닌 여러 의혹들을 증폭시키기에 충분하다. 따라서 심훈의 중국행이 치밀하게 계산된 일종의 "트릭"[12]일 가능성이 많다고 보는 시각은 상당히 설득력이 있다. 심훈이 북경에 잠시 머물다 상해로 이동하는 과정을 보면 이러한 추정은 더욱 신빙성 있는 사실로 드러난다. 그는 북경대학에서 극문학을 전공하겠다던 애초에 밝힌 계획을 접으면서, "그 당시 나로서는 그네들의 기상이 너무나 활달치 못함에 실망치 않을 수 없었다"라고 석연찮은 변명을 했다. 하지만 1920년대 북경대학의 사정을 보면, 심훈의 이러한 논평은 전혀 사실과 부합되지 않은 억지스러운 발언임을 알 수 있다. 1920년 말 북경대학은 차이위안페이蔡元培가 교장이었고, 천두슈陳獨秀, 리다자오李大釗, 후스胡適 등 신문화운동의 주역들이 포진해 있었으며, 루쉰魯迅의 특별강의로 북경대학 안팎의 많은 학생들이 학교로 몰려드는 그 어느 때보다 활기가 넘치는 곳이었기 때문이다.[13] 결국 이러한 심훈의 억지스런 논평은 어떤 정치적 의

12 위의 글, 447쪽.
13 이에 대한 자세한 내용은 백영서, 「교육독립론자 차이위안페이 – 중국의 대학과 혁명」, 『전환의 시대 대학은 무엇인가』, 한길사, 2000 참조.

도를 은폐하기 위한 일종의 담론적 수사로, 북경을 떠나 상해로 가야 하는 합당한 명분을 만들기 위해 의도적으로 거짓 진술을 했을 것으로 판단된다.[14]

주지하다시피 1920년대 초반 중국 상해는 동아시아 사회주의운동의 중심지였다. 심훈이 중국으로 가기 직전에 보인 사회주의에 대한 관심과, 그의 경성고등보통학교 동창생 박헌영[15]이 당시 상해에 있었다는 사실 등이 주목되는 이유도 바로 여기에 있다. 하지만 실제로 그가 마주한 중국 상해의 모습은 식민지 현실을 극복하기 위한 혁명 도시로서의 기대감과는 전혀 다른 실망감을 안겨주었다. 당시 상해는 여러 분파로 대립하는 임시정부의 노선 갈등으로 혼란스러웠을 뿐만 아니라, 근대 자본의 유입에 따른 세속적 타락이 난무하는 혼돈의 도시로 다가왔기 때문이다. 1921년 중국 공산당이 제1차 대회를 가졌던 공산주의혁명의 발상지라고는 믿기 어려울 정도로, 제국주의 열강들이 자국의 이익을 위해 각축전을 벌이는 가장 식민지적 장소이기도 했던 곳이 바로 상해였던 것이다. 이러한 상해의 이중성과 양가성을 인식한 데서 비롯된 심훈의 절망과 탄식은 그의 시 「상해의 밤」에 고스란히 담겨 있다.

> 우중충한 '농당(弄堂)' 속으로
> '훈둔'장사 모여들어 딱따기 칠 때면
> 두 어깨 웅숭그린 연놈의 떠드는 세상,
> 집집마다 마작판 뚜드리는 소리에

14 하상일, 「심훈과 중국」, 『비평문학』 55, 한국비평문학회, 2015, 208~209쪽.
15 심훈의 소설 『동방의 애인』과 시 「박군의 얼굴」은 박헌영을 모델로 쓴 작품이다.

아편에 취한 듯 상해의 밤은 깊어가네

발벗은 소녀, 눈먼 늙은이를 이끌며
구슬픈 호궁(胡弓)에 맞춰 부르는 맹강녀(孟姜女) 노래,
애처롭구나! 객창(客窓)에 그 소리 장자(腸子)를 끊네

사마로(四馬路) 오마로(五馬路) 골목골목엔
'이쾌양듸', '량쾌양듸' 인육(人肉)의 저자,
단속곳 바람으로 숨바꼭질하는 '야-지'의 콧잔등이엔
매독이 우글우글 악취를 풍기네

집 떠난 젊은이들은 노주(老酒)잔을 기울여
건잡을 길 없는 향수에 한숨이 길고
취하여 취하여 뼛속까지 취하여서는
팔을 뽑아 장검(長劍)인 듯 내두르다가
채관(菜館) 소파에 쓰러지며 통곡을 하네

어제도 오늘도 산란(散亂)한 혁명의 꿈자리!
용솟음치는 붉은 피 뿌릴 곳을 찾는
'까오리' 망명객의 심사를 뉘라서 알고
영희원(影戲院)의 산데리아만 눈물에 젖네

—「상해(上海)의 밤」 전문[16]

16 『심훈 전집』 1, 153~154쪽.

서구적 근대와 제국주의적 근대가 착종된 1920년대 상해의 어두운 밤을 적나라하게 보여주는 작품이다. 당시 상해의 모습은 마작, 아편, 매춘 등이 난무하는 자본주의적 모순 공간으로서의 폐해를 그대로 노출하고 있었다. 특히 "사마로 오마로 골목골목"(지금의 푸저우루福州路와 화이하이중루淮海中路)은 수많은 희원(戲院 : 전통극 공연장)과 서장(書場 : 사람을 모아 놓고 만담, 야담, 재담을 들려주는 장소), 다관과 무도장, 술집과 여관 등이 넘쳐 났고, 유명한 색정 환락가로 기방들이 줄지어 들어서 있어 떠돌이 기녀들이 엄청난 무리를 이루어 호객을 하는 곳이었다.[17] 심훈이 진정으로 동경했던 조국 독립과 혁명을 준비하는 성지가 아니라 "산란한 혁명의 꿈자리!"로 실망감을 안겨주는 곳이 바로 상해였으므로, 그는 "망명객"으로서의 깊은 절망과 탄식에 빠질 수밖에 없었을 것이다. 아마도 그가 상해에도 오래 머물지 않은 채 항주로 떠났던 이유와 그곳에서 지강대학之江大學[18]에 입학하게 된 사정은, 식민지 청년으로서 조국 독립에 대한 남다른 포부를 가지고 북경을 거쳐 상해로 왔던 자신의 행보에 대한 실망과 좌절이 크게 작용한 결과가 아니었을까 생각된다.

물론 심훈이 상해를 떠나 항주에 정착한 까닭이 무엇이었는지, 어떤 이유에서 지강대학을 다니게 되었는지는 현재로서는 정확히 알 길이 없다. 다만 그의 중국에서의 행적들이 아주 복잡한 사정을 거쳐야 했고, 상해에서의 경험에서 비롯된 중국에 대한 인식이 정치적으로나 사상적으

17 니웨이[倪偉], 「'마도(魔都)' 모던」, 『ASIA』 25, 2012.여름, 30～31쪽.

18 지강대학은 현재 절강(浙江)대 지강캠퍼스로 편입된 곳으로 미국 기독교에 의해 세워진 대학이다. 당시 중국의 13개 교회대학 가운데 가장 먼저 세워진 학교로 화동(華東) 지역의 5개 교회 대학(金陵, 東吳, 聖約翰, 滬江, 之江) 가운데 거점 대학이었다. 당시 이 대학은 서양을 향한 중국 내의 중요한 통로 역할을 했으며, 학생들은 5・4운동에도 적극 가담하는 등 서구적인 문화와 진보적인 의식을 동시에 배양하고 있는 곳이었다. 張立程・汪林茂, 『之江大學史』, 杭州出版社, 2015 참조.

로 상당한 혼란을 가져왔다는 점은 충분히 짐작하고도 남음이 있다.

> 항주는 나의 제2의 고향이다. 미면약관(未免弱冠)의 가장 로맨틱하던 시절을 이개성상(二個星霜)이나 서자호(西子湖)와 전당강변(錢塘江邊)에 두류(逗留)하였다. 벌써 10년이나 되는 옛날이언만 그 명미(明媚)한 산천이 몽침간(夢寐間)에도 잊히지 않고 그 곳의 단려(端麗)한 풍물이 달콤한 애상과 함께 지금도 머릿속에 채를 잡고 있다. 더구나 그 때에 유배나 당한 듯이 호반(湖畔)에 소요(逍遙)하시던 석오(石吾), 성재(省齊) 두 분 선생님과 고생을 같이 하며 허심탄회로 교유하던 엄일파(嚴一波), 염온동(廉溫東), 정진국(鄭鎭國) 등 제우(諸友)가 몹시 그립다. 유랑민의 신세 — 부유(蜉蝣)와 같은지라 한 번 동서로 흩어진 뒤에는 안신(雁信)조차 바꾸지 못하니 면면(綿綿)한 정회가 절계(節季)를 따라 간절하다. 이제 추억의 실마리를 붙잡고 학창시대에 끄적여 두었던 묵은 수첩의 먼지를 털어본다. 그러나 항주와는 인연이 깊던 백낙천(白樂天), 소동파(蘇東坡) 같은 시인의 명편(名篇)을 예빙(例憑)치 못하니 생색(生色)이 적고 또한 고문(古文)을 섭렵한 바도 없어 다만 시조체(時調体)로 십여 수(十餘首)를 벌여볼 뿐이다.[19]

심훈은 항주를 "제2의 고향"이라고 말할 정도로 아주 특별한 곳으로 생각했고, 실제로 그가 중국에서 보낸 2년 남짓의 기간 동안 가장 오랜 시간을 보낸 곳이 항주이다. 하지만 그는 항주에서의 일들에 대한 기록을 전혀 남기지 않아 여러 가지 의혹이 해소되지 않은 채로 남아 있다. 그에게 중국 유학이 애초부터 특별한 의미가 있는 것이었다면, 지강대

19 『심훈 전집』 1, 156쪽.

학 시절에 대한 간단한 소개나 감상기라도 있을 법한데 무슨 이유에서인지 어떤 글도 찾을 수 없다. 심훈이 그의 아내에게 보낸 편지[20]를 보면, 그는 1922년부터 이미 귀국을 하려고 결심했었지만 사정이 여의치 않아서 1923년이 되어서야 귀국하게 되었음을 알 수 있는데, 이러한 사정도 그의 항주 시절이 여러 가지 어려움들에 부딪혀 결코 순탄하지 않았음을 짐작하게 한다. 이처럼 그의 항주 시절은 망명객으로서의 절실함을 잃어버린 채 자기 회의에 깊이 빠져 있었던 방황의 시절이었다고 할 수 있다. 그 결과 북경, 상해에서 쓴 시와 남경, 항주에서 쓴 시 사이에 일정한 괴리를 보인다. 즉 남경과 항주에서 쓴 시들은 역사적 주체로서의 자각보다는 조국을 떠나 살아가는 망향객으로서의 비애와 향수 등 개인적인 정서가 두드러지게 드러나는 것이다. 이에 대해 "상해가 공적 세계라면 항주는 감각과 정서에 기초한 사私의 발원처"이고, "북경과 상해가 잠행의 공간인 것에 반해 항주는 만유의 장소였다"[21]라는 견해가 있는데, "공적 세계"와 "사私의 발원처"라는 대비는 일리가 있지만 "잠행潛行"과 "만유漫遊"의 대비는 선뜻 동의하기 어렵다. 그가 항주 시절 교류했던 석오 이동녕, 성재 이시영을 비롯하여 엄일파, 염온동, 정진국[22] 등의 면면을 봐도, 그의 항주 시절을 단순한 만유의 과정으로

---

20 "그동안 지난 일과 모든 형편은 어찌 다 쓸 수 있으리까마는 고통도 많이 당하고 모든 일이 마음 같지 않아 실패도 더러 하였으며 지금도 마음 상하는 일은 많으나 그 대신 많은 경험도 하였고, 다 일시의 운명이라 인력으로 어찌 하리까마는 그대의 간곡한 말씀과 같이 결코 낙심하거나 실망할 리 없으며 또는 그리 의지가 박약한 사나이는 아니니 아무 염려 말아 주시오. 다만 내가 무슨 공부를 목적 삼아하며, 그것이 어떤 학문이며 장차 어찌해야 할 것인데 지금 내 신세는 어떠하며, 어떤 길을 밟아 나아가서 입신하고 출세하려 하는가 하는 데 대하여 그대에게 자세히 알게 하여 드리지 못함은 참으로 큰 유감이외다." 「나의 지극히 사랑하는 해영씨!」, 『심훈전집』 8, 478~479쪽.

21 한기형, 「'백랑(白浪)'의 잠행 혹은 만유－중국에서의 심훈」, 『민족문학사연구』 35, 민족문학사학회, 2007, 453쪽.

22 엄일파는 엄항섭(嚴恒燮)으로 보성전문학교 상과를 마치고 3·1운동 직후 중국으로

보는 것은 설득력이 떨어지는 것이다. 앞서 언급한 대로 심훈의 항주행은 상해에서의 정치적 좌절과 절망이 결정적인 영향을 미친 것으로 보인다. 즉 항주에서 보인 심훈 시의 변화는 '정치적'인 것으로부터의 좌절에서 비롯된 것이라는 점에서, '정치적'인 것의 탈각이 아니라 '정치적'인 것에 대한 성찰의 문제로 접근해야 한다. 그러므로 「항주유기」를 비롯한 '항주' 제재 시편의 서정성은 표면적으로는 개인적 서정성의 극대화처럼 보이지만, 심층적으로는 당시 중국 내의 정치적 현실에 대한 비판의식을 내면화한 시적 전략으로 이해할 필요가 있다.[23]

3. '항주杭州' 시절 작품의 서정성과 시조 창작의 전략

심훈이 항주에서 지내는 동안 썼던 시, 그리고 항주와의 관련성을 지닌 시는 「항주유기」 연작 14편[24]과 그의 첫 번째 아내 이해영에게 보

망명하였으며, 1919년 9월 임시정부의 법무부 참사(參事)와 서기(書記)에 임명되었고, 1923년 6월경 지강대학 중학과를 졸업하였다. 염온동은 보성전문학교에서 수학하고 3・1운동에 적극 참여하여 옥고를 치른 다음, 1921년 상해로 망명하여 임시정부와 임시의정원, 독립운동 정당에 관여하였다. 정진국은 1921년 북경에서 기독교청년회에 관여하였고, 상해에서 한국노병회(韓國勞兵會)에 참여하였으며, 1929년에는 국내에서 무정부주의 계열 비밀결사 동인회사건(同人會事件)으로 재판을 받은바 있다. 최기영, 「1910~1920년대 杭州의 한인유학생」, 『서강인문논총』 39, 서강대 인문과학연구소, 2014, 216~220쪽 참조.

23 하상일, 「심훈의 「杭州遊記」와 시조 창작의 전략」, 『비평문학』 61, 한국비평문학회, 2016, 210쪽.

24 「평호추월(平湖秋月)」, 「삼담인월(三潭印月)」, 「채연곡(採蓮曲)」, 「소제춘효(蘇堤春曉)」, 「남병만종(南屛晩鐘)」, 「누외루(樓外樓)」, 「방학정(放鶴亭)」, 「행화촌(杏花村)」, 「악왕분(岳王墳)」, 「고려사(高麗寺)」, 「항성(杭城)의 밤」, 「전단강반(錢塘江畔)에서」, 「목동(牧童)」, 「칠현금(七絃琴)」. 이 시들은 모두 일본 총독부 검열본 『沈熏詩歌集』 第一輯, 京城世

낸 편지에 동봉된 「겨울밤에 내리는 비」, 「汽笛」, 「錢塘江 위의 봄밤」, 「뻐꾹새가 운다」 4편[25]을 포함해서 모두 18편이다. 이 가운데 「겨울밤에 내리는 비」, 「뻐꾹새가 운다」는 시의 끝에 '남경南京'이라고 시를 쓴 장소를 밝히고 있어서, 심훈이 북경을 떠나 상해를 거쳐 항주로 가는 과정에 잠시 남경에 머무를 때 쓴 작품으로 보인다. 「항주유기」 연작의 경우에도 1931년 6월 『삼천리』에 '천하의 절승絶勝 소항주유기蘇杭州遊記'라는 제목으로 발표하면서 "이제 추억의 실마리를 붙잡고 학창시대에 끄적여 두었던 묵은 수첩의 먼지를 털어본다"[26]라고 밝힌 것으로 보아, 실제 이 작품들을 항주 시절에 쓴 것인지 아니면 그때의 초고나 메모를 바탕으로 1930년대 초반에 다시 창작한 것인지는 정확히 알 수가 없다. 이처럼 항주 관련 18편의 작품들은 심훈이 항주 시절 쓴 작품이라고 명확하게 볼 근거는 없지만, 그가 항주에 체류할 당시의 생활이나 정서를 이해하는 데 있어서 아주 중요한 단서가 되는 것은 분명한 사실이다. 특히 심훈이 북경과 상해를 거쳐 항주로 정착하기까지 겪었던 심경의 변화를 유추할 만한 근거는, 그가 항주 시절 쓴 작품으로 추정되는 18편의 시 외에는 사실상 없다고 해도 과언이 아니다. 그가 평소에 일기나 산문 등을 쓸 때 사소한 일상 한 가지도 놓치지 않고 꼼꼼하게 기록하는 습관을 지녔다는 사실을 생각한다면, 항주에서 보낸 시

光印刷社印行, 1932을 토대로 발간한 심훈, 『심훈문학전집』 1－그날이 오면, 차림, 2000, 156～173쪽에 수록되어 있다. 그리고 『沈熏文學全集』 1－詩, 탐구당, 1966, 123～134쪽에도 실려 있는데, 「목동」과 「칠현금」은 제목이 누락되어 있고, 「전당강(錢塘江) 위의 봄밤」이 「전당강상(錢塘江上)에서」로 제목이 다르게 되어 있으며, 「겨울밤에 내리는 비」, 「기적(汽笛)」, 「뻐꾹새가 운다」와 함께 「항주유기」로 묶여 수록되어 있다. 최근 발간된 『심훈 전집』 1에도 이 작품들은 실려 있는데, 「항주유기」 연작 가운데 「행화촌(杏花村)」은 누락되어 있다.

25 「나의 지극히 사랑하는 해영씨!」, 『심훈전집』 8, 480～484쪽; 『심훈 전집』 1, 232～238쪽.

26 「항주유기」, 『심훈 전집』 1, 156쪽.

절에 대한 기록을 거의 남기지 않았다는 점은 상당히 큰 의혹으로 남지 않을 수 없다.

심훈의 항주 시절 시 가운데 무엇보다도 주목해야 할 작품은 「항주유기」 연작이다. 시조 형식으로 이루어진 14편의 작품은, 대체로 독립을 염원하는 식민지 청년으로서 역사나 현실에 대한 자각이나 의지를 직접적으로 드러내기보다는 개인적 서정성을 두드러지게 표상하고 있다.

①

중천(中天)의 달빛은 호심(湖心)으로 쏟아지고

향수는 이슬 내리듯 마음속을 적시네

선잠 깬 어린 물새는 뉘 설움에 우느뇨

②

손바닥 부르트도록 뱃전을 뚜드리며

'동해물과 백두산' 떼를 지어 부르다가

동무를 얼싸안고서 느껴느껴 울었네.

③

나 어려 귀 너머로 들었던 적벽부(赤壁賦)를

운파만리(雲波萬里) 에 와서 당음(唐音) 읽듯 외단 말가

우화이귀향(羽化而歸鄕)하여서 내 어버이 뵈옵과저

—「평호추월(平湖秋月)」 전문[27]

「항주유기」는 서호 10경西湖十景의 아름다운 풍광과 정자, 누각 그리고 전통 악기 등을 소재로 자연을 바라보는 화자의 심경을 내면화한 서정적 시풍의 연작시조이다. 심훈이 항주에 머무르면서 서호의 주변을 돌아보고, 그곳의 자연과 역사 그리고 인물들에 자신의 마음을 빗대어 선경후정先景後情이라는 전통 시가詩歌 형식으로 형상화한 작품이다. 인용시 「평호추월」은 「항주유기」의 주제의식을 응축하고 있는 대표적인 작품으로, 『삼천리』에 발표될 당시에는 2연의 끝에 "三十里 周圍나 되는 湖水, 한복판에 떠있는 조그만 섬 中의 數間茅屋이 湖心亭이다. 流配나 當한 듯이 그곳에 無聊히 逗留하시든 石吾 先生의 憔悴하신 얼골이 다시금 뵈옵는 듯하다"라는 자신의 심경을 덧붙여 놓았다. 즉 항주의 절경 가운데 한 곳인 호심정에서 서호를 바라보면서 자신이 존경했던 독립운동가 가운데 한 사람인 석오 이동녕을 떠올리는 작품으로, 「항주유기」 연작을 표층적 차원의 서정성에만 함몰되어 이해해서는 안 되는 중요한 지점을 보여준다. 즉 조국 독립을 갈망하던 식민지 청년이 진정으로 따라가고자 했던 이정표의 초췌한 모습을 바라보는 데서, 항주에 이르는 과정에서 온갖 상처를 경험하고 절망에 부딪쳤던 심훈 자신의 안타까운 심정을 상징적으로 투영시키고 있는 것이다.

「평호추월」에서 화자는 조국에 대한 "향수"와 망명객으로서의 "설움"을 직접적으로 토로할 정도로 이국에서의 생활을 몹시 힘들어하지만, "동무를 얼싸안고서 느껴느껴" 우는 동지적 연대감으로 이러한 현실을 극복하려는 강한 의지를 드러낸다. "손바닥 부르트도록 뱃전을 뚜드리며 / '동해물과 백두산' 떼를 지어 부르"는 행위를 통해 절망적

27 『심훈 전집』 1, 157쪽.

현실과 결코 타협하지 않으려는 결연한 모습을 보이고 있는 것이다. 그럼에도 불구하고 "나 어려 귀 너머로 들었던 적벽부를 / 운파만리 예와서 당음 읽듯 외단 말가"에서 알 수 있듯이, 화자가 처한 현실은 중국의 풍류나 경치를 외우고 있는 자신의 무기력한 모습과 마주할 따름이다. 그의 중국행이 조국 독립을 위한 실천적 방향성을 찾는 데 뚜렷한 목표가 있었다는 사실을 염두에 둔다면, 이러한 꿈과 이상이 철저하게 무너지는 경험으로 인해 그의 내면에는 아주 극심한 상처가 자리 잡았기 때문이다. 결국 "우화이귀향하여서 내 어버이 뵈옵과저"에서처럼, 화자는 중국에서의 생활을 정리하고 조국으로 돌아가고자 하는 바람을 가질 수밖에 없다. 이러한 화자의 내면의식은 항주에서의 심훈의 내면의식에 그대로 대응된다. 따라서 「평호추월」은 자연의 아름다움에 젖어 유유자적하는 개인적 서정의 세계를 형상화한 것이 아니라, 중국에서 머무는 동안 그가 겪어야만 했던 무기력한 현실에서 비롯된 좌절을 내면화한 자기성찰적 서정의 세계를 보여준 것이라고 할 수 있다.

> 운연(雲烟)이 잦아진 골에 독경(讀經)소리 그윽코나
> 예 와서 고려태자(高麗太子) 무슨 도를 닦았던고
> 그래도 내 집인 양하여 두 번 세 번 찾았었네.
>
> ―「고려사(高麗寺)」 전문[28]

「항주유기」 연작 가운데 「고려사」도 주목해야 할 작품으로, 화자가 자신이 처한 현실에 대한 회한과 탄식의 정서를 표면화한 시이다. 이

28 위의 책, 171쪽.

는 더 이상 중국에 머물러 있지 않고 조속히 조국으로 돌아가고 싶어 했던 항주 시절 심훈의 내면을 대변하고 있다고 할 수 있다. '고려사'는 고려 태자 의천이 머물렀던 곳으로, 화자는 당시 의천에게 "무슨 도를 닦았던"지를 직접적으로 물음으로써 지금 자신이 무엇을 위해 항주에 머무르고 있는지를 자문한다. 이는 중국에서의 생활이 가져다준 깊은 회의를 우회적으로 드러낸 것으로, 심훈이 중국행이 지닌 목적과 역할이 사실상 상실되어 버린 데서 오는 안타까움과 허망함을 의천의 마음에 빗대어 표현한 것으로 볼 수 있다. 이러한 절망적 현실인식은 독립운동에 대한 의지를 다시 한번 일깨우는 역설적 태도로 기능한다는 점에서 상당히 문제적이다. 즉 당시 항주의 독립운동가들에게 '고려사'가 지닌 역사적 의미에 대한 재발견[29]은 민족의식을 새롭게 자극하는 중요한 기폭제 역할을 했기 때문이다. "그래도 내 집인 양하여 두 번 세 번 찾았었네"라는 데서 알 수 있듯이, 오랫동안 잊혀있었던 '고려사'의 재발견을 통해 임시정부를 비롯한 독립운동 단체들의 내부적 분열과 대립을 극복함으로써 민족의식의 통합을 지향하는 방향성을 찾고자 했던 것이다.

「항주유기」 연작이 모두 시조의 형식으로 이루어졌다는 점도 특별히 주목할 필요가 있다. 「항주유기」를 발표할 무렵인 1930년대로 접어

29 일제의 침략이 노골화되었던 1919년 무렵 상해와 항주 중심의 유학생, 독립운동가 등은 항주 '고려사'를 참배하고 조선인들에게 그 중건을 호소하였다. 그 일에 앞장섰던 사람이 바로 엄항섭으로, 그는 1923년에 '고려사'를 답사하고, 『東明』에 「高麗寺!」라는 제목으로 3회 연재를 하였다. 이 글에서 그는 "고려사람들아! 中國 絶勝杭州에서 '고려사'를 찾자! 그중에도 승려들아! 불교의 자랑인 '고려사'를 함께 일으키자!"라고 하면서, 고려사의 재발견은 민족의식을 일으키는 중요한 일임을 강조하였다. 조영록, 「일제 강점기 杭州 高麗寺의 재발견과 重建籌備會」, 『한국근현대사연구』 53, 한국근현대사학회, 2016, 40~72쪽 참조.

들면서 심훈은 시조를 집중적으로 창작했다. '농촌의 봄'이란 제목 아래 「아침」 등 11편과 「근음삼수近吟三數」, 「영춘삼수詠春三數」, 「명사십리明沙十里」, 「해당화海棠花」, 「송도원松濤園」, 「총석정叢石亭」 등 많은 시조를 남겼던 것이다. 그렇다면 그에게 시조라는 장르는 어떤 의미를 지니고 있었던 것일까? 그가 시 창작과는 별도로 이렇게 많은 시조를 창작한 이유와, 시의 형식과 시조 형식 가운데 한 가지를 선택할 때 어떤 창작 의식의 차이를 가졌는가 하는 의문점에 대해서도 밝힐 필요가 있다. 이러한 문제는 「항주유기」 연작이 모두 시조 형식을 지니게 된 이유를 밝히는 데도 중요한 근거가 된다. 또한 그의 항주 시절의 시작 활동에서 서정적인 경향성이 두드러졌던 사실을 정치적으로 이해하는 의미 있는 논거가 되기도 한다.

그 형식이 옛것이라고 해서 구태여 버릴 필요는 없을 줄 압니다. 작자에 따라 취편(取便)해서 시조의 형식으로 쓰는 것이 행습(行習)이 된 사람은 시조를 쓰고 신시체(新詩體)로 쓰고 싶은 사람은 자유로이 신체시를 지을 것이지요, 다만 그 형식에다가 새로운 혼을 주입하고 못 하는 데 달릴 것이외다. 그 내용이 여전히 음풍영월식이요 사군자 뒤풀이요 그렇지 않으면

"배불리 먹고 누워 아래 윗배 문지르니
선하품 게게트림 저절로 나노매라
두어라 온돌 아랫목에 뒹구른들 어떠리"

이 따위와 방사한 내용이라면 물론 배격하고 아니할 여부가 없습니다. 시조는 단편적으로 우리의 실생활을 노래하고 기록해두기에는 그 폼이 산만한 신시보다는 조촐하고 어여쁘다고 생각합니다. 고려자기엔들 퐁퐁 솟아오르는 산간수(山澗水)가 담아지지 않을 리야 없겠지요.[30]

심훈은 시조 장르가 민중들의 생활과 일상을 정제된 형식에 담아내는 소박한 '생활시'로서 의미를 지닌다고 보았다. 또한 시조는 "그 형식에다가 새로운 혼을 주입하고 못 하는 데"서 현재적 의미를 찾아야 한다는 점에서, "여전히 음풍농월식이여 사군자 뒤풀이요" 하는 식의 전통적 안이함에 갇혀서는 안 된다는 점을 분명히 하였다. 이러한 시조의 현재성에 대한 문제의식을 통해 그가 1930년대 이후 시조 창작에 집중한 이유를 짐작할 수 있는데, "우리의 실생활을 노래하고 기록해 두"는 데 유효한 형식으로 시조 장르의 의미를 강조하고 있는 것이다. 앞서 언급한 대로 「항주유기」 연작이 발표된 시점인 1930년대에 심훈은 서울에서의 기자생활을 모두 정리하고 부모님이 계신 충청남도 당진으로 내려와 『영원의 미소』, 『직녀성』, 『상록수』 등의 소설을 창작하는 데 집중했다. 1930년 발표했던 시 「그날이 오면」과 소설 『동방의 애인』, 『불사조』 등이 일제의 검열로 인해 작품이 훼손되거나 중단됨에 따라, 이러한 일제의 검열을 피하는 우회 전략에 대해 깊이 고민했던 시기였을 것으로 짐작된다. 그 결과 그의 소설은 일제의 검열을 넘어서는 서사 전략으로 '국가'를 '고향'으로 변형시키는 뚜렷한 변화를 시도했는데,[31] 1930년대 시조 창작에 주력했던 심훈 시의 전략적 선택 역시 이와 같은 맥락에서 이해할 수 있다. 즉 식민지 검열로부터 비교적 자유로운 자연과 고향을 제재로 삼아 현실에 대한 비판적 문제의식을 우회적으로 드러내는 시조 장르의 특성을 적극적으로 활용했다고 할 수 있는 것이다. 1930

30 「프로문학에 직언 2」, 『심훈전집』 8, 229~230쪽.

31 『상록수』로 대표되는 심훈의 후기 소설을 단순히 계몽서사로 읽을 것이 아니라, 식민지 내부에서 허용 가능한 사회주의서사의 변형 혹은 파열로 이해하는 문제의식이 필요하다. 이에 대한 자세한 논의는, 한만수, 「1930년대 '향토'의 발견과 검열우회」, 『한국문학이론과비평』 30, 한국문학이론과비평학회, 2006 참조.

년대 농촌 현실의 피폐함과 고달픈 노동의 일상을 제재로 삼은 그의 시조 작품이 강호한정江湖閑情 류의 개인적 서정의 형식을 띤 전통 시조의 모습과는 전혀 다른 이유도 바로 여기에 있다.

> 항성의 밤저녁은 개가 짖어 깊어가네
> 비단 짜는 오희(吳姬)는 어이 날밤 새우는고
> 뉘라서 나그네 근심을 올올이 엮어주리
>
> —「항성(杭城)의 밤」 전문[32]

> 황혼의 아기별을 어화(漁火)와 희롱하고
> 임립(林立)한 돛대 위에 하현달이 눈 흘길 제
> 포구에 돌아드는 배에 호궁(胡弓)소리 들리네.
>
> —「전당강반(錢塘江畔)에서」 전문[33]

「항성의 밤」은 망향객으로서의 "나그네 근심"을 해소해 줄 누군가를 기다리는 화자의 심정을 담아낸 작품이다. 선경후정의 전통 시조의 구성방식을 그대로 따르고 있지만, 외적 풍경을 내면화하는 화자의 심경을 주목해 본다면 단순한 풍경시나 정물시로만 볼 수 없는 의미심장한 문제의식이 내재되어 있다. "개가 짖어 깊어가는" 항주의 "밤"에서 느낄 수 있는 시적 긴장과 "어이 날밤 새우는고"에 나타나는 인물의 내적 갈등에서, 식민지 청년의 내면에 각인된 긴장과 갈등이라는 시대의식이 상징적으로 투영되어 있기 때문이다. "뉘라서"라는 표현에서 화자의 현실

---

32 『심훈 전집』 1, 172쪽.
33 위의 책, 174쪽.

을 공감하는 공동체적 연대에 대한 갈망이 두드러진다는 점에서 이러한 문제의식은 더욱 뚜렷이 부각된다. 결국 이 시조는 항주에서의 심훈의 내면의식을 절제된 형식에 담아낸 것으로, 정치적 혼란이 가중되는 중국에서의 생활과 현실에 대한 깊은 회의를 우회적으로 드러낸 것으로 볼 수 있다. 이러한 내면의 상처와 고통은, 그가 다녔던 지강대학에서 바라본 전당강의 모습을 형상화한 「전당강반에서」에서도 그대로 드러나는데, 전당강 위의 유유자적하는 자연의 모습과는 대조적으로 구슬픈 "호궁소리"를 듣는 화자의 마음에서 이국땅에서 식민지 청년이 느끼는 망향의 정서와 절망적 현실인식이 감각적으로 형상화되어 있는 것이다.

이처럼 심훈의 시조 창작은 표면적으로는 전통적 서정에 바탕을 둔 자연친화적 세계관을 답습하고 있는 것처럼 보이지만, 그 이면을 들여다보면 중국생활에서 경험한 절망적 현실인식과 1930년대 이후 농촌 현실에 대한 비판적 인식을 효율적으로 드러내기 위한 전략적 장치로 적극 시도된 것으로 볼 수 있다. 결국 심훈의 시조 창작은 식민지 검열의 허용 가능한 형식에 대한 고민의 결과로, 식민지 청년으로서 주체의 좌절과 당대 사회의 모순을 비판하는 우회 전략에 대한 성찰의 결과라고 할 수 있다. 따라서 심훈의 항주 시절은 혁명을 꿈꾸는 식민지 청년이 온갖 갈등과 회의를 거쳐 비로소 올바른 주체를 형성해가는 성숙의 과정으로 이해할 필요가 있다. 「항주유기」 연작을 비롯한 그의 항주 시절 작품에 나타난 서정성을 '변화'나 '단절'이 아닌 '성찰'과 '연속'으로 읽어야 하는 이유도 바로 여기에 있다.[34]

34 하상일, 「심훈의 「杭州遊記」와 시조 창작의 전략」, 『비평문학』 61, 한국비평문학회, 2016, 213~214쪽.

4. 식민지 시기 '항주'의 역사적 의미와 심훈의 문학사적 위치

식민지 시기 중국 항주는 대한민국임시정부가 있었던 상해와 더불어 독립운동을 위한 거점 도시로서의 역할을 했다. 1932년 윤봉길 의거 이후 임시정부가 상해에서 항주로 옮겨온 것만 봐도 당시 항주가 지닌 정치적 의미를 짐작하게 한다. 하지만 1920년대만 해도 항주는 임시정부의 거점이었던 상해에 비해서는 크게 주목받지 못했다. 앞서 언급한 것처럼 '고려사' 중건에 대한 논의와 화동 지역 대학과 유학생들에 대한 연구에서 식민지 시기 항주의 현황과 역사적 의미에 대해 소략하게 다루고 있는 정도이다. 물론 중국 화동 지역 전체를 보면 상해와 남경에서 유학한 학생들에 비해 항주에는 소수의 유학생들이 있었을 뿐이다. 하지만 상해 임시정부와 직간접적으로 연결되어 독립운동을 목적으로 한 유학생들과 항주의 연관성은 상당히 큰 것으로 추정된다. 심훈이 「항주유기」 서문에서 언급했던 엄일파(엄항섭)가 항주 지강대학에 다녔다는 사실처럼, 당시 지강대학을 비롯한 항주 지역 대학과 유학생들의 활동은 독립운동사의 측면에서도 중요하게 논의되어야 할 지점인 것이다. 아마도 심훈이 북경과 상해를 거쳐 항주로 정착하는 과정과 북경대학 유학이라는 표면적인 이유를 접고 항주 지강대학에 다니게 된 사정에도 상해 임시정부와 밀접한 관련이 있었을 것이고, 이러한 과정을 도운 중요한 인물 중의 한 사람이 엄항섭이 아니었을까 추정되기도 한다. 또한 심훈이 항주 시절을 회고하면서 석오 이동녕과 성재 이시영을 언급한 점도 지강대학 시절을 정치적으로 이해하지 않으면 안 되는 중요한 근거가 되기도 하는 것이다.

심훈이 1920년 겨울 중국으로 떠났다고 한다면, 햇수로는 4년이고 만으로는 2년 반 정도 머무르다 1923년 중반에 귀국한 것으로 정리된다.[35] 이 기간 동안 항주에서만 거의 2년 정도를 보냈다는 점에서 심훈과 항주의 관련성은 앞으로 좀 더 실증적인 연구가 이루어질 필요가 있다. 하지만 그의 항주 시절은 「항주유기」 연작을 비롯한 십여 편의 시와 그의 아내에게 보낸 편지 외에는 어떤 기록도 찾을 수 없다. 그가 북경을 떠나 상해로 가는 과정이 경성고보 동창생 박헌영이 상해로 이동했던 시기와도 겹친다는 사실과, 중국에 체류하는 동안 이회영, 신채호, 여운형, 이동녕, 이시영 등 독립운동가들과 직접적인 교류를 이어갔다는 점에서, 그의 중국에서의 행보는 여러 가지 비밀스러운 사정으로 인해 의도적으로 왜곡되거나 은폐된 것이 상당히 많았던 것으로 짐작된다. 아마도 항주 시절의 기록이 거의 없는 것도 이러한 이유와 전혀 무관하지는 않을 것으로 생각된다.

이처럼 심훈의 중국에서의 활동은 귀국 이후 그의 문학 창작에 아주 큰 영향을 미친다. 1930년 발표한 『동방의 애인』은 1920년대 상해를 무대로 활동했던 공산주의 계열 독립운동 조직의 활약상을 담은 작품으로, 김원봉이 이끌었던 '의열단'과 깊은 관련을 지닌 것으로 보인다. 중심인물 가운데 한 사람인 '박진'이 황포군관학교를 졸업했고 공산주의 계열 독립운동 조직에 속해 있었으며, 국내로 잠입하는 과정이 치밀하

35 안종화의 『韓國映畵側面秘史』(춘조각, 1962. 12)에 의하면, 〈土月會〉 제2회 공연(1923.9)에 네프류도프 역을 맡은 초면의 안석주에게 심훈이 화환을 안겨준 인연으로 그들은 평생에 가장 절친한 동지로 지내면서 이후 문예, 연극, 영화, 기자 생활 등을 같이 했다고 한다(유병석, 「심훈의 생애 연구」, 『국어교육』 14, 한국국어교육연구회, 1968, 14쪽). 또한 심훈은 『沈熏詩歌集』 第一輯을 묶으면서 「밤」을 서시(序詩)로 했는데, 이 시 말미에 "1923년 겨울 '검은돌' 집에서"라고 적혀 있다. '검은돌'은 그가 태어난 고향인 지금의 '흑석동'을 가리키므로, 아무리 길게 잡아도 1923년 여름 이전에는 귀국했을 것으로 추정된다.

게 그려진 데서 '의열단'의 활동과 상당한 관련성이 있음을 짐작하게 하는 것이다. 이 작품의 주인공 '김동렬'이 박헌영의 모델로 했다는 점도 이러한 정치적 의도를 뒷받침한다. 1920～1930년대 심훈의 문학을 상해 임시정부를 중심으로 한 독립운동과 중국을 거점으로 한 동아시아적 시각에서 논의해야 하는 이유도 바로 여기에 있다. 즉 독립운동사, 공산주의운동사, 화동 지역 대학교육과 유학생활 등 역사적 사실들에 대한 실증적인 확인을 통해 더욱 구체적인 논의를 이어갈 필요가 있는 것이다. 그의 시 「박군의 얼굴」, 「R씨의 초상」을 비롯하여 1930년에 발표한 대표시 「그날이 오면」 등에 대한 접근도, 심훈의 중국에서의 활동에 내재된 동아시아적 시각에 대한 이해에 바탕을 두지 않으면 그 의미를 정확히 해석해 내기 어렵다. 따라서 심훈의 문학은 1919년 기미독립만세운동 이후 동아시아와의 관련 속에서 한국문학이 어떤 양상과 의미를 확장해 나갔는지를 이해하는 중요한 문학사적 위치에 있다. 이런 점에서 심훈의 문학과 사상의 토대가 되었다고 할 수 있는 중국에서의 활동에 대한 더욱 면밀한 연구가 요구된다. 자료의 미확인과 실증성의 한계로 인해 아직까지 대부분의 사실들이 논리적 추정에 머무르고 있다는 점은 앞으로 심훈 연구가 반드시 해결해 나가야 할 과제임에 틀림없다.

2부

만주

‘배화排華 사건’과 한국문학*

이상경

1. ‘만보산 지역 사건’과 ‘배화 사건’

1931년 7월의 만보산 사건이란 처음에는 일본 식민지 지배의 민족적・계급적 피해자인 조선[1] 농민이 만주 지역으로 쫓겨 가서 수전을 개간하면서 현지의 중국농민과 충돌하게 된 많은 사건 중의 하나였다. 1931년 4월부터 조선농민들이 논을 만들기 위해 중국 장춘 근처 만보산 지역에 수로를 파면서 밭농사를 주로 하던 현지의 중국농민들과 마찰이 생기게 되었고 급기야 7월 2일 양측 농민 사이에 큰 충돌이 일어났지만 별다른 사상자 없이 끝났다. 그런데 이 ‘만보산 지역 사건’이 조선농민이

---

* 이 글은 2009년 9월에 개최된 제5회 식민주의와 문학 학술회의 ‘만주국’과 동아시아문학(2009.9.26)에서 초고 상태로 발표했던 「만보산 사건과 배화 사건에 대한 한국 지식인의 반응」을 바탕으로 써서 일본에서 「一九三一年の‘排華事件’と韓國文學」, 『植民地文化研究』 9, 植民地文化研究學會, 2010.7로 발표했다.

1 1910~1945년 사이의 한반도 지역과 관련 구성원을 지칭할 때 이 글에서는 식민지 조선, 또는 조선을 사용하고 특정 지역이나 시기를 넘어선 일반적 지칭으로는 한국을 사용한다.

중국농민에게 맞아 죽었다는 식으로 식민지 조선에 잘못 전해지면서 흥분한 사람들이 화교들을 습격하여 숱한 인명을 살상하는 '배화排華 사건'으로 전화되었다.[2]

1931년 당시 조선인 작가들에게 수로 개척을 둘러싸고 중국농민과 조선농민 사이에 벌어진 '만보산 지역 사건' 자체란 당시에 그렇게 새로운 것이 아니었다. 그 이전에도 만주 지역에서는 수전 개간을 둘러싼 충돌이 자주 있었고[3] 그밖에도 중국인 지주와 조선인 소작농 사이에 다양한 충돌이 발생했고 이미 작품화도 되었다.[4] 반면 국내에서의 '배화 사건'은 사건의 성격이나 규모에서 낯설고 충격적인 일이었다. 이 사건을 통해서 '민족의식'의 문제가 두드러지게 부각되었고 조선의 민족주의 진영과 사회주의 진영에서는 사건의 원인과 해결책을 놓고 논의가 논쟁적으로 전개되었다. 이런 점에서 당시 식민지 조선의 입장에서는 사건 자체의 폭력성과 참혹함뿐만 아니라 민족 문제와 계급 문제를 바라보는 민족주의와 사회주의 양 진영의 대립 등으로 해서 '배화 사건'이 '만보산 지역 사건'보다 훨씬 더 문제적으로 받아들여졌다.

---

2 이 연구에서는 1931년 7월 2일로 상황이 마무리 된 중국 삼성보 지역에서의 조선농민과 중국농민 간의 충돌 사건을 '만보산 지역 사건'으로, 그 소식이 한반도에 전해지면서 7월 2일 밤 인천에서 시작되어 경성 평양 등지에서 진행된 중국인 배척 폭동을 '배화 사건'으로, 그리고 이 일련의 과정 전체를 포괄할 때 '만보산 사건'으로 구별해서 지칭하고자 한다.

3 특히 1927년부터 중국 관헌이 실시한 재만 조선인에 대한 규제 조치와 배척, 그리고 구축 사건이 자주 보도되었고, 1927년 12월에는 전북 이리에서 화교 상점에 대한 대규모 습격과 약탈 사건이 일어났다. 1928년 12월에는 조선의 각종 노동조합과 토목업자들이 조선총독부에 중국인 노동자를 제한해 조선인이나 일본인의 생활을 안정시켜 달라는 진정서를 제출한 사건도 있었다. 자세한 내용은 이옥련, 『인천 화교사회의 형성과 전개』, 인천문화재단, 2008, 187~191쪽 참조.

4 대표적인 것으로 중국인 지주와 조선인 소작농 사이의 갈등을 다룬 최서해의 「홍염」(1927.1)을 들 수 있다.

이 점은 만보산 사건 발생 직후 일본, 중국의 작가가 '만보산 지역 사건'을 직접 소재로 하여 작품을 쓴 것[5]과는 달리 당시 조선의 작가는 그러지 않았다는 것, 조선의 작가는 만보산 사건 전후의 만주 지역을 시공간으로 삼더라도 '배화 사건'의 자장 안에 놓인 작품을 썼다는 것으로도 알 수 있다. 식민지 조선의 작가가 '만보산 지역 사건'을 직접 소재로 하여 작품을 쓰는 것은 중일전쟁 이후이다. '내선일체', '만선일여', '민족협화' 등의 구호로 일제가 작가를 동원하면서 조선 '민족'의 존재양식을 바꾸려 했을 때 '만보산 지역 사건'은 비로소 소설 속에 불러내어지고, 환기되고, 활용되었다.[6] 즉 만보산 사건은 1930년대 초반에는 '배화 사건'을 통해서 민족의식(민족의식/계급의식)의 문제로 제기되었고, 1930년대 후반에는 '만보산 지역 사건'을 통해서 민족(조선/일본) 자체의 문제로 된 형국인 것이다. 반면 중국이나 일본의 작가는 그 이후로는 더 이상 만보산 사건을 문제 삼지 않는다. 심지어 1930년대 후반 일본의 작가는 작품에서 만보산 사건의 흔적을 지우기까지 했다.[7]

이 글에서는 이런 각 민족 작가 간의 편차에 주목하면서, 우선 1931년의 '배화 사건'으로 촉발된 '민족의식'의 문제와 관련된 한국 작가의

---

5 대표적인 것으로 이토 에이노스케[伊藤永之介]의 「만보산[万宝山]」(『改造』 1931.10)와 리훼이잉[李輝英]의 『만보산(萬寶山)』(上海 湖風書店, 1933)이 있다.

6 이태준의 「농군(農軍)」(『문장』, 1939.7)과 장혁주의 『개간(開墾)』(中央公論社, 1943)이 그것이다. 안수길의 「벼」(『북원(北原)』, 간도 : 芸文社, 1944.4)도 같이 논의되기도 하나 「벼」는 '만보산 지역 사건'을 직접 소재로 한 것은 아니다. 중일전쟁 이후 '만보산 지역 사건'을 소환한 작품에 관해서는 이상경, 「이태준의 「농군」과 장혁주의 『개간』을 통해서 본 일제 말기 작품의 독법과 검열－만보산 사건에 대한 한중일 작가의 민족인식 연구 (1)」, 『현대소설연구』 43, 한국현대소설학회, 2010를 참고할 것.

7 이토 에이노스케는 중일전쟁 이후 『만보산』을 재출간(1939.7)하면서 작품 속의 지명과 인명을 허구화시켜 특정의 시공간을 지우고 '농민문학'의 하나로 만드는 작업을 했다고 한다. 오무라 마쓰오, 「이토 에이노스케의 『만보산』과 장혁주의 『개간』」, 『'만주국'과 동아시아문학』(제5회 식민주의와 문학 학술회의 자료집), 2009.9.26, 83～88쪽 참고.

작품을 살펴보고자 한다. 평양에 있으면서 '배화 사건'의 당사자가 되었던 오기영의 수기 「평양폭동사건 회고」(『동광』 25, 1931.9)와 김동인의 수기 「柳絮 狂風에 춤추는 大同江의 惡夢-3년 전 朝中人 事變의 回顧」,(『개벽』 신간 2, 1934.12) 및 '배화 사건'이 제기한 민족의식의 문제적 측면을 주제로 하여 씌어진 김동인의 「붉은 산」(『삼천리』, 1932.4)과 강경애의 「그 여자」(『삼천리』, 1932.9)를 대상으로 거기서 드러나는 의식의 편차를 밝혀보고자 한다.

2. '배화 사건'과 민족의식의 문제

'배화 사건'은 피식민지인이 '민족적 분노'를 식민 지배자 측이 아니라 그 사회의 소수자 집단을 향해서 터뜨리면서 폭력을 행사한 사건이었다. 조선 총독부는 그 대상이 중국인을 향해 있었지만 언제 일본을 향할지 모르는 분노의 방출-'소요' 사태를 관리하고자 했다. 실제 중국인 습격의 와중에 일부 사람들이 중국인이 아니라 일본의 파출소를 습격해야 한다고 군중을 선동하는 경우가 있었고, 이 사건을 빌미로 검거 선풍이 일었다. 인천 폭동의 주모자로 체포되어 재판을 받은 조선일보 인천지국장 최진하崔晋夏[8]의 경우, 경찰은 그가 배일 선동을 했다는 혐의를 두고 집중적으로 조사를 했다. 당시 사법경찰관은 최진하에

8 최진하는 만보산 사건 당시 조선일보 인천 지국장으로서 문제가 된 『조선일보』의 호외를 7월 2일 밤에 서둘러 뿌려서 인천에서 최초로 중국인 습격 사건이 발생하게 한 한 장본인이기도 하다.

게 "군중 가운데 중학생들이 모여 있는 곳에서 그대가 중국인은 이미 피난했으므로 경찰관에게 투석하라라고 선동했다는데 어떤가? 그리고 평양에서 노동자가 응원하러 二○○명쯤 인천에 왔으니 열심히 하라고 했다는데 어떤가?"라고 묻고 최진하는 "나는 다만 우리 신문 호외에 의하여 이런 도화선이 된 일에 충심으로 공축하고 있다. 어떻게 그런 선동을 하겠는가. 전혀 근거 없는 말로 의외이다. 충분히 내 신분을 조사해 주기 바란다"고 답변을 했다.[9] 최진하가 7월 4일 밤 사람들에게 일본 경찰을 습격하자고 선동했는지 않았는지를 둘러싸고 검사와 변호사 사이에 공방이 벌어지기는 했지만, 인천 폭동의 와중에 이런 식으로 선동하는 사람이 있었음을 짐작할 수 있다.

만보산 사건이 일어난 것은 1931년 5월 16일 민족주의 진영과 사회주의 진영의 협동체이던 신간회가 해소된 지 얼마 안 된 7월 초였다. 양측의 갈등이 고조된 상태인지라 유례 없는 폭력사태의 원인과 결과, 수습책 등을 놓고 당시의 민족주의 진영과 사회주의 진영은 입장을 달리했고 논쟁을 벌였다. 양쪽 진영 모두 '민족의식'의 문제의 복잡함과 폭발성을 새삼스럽게 느낀 셈인데 사태에 대한 설명을 달리했다.

1) 민족주의 진영의 인식 - 민족의식의 우연한 분출

'만보산 지역 사건'에 대해 부정확한 소식을 두 번씩이나 호외로 낸 『조선일보』가 이 사건과 관련해서 제일 먼저 내보낸 7월 4일 자 사설의

9 「최진하 신문조서」(1931.7.10), 국사편찬위원회 편, 『한민족독립운동사 자료집』 56—중국인 습격 사건 재판 기록, 2003.

첫 구절은 '피는 물보다 진하다'였고 계속해서 동포, 혈연, 동족애라는 용어를 등장시켰다. 그리고 이에 대비되는 개념으로 국제주의와 사해동포주의를 들었다.

> 피는 물보다 걸(濃)다. 동포는 나의 동포이다. 국제주의가 선구자의 머리에 새벽처럼 밝아오고 사해동포주의가 선량한 사람의 가슴에 꿈같이 어리었다 하더라도 부대끼고 들볶이어 살 수 없는 사정은 그의 가장 친근한 혈연적, 동족적의 피 끓는 동류애가 아니고서는 남으로서 알 수 없는 것이다. 거듭하는 수난의 속에 시달리고 넘어지려 하는 재만 백만 동포의 신상에 관하여는 누구보담도 조선 이천만 역내에 있는 대중이 가장 큰 동류의식과 연대적 책무감과 또는 상호부조적 정열 의지 및 정책을 가져야 할 것이다. 보라, 청원(淸源)일세, 봉황성일세, 삼성보일세, 아니 전 만주 남북 각지에서 중국 관민의 조선인 배척 및 그 억압은 바야흐로 기획적 조직적 그리고 영구적인 길을 나아가고 있지 아니한가? 동족애에 켕기는 조선인 대중이여! 그 이에 감(感)함이 없는가? 그의 대책은 절무(絶無)요, 그의 생존권 옹호의 인도적 대의는 드디어 단념하고 말아야 할 것인가?[10]

사설의 이 대목이 겨냥하는 바는 당시 민족주의를 비판하는 사회주의 진영이었겠지만,[11] 『조선일보』 측이 이렇게 오보를 내면서까지 '동포'를 강조하게 된 것을 사회주의 진영에 대한 비판만으로 설명하기에는 석연치가 않다. 장춘 특파원 김이삼이 전해온 소식을 놓고 기사의

---

10 「(사설) 통심(痛心)할 재만동포의 운명-면밀을 요하는 옹호 대책」, 『조선일보』, 1931.7.4.

11 1931년 5월 16일에는 좌우합작으로 이루어진 신간회가 해소되었고 민족주의와 사회주의 양 진영의 대립도 격화되고 있었다.

진위나 경중, 파장을 고려하지 않고 그대로 실은 당시의 『조선일보』 편집국에 대해서 정치 감각이 없다는 비난이 많았다.[12] '신문의 사명'으로 혹은 특종 경쟁의 결과이기도 하지만, 그 밑에는 『조선일보』와 『동아일보』 사이의 민족 담론 주도 경쟁이 깔려 있었던 것으로 생각된다. 그 이전 『동아일보』는 이 충무공 묘소 위토가 경매당하게 된 일을 계기로 이 충무공 유적 보존운동을 벌이면서 민족주의적 담론을 주도하는 형국이었다. 1930년 10월 3일부터 『동아일보』에 이윤재가 『성웅 이순신』을 43회 연재했고 1931년 6월 25일부터는 이광수가 장편소설 『이순신』 연재를 시작했다. 그래서인지 『조선일보』 편집국은 장춘 특파원 김이삼에게서 '만보산 지역 사건'에 관련된 기사를 받았을 때 특종에 대한 욕심과 민족주의 담론 경쟁에서 『동아일보』를 이기기 위해 사실 확인 없이 그대로 호외를 발행하고 논설진도 민족주의적 감정을 격동시키는 사설을 썼던 것으로 보인다.

중국인 배척 폭동이 걷잡을 수 없게 되자 민족주의 진영에서는 수습에 나선다. 이들의 인식을 보여주는 것이 평양의 14개 단체가 낸 「급고문」과 서울의 각 단체협의회가 발표한 「성명서」이다. 이들은 '배화 사건'이 조선 민족 전체가 아닌 일부 사람들의 뜻으로 된 일임을 중국 측에 알리고 조선에서 중국인들을 박해하면 만주에 있는 조선 동포가 도리어 그 해를 입는다는 것을 조선의 일반 사람들에게 알리고자 애썼다.

---

12 『매일신보』도 7월 4일에 『조선일보』와 유사하게 '사상자'가 났다는 오보를 싣고 있는 것으로 미루어 보면 오보를 제공한 특정한 취재원이 있었던 것은 사실로 보인다. 김이삼이 중국 신문에 낸 '사죄성명서'에서 일본 영사관이 제공하는 보도자료를 확인 없이 썼다고 한 것이 그것이다.

만보산 삼성보 사건을 동기로 재양(在壤) 중국인을 습격하는 일은 대단히 부당한 일이올시다. 이것은 우리의 전체 의사가 아닐 뿐외라 일부 와전(訛傳) 오문(誤聞)에 의한 불상사변인즉 이 아래 몇 가지를 가지고 냉정하게 생각합시다.

1. 여기 있는 중국인은 무죄한 것입니다.

2. 아무 큰 일이 없음에 중국인을 상해하면 만주에 있는 우리 동포들은 어떻게 되겠습니까. 조선에 있는 중국인은 불과 5만 명가량이요, 중국과 만주에 있는 우리 동포는 150만 명이나 됩니다. 30배나 더 많습니다.

3. 이 일의 원인지인 만보산 삼성보 사건은 금일까지 신문 보도에 의하면 우리의 아무 피해가 없이 벌써 해결이 되었다 하니 이곳서 이렇게 됨은 무슨 까닭으로 그리함인지 참말 큰 유감이올시다. (…하략…)[13]

각 단체에 소속한 기명인들은 이번 만보산 사건을 도화선으로 인천 경성 평양 등지에서 발생한 중국인민에 대한 불상사에 대하여 성심 성의로 깊이 유감의 의(意)를 표하고 아울러 이 불상사가 발생케 된 것은 결코 조선민족 전체의 의사가 아님을 성명한다. (…하략…)[14]

이런 움직임과 함께 신문과 잡지에는 재만 조선동포 문제 해결책이 여러 가지로 제시되었다. 가령 『동광』 제24호는 '내가 본 재만동포 문제 해결책' 이라는 기획을 꾸렸는데, 거기서 제시된 해결책은 중국 국법에 배치되는 행동(일본의 척후대 또는 국제공산당의 앞잡이 노릇)을 하지 말라(金炳

13 「평양 14단체 급고문」(7월 7일 발표), 『조선일보』, 1931.7.9.

14 「서울 각단체협의회 성명서」, 『조선일보』, 1931.7.9. 안재홍을 의장으로 하는 각 단체 협의회가 구성되어, 이광수, 이종린, 박연서에게 기초를 맡겨 7월 8일 자로 발표한 것이다.

魯), 일본의 앞잡이 노릇을 하지 말고 입적하라(金佑枰), 입적하여 자치권을 획득하라(安在鴻), 일본은 중국에 입적할 수 있게 하라(李鍾麟) 등의 것이었다. 요컨대 지식인들이 무지한 민중에게 '만보산 지역 사건' 같은 것은 조선농민과 중국농민 사이에서 발생한 민족 문제가 아니라 중국정부와 일본정부 사이의 외교 문제임을 잘 알려주는 것이 급선무라는 것이다.

당시 수양동우회의 기관지 『동광』의 편집장이었던 주요한은 이 문제에 대해 종합적인 논의를 내놓았다. 주요한은 재만 조선인 문제는 실제적으로는 두 가지 충돌이 있다고 보았다. 하나는 오지에서 중국인에게 착취당하는 것이고(그래서 조선인 공산당이 늘어가는 것이고), 또 하나는 일본 영사관의 세력이 미치는 도시에서는 일제의 앞잡이로 인식되는 것이다.

> 만보산 사건은 이런 과정의 좋은 실례다. 일을 어긋나게 한 책임은 누게 있든지 간에 조선농민이 개간을 하는데 중국농민이 그로 인하여 자기에게 해가 돌아온다는 생각을 (오해로든지 아니든지) 가지게 되었고 그로 인해 충돌이 생겼고 충돌이 생기매 영사관 경찰이 출동해서 조선농민을 보호하고 무력의 옹호 밑에서 개간을 했다. 만일 바꾸어 생각해서 중국 경찰과 농민이 조선에 와서 그런 일을 한다면 우리의 감정이 어떠할까. 더구나 공교롭게 조선에서 중국인 배척 사건이 다른 때에 다 아니 일어나고(물론 쌓이고 쌓여서 폭발된 것이지마는), 이 만보산, 삼성보 사건으로 일어난 것은 일층 조선사람의 입장을 곤란하게 한 것이다. 많은 말 아니하고 해외에 있는 각 단체의 성명서를 본다든지 또는 그 사건의 통신자인 김 모가 길림에서 암살을 당한 것들은 그 미묘한 관계를 증명한다.[15]

---

15 주요한, 「재만동포문제특집－만주문제종횡담」, 『동광』 25, 1931.9(1931.8.28 인쇄/9.4 발행).

이 두 문제의 해결책은 일단 '입적入籍'이다. 그러나 설령 이것이 해결되더라도 민족 갈등은 남게 될 것이고 그것은 중국인과 공존을 모색하는 방식 또는 자치구를 건설하는 것에 의해 해결될 것이라는 것이 주요한의 전망이었다.

2) 사회주의 진영의 인식 – 민족주의의 필연적 귀결

'배화 사건'에 대해서 사회주의 진영은 민족의식이라는 것이 가진 폭력성, 맹목을 비판하는 입장을 적극적으로 피력했다. 민족주의 진영이 낸 「급고문」이나 「성명서」에서 '배화 사건'에 대해 만보산 지역 사건이 '동기' 또는 '도화선'이 되어 '우연'히 일어난 사건이며, 조선 민족 전체가 아닌 '일부'의 소행이라고 강조하는 것이 가진 논리적 모순을 신랄하게 비판했다. '도화선'이라고 하는 것은 그 이전에 이미 화근이 쌓여 있었다는 것이며, 실상 그 이전에도 만주에서의 '조선농민 구축驅逐 사건'은 왕왕 있었는데, 그것을 조선의 신문들은 중국인이 조선인을 배척한다는 식으로 민족주의적으로 의제화해 왔다는 것이다. 그런 보도를 통해 쌓이게 된 '동족애'가 중국인을 향해서 터진 것이니, 이는 '우연'이라고 할 수 없으며, 그동안 줄곧 민족 단결을 운위한 자들이 지금 와서 '일부'의 무지한 행동이라고 발뺌하는 것은 일관성이 없는 구차한 변명이라는 것이다. 그리고 오보를 낸 해당 신문(『조선일보』)을 문제 삼아야 하는데, 그에 대해서는 일언반구도 없고 민중만을 탓하는 바로 그것이 사태의 원인이라는 것이다. 즉 그동안 민족주의자들이 만사를 민족의 문제로 민중들에게 설명하고 선전하면서 계급 문제를 무시하고, 만주에서 조선농민이 중국인 지주에게 받는 억압을 지주–소작인의 문제로 설명하지 않고 중국인(만인)–조선인(한인)의 문제로 대중들에게 설명해 온 것이 자초한 사태라는 것이다.

> (…상략…) 당신들의 논법에 의한다면, 이번에 소동한 군중들은 아무 의사 판별의 의식도 없이 한갓 전연 우연적인 불상사만 야기한 상심병(傷心病)광(狂)의 무리밖에 될 것이 없다. 그러나 그들은 한갓 똑똑한 의사만 가졌을 뿐만이 아니라 자신의 이익과 화복(禍福)보다도 멀리 만주들에서 온갖 박해를 받는다는 동족애에 넘치는 의분심에서 희생적으로 일어났던 군중적 행동이다.[16]

그러나 사회주의자 측의 이러한 비판은 당시의 재만 조선인의 문제를 해결하는 데 특별한 대안을 내어 놓기 어렵게 만들었고 사회주의 진영은 배화 사건을 수습하러 전면에 나서거나 하는 행동은 하지 않았다. 오히려 계급 문제의 해결이 더 중요하다고 하면서 '민족주의' 비판에 박차를 가하였다.

16 연봉촌인(蓮峰村人), 「비판의 비판–선한인(鮮漢人) 간(間) 불상사(不祥事)의 여음(餘音)에 관한 이삼(二三)의 소평(小評)」, 『비판』 5, 1931.9(1931.9.1 발행).

3. '배화 사건'의 문학적 파장

'배화 사건'은 1931년 7월 초 인천, 서울, 평양, 부산 등 중요 도시에서는 다 발생했지만 그중에서 평양이 제일 심했다. 그리고 당시 평양에 있으면서 직접 이 사건을 겪은 오기영과 김동인이 이 사건에 대해 수기를 남겼다.[17] 그런데 '배화 사건'과 마찬가지로 이들의 수기도 지금까지 제대로 주목을 받지 못했다. 사건 당시 보도 통제하에서 사건의 진행만을 보도한 신문기사와는 달리 수기는 그 사건을 바라보는 서술자의 시선과 그에 따른 비평이 들어 있기에 당시의 담론 지형을 살피는 데 유용하다. 또한 김동인의 「붉은 산」은 만보산 사건을 염두에 둔 작품으로 일찍부터 주목을 받고 민족문학의 성과작으로 평가되기도 하나 '배화 사건'과의 관계 속에서 읽어야만 온전한 의미 파악이 가능한 작품이다. 한편 강경애가 간도 용정에서 만보산 사건과 만주사변 전후의 정황을 경험하고 돌아와서 쓴 「그 여자」는 자전적 소설로 알려져 있으나 사실은 '배화 사건' 전후의 사회주의 진영의 민족주의 비판과 궤를 같이 하는 작품으로 읽는 것이 타당할 것이다.

1) 민족의식에 대한 비판적 인식 획득 - 오기영의 경우

오기영의 글은 사건의 당사자가 제일 먼저 쓴 보고문학이다. 평양에서 이 사건을 직접 겪었고, 그 기억이 가장 생생할 때 쓴 것으로 총독

17 오기영, 「평양폭동사건 회고」(수기), 『동광』 25, 1931.9; 금동(琴童), 「유서(柳絮) 광풍에 춤추는 대동강의 악몽—3년 전 조중인 사변의 회고」, 『개벽』 신간 제2호, 1934.12.

부의 보도 통제가 풀리고 진상조사가 발표되고 여러 가지 수습책이 제시되는 와중인 1931년 9월 초에 발표되었다.

> 7월 5일 밤.[18] 그 밤은 진실로 무서운 밤이었었다. 역사로써 자랑삼는 평양에 기록이 있은 이래로 이런 참극은 처음이라 할 것이다. 미(美)의 도(都), 평양은 완전히 피에 물들었었다.
>
> 하기는 우리가 인류사를 뒤져서 문야(文野)[19]의 별(別)이 없이 피 다른 민족의 학살극을 얼마든지 집어낼 수가 있다. 그러나 유아와 부녀의 박살 시체가 시중에 산재한 일이 있었던가!
>
> 나는 그날 밤 발밑에 질척거리는 피와 횡재(橫在)한 시체를 뛰어 넘으며 민족의식의 오용을 곡(哭)하던 그 기억을 되풀이하여(내, 비록 늙어 망녕이 들려도 이 기억은 분명하리라!) 검열관의 가위를 될 수 있는 데까지 피하면서 거두절미의 회고록을 독자 앞에 공개한다.[20]

눈여겨 볼 대목은 초두에 이 사건을 "피 다른 민족의 학살극", "민족의식의 오용"이라고 분명하게 규정한 점이다. 오기영은 수양동우회 회원으로 사회주의자는 아니었다.[21] 배화 사건은 오기영 같은 민족주의

---

18 평양에서는 일요일이었던 이날 밤 8시 무렵 시작되었다고 한다.

19 문명과 야만을 의미한다.

20 오기영, 앞의 글. 『동광』은 민족주의 계열, 『비판』은 사회주의 계열의 잡지인데, 『비판』보다는 『동광』에 대한 검열이 좀 느슨했던 것 같다. 『비판』에서 검열 당한 글이 『동광』에 재수록된 양상에서도 이를 짐작할 수 있다.

21 오기영(1909~?) : 1921년 배재고보 입학. 1928년(20세), 동아일보 평양지국 사회부 기자로 입사. 1929년(21세) 평양에서 수양동우회에 입단하다. 1937년 동우회 사건으로 검거되었다가 기소유예로 석방됨. 같은 해, 치안유지법 위반으로 옥고를 치른 형 오기만 사망했고 오기영 자신은 수양동우회 사건의 여파로 『동아일보』에서 퇴사당했다. 1938년 초 도산 안창호의 임종을 지킴. 『조선일보』 사회부 기자로 입사. 1944년 화신상회 근무. 해방 후 경성전기주식회사에 입사. 1949년 월북 후 북한에서 조국통일민주주

자의 입에서조차 '민족의식의 오용'이라는 탄식이 나오게끔 한 것이다.

> 5일 밤의 폭동은 오후 8시 10분경, 평양부 신창리(新倉里) 중국인 요정 동승루(東昇樓)에 어린애 10여 명이 투석을 시작한 것에서부터다. 이것이 1만여 군중을 미련하고 비열한 폭동에의 동원령이 되었다기에는 일백 번을 고처 생각해도 내 이지(理智)가 부인한다. 누구나 한 번 생각해 볼 일이다. (…중략…) "이 집의 소유주는 조선인이다. 집은 부시지 말자."는 함성이 구석구석에서 터져 나왔다. 가구 집기를 모조리 부신(전화 한 개가 남았다—2층 한 구석에 붙었기 때문에) 군중은 그 다음 집으로 옮기어 군중은 각각(刻刻)으로 집중되면서 순차로 대동강안(岸)의 중국인 요정을 전부 파괴하고 대동문통 대로로 몰려 나왔다. (…중략…) 비상시기의 군중을 선동하는 유언과 비어는 실로 위대한 힘을 가졌다. 냉정에 돌아가면 상식으로써 판단될 허무맹랑한 소리가 마침내 전율할 살인극을 연출하고야 말았다. (…중략…) 이날[22] 오후에는 천여 명 군중이 깃발을 선두로 '용감한 정예병'(!) 30여 명을 태운 화물 자동차를 앞세우고 기림리로 재습의 장도(!)를 떠낫다. 여기서는 필경 1명의 총살자와 2명의 중상자를 내었다. 그러나 이것은 경관의 발포에 의함이었고 중국인은 결코 반항치 않았다. 군중은 반항 없는 약자에게 용감하였던 것이다. (…중략…) 경성서 응원경관대까지 와서 행차 뒤의 장엄한 나팔을 한 달을 두고 불었다. —(下6行 略—원문대로)[23]

오기영은 어린 아이들이 돌을 던진 것이 폭동의 도발이 되었다는

의 전선 중앙위원, 1962년 과학원 연구사를 지냄. 오기영, 『사슬이 풀린 뒤』(1948) 성균관대 출판부, 2002 연보 참고.

22 1931.7.6.

23 오기영, 「평양폭동사건 회고」(수기), 『동광』 25, 1931.9.

점을 믿을 수 없다면서, 집은 조선인의 것이니까 부수지 말자는 말에 군중이 정말 집은 놔두고 그 안의 가장 집물만 깡그리 부수고 떠나는 것을 일부러 짚어서 기록해 두었다. 그리고 중국인이 전혀 반항하지 않는데도 그토록 폭력을 행사한 조선인들의 군중심리를 "군중은 반항 없는 약자에게 용감하였던 것이다"라고 개탄하고 있다. 유아와 그 아이를 안은 여성의 참혹한 죽음을 거듭 강조한 데는 맹목적으로 '민족의식'에 휩쓸린 조선인의 행동에 대한 비판과 반성이 깔려 있다.

그러면서도 이 글 역시 검열을 의식하면서 쓸 수밖에 없었던 것을 곳곳에 암시하면서 일제가 이 사태를 묵인 혹은 방조했다는 의혹을 달아두었다. 맨 마지막 구절 "京城서 응원경관대까지 와서 행차 뒤의 장엄한 나팔을 한 달을 두고 불었다"라고 하는 것이 바로 이 점을 암시한다. 그리고 그 뒤에 검열로 6행은 삭제된 채로 발표되었다. 이러한 오기영의 반성적 입장은 사건 발생 3년 후에도 배화 사건 당시의 맹목적 민족의식을 그대로 내보이는 김동인의 입장과 비교되어 더욱 소중하다.

2) 맹목적 민족의식의 추수追隨 – 김동인의 경우

오기영처럼 '배화 사건'을 평양 현장에서 겪은 김동인은 거기에서 표출된 맹목적 민족의식의 강렬함을 매우 인상적으로 받아들여서 「붉은 산」을 썼다. 「붉은 산」은 선연한 '민족의식'을 높이 평가받아 한때 국어 교과서에 실리기까지 했지만 '배화 사건'의 맥락 속에 놓고 보면 이러한 평가는 문제가 있다.

만주의 조선인 마을을 배경으로 한 「붉은 산」에서 주인공 삵은 평소에는 동족인 조선인을 괴롭히는 '암적인' 존재였으나 갑자기 '민족의식'을 발휘하여 자신과는 아무 이해관계가 없는 송첨지의 일에 나섰다가 그 자신 중국인 지주에게 맞아 죽고 만다. 죽으면서 붉은 산과 흰 산을 보고 싶다고 하여 그러한 행동이 삵의 '민족의식'에서 비롯되었음을 작가는 한번 더 강조한다. 그런데 소설 전체의 흐름으로 보면 조선인에게 암적인 존재로서만 계속 묘사되던 삵이 갑자기 중국인 지주를 미워하면서 민족의식을 발휘하게 되는 계기에 대해서는 아무런 설명이 없다. 사전에 전혀 준비되지 않은 삵의 돌출행동을 작가가 아무런 복선 없이 당연한 것으로 그려낸 데는 어쩌면 작가의 머릿속에 중국인에 대한 적개심을 너무 당연하게 생각하는 의식이 있었던 것은 아닐까.

김동인이 「붉은 산」을 쓰게 된 계기는 만보산 사건이다. 그런데 이 작품과 만보산 사건과의 연관성을 주목한 기존의 연구[24]는 '만보산 지역 사건'에만 주목하고 김동인이 당사자가 되었던 '배화 사건'에는 주목하지 못했다. 그 결과 「붉은 산」이 담고 있는 맹목적 민족의식에 대한 비판적 접근도 제대로 되지 못했다. 그러나 「붉은 산」의 창작에 영향을 미친 것은 '만보산 지역 사건'이 아니라 '배화 사건' 이다, 그때 평양에서는 김동인조차도 휩쓸릴 정도로 맹목적 민족의식이 군중을 휩쓸었고 김동인은 그런 맹목성에 객관적 거리를 유지하지 못한 채 그대로 수용했고 이것이 「붉은 산」에서의 중국인에 대한 배타적 태도와 서사의 비약을 낳았다.

「붉은 산」 이전, 즉 만보산 사건 이전, 중국인이 등장하는 김동인의

24 임종국, 「만주를 유랑한 고난의 역사(김동인의 장)」, 『한국문학의 사회사』, 정음사, 1974, 122~137쪽; 정혜영, 「1930년대 소설에 나타난 만주-「붉은 산」과 만보산 사건의 수용」, 『어문논총』 34, 한국문학언어학회, 2000.

다른 작품을 보면 이러한 돌출성이 좀 더 분명해진다. 「감자」(『조선문단』, 1925.1)에 등장하는 중국인은 복녀가 감자를 훔치러 들어간 밭을 관리하는 '지나인 왕 서방'이다. 왕 서방은 복녀의 도둑질을 눈 감아 주는 대신 성관계를 요구하고 그 댓가로 돈도 주었다. 이 소설에서 왕 서방이 이민족인 중국인이라는 것은 별다른 특징으로 작동하지 않는다. 다만 성매수의 댓가로 조선인보다 훨씬 더 많은 돈을 주는 인물이고, 복녀가 죽었을 때도 복녀의 남편과 한의사에게 넉넉하게 돈을 쥐어주는 인물이다. 왕 서방이 중국인이라고 하는 것이 어떤 '민족적' 특성을 가진 것으로 그려지지는 않으며, 복녀나 복녀 남편에게 특별히 적대적이지도 않다.

「동업자」(『동아일보』, 1929.9.21~10.1)에서 만주의 중국인 역시 어리숙하지만 특별하게 적대적인 대상으로 설정되어 있지는 않다. 사립학교 교원을 하다가 자격증이 없어 실직하게 된 인물과 한학을 공부했으나 역시 쓸모가 없어진 인물들이 각자 돌팔이 의사로 만주를 떠돌다가 죽어가는 이야기를 통해 일제가 근대적인 체계를 도입하고 자격증을 중시하는 세태를 풍자하면서 신지식이든 구지식이든 쓸모가 없어져 도태하게 된 인물들에 대한 연민 혹은 풍자를 보여주는 작품이다. 나중에 검열에 걸려 작품집에 실리지도 못하게 되는데[25] 여기서 주목하고자 하는 것은 이 작품에 나타난 중국인관이다.

밥을 벌어 먹자니 말이지, 내가 병을 아오? 그래두 되놈의 병은 고치기가

25 1929년 『동아일보』에 연재된 후 일제 말기 『조선문학선집』에 실으려 했으나 검열에 걸려 대신 「광염소나타」가 들어갔고, 해방 후 김동인 작품집 『태형』(대조사, 1946)에 '눈보래'라는 제목으로 재수록되었다. 자세한 사정은 이상경, 「『조선출판경찰월보』에 나타난 문학작품 검열 양상 연구」, 『근대문학연구』 1-17, 한국근대문학회, 2008 참고.

> 쉬워요. 놈들은 앓다 앓다 못해 정 할 수 없이 되어야 의술한테 옵니다그려. 그러니까 의술한테 오는 놈은 죽게 된 놈 아니면 다 낫게 된 놈이야요. 그러니까 게다가 쇠몽치라도 데워서 굴려주면, 죽을 놈은 죽고 그렇지 않은 놈은 낫지, 병이 오래 끌린다든가 하는 일은 쉽잖구려.
>
> 홍 선생의 들은 바에 의지하건대 그 노인은 눈이 멀고 말았다 합니다. 그러나 지나인들은 오히려 맹 의원(盲醫員)이라 하여 더 신비시해서 노인의 영업은 날로 번창한다 합니다.[26]

중국인은 무지하지만 조선사람들에게 적대적이지는 않고, 그들의 무지 덕에 돌팔이 의사 두 사람은 생계를 꾸려나갈 수가 있었다.

이렇게 그 이전 작품에서 특별하게 민족주의 의식을 드러낸 바 없는 김동인이 「붉은 산」에서 민족주의적으로 보이는 시선을 가지게 된 것은 바로 만보산 사건, 그중에서도 '배화 사건'의 영향으로 설명할 수밖에 없다. '만보산 지역 사건'에서 소재를 구했다기보다는 평양의 '배화 사건'에서 김동인은 민족의식의 강렬함 혹은 맹목성을 본 것이다. 그리고 소설 속에서 그려진 삵의 비약, 갑작스런 '민족적' 행동은 '맹목성' 아닌 다른 것으로는 설명되기 어렵다. 또한 그 삵의 행동을 바라보는 작중 화자 '나(與)'의 시선은 삵의 죽음의 순간에 완전히 동화되어 있다. 즉 평양의 '배화 사건'으로 당시 민족주의자들이 그때까지 맹목적으로 강조해오던 '민족의식'에 대해 조금이라도 경계심을 품게 된 반면, 김동인은 '배화 사건'으로 일시적으로 '민족의식'이라는 것에 관심을 가

26 '지나인'은 해방 후 판에서는 '토민(土民)'으로 바뀌었다.

지게 된 셈이다. 이 점은 김동인의 체험 수기[27]를 보면 더 분명해진다.

김동인은 1931년 7월 평양에 있으면서 '배화 사건'의 현장을 경험했다. 김동인의 회고에 의하면 처음에는 호사객으로 구경을 하다가 군중에 휩쓸려 폭동에 일부 가담하게 되었다. 김동인에게 '배화 사건'은 "일생을 통하여 잊을 수 없는 진기한 광경", "기괴한 광경"이었고 집에 돌아가서도 사건에 관한 이야기로 "꽃"을 피웠다. 구경꾼의 입장은 사태를 묘사하는 방식에서도 그대로 드러난다. 가령 군중이 중국인 포목상의 비단을 필째로 끌어내어 길바닥에 늘어놓은 광경을 김동인은 화려하게 장식한 군함에 비유하는가 하면[28] 갓난아기의 시체를 보고 셀룰로이드 인형을 떠올리기도 한다.[29] 이런 김동인에게서는 민족의식의 오용에 대한 비판적 성찰이라든지 가해자로서의 미안함 같은 것을 찾아보기는 어렵다. 오히려 중국인을 희화화하고 있기까지 하다.[30]

---

27 금동, 「유서(柳絮) 광풍(狂風)에 춤추는 대동강(大同江)의 악몽(惡夢)－3년 전 조중인 사변(朝中人 事變)의 회고(回顧)」, 『개벽』 신간 2, 1934.12.

28 "각 전선에 역시 각색의 비단이 느리워 있어서, 그것은 마치 때 아닌 만함식(萬艦飾)이었다." 위의 글.

29 "그 집 툇마루에 중국 여인의 시체가 하나 엎드려 있었다. 광에 중국인들이 엎드려 있었다. 역시 시체인줄 알고 가까이 가보매, 약간 호흡이 있는 것이 아직 채 죽지는 않았으며, (지금까지도 이 점은 알아보지 못하였지만) 그 체격으로 보아서 17, 8세의 소년인 듯싶었다. 그러고 그 곁에는 — 나는 그것이 영아시(嬰兒屍)인지 혹은 셀로이드 인형인지를 지금도 모른다. 만약 그것이 영아라면 생후 3, 4개월 밖에는 안 되었을 것이다. 그것이 분홍빛이 도는 점으로 보아서는 혹은 인형인 듯싶기도 하지만, 벌거벗은 그 물체의 국부(그것은 계집애였다)까지 똑똑히 조각된 점으로 보아서는 인형으로 볼 수가 없었다. 나는 잠시 허리를 구부리고 그것을 굽어보았다. 무엇인지 정체를 밝혀보려는 호기심으로, 손가락으로 만져보고도 싶었지만, 만약 그것이 영아시(嬰兒屍)이면, 이 후에 손가락에 감할 불쾌한 추억 때문에 만져 보지도 못하고 그냥 굽어보고만 있었다." 위의 글.

30 "미상불, 그는 너무 큰 공포 때문에 이성을 잃었던 것이다. 단 한 개의 돌멩이를 가지고 수 만 명의 군중을 대항하려는 이 중국인의 행동은 성한 사람의 일로는 볼 수가 없다." 위의 글.

그렇게 구경을 하다가 김동인은 군중심리의 놀라운 힘을 경험하게 된다.[31] 다음 대목은 김동인 자신조차 유언비어에 귀 기울이고 그 군중심리, 분위기에 휩쓸리지 않을 수 없었음을 드러낸다. 김동인이 누구인가. 벌어지는 일들에 대해 냉정한 객관적 거리를 유지해서 작중 인물들을 인형 놀리듯 하겠다고 호언했던 작가이다. 그런데 수기 속 김동인은 중국인 습격 사건의 한 당사자가 되어 있다.

> "여보!"
>
> 누가 내 어깨를 힘 있게 치는 바람에 깜짝 놀라 돌아보매 머리는 찢은 비단으로 질끈 동인 사람 하나이 힐난하는 눈으로 나를 본다.
>
> "노형은 왜 찢지 않구 보구만 있소?"
>
> 나더러도 비단을 찢으라는 명령이었다.
>
> 나는 대답 없이 그에게 복종하였다. 내 발 아래서 찢어진 세루의 한끝을 집어 당겨서, 그것을 또 다시 찢는 흉내를 내지 않을 수가 없었다.
>
> 상당한 지식계급에 있다고 보아오던 사람들도, 흥분하여 군중들을 지휘하며 돌아가는 양을 보았다. 온갖 데마가 날았다.
>
> —전주골 중국인 목간탕에는 때마침 조선 사람 욕객이 7, 8인 있었는데, 이 소동이 시작되자 목간탕 주인 중국인은 칼을 들고 탕으로 뛰어 들어가서 벌거벗은 욕객들을 모두 죽였다…….
>
> —요정 동화원에는 유흥객이 몇 사람 있었는데 소동이 시작되자 중국인들이 칼을 들고 객실에 뛰어 들어가서, 손님이며 기생을 모두 죽였다…….

31 "어제까지도—아니 아까 낮까지라도 이 중국인들에게 향하여 서로 농담을 주고받았을 아무 악의도 없는 군중들이 몇 사람의 선동자의 선동에 흥분이 되어, 예기 안 하였던 이러한 난포한 일을 하는 '군중심리'의 놀라운 힘에 나는 새삼스러이 몸서리를 쳤다." 위의 글.

—모 상관에는 조선인 고인(雇人)이 몇이 있었는데, 모두 참살을 당하였다…….

일견 그럴듯한 이런 소리들을 서로 주고받으며 흥분된 군중들은 포목 찢기에 분주하였다.

"김 선생!"

보매 어떤 지우었다.

"왜 이리 흥분돼 그러시오?"

그는 내가 세루 찢는 흉내를 내고 있는 것을 보고 말하는 것이었다.[32]

김동인 자신 '군중심리의 놀라운 힘'이라고 직접 쓰고 있거니와 중국인과 조선인의 대립이 근본 원인이 아니라고, 중국인을 배척하지 말라는 호소가 안팎에서 빗발쳤음에도 불구하고 김동인은 「붉은 산」에서 의연하게 중국인과 조선인 사이의 대립을 견지하고 있는 것이다.

요컨대, 이광수 식의 민족주의를 열심히 비판하면서 예술을 위한 예술을 하노라고 공언해 오던 김동인은 배화 사건에서 표출된 강렬한 민족의식에 일시 매혹되어 돌출적으로 「붉은 산」을 썼을 뿐, 그것에 대한 비판적 거리는 미처 가지지 못했다. 그런 점에서 「붉은 산」은 김동인의 대표작이 될 수도 없을 뿐만 아니라 민족문학으로 운위될 수는 더욱 없다.

32 위의 글.

3) 선명한 계급의식 주장 – 강경애의 경우

강경애의 경우는 만보산 사건을 직접 겪었거나 그 사건을 직접적인 소재로 하여 작품을 쓴 것은 아니다. 그러나 강경애는 문제의 시기에 간도 용정에 있으면서 '재만조선인 문제'를 목도했고[33] 또 대부분의 작품이 중국 간도 지역에 사는 조선인들의 문제를 소재로 하고 있다. 그런데도 강경애는 당시 '만보산 지역 사건'에서 전형적으로 드러났다고 논의된 재만 조선인의 이중 국적 문제 및 입적 문제에 대해서는 전혀 언급하지 않고 지주와 소작 농민의 문제로만 접근하고 있다. 이렇게 고집스러울 정도로 민족의식의 부정적 측면을 드러내기에 몰두한 것은 재만 조선인 문제를 '배화 사건' 당시 사회주의 진영이 제기한 설명틀로 접근한 전형적인 양상이라는 점에서 주목할 만하다.

> 고요히 잠들어 가는 용정 시가! 찌르릉 울리는 만주(滿洲)의 독특한 호마차의 종소리가 말구비와 차바퀴 소리의 섞여 간혹 들릴 뿐이다. 개털 모자에 총을 메고 골목골목에서 파수 보는 중국 순경, 전당포에 권총 강도 든 것도 모르고 얼빠지게 서 있다.
>
> 적막한 공기를 깨트리고 자동차 오토바이 소리가 요란히 들린다. 영사관(領事館) 무장경찰관대(武裝警察官隊)의 ××! 그들은 매일 밤 이렇게 청년남녀를 ××하여 ××하기에 ××하였다.
>
> 중국 보위단(保衛團)의 무법한 압박과 착취에 신음하는 농민! 그들을 본

33 강경애가 1931년 6월경 용정으로 이주했을 때 만보산 사건이 발생했고 이어서 만주사변이 일어나고 만주국이 섰다. 이 와중에 토벌난을 피하고 병도 치료할 겸해서 강경애는 1년 만인 1932년 6월경 고향으로 돌아온다. 그랬다가 다시 1933년 9월에 간도 용정으로 간다.

숭만숭 동포애조차 싸늘히 식어버린 자와 고리대금업자는 코허리에 안경을 걸고 주판만 들여다 본다. 호 모래에 눈보라 섞여 불어오는 선풍에 휩싸여 각층 계급은 극단과 극단에서 혈전난투(血戰亂鬪)를 하고 있다. 폭탄(爆彈)의 용렬(熔裂), 권총의 난사(亂射) 등은 항상 다반의 일이다.[34]

만주사변 후, 만주국 수립 사이인 1931년 말의 용정에서 쓴 이 수필에서 중국 순경은, "전당포에 권총 강도 든 것도 모르고 얼빠지게 서 있"고 , 일본 경찰은 끊임없이 청년남녀를 잡아들이거나 죽이고, 돈 있는 조선인에게 '동포애'는 찾아볼 수 없다. 강경애가 살던 곳은 일본의 간도영사관이 있는 용정이었던 것이다. 이런 용정 사회를 배경으로 해서 쓴 소설 「그 여자」는 민족 정체성의 문제보다는 계급간의 갈등을 우선 문제로 놓은 강경애의 시각을 분명히 드러낸다. 만보산 사건과 만주사변 발발 당시 간도에 있으면서 중국관헌과 일제가 합작으로 공산당에 대해 벌인 토벌과, 그 토벌로 인한 참상을 직접 목격하면서 강경애는 그것이 민족 문제가 아니라 계급 문제라고 하는 점을 더 분명히 하게 된 것 같다. 「그 여자」에는 '여류 문사'라는 자부심을 가진 마리아가 등장한다.[35] 용정에서 기독교 계통 여학교 교사일을 하고 있는 마리아는 간도의 조선농민 앞에서 그들이 고향을 버리고, 동포를 버리고 왔기에 간도 땅에서 더 고생하는 것이라고 윽박지른다.

---

34 강경애, 「간도풍경」, 『신여성』, 1932.1.

35 백철이 「강경애론」(『여성』, 1938.5)에서 「그 여자」를 강경애의 자전적 소설이라고 했는데, 그렇게 볼 수는 없다. 오히려 간도 용정에 교사로 와 있던 기독교측 '여류 시인'인 모윤숙을 모델로 한 것으로 추측된다. 모윤숙은 1931년 용정 명신여학교의 교사로 근무한 바 있다.

여러분 죽어도 내 땅에서 죽고요, 살아도 내 땅! 내 땅에서 살아야 한단 말이에요, 무엇하러 여기까지 온단 말이어요! 네. 그렇지 않아요 네. 내 잔뼈를 이룬 땅이요, 내 다만 하나인 조업이란 말이지요! 여러분 아십니까? 모르십니까? 산명수려한 내 땅을요!

마리아는 그의 백어 같은 손으로 책상을 치며 부르짖었다.

군중은 무의식간에 흐응! 하고 비웃음과 함께 이때껏 지리하던 한숨이 흘러나왔다. 무엇보다도 어린 처자를 앞세우고 울며불며 내 고향 떠나던 생각이 떠올랐던 것이다.

"그래도 내 땅 안에 있으면 이 쓰림, 이 모욕은 받지 않지요. 그래 남부여대하여 이곳 나와서 한 일이 무엇입니까. 네? 아무래도 내 동포밖에 없지요. 우리가 외로울 때 즐거울 때 가난에 찌들 때 같이 울고 같이 걱정해줄 이가 누구여요. 우리 동포가 아니여요. 그러니까 이 목이 달아나고 이 몸뚱이가 분골쇄신이 되더라도 내 땅에서 살아야 한단 말이어요 네?"[36]

그러나 그곳은 간도였고, 마리아의 연설을 듣는 군중은 조선에서 논을 지주에게 떼이고 더 이상 살 수 없어서 간도에까지 오게 된 사람들이었다. 이런 마리아의 연설에 농민들은 지주에게 쫓겨나던 일이 생각나며 "민족이 뭐냐! 내 땅이 뭐냐!"고 소리치며 마리아를 밀치는 것으로 소설은 마무리되었다.

군중은 이 이상 더 참을 수 없이 저리 뱃속 깊이 가라앉았던 분까지 치떠밀었다. 그들의 앞에는 지주들의 그 꼴이 시재 보는 듯이 나타났던 것이다.

---

36 강경애, 「그 여자」, 『삼천리』 1932.9.

손발이 닳도록 만지고 또 만져 손끝에 보드라워진 그 밭! 그 밭이랑에 쌓여 있는 수없는 풀뿌리며 논귀에 숨어 있는 그 잔돌까지라도 헤이라면 헤일 수 있는 그렇게 정들인 그 밭! 그 논을 무리하게 이유없이 떼이었을 때, 아아, 그들의 가슴은 어떠했으랴!

(…중략…)

마리아의 말과 같이 슬픔과 괴로움을 같이하는 그들이었던가! 그들의 사정을 털끝만치라도 보아주는 그들이었던가.

군중의 눈앞에는 그 지주의 그 눈! 그 얼굴이 새삼스럽게 커다랗게 나타나 보였다. 그리고 자기들이 쫓겨났던 그때 일이 다시금 나타나 보였다.

"민족이 뭐냐! 내 땅이 뭐냐!"

저 켠 창밖으로부터 이런 소리가 우레 소리 같이 났다. 순간에 마리아는 가슴이 선뜻하였다.[37]

민족주의자에 대한 비판과 계급의 문제로 재만 조선농민을 바라보고자 하는 시선이 지나칠 정도로 선명한 작품이다.

4. 맺음말

이상에서 만보산 사건의 한 측면인 '배화 사건'이 당시 한국문학에 미친 파장을 살펴보고 김동인의 작품 「붉은 산」을 맹목적 민족의식을

37 위의 글.

추수한 작품으로, 강경애의 「그 여자」는 민족의식의 철저한 부정 위에 서 있는 작품으로 자리매김했다.

만보산 사건의 다른 한 측면인 '만보산 지역 사건'은 중일전쟁 이후에야 한국문학 속으로 들어오게 된다. 일본이 중일전쟁을 일으킨 이후 만보산 마을은 '만주 개척'에서 상징적인 지명이 되었다. 중국 군벌, 마적과 싸워 이기고 일본의 보호 아래 안정된 농촌 마을을 건설했다고 하는 상징성, 시범성 때문에 만주시찰단이 으레 들르는 곳이었던 것이다. 많은 조선인 작가들이 이 마을을 시찰하고 여러 가지 기록을 남겼다. 같은 장소를 보았지만 과거의 '만보산 지역 사건'을 보는 시각과 일제 말기 만주국과 그곳에서 살아가는 조선농민의 미래를 보는 시각에 따라 '만보산 지역 사건'은 다르게 해석되고 재창조되었다. 이태준은 「농군」에서 '만보산 지역 사건'의 역사적 사실과 달리 일본 영사관 측을 작품에 등장시키지 않았고 조선농민과 중국농민의 갈등으로만 해서 중국군대의 총에 조선농민 사상자가 생겼다고 허구화시켰다. 「농군」이 '만보산 지역 사건'의 실상과는 다르게 일본 영사관과 경찰의 역할을 뺀 것은 선전문학으로서 일본의 음모를 숨기기 위해서가 아니라, 일제 말기 정책 당국이 말하라고 강요하지만 작가 이태준은 '말하고 싶지 않은 것' 즉 '조선인은 일본 정부의 지배와 보호를 받는 일본국민'이라는 것을 작품 속에서 말하지 않기 위해 구사한 방법이었다. 이 방법의 목적과 효과는 똑같이 '만보산 지역 사건'을 다룬 장혁주의 『개간』과 비교하면 더 분명해진다. 『개간』은 만주에서 조선농민에게 자행된 중국 군벌과 마적의 횡포를 매우 자세하고 방대하게 제시함으로써 일본 경찰과 군대가 중국 군벌과 마적으로부터 조선농민을 지켜주는 고마운 존재라고 하는 말을 적극적으로 하고 있다. 또한 「농군」은 『개간』과는 달리 수전 개간에 성공한 후 열릴 '만주국' 치하의 밝은 미래에 대해서도 침묵함으로써 만주에서 조선농민의 고난을 좀 더 포괄적이고 극적으로 드러내었다.[38]

반면 '배화 사건'은 1930년대 초반 이후 기억에서 사라진 것처럼 되었다. 그러나 한국 사회에도 점점 더 다양한 민족과 인종이 포함되고 있는 현 시점이야말로 '배화 사건'을 불러내어 그 의미와 파장을 되새겨 보아야 할 때라고 생각한다.

38 이에 대한 자세한 논의는 이상경, 「이태준의 「농군」과 장혁주의 『개간』을 통해서 본 일제 말기 작품의 독법과 검열－만보산 사건에 대한 한중일 작가의 민족인식 연구(1)」, 『현대소설연구』 43, 한국현대소설학회, 2010을 참고할 것.

『만선일보』 연재소설 이기영 『처녀지』 소고

김장선

1. 들어가며

주지하다시피 이기영은 한국문학사에서 카프의 대표 작가로 평가되고 있으며 그에 대한 연구도 다양한 시각으로 활발하게 이루어지고 있다. 하지만 1940년 이후의 이기영 장편소설 『처녀지』[1]는 "해방 전 이기영의 마지막 장편소설이라는 점에서 문학사적으로 중요한 의미를 지니고 있음에도 불구하고 그동안 충분한 논의가 이루어지지 못했다".[2] 지금까지의 연구는 "당대 지배 담론과의 관련성 속에서 이기영 소설에 타나난 친일적 요소를 추출 배열해내는 공통점을 보여준다".[3] 물론 "일제 말기에 작가가 열정적으로 펼쳐 보였던 생산력주의의 완성과 그 한계를 동시에 보여주는 작품"[4]이라는 부동한 연구 시각도 있다.

---

1 『滿鮮日報』 1943년 1~12월(추정) 연재, 단행본 『처녀지』, 삼중당서점, 1944.9.

2 서재길, 「이기영과 만주국 문학에 대한 새로운 해석을 위하여」, 이기영, 서재길 편, 『처녀지』, 역락, 2015, 2쪽.

3 이경재 「이기영의 『처녀지』 연구」, 『만주연구』 13, 만주학회, 2012, 108쪽.

이런 기존 연구는 그 시각의 여하를 막론하고 모두 하나의 중요한 공통점이 있는데 그것은 삼중당서점 단행본 『처녀지』를 텍스트로 하고 있다는 것이다. 학계는 지금까지 이기영의 『처녀지』는 "신문에 연재되는 과정 없이 처음부터 단행본으로 출판된"[5]것으로 알고 있다. 이는 일제 말기라는 특정 시기에 창작 발표된 『처녀지』의 관련 자료 확보가 어려웠던 것과 관련된다고 하겠다.

필자는 다년간의 추적을 통하여 1943년(康德十年, 昭和十八年) 1월 27일자 『만선일보』를 입수하게 되었다. 주지하다시피 『만선일보』는 1937년 10월 21일부터 1945년 광복 직전까지 간행되었지만 현재까지 1939년 12월부터 1940년 9월까지의 영인본과 1940년 10월부터 1942년 10월까지의 마이크로필름을 통하여 그 일부분만 파악할 수 있다. 따라서 필자가 입수한 『만선일보』(1943.1.27)는 지금까지 학계에 알려진 바 없는 희귀자료이다. 바로 이 자료를 통하여 필자는 이기영의 『처녀지』가 『만선일보』에 연재되었다는 사실을 알게 되었다. 이 사실은 이 글을 통하여 『만선일보』 연재 『처녀지』의 존재를 학계에 처음으로 알리는 것으로 된다. 확보된 자료는 비록 1회분이기는 하지만 『처녀지』에 대한 학계의 기존 연구 시각과 공간을 파격적으로 확장시켜주기에 어느 정도 충분하다고 하겠다.

이 글에서는 이 1회분 『처녀지』를 통하여 『만선일보』에 연재된 『처녀지』의 대체적인 양상을 간접적으로나마 고찰해 보고자 한다. 300여 회로 추정되는 연재본 중에서 단지 1회분으로 『처녀지』 전체의 의미를 논리적으로 설득력 있게 재해석하기에는 무리할 수밖에 없지만 이 글을 통하여

---

4 위의 글, 105쪽.
5 위의 글, 109쪽.

앞으로 『처녀지』에 대한 자료 발굴 및 연구가보다 새로운 시각으로 다차원적으로 이루어지기를 기대한다.

2. 『만선일보』의 성격과 특징

일제는 '만주국' 건립 초기인 1932년 12월 1일 홍보처弘報處가 관장하는 '만주국통신사'를 성립하여 신문통신업을 독점한 후 자기들이 편집한 신문원고를 '만주국'의 각종 문자로 된 신문과 방송에서 사용하도록 강요하면서 "어느 신문원고는 반드시 실어야 하고 어느 신문 원고는 어떤 제목을 달아야 하며 어느 지면에 어떻게 실어야 한다는 것까지 모두 엄격히 규정하였다".[6] 1936년 9월 28일에는 만주홍보협회를 설립하여 보도, 언론, 경영 등 다 방면에서 신문을 통제하였다. 1937년 7월 1일 홍보처는 주식회사 만주국통신사株式會社滿洲國通信社를 성립하고 만주홍보협회에 가입하지 않은 신문사들을 폐간하거나 합병시키는 수단으로 신문계통을 통제하였다. 이 조치로 인하여 당시 신경(장춘)의 조선문 신문 『만몽일보滿蒙日報』와 간도 조선문 신문 『간도일보』(『만몽일보』 지사)가 합병되어 '만주국'의 유일한 조선문 신문인 『만선일보』(1937.10.21)가 창간되었다. 『만선일보』는 그 창간부터 재만 조선인을 상대로 한 '만주국'의 국책을 홍보하는 어용매체의 성격을 갖고 시종 식민국책의 통제를 받게 되었다.

---

6 孫邦 主編, 『僞滿史料叢書・僞滿文化』, 吉林人民出版社, 1993.10, 306쪽.

『만선일보』는 비록 태생적으로 어용매체의 성격을 갖게 되었지만 실제적 발간 과정에 '만주국'의 유일한 조선문 신문이었을 뿐만 아니라 한반도에서의 일제 한글말살정책, 1940년 8월『동아일보』와『조선일보』의 강제 폐간 등으로 인하여 한글문학 창작 무대를 상실한 문인들, 특히 일제 식민주의와 비협력적인 문인들의 새로운 활동무대가 되었다.『만선일보』는 초창기 편집국장 염상섭을 비롯하여 박팔양, 안수길, 현경준, 황건, 김조규 등 적지 않은 한국 기성작가와 재만 신진작가들이 학예란을 중심으로 "재만 조선인문학을 건설"하려 하였다.『만선일보』는 창간 초기부터 폐간 직전까지 즉 1937~1939년 사이에 염상섭의『개동』(현재 미확인), 1939년 중반(?)부터 1939년 12월 1일까지 현경준의『선구시대』, 1941년 11월 1일부터 1942년 3월까지 현경준의『도라오는 인생』, 1943년 1월부터 1943년 말(?)까지 이기영의『처녀지』, 1944년 12월부터 1945년 4월까지 안수길의『북향보』 등 여러 편의 장편소설들을 지속적으로 연재하면서 한국문학 내지 재만 조선인문학의 명맥을 이어나갔다. 이 점이 바로『만선일보』의 독특한 특징의 하나라고 하겠다.

세상만물은 대체로 이분법으로 해석되며 이 또한 흔히 동전의 양면으로 비유된다. 1942년,『만선일보』는 본사 창립 5주년을 경축하기 위하여 기념패물을 만들었다. 사진에서 보다시피 정면은 한 마리의 용이 있고 뒷면은 창립 5주년 기념, 만선일보사라는 글체 가운데 하나의 새싹이 그려져 있다.

청나라 마지막 황제였던 부의는 신해혁명으로 자금성에서 쫓겨난 후 청나라 복벽을 위해 1932년 3월 9일 일본 제국주의의 괴뢰정권인 '만주국', '집정執政'으로 되고 연호를 '대동大同'으로 정하였다. 1934년에는 국호를 '만주제국'이라 개칭하고 '황제'로 된 후 연호를 '강덕'으로 바뀌었다. 이를 기념하기 위하여 '만주제국'은 대동 2년과 강덕 원년 동전을 발매하였는데 이 동전들의 앞면에 모두 두 마리의 용이 그려져 있다. 주지하다시피 청나라에서 용은 황권을 상징하는 만큼 이 동전에 새겨진 용 역시 청나라의 정통을 이은 '만주제국' 및 그 황권을 상징한다고 하겠다.

무리한 추정일지 몰라도 『만선일보』 5주년 기념패물 정면에 있는 용은 무엇보다 『만선일보』가 '만주제국'의 어용매체라는 기본 성격을 상징하는 것이 아닐까 싶다. 사실 1942년은 『만선일보』 창립 5주년이 되는 해이자 '만주제국'의 건국 10주년이 되는 해이기도 하다. '만주제국'의 인정이 없으면 또한 이를 인정하지 않으면 『만선일보』의 존재는 거의 불가능한 상황이라고 할 수 있다.

다음 기념패물 뒷면의 새싹의 상징 의미에 대해 추정해 보기로 한다. 새싹은 흔히 그 어떤 꿈이나 희망을 상징한다. 이 새싹 그림을 통하여 『만선일보』은 비록 '만주제국'의 어용매체이기는 하지만 나름대로의 특징과 희망이 있음을 반영하고 있다. 그 특징과 희망은 과연 무엇일가? 『만선일보』의 지배인, 편집인, 기자 등 신문사 직원들은 그 신분, 지위, 경력, 가치관 등의 차이로 인하여 그 역할과 편집, 취재, 집필 의도가 신문사의 성격 및 취지와 다소 다를 것이고 각자가 이루고자 하는 실질적 소망도 나름대로 다를 것이다. 아쉽게도 현재 자료의 결핍으로 이러한 것들을 분명히 밝힐 수 없다. 하지만 한 가지 분명한 것은 당시 재만 문인들은 "재만 조선인문학을 건설"하려는 희망을 품고 『만선일보』 학예란 주위에 모였다는 것이다. 또한 국내에서 한글창작을 할 수 없었던 재조선 문인들에게 『만선일보』은 새로운 무대이자 희망이 아닐 수 없었다. "국내에서는 이미 발표 기관이 좁혀진 데다가 검열이 심했으므로 그들은 가끔 『만선일보』 학예면을 통해 작품을 발표했다."[7] 『만선일보』 창립 5주년 기념패물에 그려진 새싹은 그 누가 그 어떤 의미로 그렸는지는 딱히 알 수 없지만 『만선일보』는 대체로 만주 개척의 희망을 상징함과 아울러 재만 조선인 문인 그리고 식민주의와의 비협력을 선택한 일부 한국 국내 문인들에게는 현실적이고 구체적인 희망이었다고 해도 무리가 아닐 것이다. 이런 희망이 바로 『만선일보』의 독특한 특징의 하나라고 하겠다.

1941년 1월 16일 홍보처는 만주신문협회滿洲新聞協會로 새로운 신문 체제를 건립하고 같은 해 8월 25일에 「홍보3법弘報3法」 즉 「만주국통신사법」, 「신문사법」, 「기자법」을 반포하였다. 「만주국통신사법」은 국통사國通社가 특수법인으로 되어 '만주국' 홍보의 신문원고의 채집과 공급을 독점한다고 규정하였고 「신문사법」은 신문사의 이사장, 이사, 감사監事 등은 정부에서 임명・통제한다고 규정하였다. 「기자법」은 기자에 대해 시험, 처벌, 등록 등 관련 제도를 실시한다고 규정하여 언론자유를 압제하고 기자들로 하여금 일제의 침략정책을 위해 복무하게 하였다. 이런 고압정책으로 하여 1942년 6월에 이르러 만주신문협회는 겨우 10개 회원만 남게 되었는데 『만선일보』가 그 회원의 하나로 생존하게 되었다. 태평양전쟁이 날로 치열해지면서 모든 물자가 부족하게 되자 '만주국'은 종이, 먹 등 인쇄물자까지 배급제로 통제하고 1943년 9월과 11월 두 차례 신문 지면을 감축하였는데 11월부터는 국가 직속 신문마저 지면을 8면에서 4면으로 감축하였다. 『만선일보』도 1930년대 말~1940년대 초반에는 조간朝刊에서 석간夕刊으로까지 늘어 그 지면이 아주 여유로웠지

---

7 안수길, 「龍井・新京時代」, 연변대 조선언어문학연구소 편, 『안수길 소설집』(중국조선민족문학대계 10), 흑룡강조선민족출판사, 547쪽 참조.

만 1943년 1월 27일 자 『만선일보』를 보면 총 4면으로 줄어들었다. 이와 반면으로 일제는 시책 보도와 '국민 위로' 차원의 글들을 다량 게재하여 국책 언론의 영향력을 확보하고자 하였다. 특히 태평양전쟁 시국이 날로 불리한 국면으로 접어들자 신문기사 자원을 독점하였을 뿐만 아니라 모든 신문의 내용 및 지면 배정과 양식마저 간섭하고 동일화를 강요하였다. 하여 모든 신문은 '영미英美를 격멸하고 동아東亞를 건설하자', '결전하 국민정신의 통일을 도모하자' 등 시국 언론으로 도배되었다.

이 점은 1943년 1월 27일 자 『만선일보』도 에누리 없이 구체적으로 잘 보여주고 있다.

1943년 1월 27일 자 『만선일보』 제1면에는 톱기사로 「惶恐, 天皇陛下 國民勤勞를 御軫念」이라는 기사가 실렸는데 이는 일본 천황의 대동아전쟁하 국민 근로 문제를 걱정하고 있다는 것, '만주국' 국민도 이에 적극 부응해야 함을 호소하는 보도라고 하겠다. 이어 '米英의 敗戰會談', '英機의 反復盲爆에 緬甸民衆 極度로 憤激', '佛印(프랑스령 인도차이나 약칭－인용자)의 米, 蜀黍를 對日供給키로 決定', '소로몬 메라우케 連爆－米陣地에 巨彈集中' 등 태평양전장에서의 '승전' 소식을 게재하고 있다. 그 다음 '各地蠢敵을 殲滅－武漢周邊의 肅淸狀況', '姜卓然, 部下四千을 引率 國府傘下에 歸順', '重慶의 慘狀－捕虜된 蔣의 義從弟談', '重慶物資政策의 破綻－民衆生活은 極度로 逼迫', '北邊鎭護에 磐石陳－軍管區 司令官 會議 開催' 등 중국 및 '만주국'의 전시 상황을 게재하였다. 주지하다시피 이 시기 유럽 전장에서는 파시즘 세력이 기울어져 날로 격퇴되고 있었고 태평양전장에서도 일제의 패색이 서서히 드러나기 시작하였다. 하지만 제1면을 도배한 기사 제목만 보아도 일제는 태평양전쟁의 '전과戰果'를 과장, 날조하면서 '재만' 조선인뿐만 아니라 제반 '만주국' 민중을 기만하고 있음을 알 수 있다.

제2면에는 '我精銳大行山脈에 進擊--共產第四軍에 大鐵槌, 頑强抵抗하는 敵三方으로 包圍', '警備隊, 共產匪擊滅' 등 중국 공산당 항일부대와의 '승전' 소식과 '獨軍戰況發表'라는 유럽 전장에서의 독일파시즘 '승전' 소식을 게재함과 아울러 '日本의 眞意理解한 中國 共同目的貫徹에 邁進－重光大使上海情勢視察談', '大陸各地關係를 緊密化, 對日寄與의 增强企圖－物資交流會議서 青木次長 談', '南部方面戰況', '敵機의 鬼畜한 暴虐에 回敎徒民衆激昻', '勞務報國會設立', '蔣政權下의 難民 寒波에 死者續出', '交通運輸態勢의 萬全－小運送賃金規準化', '國內造林의 積極化企圖－各省林務主任官會議開催' 등 중국 내 일제 식민통치를 미화한 보도를 게재하고 있다.

그리고 '國民禮法解說－법례의 기본 제六장 긔거起居', '謙譲にして嚴しい所に日本の表情があのだ--日本の表情', '初等國語講座 —『節約』(下)', '復習問題', '산성식물은 해롭다－맛잇는 것일수록 산성이니 반성 필요' 등 교양에 관한 기사들을 게재하고 있는데 그중 일본어 강좌가 전반 교양기사 지면의 70%를 차지하고 있다. 교양기사 역시 일제 식민문화통치를 중심으로 이뤄지고 있음을 알 수 있다.

바로 위와 같은 식민문화통치를 반영하고 있는 제2면에 이기영의 장편소설『처녀지』제18회가 연재되어 있다. 그 지면은 제2면의 약 10% 정도 할애되어 있다.

제3면에는 '朝鮮人輔導機能整備要領－分科委員會도 設置, 在京鮮系를 適切히 指導', '割當量을 堂堂히 突破, 增產에 總進軍態勢－穀倉吉林省의 이 熱意를 보라' 등 '만주국' 시국 관련 기사와 '十萬人全解를 目標－日婦京城支部會員에게 國語普及運動'이라는 조선 국내 기사 그

리고 '鬼畜! 敵兵의 虐待--谷日氏의 뉴-카레도니아 監禁生活談'이라는 일본 국내 기사가 주요지면을 차지하였다. 그 외 '日蝕時의 電離層觀測과 電波傳播에 미치는 影響(四)觀測의 困難에 對하야/關東軍少佐 新妻淸一 (下)', '新商人道强調, 滿關百貨店從業員大會/齊藤少佐', '在滿國民學校 新入學願書受付開始', '歸農希望이 多數, 今月末에 第四軍管區除隊式', '牛痘 마즙시다, 全市民에게 臨時種痘' 등 과학 교육과 관련된 기사도 게재되었다.

제3면에서 특징적인 것은 '間島地方旅行記(3) 龍井은 美人鄕/金惠一'라는 기행문이 연재되고 있다는 것이다. 이 기행문은 지면의 12% 정도 차지하고 있다.

제4면에는 '國民體力增强의 道場, 朝鮮에 療養所修練會新設', '明東教會國防獻金', '商工都市平壤人口 四十萬臺에 達한다', '商品에 一割의 債券, 京城府貯蓄對策', '十八億圓突破, 鮮內銀行 預金高', '靑年鍊成에 萬全, 京城에 十八鍊成所增設', '陸軍病院看護婦半島處女를 募集', '平壤商業學校增築', '平南學徒號獻納, 一錢獻金이 二萬七千', '總力運動推進에 寄與, 朝鮮總聯委員人選運用規程決定', '家畜飼料에도 代用食, 平北道의 劃期的發明에 成功' 등 태평양전쟁에 총동원된 조선 국내 소식을 전면 보도함과 아울러 '濱江省出荷續報, 九一%突破, 大豆와 高粱은 全滿一', '消費組合事務擔當者再教育, 各村配給組合事務講習會', '農은 天下의 大本이다, 一般細民層에 歸農傾向 자못 濃厚', '煙突掃除로 獻金, 延吉義奉隊幹部員의 美擧', '(延吉)柴山氏의 出荷美談, 二袋配定에 十六袋供出', '無籍者一掃企圖, 戶籍事務協會總會開催', '日婦南浦支部分會長會議開催', '生產省使命完遂, 增產重點運動을 展開', '大陸科學院奉天地方講演會', '舊正食卓에 朗報, 奉天에 北滿淡水魚大量

入荷' 등 '만주국'의 '성전' 성원 소식들을 게재하였다. 그리고 '間島短信'이라는 코너에 '武部總務長官 在間日滿軍警慰問', '和龍國高도 二月에 開校', '協和會務職員行賞人員決定', '地方警察學校建國神廟月例祭', '間島省本部管下五縣本部長會議', '東一製藥會社 漢藥部를 新設', '綜合大會앞두고 競技者登錄促進', '孫警長表彰', '帶金商工科長米穀配給所視察' 등 간도 소식을 전문적으로 게재하였다. 또한 '赤誠의 獻金'라는 코너를 만들어 헌금자와 헌금 액수를 전문적으로 게재하였다.

제4면은 조선과 '만주국'의 민중이 출하 헌금 등 여러모로 태평양전쟁에 총동원된 기사들로 도배되었다.

위와 같이 기사 제목만 보아도 당시 『만선일보』는 철두철미한 일제 식민통치의 어용매체이었음을 쉽게 알 수 있다. 이런 『만선일보』에, 더욱이 일제의 '대동아성전'이 패색으로 물들기 시작한 1943년에 장편소설을 연재한다는 그 자체만으로도 1930년대 카프문학의 대표 작가였던 이기영에게는 그야말로 예사롭지 않은 일이었을 것이다. 소설의 기본 스토리 전개와 묘사는 문제될 것 없겠지만 주제 설정과 표현에서는 한 번 깊이 고민하지 않을 수 없었을 것이다. 무엇보다 '만주국'의 강압적이고 공포적인 원고 검열제도를 결코 의식하지 않을 수 없다. 그 어떤 작가든 국책에 부응하는 작품만이 발표가 가능한 상황이었기 때문이다.

그럼에도 불구하고 이기영은 장편소설 『처녀지』를 『만선일보』에 발표하여 '만주국' 말기 『만선일보』 연재소설이라는 특징을 갖게 되었다.

따라서 『만선일보』 연재소설로서의 『처녀지』 연구는 당시 복잡하고 특정적인 문학의 외부환경과 내부상황의 복잡성과 진실성, 그리고 그 다의성多義性을 제대로 파악할 것을 요한다고 하겠다.

3. 『만선일보』 연재소설로서의 『처녀지』

필자가 입수한 『만선일보』 연재 『처녀지』 제18회가 1943년 1월 27일에 게재된 것을 감안하면 『만선일보』는 1943년 1월 10일경부터 『처녀지』를 연재한 것으로 추정된다.

위의 사본에서 보다시피 제18회 분량은 삼중당서점 단행본 『처녀지』 분량의 약 2면 정도인데 단행본 전작 분량이 730면에 이르는 것 등을 감안하면 연재 『처녀지』의 총 분량은 무려 365회에 달할 수 있다. 하지만 실제로 제18회 분량을 단행본 상응 부분과 자세히 대조해보면 단행본의 글자 수가 대체로 30~40자 더 많은데 이는 제18회 총 분량의 약 0.05% 정도 차지한다. 물론 연재소설 분량 전부가 발굴되기 전에는 감히 단정할 수는 없지만 제18회 분량 수치로 추산해보면 연재 『처녀지』는 단행본보다 대체로 30~50쪽 적지 않았을까 싶다.

단행본 『처녀지』는 맨 마지막에 이렇게 쓰고 있다.

> 작가 부기-그 뒤에 귀순이와 일성이는 어찌 되었으며 현림이와 애나의 가정 생활 또한 학교와 병원을 중심으로 이 정안둔은 어떻게 시대와 보조를 맞추고 수전 농장은 어떻게 되었는지 아직도 이야기할 거리가 많지만은 임의에 정한 지면을 초과하였기 때문에 미진한 설화는 오직 독자의 상상에 마껴두고 이만 붓을 놓는다.[8]

이기영은 임의에 정한 지면을 초과하였기 때문에 붓을 놓는다고 명

---

8 이기영, 서재길 편, 앞의 책, 596쪽.

명백백히 밝히고 있다. 지면 제한은 단행본의 출간에서보다 신문연재에서 더 흔히 이루어지고 또한 더 엄한 것이다. 실제로 1943년 1월 27일 자 『만선일보』는 총 4면으로 되었을 뿐만 아니라 1면부터 4면에 이르기까지 절대대분 지면은 시책 미화 기사로 도배되었고 『처녀지』 또한 장편소설로 창작 연재된 만큼 지면 제한은 불가피한 것이었다고 하겠다. 작가가 지면을 초과하여 소설을 '미완결'로 끝맺는다는 것은 그 지면 제한 요구상황이 아주 심각하였음을 의미한다. 이런 상황은 단행본 출간보다 신문연재에서 발생할 가능성이 더 크다고 볼 수 있다. 엄밀한 논리라고 하기 어렵지만 여기서 연재 『처녀지』는 『만선일보』 연재를 완료하였을 뿐만 아니라 그 결말이 단행본 『처녀지』의 결말과 일치한다고 추정할 수 있다.

따라서 『처녀지』는 대체로 『만선일보』에 330회 내외로 1943년 11~12월까지 1년 가까이 연재되었을 것으로 추정해 볼 수 있다.

『만선일보』 연재 『처녀지』의 총체적인 실제 양상은 어떠할까? 현재 1차 자료의 부족으로 직접적인 텍스트 분석 연구는 거의 불가능한 상황이기에 제18회 양상과 단행본 『처녀지』를 참조 대비하면서 간접적으로나마 총체적인 양상을 추정해 보기로 한다.

우선 『처녀지』의 작품 전개 양상을 연재 제18회와 단행본 상응 부분을 비교해 보면 극히 미세한 정도의 차이점을 보이고 있다. 그 차이점을 아래 18회 사본에서 구체적으로 살펴보기로 한다.

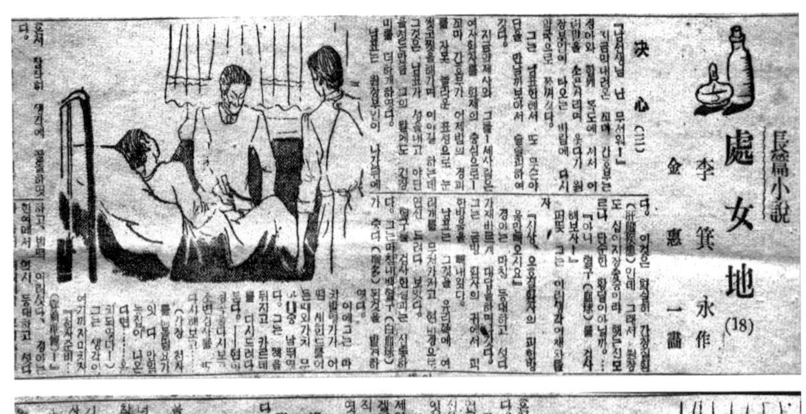

長篇小說

處女地 (18)

李箕永 作

金惠一 畵

決心 (三)

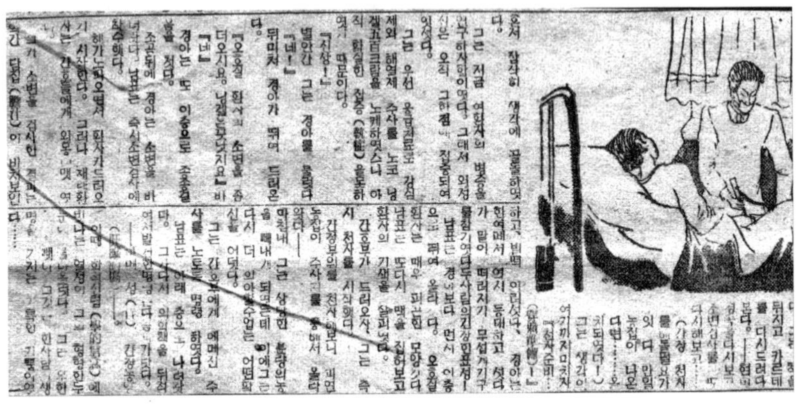

위 18회 사본을 통하여 연재 『처녀지』와 단행본 『처녀지』는 윗부분에서 대체로 거의 일치함을 알 수 있다. 다만 필자가 강조한 두 구절에서 미세한 차이가 있을 뿐이다.

① 연재

퍼뜻 그는 이런생각이재차들자

"신상 오호실환자의 피한방울만빼시요."

경아는 마침 등대하고 섯다가재바르게 대답을하며나갓다.그는 금방 환자의 귀에서

피한방울을 빼내엇다.

남표는 그것을 유리쪽에 여러개를 무처가지고 현미경으로 연신 드려다 보앗다.

혈구를 검사한결과는 신중하다. 그는 마침내백혈구(白血球)가 증다(增多)된 것을 발견하엿다.

② 단행본

펀뜻 그는 이런 생각이 재차 들자 남표는 혈구 계산기와 채혈증을 가지고 5호실로 올라갔다. 그리고 경아는 준비했든 오벡트쿠라스와 주정면등을 가지고 그 뒤를 따러 올라갔다. 그는 병실로 들어가서 채혈증으로 환자의 귀를 뚫고 피를 빼내왔다.

남표는 그것을 유리쪽에 여러 개를 무처 가지고 현미경으로 연신 드려다 보았다.

한편으로 혈구 계산을 하고 한편으로는 표본을 만드러서 정밀히 검사한 결과 그는 마침내 혈구가 증가된 것을 알 수 있었다.

보다시피 연재에서는 주인공이 채혈하는 과정과 현미경으로 검사하는 과정을 속사하듯 기본 선만 그렸다면 단행본에서는 스캔하듯 보다 구체적으로 묘사하고 있다. 그럼에도 불구하고 작품 전개는 전혀 변함없고 다만 수식에서만 미세한 변화를 보여주고 있다. 작가 이기영이 단행본을 출간할 때 대체로 신문 연재의 엄격한 분량 제한으로 인하여 작가 수준 이하를 보여준 일부 거칠고 미흡했던 묘사를 분량이 상대적으로 자유로운 단행본에서 보완한 것으로 보인다. 즉『처녀지』의 서사 전개는 연재든 단행본이든 별 차이는 없고 단행본『처녀지』는『만선일보』 연재『처녀지』를 스크랩하여 작가 수준 이하의 묘사 부분만

수정을 거친 것이 아닐까 추정된다.

위와 같이 무려 300여 회(?)에 달하는 『만선일보』 연재 『처녀지』의 전반적 내용과 주제를 고작 1회분(제18회)을 통하여 분석・파악한다 것은 분명 무리가 아닐 수 없다. 하지만 필자는 제반 『처녀지』 연구에서 연재소설의 양상을 밝히는 것이 자못 중요하다는 의미에서 단행본 『처녀지』와 연재 당시의 『만선일보』 및 '만주국'의 제반 사회, 정치, 문화 환경 및 문학장 상황 등을 유기적으로 연관시키는 접근 방식으로 간접적으로나마 그 연구를 시도해보기로 한다.

현재까지 단행본 『처녀지』는 부동한 연구 시각으로 논의되고 있으며 이런 논의는 모두 이기영의 『처녀지』를 "신문에 연재되는 과정 없이 처음부터 단행본으로 출판된 것으로 알고" 삼중당서점 단행본을 연구 텍스트로 한 논의라고 할 수 있다.

지금까지의 논의를 대체적으로 개괄하면 크게 두 가지 견해로 나눠 볼 수 있다. 하나는 『처녀지』가 "생산소설과 만주개척소설의 성격을 기본으로 하면서 통속적인 연애담이 가미"된 작품, "우생학 이론에 바탕을 두고 제국주의의 출산 통제 논리에 동화되어 가는 특이한 작품", "의사-제국주의적 정체성을 보여준" 작품, 당시 일제의 정책이 형상화되고, 작품 속에서 "제국주의 파시즘의 논리"가 작동하는 작품 등으로 보거나 작가 이기영을 "당시" 누구보다 앞장서서 국책을 문학으로 실천했던 사람으로 평가하면서 총체적으로 "소설에 나타난 친일적 요소를 추출 배열"하는 견해이다.[9]

다른 하나는 서재길과 이경재의 견해라고 할 수 있다. 이경재는 "이

9 이경재, 앞의 글, 107~108쪽.

기영은 서사의 표면에서는 국책에 적극적으로 협력하는 생산소설의 기본 성격에 충실한 면모를 보여주지만, 심층적적인 차원에서는 일제 말기의 국책이 전혀 불가능한 기획임을 강하게 환기"시키기에 『처녀지』는 분열된 텍스트의 면모를 보여주고 있다고 보고 있다.[10] 서재길은 "남표가 정안둔에 정착하게 되는 과정을 식민지 개척의학의 전개 과정이라는 관점에서 바라보고, 주인공이 죽음에 이른 과정이 일본의 제국 의료의 한 극단이라고 할 수 있는 세균전 부대에 의한 페스트 실험이라는 역사적 사실을 모티프로 했을 가능성이 있음을 밝"히고 "일본에 의한 동아시아 식민지 지배 과정에서 가장 중요한 역할을 했다고 평가되는 개척의학이 한 식민지 지식인의 육체를 잠식하는 과정을 그림으로써 이 작품은 '위생의 근대'에 대한 근본적인 질문을 제기하고 있다"고 보고 있다.[11]

필자는 이 글에서 무엇보다 『처녀지』가 『만선일보』 연재소설이라는 중요한 사실에 주안점을 두고 대체로 『만선일보』 연재 『처녀지』의 창작, 발표 과정에 있어서의 복잡한 외부환경과 내부상황의 복잡성, 진실성, 다의성 등을 파악·논의하면서 그 주제를 밝혀보고자 한다.

주지하다시피 신문 연재소설의 주요 특징은 바로 대중화이고 이런 문화소비자의 주류는 청년들인 만큼 신문 연재소설의 주요 서사와 갈등은 대체로 이슈적인 새로운 문물과 청년남녀 간의 삼각연애로 이루어진다. 『만선일보』 역시 현실적으로 독자들의 구매력과 구독 효율을 높이기 위해서는 신문 연재소설 특징을 잘 구비한 소설을 적극 선호주

---

10 위의 글, 109쪽.

11 서재길, 「식민지 개척의학과 제국 의료의 '극북(極北)' — 이기영의 『처녀지』를 중심으로」, 『민족문학사연구』 51, 민족문학사연구소, 2013.

문하지 않을 수 없었다. 특히 1면부터 4면까지 시책, 국책 기사로 도배해야만 했던 1940년대 상황에서, 그리고 문예 지면이 겨우 손바닥 정도까지 축소된 상황에서 이런 특징을 띤 소설을 연재한다는 것은 참으로 중요한 일이 아닐 수 없기에 『만선일보』는 연재소설 작가와 작품을 엄선할 수밖에 없다. 이기영과 『처녀지』도 에누리 없이 이런 엄선을 거쳤을 것이다.

따라서 이기영은 『처녀지』 창작 과정에 무엇보다 『만선일보』 연재라는 전제 조건을 감안하지 않을 수 없었고 작품에 신문 연재소설의 주요 특징을 반영하지 않을 수 없었을 것이다. 실제로 단행본 『처녀지』는 "주인공 남표가 만주국의 수도인 신경을 떠나 북만의 '정안둔'이라는 농촌에 정착하여 농촌 계몽운동을 전개하다가 페스트에 걸려 죽게 된다는 기본적인 서사 속에 삼각관계의 애정 갈등이 결합되어 있는 형태를 취하고 있다". "서사의 심층에 작용하는 것은" "만주국 이데올로기라기보다는 세 주인공 사이의 삼각관계 혹은 '붉은 연애'이"다.[12] 다시 말하면 이 소설의 슈제트를 전개하여 나가는 주요 갈등은 주인공 남표와 그를 둘러싼 선주, 경아 등 세 사람의 삼각연애 관계이다.

또한 소설에서 보여준 '의료보국', '왕도락토', '유전우생학' 등 국책에 동조한 논의와 서사는 당시 『만선일보』 연재소설로서 반드시 갖추어야 할 기본 요소라고 할 수 있다. '만주국'의 어용언론인 『만선일보』는 국책 부응의 요소가 없는 소설을 연재할리 만무하기 때문이다. 이와 같은 요소는 『처녀지』 후에 연재된 안수길의 『북향보』에서도 쉽게 찾아 볼 수 있다. 이런 국책 부응 요소는 이 시기 『만선일보』 연재소설의 공통된

12 서재길, 「식민지 개척의학과 '위생의 근대' — 『처녀지』론」, 이기영, 서재길 편, 앞의 책, 597~604쪽 참조.

특징이자 기본 요소라고 보아도 무방할 것이다.

『처녀지』의 국책 부응 요소와 삼각연애 갈등 설정이 바로 『만선일보』 연재를 가능하게 한 것이다. 실제로 『처녀지』는 이런 방식으로 300여 회(?)에 달하는 연재를 완료하였다고 본다. 아울러 『처녀지』는 연재 완료로 인하여 비로소 심층적 의미 즉 작품의 주제가 구현되었다고 하겠다. 그렇다면 『처녀지』의 주제는 과연 무엇인가?

필자는 『처녀지』의 주제를 삼각연애의 갈등에서가 아닌 주인공 남표의 거듭되는 사업 전향 과정과 죽음으로 인한 미완성의 서사에서 음미해 보고자 한다. 소설에서 남표는 "정신적으로-아직 생활의 방향을 못 정하고 암중모색暗中摸索을 해 온"(24쪽, 이하 쪽 표기 생략) 사람으로 조선을 떠나 "만주국"의 신경으로, 다시 신경을 떠나 북만의 '정안둔'으로 들어온다. "정안둔에 들어온 근본 목적은 자기도 농민이 되여 보겠다는 생각"이었고 "농촌 개발에 힘을 써서 자기가 사는 동리는 명실이 상부한 모범적 개척촌을 만들고 싶은 야심이 있었든 것이다"(350~351).[13] 하지만 그 후 "그의 왼 정신은 어떻게 하면 오늘날 농촌의 현실에서 농민 대중을 우선 질병의 마수로부터 건져내어 그들로 하여금 건전한 개척 전사가 되게 할까 하는 병균 박멸에 대한 투쟁생활로 강잉히 집중되었다"(464). 즉 생활의 방향을 못 정하고 암중모색하다가 "농민"의 삶을 지향하고 다시 "의학 연구"로 방향을 전향한다. 그리고 "의학 연구" 사업을 실현하는 과정에서 남표는 페스트에 감염되어 생명을 잃게 되며 그의 사업은 실패를 초래하게 된다. 한편 남표는 삼각연애에서도 실패의 고배를 마신다. 결국 남표는 연애도 사업도 모두 실패한 불운의 주인공이

13 위의 책, 350~351쪽.

다. 이런 비극적 요소는 소설의 마지막 부분에서 확연히 드러난다.

> 남표의 묘지는 선주의 무덤과 마주 바라보는 곳이였다. 그것은 누가 일부러 정한 것이 안이라 마을의 공동묘지가 한 곳이였기 때문이다.
>
> 아! 그들이 이렇게 한 곳에 무칠 줄을 누가 알었으랴? 그러나 그들은 이 마을의 수호신이였다.
>
> 경아는 장예를 치르고 나니 참으로 세상 일이 허무하였다. 그는 남표가 개업을 하였을 때 바로 오지 못한 것이 후회되었다. 그 때 와서 남표를 도아주었다면 그고 죽지 않고 자기의 진정도 티웠을 것이 아니냐? 참으로 그는 당면한 앞길이 캄캄하였다.
>
> 허나 그는 어떤 결심을 하였다. 그것은 자기도 남표의 유언을 지켜서 일성이와 같이 병원을 살리자는 것이였다. 비록 자기는 의사가 아니지만 쉬운 병은 넉넉히 볼 수 있다. 그리고 영리를 목적으로 하지 안는다면 당국에서도 용인할 것이 아니냐고—그는 이렇게 일성이가 한 사람 목의 의사가 되기까지 그를 도아가며 남표의 유지를 밧들자 하였다.
>
> 마을 사람들은 이 말을 듯자 모다들 경아의 가륵한 생각에 감사하였다. 경아는 그들을 위함보다도 자기의 살 길은 그밖에 없다고 겸양하였다.……
>
> 경아는 그 길로 정 노인의 집에 눌너있었다(終)[14]

보다시피 소설은 남표가 선주와 한 곳에 무칠 줄은 누구도 몰랐고 그의 죽음으로 인하여 경아는 "세상 일이 허무"함을 느꼈고 "당면한 앞길이 캄캄하였다".

14 위의 책, 595~596쪽.

물론 경아가 남표의 유언을 지키기 위해 정안둔에 눌러 있는 것으로 끝나면서 그 어떤 희망적인 미래를 제시하는 듯하다. 그러나 소설은 이미 중간부분에서 남표의 직접적 체험을 통하여 경아가 꿈은 실현이 불가능함을 암시해주고 있다.

> "그렇다—의사시험을 준비하자—"
>
> 남표는 마침내 이렇게 부르짓고 감었든 눈을 떴다.
>
> 이제까지 그는 의사의 자격을 형식적으로 갖고 싶은 생각은 조곰도 없었다. 아니 그는 도리혀 개업의를 멸시하고 싶었다. (…중략…)
>
> 그런데 어찌 알었으랴! 이번에 당한 일로 보아서 그는 자기의 무모한 것을 깨다렀다. 현실이란 과연 단순한 것이 아니다. 현실을 이상으로 높이는 □은 권위가 필요하다. 권위는 즉 힘이다. 힘이 업는 사람은 결국 아무 일도 못한다. 세상만사는 모두 힘으로 움지긴다. 아무리 좋은 일이라도 힘이 없으면 그 일을 성공하지 못한다. 실력이 없으면 정의도 일우지 못한다.
>
> 그렇다며 자기는 지금까지 세상을 모르고 함부로 날뛰지 않었든가! 의사시험을 안 본다고 여직 뻣땐 것은 무슨 고고한 정신이 안이다. (…중략…) 만일 자기고 의사의 면허장을 얻었다면 이번의 봉변도 안 당했을 것이요 또한 개업을 하는 중에 떳떳이 인술의 본령을 발휘할 수 있었을 것이다. 아니 인술은 그와 같은 합법적 권위 밑에서야 도리혀 널리 베풀 수 있다.[15]

이처럼 남표는 '만주국'에서 편벽한 개척촌이라고 하여도 의사 자격이나 권위가 없으면 의료 개업은 불가능함을 뼈아프게 느꼈던 것이다.

---

15 위의 책, 279~280쪽.

소설의 결말에서 경아는 남표의 유지를 받들고자 결심하지만 실제로 의사면허장도 없고 아무리 권위도 없는 그녀에게 있어서 이는 막연하고 허무한 일이 아닐 수 없다. 또한 남표의 후계자 일성이는 경아의 가장 믿음직한 협력자이지만 역시 겨우 독학으로 의사가 되려는 의학 지망생이나 다름없기에 그 훗날 역시 막연하기만 하다.

당시 '만주국'은 의료법 관리에서 비교적 엄한 편이었다. 병원 개업은 반드시 정부 부처로부터 영업허가서를 받아야 하였고 한의사이든 서의자이든 의사자격증을 받자면 모두 시험뿐만 아니라 일정 기한의 양성 교육을 받아야 하였다. 간호사자격증도 마찬가지였고 약 처방전도 규제가 엄하였다. 아래 사진은 1937년에 '만주국' 관련 부처에서 발부한 병원 개업 허가증과 의사자격증이다. 이런 실제적 상황에 비추어 볼 때 이기영은 『처녀지』 창작 당시 '만주국'의 의료법이나 농촌 의료 상황을 비교적 정확하게 알고 있었던 것 같다.

뿐만 아니라 이기영은 이미 패색이 짙어가는 '만주국'의 실상도 어느 정도 파악하였다고 볼 수 있다. 하여 이기영은 "임의에 정한 지면을 초과하기 때문에 미진한 실화는 오직 독자의 상상에 마껴두고 이만 붓을 놓는다".(596)

『처녀지』는 남표의 유지를 받들고자 하는 이들의 앞길이 불안하고 막막하여 도저히 희망이 보이지 않기에 끝맺을 수밖에 없었다. 미래가 없는 현실은 비참하고 불행한 법이다. 따라서 남표의 비극적 운명과 '개척촌'의 불안한 미래에 대한 서사가 바로 『처녀지』의 핵심 서사라고 볼 수 있다.

이와 같은 핵심 서사는 또한 무엇을 의미하는가?

주지하다시피 '만주국'의 홍보처는 1941년 3월 23일에 『예문지도요강藝文指導綱要』(이하 『요강』)을 반포하였다. 이 『요강』은 문예를 '만주국'의 군사, 정치, 경제 등을 위하게 하고 일본의 '동아 신질서의 건설'을 위하게 하였으며 작가와 문예단체의 활동을 모두 '전시총동원체제戰時總動員體制'에 귀결시켰다. 같은 해 7월 만주문예가협회滿洲文藝家協會를 설립하고 1943년 8월 25일에 만주문예가협회, 만주극단협회 등 단체들을 연합하여 만주예문연맹滿洲藝文聯盟을 설립하였다. 그 취지는 『요강』의 정신에 좇아 예문자의회藝文諮議會와 가맹예문협회를 연계시켜주는 것이었다. 1944년 11월 1일 만주예문련맹은 만주예문협회로 개칭하고 산하에 문예국, 연예국, 음악국, 영화부 등을 설치하여 전반적인 국책문화를 실행하였다. 1942년 6월 '만주국' 수도경찰청은 문예정찰부文藝偵察部를 설치하여 문예계의 "관할대상을 측면으로 정찰"하도록 하였다. 문예계의 동향을 장악하기 위해 문예 정찰부는 작가에 대한 감시는 물론이고 문예작품도 상세히 검열하였는데 작품 검사는 구절구절을 따져가며 표면적인 것과 내면적인 것까지 따지는 정도에 이르렀다. 하여 많은 작품들이 검열에 걸려 출판이 금지되고 이미 발행허가를 맡은 도서들도 문제가 있다고 여겨지는 부분은 삭제되었으며 이런 도서는 삭제했다는 표기를 한 다음에야 발행할 수 있었다. 뿐만 아니라 '만주국' 정부에 등용된 작가들마저 감시하면서 그 작품들을 검열하였다. 당시 일단 반일경향이 발견되기만 하면 구속당한 것은 예사로운 일이고 지어 체포되어 옥살이를 하거나 살해당하기도 했다. 이런 파시즘 공포통치로 인하여 적지 않은 진보적인 작가들은 절필하거나 '만주국'을 떠나게 되었다.

또한 일본인 문인들은 '만주국' 건국이념 선양을 위하여 '낭만주의' 창작방법을 극구 주장하였다.

만주에서 로맨티시즘을 주장하는 데는 두 가지 방향을 위해서이다. 하나는 건국정신이라는 선천적인 이념으로부터 직접적으로 로맨티시즘이라는 문학방법이 도출되었고 다른 하나는 잡다한 현실을 저주하여 "대륙일본인의 생활방식의 규범으로" 로맨티시즘을 요망한 데 있다.

로맨티시즘은 어찌하여 대두하게 되였는가. 우리들은 여기서 교훈을 흡수하여야 한다. 그 교훈은 방향과 열정을 상실하여 도리비아리즘에 빠진 저속한 리얼리즘을 비평해야 한다는 것이다. 더욱이 시대의 태동에 대하여 적극적인 의욕을 보여주어야 하는 까닭이다.[16]

요컨대 건국정신이 강조되고 구질서의 파괴와 아울러 새 질서의 건설이 매진되고 있는 시대는 필경 신화시대이고 신화가 낭만의 세계에 있다는 것은 과거의 역사가 증명하고 있다.[17]

일본인 문인들이 이런 '낭만주의' 창작방법을 주장한 것은 식민지문학이 '만주국'의 암흑한 현실을 회피하거나 기만하고자 함이었다. 일제는 이 '낭만주의' 창작방법을 극구 주장, 선양하고 강요하는 한편 리얼리즘 창작방법을 저속하다고 비난하고 압제, 반대하였다. 필요에 따라 간혹 리얼리즘 창작방법을 운용한다 하더라도 현실을 명랑하게 보여주는 건설적 리얼리즘 창작방법을 운용해야 한다고 주장하였다. 이른바 건설적 리얼리즘 창작방법이란 건설적인 안광으로, 건국이념으로 발전하고 있는 '만주국'의 명랑한 현실의 건설 모습을 반영해야 한다는

16 加納三郎,『満洲文化のだめに』, 作文發行所, 昭和十六年 十二月, p.223에서 재인용하였으며, 인용자가 재번역하였다.
17 위의 책, p.169 재인용.

것이다. 태평양전쟁이 폭발된 후, 일제는 또 반영국미국시反英國美國詩, 즉 영국과 미국을 반대하는 시를 대대적으로 선호하고 그 창작을 강요하여 '만주국' 문학장에 반영미시가 홍행되게 하였다. 그리고 대동아문학상을 설립함과 아울러 각 신문과 잡지에서 각종 작품현상모집을 획책하게 하면서 '결전문예' 창작을 선동하였다. 일제는 연속 세 차례나 대동아문학자대회를 조직하면서 멸망할 때까지 '대동아성전'을 선양하는 전시戰時문학을 고취하였다.

이와 같은 특정 시대의 특정 언론체계와 특정 문학장에서 『만선일보』에 게재되는 기사, 보도, 논평, 시, 소설, 희곡 등 그 어떤 장르의 글이든 모두 식민국책의 통제와 검열을 면할 수 없었다.

특히 『처녀지』가 연재 발표되던 시기 일제는 반영국미국시를 대대적으로 선호하면서 '결전문예' 창작을 선동, 강요하였다. 이런 특정 시기 특정 환경 속에서 『처녀지』가 보여준 핵심 서사는 결코 '낭만적' 서사가 아니었고 '건설적' 서사도 아니었으며 '결전'서사는 더더욱 아니었다. 이 점에서 『처녀지』는 당시 '만주국' 문학장의 기조와 이념을 이탈한 작품이라고 평가할 수 있다. 이탈은 분명 비협력을 의미하며 나아가 일종의 저항을 의미한다고 하겠다.

작가는 『처녀지』의 이런 특징을 감안하여 '작가 부기'라는 독특한 방식으로 소설 결말을 해피엔딩으로 끝내지 못한 것은 지면 초과라는 객관적 원인 때문이라고 특별히 부언하면서 주관적 원인을 희석시키고 있다. 이와 같은 결말 방식은 이기영의 그 어느 작품에서도 찾아 볼 수 없다. 일제 말기 '만주국' 문학장이라는 특정 시기, 특정 환경의 신문 연재라는 독특한 발표 여건하 작가의 독특한 서사 방식이 아닐 수 없다. 현실 부응의 표면서사 속에 허무한 현실의 비극과 막막한 미래의 불안이라는 핵심서사의 안정성과 완결을 확보하고자 한 심층적 의미를 엿볼 수 있다고 하겠다.

이 외 『처녀지』의 현실 부응서사도 다시 한 번 깊이 음미해 볼 필요가 있다고 본다. 이 소설이 연재되던 시기의 '만주국'은 '대동아성전'을 위해 개척촌을 비롯한 제반 농촌에서 약탈적인 '양식 출하와 헌금'을 국책으로 선양을 강요하던 시기였다. 『처녀지』의 농촌 계몽적인 '농사개량'과 '개척의학'은 당시 시책과는 어느 정도 거리가 있어 작가가 "현실을 직시하지 못하고 오히려 식민지 정책에 적극적으로 동조하고 타협하는 모습을 보인다"고[18] 보기에는 무리가 있지 않을까 싶다. 이 점 또한 『처녀지』의 현실 부응서사는 핵심 서사로 볼 수 없는 이유의 하나라고도 할 수 있다.

4. 나오며

이 글은 상술한 바와 같이 필자가 발굴한 1943년 1월 27일 자 『만선일보』를 통하여 이기영의 장편소설 『처녀지』가 『만선일보』에 연재되었다는 사실을 처음으로 확인하였다. 이기영의 『처녀지』는 무엇보다 『만선일보』 연재라는 전제 조건하에 창작된 소설로서 당시 신문 연재소설의 주요 특징을 감수하지 않을 수 없었다. 『처녀지』에서 보여준 '의료보국', '왕도락토', '유전우생학' 등 국책에 동조한 논의와 서사는

18 김진아, 「이기영 장편소설 『처녀지』 연구」, 영남대 석사논문, 2003, 21쪽.

당시 『만선일보』 연재소설로서 반드시 갖추어야 할 기본 요소라고 할 수 있다. 이런 국책 부응 요소는 이 시기 『만선일보』 연재소설의 공통된 특징이자 기본 요소라고 보아도 무방할 것이다. 『처녀지』의 국책 부응 요소와 삼각연애 갈등 설정이 바로 『만선일보』 연재를 가능하게 한 것이다. 실제로 『처녀지』는 이런 방식으로 300여 회(?)에 달하는 연재를 완료하였다고 본다. 아울러 『처녀지』는 연재 완료로 인하여 비로소 심층적 의미 즉 작품의 주제가 선명하게 구현되었다고 하겠다.

주인공 남표의 비극적 운명과 "개척촌"의 불안한 미래에 대한 서사가 바로 『처녀지』의 핵심 서사라고 볼 수 있다. 이런 핵심 서사는 반영미시를 비롯한 '결전문예'가 선양, 강요되던 '대동아성전' 중후반기 '만주국' 문학장의 기조와 이념을 이탈한 서사였다고 할 수 있다. 당시 『만선일보』 연재소설에서 이런 특징을 표면에 드러낸다는 것은 절대 불가능한 일이었던 만큼 작가는 이 점을 감안하여 '작가 부기'라는 독특한 표현 방식 즉 소설 결말을 해피엔딩으로 끝내지 못한 것은 지면 초과라는 객관적 원인 때문이라고 특별히 부언하면서 주관적 원인—핵심 서사를 이면으로 스며들게 하였다. 이와 같은 결말 방식은 이기영의 그 어느 작품에서도 찾아볼 수 없다. 일제 말기라는 특정 시기 및 '만주국' 문학장이라는 특정 문학 환경과 당시 어용매체의 신문연재라는 특정 여건을 감안한 작가의 특별한 대응방식이 아닌가 싶다. 현실 부응의 표면 서사 속에 허무한 현실의 비극과 막막한 미래의 불신이라는 핵심서사의 안정성과 완결을 확보하려는 심층적 의미를 엿볼 수 있다고 하겠다.

또한 『처녀지』가 연재되던 시기의 '만주국'은 '대동아성전'을 위해 개척촌을 비롯한 제반 농촌에서 약탈적인 '양식 출하와 헌금'을 주요 국책으로 선양 강요하던 시기였던 만큼 『처녀지』에서의 농촌 계몽적인 '농사개량'이나 '개척의학' 같은 현실 부응서사는 당시 시책과 어느 정도 거리를 두고 있다. 이 점 또한 『처녀지』의 현실 부응서사를 핵심 서사로 볼 수 없는 이유의 하나라고도 할 수 있다.

전체 300여 회로 추정되는 연재본 중에서 겨우 1회분으로 상기한바 같이 논의를 전개한 것은 무리이고 설득력이 떨어지지 않을 수 없다. 1차 자료가 극히 제한적이기에 필자는 아래에 '만주국' 중국인 작가 산정山丁의 장편소설 『녹색의 계곡綠色的谷』의 경우를 대략 살펴보는 것으로 이러한 아쉬운 부분을 어느 정도 보완하고자 한다.

작가 산정은 '만주국' 중국인문단에서 "문총문선파文菽文選派의 대표적 작가이며" "향토문학"을 주장하고 실천한 대표적 작가이다. 그는 1930년대 말부터 『대동보大同報』 문예란을 통하여 문단에서 활약하기 시작하였다. 『대동보』 신경에서 중국어로 발간된 '만주국' 정부 기관지로 영향력이 가장 큰 신문이었고 성격상 일제 식민통치와 그 괴뢰정권의 어용매체로 국책과 시책의 메가폰이나 다름없었다. 그럼에도 불구하고 산정, 오영吳瑛, 김음金音, 랭가冷歌 등 '문총문선파' 중국인 문인들은 문예란을 무대로 진보적 경향의 '향토문학' 작품들을 발표하면서 자신들의 문학 주장을 실천해 나갔다. 1942년 5월 1일부터 산정은 장편소설 『녹색의 계곡』을 『대동보』 석간에 연재하여 같은 해 말(?)에 연재를 끝낸 후, 1943년 3월 15일 신경 문화사文化社를 통하여 단행본을 출판한다. 1986년 7월, 산정은 『녹색의 계곡』을 재출판하면서 1940년대의 『대동보』 신문연재 과정과 단행본 출판 과정을 회고하였다.

> 사실 나는 녹림호한(綠林好漢)을 쓰려고 하였다. (…중략…) 나의 이런 구상은 창작실천과정에 변화가 생겼다. (…중략…) 소백룡(小白龍)은 대단

한 농민무장의 지휘자였지만 나는 정면으로 그를 묘사할 수 없었다. (…중략…) 소설의 마지막 분절은 전적으로 경견(警犬)을 미혹시키기 위해 꼬리를 달아놓은 것이다. 의도적으로 소설에 체현된 시간을 '9 · 18'사변 전으로 옮겼는데 총명한 독자들은 이해할 것이다.

이 소설은 먼저 장춘의 『대동보 · 석간』에 하루하루 연재되었다. 2장을 발표한 후 일본인 번역가 오오우찌 다까오(大內隆雄)에 의해 일본어로 번역되어 『하얼빈일일신문(哈爾濱日日新聞)』에 연재되었다. 역자는 사전에 나와 연락하지 않았고 기별도 전하지 않았는데 이는 나의 창작 정서에 영향을 미치게 되었다. 우선 나로 하여금 일본어 역자에 대하여 의심과 불안을 느끼게 하여 정신적으로 외래 부담을 감당해야 하였다. 다음, 나의 창작 구상의 차원과 심도에 영향을 끼쳤다.

(…상략…) 1943년 2월, 인쇄공장에서 단행본을 제본할 때 갑자기 위만주국 홍보처의 명을 접하게 되었다. "『녹색의 계곡』에 심각한 문제가 있으니 공장출고를 할 수 없으며 판매하여서는 안 된다. 처분을 기다려라." (…중략…) 삭제처분이라는 홍보처의 통보를 받고 출판사에서는 제본을 끝낸 책들을 통보에서 지적한 부분을 잘라내고 깨끗한 표지의 녹색 소설 제목 아래에 "삭제제(削除濟)"라는 붉은 도장을 찍은 다음에 발행하였다. 이 세 글자의 일본어 뜻은 "사제 필"이라는 것이다. (…하략…)[19]

이 인용문에서 우선, 『녹색의 계곡』이 1942년 신문에 연재될 때는 문제되지 않다가 1943년 단행본으로 출판될 때 삭제 처분을 받은 것은 불과 1년 사이에 '만주국' 문학자의 심열제도가 심각하게 악화되었음

19 『梁山丁研究資料』, 遼寧人民出版社, 1998.3, pp.200～201.

을 알 수 있다.

다음 작가는 신문 연재소설로 창작할 때 일본인 번역가로부터 부담을 느끼고 창작 구상의 차원과 심도에 영향을 받았다고 한다. “사실 나는 녹림호한綠林好漢을 쓰려고 하였다. (…중략…) 나의 이런 구상은 창작실천과정에 변화가 생겼다. (…중략…) 소설의 마지막 분절은 전적으로 경견警犬을 미혹시키기 위해 꼬리를 달아놓은 것이다. 의도적으로 소설에 체현된 시간을 ‘9・18’사변 전으로 옮겼는데 총명한 독자들은 이해할 것이다.”[20]

여기서 1940년대 ‘만주국’에서 검열제도로 인하여 일제 식민주의와 비협력적인 작가들은 신문 연재소설을 창작할 때 주제 설정뿐만 아니라 슈제트 구성에서도 우회적이었음을 알 수 있다.

안수길도 “초기 『만선일보』 시절”이라는 글에서 “만주에도 검열제도가 있었다. 더구나 우리말을 아는 일인이 이를 담당했다”고 밝힌바 있다. 이기영의 『처녀지』는 1943년 1월부터 근 1년간 『만선일보』에 연재되었으니 당시의 심열제도의 심각성과 작가의 심리적 부담감을 가히 짐작할 수 있다.

소설 『녹색의 계곡』은 비록 한 편벽한 시골 마을의 변화와 그 마을 사람들의 서로 다른 운명을 리얼하게 묘사하여 ‘향토문학’의 대표작으로 평가받고 있지만 당시 신문 연재소설의 요소도 적잖게 반영되어 있다. 우선, 소호小虎라는 한 주인공의 연애와 사랑이야기이다. 그는 원래 시골에 있을 때는 지주 집 아가씨와의 혼사를 거절하고 마을에서 가장 가난한 집의 소녀를 사랑한다. 그런데 봉천奉天이라는 번화한 대도시

20 위의 책, p.200.

세계에 와서 일본인 경영인의 딸을 흠모한다. 그는 일본인 처녀한테서 중국 전통문화와 다른 이질적 문화를 알게 되자 경이로워하고 격동되고 매료되어 두 처녀를 두고 방황 · 고민한다. 이런 요소는 산정의 기타 소설과 구별되는 특징으로서 신문 연재소설의 요소라고 보지 않을 수 없다.

소설 『녹색의 계곡』에는 또한 당시 일제의 만주 철도 "개발"과 "건설"에 관한 묘사 봉천 일본인 경영인에 관한 묘사에서 "친선", "합작", "공존", "협력" 등 현세 부응의 '협화어協和語'들이 적잖게 등장한다. 이런 '협화어' 역시 고정의 기타 작품에서는 찾아보기 힘들다. 즉 협화어의 등장은 작가가 『녹색의 계곡』에 신문 연재소설이라는 특징을 부여하지 않을 수 없었기 때문일 것이다. 이런 협화어로 인하여 비로소 "만주국" 정부 기관지 『대동보』에 연재가 가능하였기 때문이다.

이와 같이 산정의 『녹색의 계곡』은 이기영의 『처녀지』 보다 1년 앞서 신문에 연재되고 단행본으로 출판되었는데 그 제반 과정을 통하여 1940년대 "만주국" 어용신문에 연재된 소설들의 공통된 점을 간접적으로나마 살펴볼 수 있다. 나아가 『만선일보』 연재소설로서의 이기영 『처녀지』의 특징을 밝히는데도 참고적 가치를 부여해 준다고 하겠다.

요컨대 이기영의 장편소설 『처녀지』는 단행본으로 출판되기 전 『만선일보』에 연재되면서 당시 『만선일보』 연재소설의 기본 요소를 갖게 되었고 작가는 표면 서사와 핵심서사라는 이중구조를 통하여 소설 연재의 완료와 주제의 완전성을 확보하였다. 따라서 소설 『처녀지』는 당시 "만주국" 문학장의 기조와 이념을 이탈한 작품이라고 평가할 수 있다. 이런 이탈은 분명 비협력이라고 할 수 있으며 나아가 저항을 의미한다고 해도 과언이 아닐 것이다.

이 글에서는 『처녀지』의 핵심 서사 요소인 페스트 서사에 대하여 깊이 있는 논의를 진행하지 못하였다. 이에 이와 관련된 연구는 추후 다른 지면을 빌어 보완하고자 한다.

위만주국僞滿洲國 조선계 작가 안수길과 '민족협화'*

이해영

1. 들어가기

위만주국[1] 중국계 시인 오랑吳郎이 주재한 문예지 『신만주』(1939 창간)는 1941년 11월호에 '在滿 日滿鮮俄 각계 작가전' 특집을 기획하게 되는데, 조선계의 대표작으로는 안수길의 「부엌녀」가 실리게 된다. 위만주국 조선계의 대표적 작가로서 안수길의 위상을 확인할 수 있는 대목이다. 전체 위만주국 시기를 통틀어 중국계 잡지에 실린 '만주국' 조선계 작가의 작품으로는 안수길의 「부엌녀」가 유일하다. 또한 일본인 평론가 야모모도 겐타로山田謙太郎는 1944년, 만주에서의 조선문학의 역사를 10년으로 본다고 하면서 『만선일보』 지상에 연재되고 있는 장편소설 『개

* 이 글은 2014년 대한민국 교육부와 한국학중앙연구원(한국학진흥사업단)을 통해 해외한국학중핵대학육성사업의 지원을 받아 수행된 연구임(AKS-2014-OLU-2250004).

1 중국 정부는 '만주국'(1932.3.1~1945.8.18)의 공식 존재를 승인하지 않으므로 중국에서는 일률로 앞에 '위(僞)'를 붙여 위만주국이라고 함.

동開東』에 대해 염상섭 특유의 힘센 도시소설이라고 평가하였고 그 도시소설가 염상섭에 대항하는 전형적인 농민작가 안수길이 있다고 하였다.[2] 그렇다면 안수길은 누구인가?

안수길(1911~1977)은 위만주국 조선계의 대표적인 작가이다. 그는 1924년 13세의 나이에 간도 용정으로 이주하였고 1926년 용정 간도중앙학교를 졸업하였으며 함흥고보에 입학하였다. 그 뒤, 함흥고보, 서울 경신학교를 거쳐 일본에서 유학하였으며 1931년 2월 집안 사정으로 간도 용정으로 귀국하였다. 그로부터 광복 2개월 전인 1945년 6월까지 만 14년이란 긴 세월을 안수길은 간도 용정과 만주의 신경(오늘의 장춘)에서 소학교 교사, 『간도일보』 및 『만선일보』의 기자로 문학 창작에 전념하면서 청년기를 지내왔다. 그는 만주에서 첫 등단작을 발표(1935)하였으며 『만선일보』 문예란에 조선인의 만주 개척 생활을 다룬 중편소설 「벼」(1940)를 비롯하여 다수의 작품과 함께 그의 첫 장편이자 위만주국 조선계의 첫 장편이기도 한 『북향보』(1944.12~1945.4)를 발표하였다. 그는 만주에서 조선인 문예동인그룹 "북향"을 만들었고, 문예 동인지 『북향』(1935)을 간행했으며 만주 조선계 문단에서는 유일하게 개인 창작집 『북원』(1944)을 간행하는 등 의욕적으로 문학 창작활동을 진행하였다.

당시 만주 조선인 문단의 원로였던 염상섭은 안수길의 창작집 『북원』의 「序」에서 "今後 滿洲에서 우리의 손으로 開拓民文學 乃至는 農民文學이 生成한다면, 그것은 『北原』에서 起点을 求하여야 할 것이 아닌가 함이요, 그 先導로서의 重任을 이 著者에게 맛겨야 할 것이라는

2 야마모두 겐타로[山田謙太郎], 「만주에 있어서의 반도인예문의 동향」(『국민문학』, 1944.6, 50쪽), 김윤식, 『안수길 연구』, 정음사, 1986, 48쪽에서 재인용.

것이다"[3]라고 높이 평가하였다. 염상섭은 이 글에서 유독 '만주국' 문예단체가 만주의 조선인 작가와 작품에 대해 외면하는 것을 강도 높게 비판하면서 "滿洲國國民으로서 滿洲生活을 描破한 文藝作品인 다음에는 朝鮮語文으로 씨운 것일지라도 훌륭한 滿洲文學이오, 滿洲文學이면야 滿洲의 文壇에 먼저 보내야 할것은 當然한 일이며, 또 滿洲藝文界로서도 먼저 받아드려야 할 것이 아닌가 한다"고 지적하였다. 또한 조선인 작가들이 '만주국' 문예운동에 적극 참가하여 "地方的이요 民族的"인 것에서 벗어나 중앙문단으로 진출할 것을 강조하였다.[4] 여기서 우리는 염상섭이 '만주국' 국민문학의 하나의 하위 분류 즉 '소수민족' 문학으로서의 조선계 문학의 존재와 건설을 강조하고 안수길을 그 대표적 작가로 내세우고 있음을 알 수 있다. 안수길 스스로도 1940년 초 『만선일보』가 기획한 "만주 조선문학 건설 신제의" 기획연재에 연속 3회에 거쳐 " 滿洲에도일즈기 朝鮮文學이잇섯다(上)", "間島中心의 朝鮮文學發展過程과 現段階(中)", "文壇建設의具體案과 文學人의迫力的活動(下)"라는 글을 기고함으로써 "滿洲朝鮮文學의 再建"을 적극 주창한다. 이는 안수길 본인 역시 스스로를 위만주국 조선계 작가로 자리 매김 하고 있음을 말해준다.

그러나 지금까지 안수길 문학 연구는 주로 조선문학의 만주에서의 연장이라는 차원에서 저항/친일의 이분법적 구도 위에서 그의 문학의 민족문학적 성격 내지 친일문학적 성격을 구명하거나[5] 혹은 안수길의

---

3 염상섭, 「『북원』 序」, 연변대 조선문학연구소 편, 『안수길』, 보고사, 2006, 583~584쪽.
4 위의 글, 583쪽.
5 안수길의 문학에 대한 기존 논의로는 다음과 같은 연구들이 있다.
오양호, 『한국문학과 간도』, 문예출판사, 1988; 민현기, 「안수길의 초기 소설과 간도 체험」, 『한국 근대소설과 민족 현실』, 문학과지성사, 1989; 최경호, 『실향 시대의 민족문학 – 안수길 연구』, 형설출판사, 1994; 이상경, 「간도 체험의 정신사」, 『작가연구』 2, 새미,

현실인식을 북향의식 내지는 생존 제일의 논리로 단순화시킴으로써 이념 자체를 무화시키는 결과에 이르고 있다.[6] 안수길의 문학을 위만주국 조선계 문학 내지 위만주국 문학으로 규정한 일부 연구 역시 그의 문학의 위만주국 '소수민족' 문학으로서의 위상 혹은 성격에 대한 연구보다는 위만주국 이데올로기에 대한 동조냐 아니냐에 초점을 두고 있다.[7] 일부에서는 탈식민주의 이론을 활용하여 안수길의 '만주' 체험 문학에 나타나는 혼종성 및 잡종성의 개념, 성별의 차이에 의한 여성의 문제, '얼되놈'의 자리와 그를 통해 본 이념적 폭력의 공간에서 글쓰기와 작가의 윤리 문제 등에 주목함으로써 친일/저항의 이분법적 구도 내지 생존 제일의 논리에서 벗어나고자 시도하였다.[8] 이는 안수길 문학을 이념이나 정

1996; 정덕준, 「안수길 소설 연구」, 『한국문예비평연구』 15, 한국현대문예비평학회, 2004; 장춘식, 『해방전 조선족 이민소설 연구』, 민족출판사, 2004

6 생존논리와 착종된 현실인식을 다룬 연구로는 아래와 같다.
김재용, 「중일전쟁 이후 재일본 및 재만주 조선인 문학의 분화와 식민주의 협력」, 『재일본 및 재만주 친일문학의 내적 논리』, 역락, 2004; 한수영, 「친일문학 논의와 '재만조선인 문학'의 특수성」, 『재일본 및 재만주 친일문학의 내적 논리』, 역락, 2004; 김종호, 「1940년대 초기 만주 유민소설에 나타난 '정착'의 의미 – 『대지의 아들』과 『북향보』를 중심으로」, 『국어교육연구』 25, 국어교육학회, 1993; 정현숙, 「안수길의 『북향보』론」, 『한국언어문학』 54, 한국언어문학회, 2005; 김미란, 「만주, 혹은 자치에 대한 상상력과 안수길 문학」, 『상허학보』 25, 상허학회, 2009; 이해영, 「만주국 '鮮'계 문학 건설과 안수길」, 김재용・이해영 편, 『만주, 경계에서 읽는 한국문학』, 소명출판, 2014; 이해영, 「안수길의 장편소설 『북향보』의 현실인식」, 『한국현대문학연구』 43, 한국현대문학회, 2014. 이중에서, 김미란과 이해영은 안수길의 만주시기 문학의 핵심 키워드를 '자치'와 '민족협화'라고 보았다.

7 오양호, 「『북향보』 연구」, 『어문학』 46, 한국어문학회, 1985; 채훈, 『일제강점기 재만 한국문학 연구』, 깊은샘, 1990; 김윤식, 『안수길 연구』, 정음사, 1986. 이중, 김윤식의 『안수길 연구』는 위만주국의 중국계 문단, 일계 문단 등과의 연관 속에서 조선계 문단을 살펴보았으며 전체 위만주국 문학장 속에서 안수길 문학의 위상을 살펴봄으로써 안수길의 재만시기 문학의 성격을 보다 객관적으로 구명하려는 노력을 하였다. 그러나 위만주국 조선계 문학으로서 안수길의 만주 시기 문학이 갖고 있는 내적 논리를 구명하는 데까지는 나아가지 못하였다.

8 박진임, 「국경넘기와 이주의 시학」, 『한국현대문학연구』 11, 한국현대문학회, 2002, 185

착 의지 등 기존의 시각에서 벗어나 새로운 시각으로 읽으려는 노력으로 논의의 자장을 확장하였다. 그러나 안수길이 그의 문학에서 시종 만주 조선인의 공동체적 삶과 운명 그리고 정착에 대해 탐구했음을 염두에 둘 때, 이러한 논의들은 그의 만주 시기 문학의 본질적 핵심을 비켜가고 있다는 느낌이다. 그렇다면 당시 안수길이 섰던 정확한 지점은 어디인가? 그리고 지금까지 그의 만주 시기 문학의 핵심이었던 북향의식의 내적 논리 내지 근거는 무엇인가?

이런 본질적 질문을 염두에 두고 이 글에서는 당시 안수길이 위만주국 조선계의 대표적 작가로 인정받고 있었고 스스로도 본인의 위치를 그렇게 자리매김하려고 했던 점에 착안하여 그의 문학을 위만주국 조선계 문학 즉 위만주국의 '소수민족' 문학의 위치에서 살펴보고자 한다. 그런데 이는 역으로 우리에게 안수길의 만주 시기 문학이 '소수민족' 문학이 되기 위해서는 어떤 요건을 갖추어야 하는가? 라는 보다 근원적인 질문을 던져온다. 즉 위만주국 '소수민족' 문학으로서의 위만주국 조선계 문학이란 무엇인가에 대한 해답이 선행되어야 하는 것이다. 이에 대해 염상섭은 안수길의 개인창작집 『북원』의 「序」에서 "(…상략…) 滿洲에서 特히 朝鮮人開拓民을 爲한 農民文學이 선다면, 그것은 이 「牧畜記」의 精神과 思想에 다시 協和精神과 흙에서 깊은 숨을 뿜고 나오는 新生의 意氣와 新人生觀이 渾然히 融合된 農民道에 뿌리를 박은 文學이여야 할 것이 아닌가도 생각하는 바이다"[9]라고 위만주국 조선계 문학의 핵심이 협화정신(協和精神) 즉 '민족협화'에 있음을 지적하였

~216쪽; 천춘화, 「안수길의 만주 체험 문학 연구」, 서울대 석사논문, 2004; 박진임, 「포스트콜로니얼리즘과 여성」, 『한국현대문학연구』 17, 한국현대문학회, 2005; 정주아, 「재만주(국) 작가 안수길과 '얼되놈'의 자리」, 『만주연구』 16, 만주학회, 2013.

9 염상섭, 앞의 글, 584쪽.

다. 그러므로 안수길의 만주 시기 문학을 위만주국 '소수민족' 문학의 위치에서 바라본다는 것은 바로 '민족협화'를 핵심 키워드로 그의 문학을 바라본다는 것을 의미한다. 즉 '민족협화'와 그의 만주 시기 문학이 지향했던 북향정신이 어떤 내적 연계를 맺고 있는지, 그가 어떻게 '민족협화'를 통해 그토록 끈질기게 탐구했던 민족공동체 생존의 내적 근거를 찾아냈는지를 구명하는 것이 이 글의 목표이다. 이를 위해 우선 위만주국의 건국이념이자 '소수민족' 문학의 존재 기반이기도 했던 '민족협화'와 위만주국 민족관계에 대한 안수길의 인식을 살펴보고자 한다. 그리고 안수길이 추구한 '민족협화'의 핵심이 무엇이었던지, 이러한 안수길 식 '민족협화'가 그의 북향의식 내지 그가 탐구했던 민족공동체의 생존과 어떤 연관성을 맺고 있는지를 살펴보고자 한다. 마지막으로 안수길 식 '민족협화'의 한계가 무엇이었던지 그리고 그가 추구했던 북향 이상의 최종 종착지는 어떠했던지에 대해 살펴보고자 한다.

2. '민족협화'와 위만주국 민족관계에 대한 안수길의 인식

일본은 괴뢰국 '만주국'을 건국한 후, 왕도와 함께 '민족협화'를 건국이념으로 내세웠는데, '민족협화'란 '만주국'에 거주하는 자는 종족적인 우열을 초월해서 모두 평등하다는 전제하에 한족・만주족・몽고족・조선민족・일본민족이라는 '오족五族'이 일률적으로 공존공영을 도모해나간다는 이념이다. 그러나 이것이 지배민족으로서 일본민족의 특수한 위치를 전제로 한 '민족협화' 정책이라는 것은 주지의 사실이며,

'민족협화'의 완전한 실시를 위해 1937년 '치외법권'을 전면적으로 철폐하던 시기에도 일본인의 특권적 지위는 법률적으로 명시되었다. 한편 '만주국'의 '민족협화' 정책은 재만 조선인을 대단히 곤혹스러운 처지에 처하게 만들었는데, 그들은 '만주국' 내에서 일본인과 같은 '일본 제국의 신민'이면서도 그 특권을 인정받지 못했으며 그렇다고 동일 국가 내부의 만주족, 한족, 몽고족과 융합될 수도 없었다. 침략자 '일본 제국의 신민'이라는 낙인은 그들을 동일 국가 내부의 기타 민족들로부터 유리시켰으며 그들은 일제의 앞잡이로 질시와 외면을 당했다.[10]

이러한 위만주국 사회의 민족관계와 그 속에서 조선인의 '애매한' 처지는 특히 위만주국 농촌 사회에서 집중적으로 나타났다.[11] 그것은 위만주국 조선인의 8할을 차지하는 인구가 농촌에 거주하고 있었고, 이들 조선인 농민들은 토지를 두고 위만주국의 주요 민족이자 다수민족인 만인 지주와 소작관계를 맺거나 혹은 만인농민들과 경작권 내지 소작권을 두고 복잡한 모순과 충돌을 빚고 있었기 때문이다. 또한 일제가 만주에 본격적인 개척 이민을 시작하면서부터는 기존의 조선인 농민들(개인 이민자)은 개척된 토지의 소유권과 경작권을 두고 일본 개척단과 모순과 충돌을 빚게 되며, 일본의 이민정책에 의해 집단 입식을 한 신규 조선인 입식자들은 중국인 농민들과 첨예한 모순과 충돌을 빚

10 이해영, 「안수길의 장편소설 『북향보』의 현실인식」, 『한국현대문학연구』 43, 한국현대문학회, 2014, 409쪽.

11 도시의 조선인들은 상대적으로 기타 민족 즉 만인이나 일본인들과의 직접적인 교류나 접촉이 그다지 많지 않았다. 도시에서의 조선인의 '애매'하고 주변적인 처지에 대해서는 윤휘탁, 『滿洲國－植民地的 想像이 잉태한 '複合民族國家'』, 혜안, 2013; 김경일 · 윤휘탁 · 임성모, 『동아시아의 민족이산과 도시－20세기 전반 만주의 조선인』, 역사비평사, 2004; 이해영, 「안수길의 장편소설 『북향보』의 현실인식」, 『한국현대문학연구』 43, 한국현대문학회, 2014.

게 되며 그들로부터 토지를 약탈해 간 침략자로 각인된다. 이 와중에 기존의 조선인 입식자(개인 이민)와 신규 조선인 입식자(일본의 이민정책 기관인 만선척식회사에 의한 집단 이민자) 사이에도 충돌과 갈등이 야기된다. 이는 당시 '만주국'에서는 '토지 수용령'에 의해 이민 용지라는 명목으로 토착의 중국인이나 일부 조선인의 토지를 헐값으로 매수하거나 강제로 빼앗아 일본 개척단과 신규 조선인들에게 분배해서 경작(주로 수전水田)하게 했거나 수전 경작 능력을 지닌 조선인들은 남겨두고 한족들만 내쫓은 뒤 그 마을의 모든 경지를 조선인들이 수전 경작을 하도록 하기도 했기 때문이다. '만주국'의 이민 정책은 실상 식민지적 토지 수탈의 성격을 띠었고[12] 이 과정에서 조선인 농민들은 중국인들로부터 토지를 약탈해간다는 비난을 듣고 있었다.[13] 토지를 빼앗기고 정든 고향에서 쫓겨난 중국인들은 일방적인 피해자였다. 이에 비해 조선인 중에는 새로 토지를 획득한 부류와 토지를 빼앗기고 정든 고향에서 쫓겨난 부류로 갈렸다. 조선인은 피해자이면서도 가해자였던 셈이다. 반면에 일본인은 개척단(이민단)의 형태로 들어와 중국인이나 조선인의 토지를 빼앗고 그들을 정든 고향에서 축출한 가해자였다.[14]

그렇다면 안수길은 당시 위만주국 농촌 사회의 민족관계와 그 속에서 조선인 농민들의 처지에 대해 어떻게 바라보고 있었는가? 안수길이 해방 후, 남한에서 1965년 발표한 단편소설 「효수梟首」는 당시 위만주국 농촌 사회의 이러한 민족관계와 조선인의 처지를 매우 사실적으로 잘 보여준다. 「효수」는 1930년대, 만주를 배경으로 위만주국에서 조선

12 윤휘탁, 「'滿洲國' 農村의 社會像－'複合民族構成體'의 視覺에서 본 植民地 農村의 斷想」, 『한국민족운동사연구』 27, 한국민족운동사학회, 2001, 212쪽.
13 윤휘탁, 앞의 책, 365쪽.
14 위의 책, 366쪽.

인으로 살고 있던 '나'가 겪은 세 개의 일화로 구성되었다. 그중 세 번째 일화가 바로 위의 위만주국 농촌 사회에서 '토지 수용령'을 둘러싸고 벌어지는 일본인 개척단과 기경지를 소유한 조선인 이주농민, 그리고 중국인 원주민들 사이의 모순과 충돌 및 거기에 대한 작가의 인식을 보여주고 있다. 28살의 위만주국 조선문 신문 기자인 '나'는, '만주국' 정부, 홍보처의 출입 기자단의 일원으로 납빈선拉濱線 일대의 일본 무장개척민단武裝開拓民團의 입식상황과 월동상황을 취재하기 위해 오상현으로 간다. 거기서 '나'는 신문사에서 맡겨 준 별도의 임무인 일본 이민 입식 후의 조선농민들의 생활을 취재하기 위해 할빈으로 가는 일본 기자단 일행과 떨어져 혼자 조선농민이 많이 살고 있는 수곡류와 싼하튠을 돌아보게 되었다. 이 일대의 조선인 농민들은 자신들이 개간한 기름진 논을 '토지 수용령'에 의해 싼 값에 넘기지 않으면 안 되게 되었고, 그 논은 일본 이민구역에 수용되기로 예정되었다. 미리 정해가지고 간 취재의 문제점은 "수용령이 발표된 뒤의 조선농민들의 동향이 어떠냐, 토지 대금의 지불이 순조로우냐?" 이런 것들이었는데, 여기서 우리는 당시 토지를 둘러싸고 첨예한 모순과 갈등을 빚고 있는 위만주국 농촌 사회의 민족관계를 엿볼 수 있다. 싼하튠에서 현지 취재를 위해 조선문 신문사 지국장과 당지 농민과 함께 마차를 타고 가다가 방천 옆의 백양나무 가지에 매달려 있는 너덧 개의 중국인 '비적'의 머리를 발견하고 깜짝 놀란다.

> 생각하다가 문득 나는 가슴이 섬뜩함을 깨달았다.
>
> "왕덕림 일파가 아직도 있습니까?"
>
> "일파라고 하지마는 비적들이 똥되놈들에게 왕덕림을 파는 거지요."

"그래요."

섬뜩했던 가슴 속에서 떠오르는 것은 칠팔 년전, 바두거우에서의 왕 선생의 모습이었다. 그동안 기억에서 완전히 사라져 버렸던 왕 선생의 모습.

그 건장한 몸집, 큰 키, 툭 튀어나온 눈, 더구나 추방당하던 날과 그 며칠 전에 발갛게 충혈되었던 눈.

그러자, 지금 막 보고 지나왔던 가지에 매달린 것 중에 툭 튀어나온 눈을 한 머리가 분명히 있는 것 같았다.

그러자 또 그 옆 나무에 있었던 것은 갸름한 얼굴인 해란강 빙판에서의 청년 교사의 머리임에 틀림이 없다고 생각되었다.

그러나 나는 이내 이 이상심리 작용을 부정하고 말았다.

"이거 취했는 걸."

어한하느라고 주는 대로 받아 마신 배갈 때문에 생긴 환각?

"한잔 드시오. 메스꺼운 걸 봤으니 속을 씻는 의미로"

지국장이 또 한 잔 권했으나, 나는 굳이 사양하고 말았다.

그러나 돌아올 때에는 다시 그 방천 옆에서 다섯 개의 머리를 정신을 가다듬고 보았다.

말라비틀어진 얼굴들, 감겨져 있는 눈들, 왕 선생이나, 주동산이 연상될 아무 근거도 없었다.

오히려 푸줏간에 놓여있는 쇠머리보다도 볼품이 없고 위엄성도 없는, 오랫동안 비바람에 바랜 목침만한 나무를 매달아놓은 것밖에 되지 않았다.[15]

'나'는 '효수'를 보기 전에는 '토지 수용령'에 의해 기름진 땅을 일본

15 안수길, 「효수(梟首)」, 『안수길 전집』 2, 글누림, 2011, 380~381쪽.

이민 구역에 헐값으로 넘겨야 하는 조선농민들의 처지를 슬퍼하고 "이런 땅을 수용령으로 몇 푼 안 받고 남에게 주다니!" 하고 분개하였다. 그러나 들판에 걸린 중국인들의 잘린 머리를 보는 순간, 그리고 이를 가끔 보아 만성이 된 듯한 지국장의 입에서 '왕덕림 잔당'이라는 말을 듣는 순간, 오랫동안 잊고 있던 중국인 민족주의자 '왕 선생'과 성성학교 교사 '주동산'을 떠올리게 되며 분개가 부끄러움과 반성으로 바뀐다. 그것은 '나'가 비록 일본 개척민단에 의해 땅을 빼앗기게 된 조선농민들의 처지로 인해 슬픔과 분노를 느끼지만 일본의 개척이민정책에 의해 이주한 조선농민들 역시 이 땅의 주인이 아니며, 이 땅의 진정한 주인은 정작 방천의 나뭇가지에 목이 매달린 채 볼품없이 말라가고 있는 중국인들이기 때문[16]이다. 그런 맥락에서 일본의 개척이민정책에서 자유로울 수 없는 조선농민은 피해자이기도 하지만 동시에 가해자이기도 한 셈이다. '나'를 더욱 부끄럽게 만든 것은 어느 사이에 피해자이면서도 가해자가 되어버린 조선인의 이런 이중적인 처지에 대해 이미 만성이 되어 아무런 자각과 가책도 느끼지 못하는 지국장의 태도이다. "왕덕림 잔당이 아직도 가끔 이 근처에서 갈갬질을 한답니다. 비적이지요. 토벌을 부지런히 하지마는 어디 뿌리가 뽑혀지나요? 근처의 똥되놈들에겐 비적 노릇하면 이렇게 된다, 실물을 보여주지 않아서는 안 됩니다. 물론 선무 공작도 하면서……"라고 아무 꺼리낌없이 내뱉는 지국장의 말에서는 이 땅의 원래의 주인이자 피해자인 중국인에 대한 추호의 반성이나 미안함도 느낄 수 없으며 그것은 그대로 식민주의자의 시각에 다름 아니다. "민족주의 사상이란 한 민족 단위가 살아가기 위해 만들어

16 한수영, 「만주, 혹은 '체험'과 '기억'의 균열 – 안수길의 만주 배경 소설과 그 역사적 단층」, 『현대문학의 연구』 25, 한국문학연구학회, 2005, 483쪽.

진 사상이다. 그렇지만 그것이 인간의 존엄성보다 우위에 설 수는 없을 것"[17]이라는 것이, 민족이라는 이름으로 다른 한 민족의 인간적 존엄을 박탈할 수는 없다는 것이, '나'가 이른 반성적 자각이며 지국장이 주는 배갈 먹기를 거부하도록 한 감정이다. 그러나 돌아오는 길에 '나'는 곧 '현실'로 돌아오지 않을 수 없었으며 배갈을 먹기를 청하게 됨으로써 결국 조선인의 이중적 처지에 그대로 머물 수밖에 없게 된다.

그런데 문제는 「효수」가 해방 후, 안수길이 월남하여 1965년에 쓴 작품이라는 점이다. 그러므로 피해자이면서도 동시에 가해자이기도 한 조선인의 이중적인 곤혹스러운 처지에 대한 자각과 반성 그리고 민족과 인류보편의 관계에 대한 위의 깊이 있는 성찰은 1965년 현재적 시점의 것이다. 그렇다면 만주 시기, 안수길은 이에 대해 어떻게 인식하고 있었는가? 위의 반성과 성찰적 시각은 단지 해방 이후, 반성으로 획득한 시각인가? 이 시점에서 우리는 잠깐 안수길이 만주 시기 위만주국의 중국계 문인이자 중국계 문예잡지 『신만주新滿洲』의 주간 오랑 부부와 교류가 있었고 신경의 고재기의 소개에 의해 『신만주』가 기획한 '在滿 日滿鮮俄 각계 작가전' 특집에 단편소설 「부엌녀」를 출품했던 사실을 떠올려 볼 수 있다. 그는 오랑을 만난 자리에서 "당신네나 우리나 다 같은 처지니 협조해서 문학 활동을 하자"고 했다. 또한 염상섭을 비롯한 조선의 중진급 작가들이 극찬했고 그 스스로도 자랑과 긍지를 갖고 있던 「벼」 계열의 조선인의 만주 개척 이민사를 형상화한 작품이 아닌 만주 개척과는 전혀 무관한 자리에 있는 「부엌녀」를 출품했다. 안수길은 만계(한족 포함)가 조선계를 일본계와 같은 침략자 내지 그들의 앞

17 김윤식, 『안수길 연구』, 정음사, 1986, 282쪽.

잡이로 보는 것을 경계했으며 중국인의 입장에서는 조선인의 개척 이민사가 조선인 이주민의 생존 서사가 아닌 말 그대로 '개척문학'으로, 어쩌면 일본인의 그것과 같은 성격, 같은 범주의 것으로 받아들여질 수 있음을 염려했던 것이다.[18] 이 같은 사실은 그가 만주에서 조선인의 이중적이고 애매한 처지에 대해 민감하게 알아차리고 있었으며 때에 따라서는 그러한 처지 때문에 매우 조심스럽게 처신했음을 보여준다. 이를 두고 한수영[19]은 안수길이 경험했던 만주 체험의 실상은 "민족적民族籍과 국적國籍의 혼란, 개척지와 고향에 대한 모순적인 지향, 민족적 아이덴티티와 법적 지위 사이에 생겨나는 균열과 갈등"이라고 했으며, 그가 만주 시기에는 "이 '균열'을 은폐하고 외면"[20]해 왔다고 지적하였다.

3. 북향 이상 실현을 위한 길 혹은 방법으로서의 '민족협화'

그러나 안수길의 만주 시기 작품에는 조선인의 이러한 이중적이고도 애매한, 주변적인 처지가 거의 드러나 있지 않다. 예의 모순에 찬 만주국 농촌을 그리면서도 중국인과 조선인은 토지를 둘러싸고 갈등과 충돌을 빚는 모순적이고 대립적인 존재가 아니라 서로 도와주고 도움받는 따뜻한 이웃이며 형제같은 사이로 그리고 있다. 일본의 개척이민 정책으로 인한 '토지 수용령'과 그것을 둘러싸고 벌어지는 조선인과 중

18 이와 관련해서는 위의 책, 105～113쪽 참조.

19 한수영, 「만주, 혹은 '체험'과 '기억'의 균열－안수길의 만주 배경 소설과 그 역사적 단층」, 『현대문학의 연구』 25, 한국문학연구학회, 2005, 478쪽.

20 위의 글, 479쪽.

국인 사이의 미묘한 관계, 그 와중에 피해자이면서도 토지의 원 주인인 중국인에게는 또 다른 가해자가 될 수밖에 없는 조선인의 이중적이면서도 곤혹스러운 처지는 전혀 드러나지 않고 있다.

안수길의 작품에 나타나는 중국인과 조선인의 관계 그리고 중국인의 형상은 '만주국' 이전 시기를 배경으로 한 소설과 '만주국' 건국 이후를 배경으로 한 소설 두 부류로 나누어 보아야 한다. 우선 '만주국' 이전 시기를 배경으로 한 소설에 나타난 중국인은 크게 세 부류로 나누어 볼 수 있다. 하나는 조선인 이농민들에게 우호적인 지주 내지 토호계층이다. 만주 전기 개척민의 피눈물의 삶과 개척의 서사로 일컬어지는 단편소설 「새벽」의 땅주인 호 씨는 학덕을 겸비한 사람으로 북경에 본집을 두고 거기에서 살고 있는 부재지주이다. 호 씨는 조선사람에게 이해가 많아 그가 직접 지팡을 관리할 때는 작인들에게 후하게 하였으며 "××년의 흉작 ××년 수해에는 소출을 받지 않고 곡창을 열어 이듬해 추수 때까지의 식량을 나누어준 일까지 있었"[21]고 주민들은 그를 두고 "고마운 사람", "쉽지 않은 사람"이라고 칭송하였다. 마을사람들에게 악의 존재는 오히려 동족인 마름 '얼되놈' 박치만이다. 박치만의 등쌀에 누이를 뺏기게 되었을 때, '나'의 아버지는 마지막 희망을 중국인 땅주인 호 씨에게 걸며 그에게 박치만의 행실을 고발하여 바로잡아줄 것을 진정하기까지 한다. 그 후일담으로 씌어진 「새마을」에서 땅주인 호 씨는 '우리 집'의 불상사를 목도하고 박치만의 잘못을 지적하고 그를 북경에 불러갔으며 그 대신 손 씨로 하여금 지팡을 관리하게 하여 그 후의 지팡사람들의 생활은 오히려 많이 좋아졌다. 만주국 건국 2년 전을 배경

21 안수길, 「새벽」, 연변대 조선문학연구소 편, 『안수길』, 보고사, 2006, 182쪽.

으로 하여 '만보산 사건'을 소재로 한 중편소설 「벼」의 땅주인 방치원은 산동 태생으로 젊어서 조선의 인천 근방에서 포목전을 경영한 경력이 있으며 그 자신이 조선에서 자수성가했으므로 그 자신이 신세를 진 조선사람에 대해 깊이 이해하고 조선말로 의사소통이 가능하다. 그리고 한현장이나 양현장 모두 수전 개간을 위해 온 조선농민들에게 우호적이다. 물론 방치원이 후한 조건으로 조선농민들에게 수전 개간을 허락한 것은 단지 그가 조선사람을 이해하고 고마워하는 데서 비롯된 것만은 아니다. 더 근본적인 것은 만주에서도 한전보다 수전이 이윤이 훨씬 많다는 것을 알고 있고 만주인이 갖고 있지 못한 수전 개간 기술을 조선농민들이 갖고 있기 때문에 조선농민들을 이용하여 만주의 황무지를 수전으로 개간하고자 하는데 그 주요한 목적이 있다. 또한 당시 중국 정부 역시 인구가 희박한 만주의 황무지를 조선 이주농민들을 이용하여 개간하여 국력을 증강시키고자 하는 정책을 취하고 있었으므로 무엇보다 이는 국책에 부합되는 일이었으므로 방치원 뿐 아니라 한현장이나 양현장과 같은 정치인들도 적극 지지하였던 것이다.

「벼」에서 시국이 바뀌어 드높은 배일정책의 기류 속에서 부임한 정예분자인 소현장은 적극적인 배일사상으로 무장된 중국 측의 애국관리이며 그는 '만주국' 건국이전을 배경으로 하는 안수길의 소설에 등장하는 중국인의 다른 한 부류로, 조선농민에 비우호적인 애국적 중국 정치인이다. 북경의 대학을 졸업하고 동경에 가서도 모 대학을 다닌 정예분자인 소현장은 조선사람을 일본의 앞잡이로 경계하며 조선사람을 이용하여 일본이 영사관을 설치하고 세력을 확장하는 것을 미연에 방지하기 위해 매봉둔 조선농민들이 세우고 있는 학교 건설을 중단하라고 하며 '내일' 안으로 그들이 피땀으로 개간한 매봉둔을 떠나 조선으로 돌아가라고 하는가 하면 또 원주민과의 사이를 이간시키고 학교 교사에 불을 지르는 등 온갖 압박을 가한다. 그러나 이러한 배타적 민족주의를 내세우는 소현장에 대해서도 안수길은 "한현장이나 양현장같은 돈으로 현장의 자리를 사고 돈만 주면 죽일놈이라도 살리고 친분만 있으면 아무리 어려운 일이라도 그래야지 하고 허락하는 정치가에 비한다면 국책에 충실하고 의식적인 정치를 행하는 데 있어서는 소현장은 발탁될 만한 자격이 충분히 있었으나 그것은 중국이란 국가로 보아 그런 것"[22]이라고 최대한 객관적으로 평가하며 중국인의 입장에서는 이해할 수 있다고 한다. 비록 중국의 배일사상이 애매한 재만 조선농민에게 피해를 주지만 일본의 침략에 맞서 배일사상을 고취하는 중국의 입장도 충분히 이해할 수 있다는 것이 안수길의 지점이다. 이것이 바로 같은 조선인의 만주 개척 이민사를 형상화하면서도 안수길이 이태준이나 이기영과는 다른 지점이며 그의 문학을 식민주의 의식이 투사된 개척문학으로 볼 수 없는 이유다.

안수길의 '만주국' 건국 이전 배경 소설에서 나타나는 세 번째 부류는 바로 조선인에 대한 악의 상징으로서 중국인 비적, 마적, 육군, 순경 등이다. 이들은 수시로 마을을 습격하고 약탈하고 방화하는 등 마을주민들을 못살게 구는 악의 화신이다. 그런데 이들 중국인 비적, 마적, 육군, 순경 등은 중국인 지주나 농민들에게도 역시 악의 화신이며 이들을 꼭 조선인 이주민들에 대한 악인으로 규정할 수 없다. 즉 이들은 당시 '만주국' 건국 이전 사회의 치안을 교란하고 파괴하는 중국 사회 전체의 위험 요소일 뿐, 조선인 이주민들에 대한 배타적 민족주의자들은 아

22 안수길, 「벼」, 위의 책, 304~305쪽.

니었다. 오히려 이들은 「새벽」의 박치만이나 「원각촌」의 한익상과 같은 '얼되놈'에 의해 이용당하며, 그들의 농간에 빠져 조선인 이주농민들을 괴롭히기도 한다. 그러므로 안수길의 '만주국' 건국 이전 소설에는 진정한 악인으로서의 중국인이 존재하지 않으며 오히려 그 무서운 비적이나 육군마저도 이용해 동족을 괴롭히는 동족의 악인 '얼되놈'의 악행이 부각되어있다.

그렇다면 만주국 건국 이후를 배경으로 하는 안수길의 소설은 어떠한가? 만주국 건국 이후를 배경으로 하는 소설에는 더는 중국인 지주나 토호, 관리가 등장하지 않는다. 대신 착실하고 근면하며 우직하고 충성스러운 중국인 농민만이 등장할 뿐이다. 「목축기」의 로우숭이 그러하고 『북향보』의 반성괴가 그러하다. 「목축기」의 로우숭은 산동성 태생인 양돈 전문 인부로 와우산 목장 축산전문가 찬호에게는 둘도 없이 든든한 벗이자 동료이다. 그는 도야지를 자기의 자식을 보살피듯 정성으로 보살피고 있으며 자신이 맡은 양돈 일에 최선을 다하는 충직한 동료이므로 찬호는 "로우승의 도야지에 화하여있는 철저한 생활을 항상 감탄의 눈으로 보고 있었음으로 이번 수송같은 객기를 낸 것도 이것이 한 원인이 되었다고 할 수 있"[23]었다. 『북향보』의 반성괴는 조선인 마을인 마가둔에 네 호 밖에 없는 만주인 중의 하나이다. "원래 순직한 그이지만 만흔 조선사람 농가에 끼어살자니 자연히 조선말을 유창하게 하지 안을수 업섯고 생활 뿐아니라 감정까지도 속속들이 이해하는 사람"이었고 "강서방과는 형님 동생으로 친하게 지내는 터이였"[24]다. 이를 얼핏 위만주국의 건국정신인 '민족협화'의 체현이라고 단정

---

23 안수길, 「목축기」, 위의 책, 70쪽.
24 안수길, 「북향보」, 위의 책, 531쪽.

지어버릴 수도 있을 것이다. 그러나 『북향보』에 나타나는 일본인과 조선인의 관계는 중국인과 조선인의 형제같은 관계와는 대조적으로 그다지 조화롭지 못하고 껄끄럽고 애매하다. 즉 『북향보』에는 '만주국'에서 조선인은 일본인과 같은 처지가 아니며 같은 이해관계에 있는 집단이 아니라는 인식이 깔려 있는데, 이러한 『북향보』에 나타난 일본인과 조선인의 지도와 피지도, 계몽과 피계몽의 수직상하 관계에 대해서는 필자의 「안수길의 장편소설 『북향보』의 현실인식」에서 자세히 다루었으므로 여기서는 중복하지 않기로 한다.[25]

여기까지 오면 우리는 안수길이 당시 서있던 지점, 그리고 그가 대체 무엇을 말하고자 했는가를 미루어 짐작해볼 수 있다. 안수길은 조선인이 '만주국'에서 살아남기 위해, 살아가기 위해 협화해야 할 대상은 정작 같은 '제국 신민'으로서 만주의 침략자이자 지배자의 입장에 있는 일본인이 아니라 만주의 원주민과 한족을 포함한 만계인이라고 보았던 것이다. 안수길의 마음속 깊은 곳에는 만주의 주인 즉 '만주국'의 진정한 주인은 현재 지배적 입장에 있는 일본계가 아닌 만계 즉 만주의 원래의 주인이자 인구의 대다수를 점하는 만족과 한족이라는 견고한 인식이 자리 잡고 있었던 것이다.[26] 만주가 만계인 원주민 내지 중국인의 땅이고 조선인은 먹고 살기 위해 남부여대해 온 이주민일 뿐이라는 인식은 "……되놈땅에 오장이 순순히 따라와서 손톱이 무즈러지두룩 일으했다오……"[27]라는 초기작 「새벽」의 '나'의 어머니의 절규로부터 "조선농민은 만주에 덕(德)의 씨를 심은 사람들일세. 조선농민의

25 이해영, 「안수길의 장편소설 『북향보』의 현실인식」, 『한국현대문학연구』 43, 한국현대문학회, 2014, 420~421쪽 참조.

26 위의 글, 419쪽.

27 안수길, 「새벽」, 앞의 책, 196쪽.

이주사를 줄잡아 70년이라고 한다면 70년전이나 오늘이나 농민이 이곳에 이주한 까닭은 한결가치 여기와서 처자 권속을 거느리고 먹고 살자는 것 박게 업섯네……"[28]라는 만주에서의 마지막 작품 『북향보』의 정학도의 감회 깊은 말에 이르기까지 그대로 이어지고 있다.

그런데 여기서 안수길은 한 가지를 교묘하게 피해가고 있다. 그것은 바로 중국인에 대하여 조선인이 때로는 가해자일 수도 있다는 점이다. 조선인은 일본인 개척민에게는 '토지 수용령'에 의해 개간된 기름진 수전을 빼앗기는 피해자이지만 또 다른 측면에서는 일본의 만주개척 이민정책의 혜택을 받아 중국인의 토지를 헐값으로 차지하거나 빼앗은 가해자이기도 하다는 것을 안수길은 피해가고 있었던 것이다. 해방 후의 역사적 반성의 자리에서 쓴 「효수」의 '나'가 들판에 걸린 중국인의 머리를 보면서 느꼈던 부끄러움과 반성을 안수길은 여기서는 애써 외면하고 있었다. 그리고 안수길은 실제로 위만주국 사회에서 가장 미묘하고 복잡한 갈등 양상을 이루고 있는 토지를 둘러싼 농촌 사회의 민족관계를 다루면서 그것을 현실과는 다른 자리에서 조선인과 중국인의 이상적인 화합의 장으로,[29] 그리고 조선인과 일본인의 껄끄럽고

---

28 안수길, 「북향보」, 위의 책, 525쪽.

29 여기에 대해서는 윤휘탁의 역사서가 다음과 같이 말해 놓고 있어 그 당시 중국인 농민과 조선인 농민 사이의 관계의 실상을 잘 알 수 있다. "당시 일부 한족 지주는 조선에서 더 많은 조선인들을 불러들여 황무지를 논으로 개조해서 더 많은 수익을 거두려고도 했다. 비록 쌀의 가치에 대해 새롭게 눈을 뜬 한족 지주들의 쌀 독점욕과 쌀 가치의 등귀로 조선인 농민들이 쌀밥 구경하기가 곤란해지기는 했지만, 조선인의 수전 경작 능력은 한족 지주와의 관계를 돈독히 해준 동시에 조선인들의 생활수준을 높여주거나 해당 마을에서의 위상을 높여주어 그들이 상대적으로 빨리 안착할 수 있도록 도움을 주기도 했다. 비록 하층 농민들 사이에서는 조선인과 한족이 서로 돕고 동정하고 물건들을 서로 빌려주고 지내거나, 한족이든 조선인이든 누군가 새로 이사 오면 온 마을 사람들이 다 같이 가서 인사하고 문안하는 등 화목하게 지낸 마을들도 있었지만, 후술하겠지만, 조선인과 중국인이 반드시 화목한 관계를 유지했던 것만은 아니었다." 윤휘

불편한 모순의 장으로 그려내었다.

이로써 '민족협화'에 대한 안수길의 인식이 어느 지점에 있는지를 잘 알 수 있다. 안수길은 '민족협화'를 위만주국에서 조선인이 정착하고 생존을 도모할 수 있는 내적 논리 내지 길, 방법으로 보았으며 북향 이상을 실현할 수 있는 길 혹은 방법으로 보았다. 안수길은 상호주의적 시각으로 만주의 원래의 주인인 만주인의 입장과 처지를 이해하고 또한 조선인들이 어쩔 수 없이 만주에 이주하여 살아가지 않으면 안 되는 처지에 대해 그들의 이해를 구하고 서로 협력하면서 생존을 도모하고 만주에 정착하는 것이 만주에 이주한 조선인들의 생존의 길이라고 보았다. 염상섭이나 기타 만주에 이주했던 조선인 작가들이 '민족협화'를 단지 조선에서의 일제의 '내선일체'를 피하기 위한 방책 내지 이념상의 문제로 보았다면 안수길은 이를 구체적인 삶의 차원에서, 만주 조선인의 8할을 점하는 조선인 농민들의 만주 정착이라는 보다 현실적이고 근원적인 생존의 논리로 접근하고 있음을 알 수 있다. 그래서 염상섭이 '민족협화'의 문제를 일본인들로부터 조선인의 권리를 주장하고 획득하는 것으로 보았다면 안수길은 일본인과는 상관없이 만인과의 협력을 추구하는 것이야말로 '만주국'의 조선인이 추구해야 할 진정한 '민족협화'의 길이라고 보았던 것이다.

탁, 『滿洲國－植民地的 想像이 잉태한 '複合民族國家'』, 혜안, 2013, 361～362쪽.

4. 안수길 식 '민족협화'의 한계 그리고 북향 이상의 좌절

그렇다면 안수길 식 '민족협화'의 끝은 어떠했는가? 물론 그것은 실패로 막을 내렸다. '만주국'이 붕괴되었을 때, '만주국'이 표방했던 복합민족국가의 파탄과 함께 '만주국' 여러 민족 인민들이 겪었던 충돌과 수난은 안수길 식 '민족협화'의 한계를 여실히 보여주었다. 특히 '만주국' 건국 이후, '만주국'의 개척이민정책에 따라 만선척식회사의 주선으로 집단 이민을 한 조선인 마을들은 '만주국'의 붕괴로 인한 치안부재의 혼란한 상황 속에서 주변의 중국인 농민들, 중국인 마적이나 비적, 국민당 병사들의 무자비한 보복과 약탈에 노출되었다. 이는 '민족협화'를 부르짖었던 일제가 '만주국' 사회에 심어 놓은 뿌리 깊은 갈등의 결과였다. 만선척식회사는 통상 일본인 개척민이나 조선인 개척민들의 입식을 위하여 원래의 땅주인인 중국인 농민들의 땅을 무상으로 몰수하거나 거의 빼앗다시피 헐값으로 구매하여 일본인 개척민이나 조선인 개척민들을 입식시켰다. 그러므로 자기의 땅에서 쫓겨난 중국인들은 당연히 조선인 농민들에게 원한을 품을 수밖에 없었으며 그들을 일본인과 마찬가지로 자기들의 땅에 침입한 침략자로 생각하였다. 이러한 깊은 원한이 '만주국'의 붕괴와 함께 일거에 폭발되었으며 그것은 무시무시한 보복과 살육을 동반하였다. 국민당 점령 지역에서는 조선인을 일본인과 마찬가지로 취급하였으며 그들의 가옥을 적산敵產가옥으로 몰수하고 재산을 몰수하였으며 강제 송환조치를 취했다. 1945년 8월 국민당정부는 동북수복에 관한 「동북복원설계강요초안東北復員設計綱要草案)」을 작성하였는데, 한인들에 관한 조항은 제9조와 제16조이다. 제9조 「농업」에는 "日僞政府에서 설립한 農·林·木·漁 및 기타 기관을 접수하고 日

韓移民의 농장을 접수, 관리한다"고 규정하였으며 제16조「日韓移民」에서는 "日本籍 이민은 일률로 경외로 축출하며 일본이 동북 점령 시 이주한 한인들에 대해서는 귀환을 명하고 재산은 조례에 따라 처리한다"고 규정하였다.[30] 이 규정들은 국민당 정부가 동북 지역 한인들의 산업을 일제의 폭력에 의해 강점한 것이라고 인정한 데서 비롯된 것으로 파악된다.[31]

안수길 식 '민족협화'는 '만주국'의 붕괴와 함께 파탄을 맞았고, 그의 북향 정신 내지 이상은 좌절되었다. '만주국'의 붕괴와 함께 근 80만 명에 달하는 재만 조선인이 한반도로 귀환하였다. 이런저런 사정으로 귀환하지 않고 그 지역에 정착한 근 140만[32]에 달하는 재만 조선인들은 중국 공산당의 이념과 정책에 동조하여 중국 공산당의 해방전쟁에 참여하였으며 중국 국적을 취득하고 중국 공산당의 토지개혁정책을 통해 토지를 분여 받고 중국 내의 소수민족인 중국 조선족으로 되었으며 오늘까지 중국의 소수민족 정책의 보호 하에 온전히 중국 공민으로서의 삶을 영위하고 있다. 이는 당시 안수길이 추구했던 북향 이상과는 또 다른 자리에 놓인 재만 조선인의 삶의 한 양상이다.

이로써 우리는 위만주국 '민족협화'의 허상과 실상을 볼 수 있었고 안수길 식 '민족협화'란 그 허상 쫓기에 불과했음도 알 수 있다. 일제가 위만주국에서 일본 민족 우위를 포기하지 않는 한, 진정한 민족평등이

---

30 「東北復員設計綱要草案」(南京第二歷史檔案資料, 全宗171, 卷91), 김춘선, 「광복 후 중국 동북 지역 한인들의 귀환과 정착」, 『해방 후 중국 지역 한인의 귀환문제 연구』(국민대 한국학연구소 제2회 귀환문제연구 국제학술심포지엄 논문집), 2003.11, 21쪽에서 재인용.

31 「東北韓僑産業處理計劃」(연변대학 민족연구원 소장), 김춘선, 위의 글에서 재인용.

32 장석홍, 「해방 후 중국 지역 한인의 귀환과 성격」, 중국 해양대 해외한국학 중핵대학 사업단 편, 『귀환과 전쟁, 그리고 근대 동아시아인의 삶』, 경진, 2011, 54쪽.

이루어지지 않는 한, 진정한 '민족협화'란 이루어질 수 없기 때문이다. 또한 일제의 만주 침략에 의한 '만주국'의 건국은 그 시작부터가 여러 민족 간의 반목과 불화의 시작이었기 때문이다. 이러한 여러 민족 간 반목과 불화를 잠재우기 위해 일본은 위만주국에서 1937년 12월, "치외법권"의 철폐까지 단행하였지만 그들 일본민족의 특수권익은 끝까지 포기할 수 없었다. 결국 해방 2개월을 앞두고 이루어진 안수길의 귀환은 그의 이러한 '민족협화'의 한계를 여실히 보여주며 그의 북향 정신의 좌절과 실패를 보여준다. 이를 두고 "큰 틀에서 보자면 민족의 독립이나 민족국가 건설 없이 어떻게 남의 땅에서 '이상촌' 건설이 가능할 것인가 의심스럽지만[33] 해방 전에 만주에 일었던 '만주 특수特需'와 '만주국' 건국 이후에 일본이 내세웠던 '자작농창정' 및 '집단부락 건설'은 안수길에게는 충분히 현실적인 이상촌 건설의 대안적 정책으로 받아들여졌던 것이"[34]이라는 지적은 음미해볼 만하다.

---

33 여기에 대해 김종호는 '정착'에 대한 안수길의 지향과 집착이 문제가 아니라, 그 '정착'이 폐쇄적이고 역사적 안목 없는 소박한 낙관주의에 근거해 있기 때문에 문제라고 비판한다. 김종호, 「1940년대 초기 만주 유민소설에 나타난 '정착'의 의미 – 「대지의 아들」과 「북향보」를 중심으로」, 『국어교육연구』 25, 국어교육학회, 1993, 221~225쪽 참조.

34 한수영, 「만주(滿洲)의 문학사적 표상과 안수길의 『북간도』에 나타난 이산(移散)의 문제」, 『상허학보』 11, 상허학회, 2003, 120쪽.

5. 결론

이 글에서는 당시 안수길이 위만주국 조선계의 대표적 작가로 인정받고 있었고 스스로도 본인의 위치를 그렇게 자리매김하려고 했던 점에 착안하여 그의 문학을 위만주국 조선계 문학 즉 위만주국의 '소수민족' 문학의 위치에서 살펴보았다. 안수길의 만주 시기 문학을 위만주국 '소수민족' 문학의 위치에서 바라본다는 것은 바로 '민족협화'를 핵심 키워드로 그의 문학을 바라본다는 것을 의미한다. 즉 '민족협화'와 그의 만주 시기 문학이 지향했던 북향정신이 어떤 내적 연계를 맺고 있는지, 그가 어떻게 '민족협화'를 통해 그토록 끈질기게 탐구했던 민족공동체 생존의 내적 근거를 찾아냈는지를 구명하였다.

위만주국은 비록 '민족협화'를 건국이념으로 내세웠고, 그것이 위만주국 국민들에게 받아들여지도록 하기 위해, 1937년 치외법권의 철폐까지 단행했지만, 일본 민족의 특권은 본질적으로 그대로 유지가 되었다. 그러므로 위만주국의 민족관계는 그들이 내세웠던 '민족협화' 이념과는 무관하게 여전히 모순과 갈등으로 충만되었으며 이러한 모순과 충돌, 갈등은 특히 토지의 소유권과 경작권을 둘러싼 위만주국 농촌 사회에서 더욱 집중적으로 드러났다. 위만주국 농촌 사회에서 일본의 개척이민정책에 의해 조선인 농민은 중국인 농민과 마찬가지로 피해자였지만 때로는 중국인 농민들에게 가해자가 되기도 하는 매우 애매하고 곤혹스러운 처지에 처해 있었다. 이러한 민족관계에 대해 안수길은 당시 민감하게 알아차리고 있었으며 때로는 매우 조심스럽게 행동하였다.

그러나 안수길의 만주 시기 소설에는 이러한 위만주국 농촌 사회의 토지를 둘러싼 복잡하고 미묘한 민족관계가 거의 드러나지 않고 있으며 '토지 수용령'에 의한 각 민족 간의 모순과 충돌도 드러나지 않는다. 안수길의 만주국 건국이전을 배경으로 하는 소설에 나타나는 중국인은 대부분 조선인에 우호적이며, 강렬한 배일사상 때문에 조선인에게까지 배타적인 중국인 관리에 대해서마저 안수길은 그들 중국 민족의 입장에서는 가능한 일이고 이해할 수 있는 것이라고 객관적인 평가를 내리고 있다. 안수길의 소설의 중국인은 비적이나 육군 등 위만주국 사회의 본래의 사회적 악을 빼면 특별히 악인이 없다. 또한 만주국 건국 이후를 배경으로 하는 소설에 나타나는 중국인은 충직하고 근면하고 성실한 중국인 농민들이며 그들은 조선인 농민들에게 형제와 같은 따뜻한 이웃이다. 반면 조선인과 일본인의 관계는 지도와 피지도의 수직상하 관계이며 매우 껄끄럽고 부담스럽다. 그러나 안수길은 여기서 조선인 농민이 때로는 중국인 농민에게 가해자이기도 했던 위만주국 농촌 사회의 가장 민감한 민족 문제를 외면해 버린다. 안수길은 실제로 위만주국 사회에서 가장 미묘하고 복잡한 갈등 양상을 이루고 있는 토지를 둘러싼 농촌 사회의 민족관계를 다루면서 그것을 현실과는 다른 자리에서 조선인과 중국인의 이상적인 화합의 장으로, 그리고 조선인과 일본인의 껄끄럽고 불편한 모순의 장으로 그려내었다.

이로써 '민족협화'에 대한 안수길의 인식이 어느 지점에 있는지를 잘 알 수 있다. 안수길은 '민족협화'를 위만주국에서 조선인이 정착하고 생존을 도모할 수 있는 내적 논리 내지 길, 방법으로 보았으며 북향 이상을 실현할 수 있는 길 혹은 방법으로 보았다. 안수길은 상호주의적 시각으로 만주의 원래의 주인인 만주인의 입장과 처지를 이해하고 또한 조선인들이 어쩔 수 없이 만주에 이주하여 살아가지 않으면 안 되는 처지에 대해 그들의 이해를 구하고 서로 협력하면서 생존을 도모하고 만주에 정착하는 것이 만주에 이주한 조선인들의 생존의 길이라고 보았다.

그러나 '만주국'이 붕괴되었을 때, '만주국'이 표방했던 복합민족국가의 파탄과 함께 '만주국' 여러 민족 인민들이 겪었던 충돌과 수난은 안수길 식 '민족협화'의 한계를 여실히 보여주었다. 결국 안수길 식 '민족협화'란 그 허상 쫓기에 불과했다. 일제가 위만주국에서 일본 민족 우위를 포기하지 않는 한, 진정한 민족평등이 이루어지지 않는 한, 진정한 '민족협화'란 이루어질 수 없기 때문이다. 또한 일제의 만주 침략에 의한 '만주국'의 건국은 그 시작부터가 여러 민족 간의 반목과 불화의 시작이었기 때문이다.

초출일람

김재용, 「일제 최후기 조선문학과 중국」, 『현대문학의 연구』 65, 한국문학연구학회, 2018.

최학송, 「한국 근대문학과 베이징」, 『한국학연구』 31, 인하대 한국학연구소, 2013.

이은지, 「1920년대 오상순의 예술론과 이상적 공동체상(像)」, 『상허학보』 43, 상허학회, 2015.

이경재, 「단재를 중심으로 본 한설야의 『열풍』 – 한설야의 『열풍』론」, 『현대문학의 연구』 38, 한국문학연구학회, 2009.

장문석, 「김태준과 연안행」, 『인문논총』 73-2, 서울대 인문학연구원, 2016.

정주아, 「혁명의 정념, 1945년 중경(重慶)과 연안(延安) 사이 – 항일무장대가 남긴 '걷기(長征)'의 기록들」, 『현대문학의 연구』 62, 한국문학연구학회, 2017.

이양숙, 「김광주 소설에 나타난 탈경계의 의미 – 1930년대 상하이 체험을 중심으로」, 『구보학보』 17, 구보학회, 2017.

하상일, 「심훈과 항주」, 『현대문학의 연구』 65, 한국문학연구학회, 2018.

李相瓊, 「一九三一年の「排華事件」と韓国文学」, 『植民地文化研究』 9, 植民地文化研究会, 2010.

김장선, 「『만선일보』라는 문학장과 이기영의 『처녀지』」, 『만주연구』 23, 만주학회, 2017.

이해영, 「僞滿洲國 조선계 작가 안수길과 '민족협화'」, 『국어국문학』 172, 국어국문학회, 2015.